El amor que dejamos atrás

AF276172

Biografía

Rebecca Yarros es autora bestseller de *The New York Times*, de *USA Today* y de *The Wall Street Journal*. Sus más de veinte novelas han sido aclamadas tanto por medios como *Publishers Weekly* y *Kirkus Reviews* como por los lectores. Su familia ha servido en el ejército durante dos generaciones, por lo que Rebecca admira a los héroes militares y tiene la fortuna de estar casada con uno desde hace más de veinte años. Es madre de seis niños y vive en Colorado en compañía de su terco bulldog inglés, sus dos feroces chinchillas y su gata Artemis, que reina sobre toda la familia. En 2019 Yarros fundó, junto con su marido, la organización sin ánimo de lucro One October, dedicada a una de sus pasiones: ayudar a niños y niñas del sistema de acogida y adopciones familiares de Estados Unidos. Para más información, visita www.oneoctober.org y www.rebeccayarros.com.

Rebecca Yarros
El amor que dejamos atrás

Traducción de Yara Trevethan Gaxiola

 Planeta

PEFC Certificado

Este libro procede de
bosques gestionados
de forma sostenible

PEFC/14-38-00305   www.pefc.es

Título original: *The Things We Leave Unfinished*

© Rebecca Yarros, 2021
   Publicado por primera vez por Entangled Publishing, LLC
   Derechos de traducción gestionados por Alliance Rights Agency
   y Sandra Bruna Agencia Literaria, S. L.
   Todos los derechos reservados
© por la traducción, Yara Trevethan Gaxiola, 2024
© Editorial Planeta, S. A., 2024
   Avda. Diagonal, 662-664, 08034 Barcelona (España)
   www.planetadelibros.com
© de la ilustración del interior, Vecteezy.com
Primera edición en Colección Booket: octubre de 2025

Depósito legal: B. 13.858-2025
ISBN: 978-84-08-30931-4
Impreso en España

*Para Jason. Por los días en los que la metralla
se abre paso hasta la superficie y nos recuerda que,
después de cinco despliegues y veintidós años de uniforme,
somos afortunados, amor mío. Somos el relámpago*

1

GEORGIA

Mi queridísimo Jameson:

Este no es nuestro final. Mi corazón siempre seguirá contigo, sin importar dónde estés. El tiempo y la distancia son solo inconvenientes para un amor como el nuestro. Ya sean días, meses o incluso años, esperaré. Esperaremos. Me encontrarás donde el arroyo forma una curva alrededor de los álamos que se mecen, tal como soñamos; te esperaré con el ser al que amamos. Me mata dejarte, pero lo haré por ti. Nos mantendré a salvo. Te esperaré cada segundo, cada hora, cada día durante el resto de mi vida, y si eso no es suficiente, entonces toda la eternidad, que es exactamente hasta donde te amaré, Jameson.

Vuelve a mí, amor.

Scarlett

«Georgia Ellsworth.» Pasé el pulgar con fuerza sobre mi tarjeta de crédito, deseando borrar las letras. Seis años de matrimonio y me marchaba sin nada más que un apellido que no era mío.

En unos minutos, ni siquiera tendría eso.

—¿Número noventa y ocho? —llamó Juliet Sinclair desde el otro lado de la ventanilla de acrílico, como si yo no fuera la única persona en el departamento de vehículos de motor de Poplar Grove y no hubiera estado ahí esperando durante la última hora.

Esa mañana había cogido un avión a Denver, había conducido toda la tarde y aún no había pasado por casa, así de desesperada me sentía por deshacerme de los últimos rastros que Damian había dejado en mi vida. Con suerte, al librarme de su apellido me dolería menos perderlos a él y esos seis años de mi vida.

—Yo —respondí mientras guardaba mi tarjeta de crédito y me acercaba a la ventanilla.

—¿Dónde está tu número de turno? —preguntó tendiendo la mano y esbozando una sonrisa de superioridad y satisfacción que no había cambiado desde la época del instituto.

—Soy la única que está aquí, Juliet.

El agotamiento se había apoderado de cada nervio de mi cuerpo. No deseaba otra cosa que terminar con todo eso y acurrucarme en el enorme sillón del despacho de Gran, mi bisabuela, e ignorar a todo el mundo el resto de mi vida.

—La política dice...

—Basta, Juliet —la interrumpió Sophie, que puso los ojos en blanco y pasó al otro lado de la ventanilla—. De todas formas, yo tengo los papeles de Georgia. Anda, tómate un descanso.

—Bien. —Juliet se apartó del mostrador y dejó libre el asiento para Sophie, que se había graduado un año antes que nosotras—. Me alegro de verte, Georgia —dijo lanzándome una sonrisa demasiado amable.

—Igualmente —respondí con la sonrisa que tanto había practicado y que me había permitido mantenerme en pie los últimos años mientras a mi alrededor todo se desmoronaba.

—Lo siento —se disculpó Sophie avergonzada, al tiempo que arrugaba la nariz y se subía las gafas—. Ella... Bueno, no ha cambiado mucho. En fin, parece que todo está en orden.

Me devolvió los papeles que mi abogado me había dado la tarde anterior, con mi nueva tarjeta de la seguridad social, y los metí en un sobre. Era irónico que, mientras mi vida se caía a pedazos, la manifestación física de esa disolución se mantuviera unida por una grapa colocada a cuarenta y cinco grados exactos.

—No leí el acuerdo —añadió Sophie en voz baja.

—¡Salió en *Celebrity Weekly*! —canturreó Juliet, que estaba al fondo.

—¡No todos leemos esa basura sensacionalista! —repuso Sophie volviéndose; luego me ofreció una sonrisa empática—. Aquí todos estábamos muy orgullosos de la dignidad con la que te portaste durante... todo.

—Gracias, Sophie —respondí tragándome el nudo que se me había formado en la garganta.

Lo único peor que fracasar en un matrimonio que todo el mundo me había desaconsejado era que mi sufrimiento y humillación se publicaran en todas las páginas web y revistas que alimentaban a los amantes de los cotilleos, esa gente que devoraba las tragedias personales con placer culpable. Durante los últimos seis meses había mantenido la cabeza erguida y la boca cerrada mientras las cámaras acribillaban mi rostro, y esa fue precisamente la razón por la que me gané el apodo «la Reina de Hielo»; sin embargo, si ese era el precio que debía pagar para conservar lo que me quedaba de dignidad, que así fuera.

—Entonces, ¿debo decir «bienvenida a casa» o solo estás de visita? —preguntó al tiempo que me entregaba un pequeño papel impreso que me serviría como carné de conducir temporal hasta que el nuevo me llegara por correo.

—He vuelto para quedarme.

Mi respuesta bien podría haberse transmitido por la radio;

Juliet se aseguraría de que todo el mundo en Poplar Grove lo supiera antes de la cena.

—Bueno, pues ¡bienvenida a casa! —Esbozó una gran sonrisa—. Dicen que tu madre también está en el pueblo.

El corazón me dio un vuelco.

—¿En serio? Yo..., mmm..., todavía no he pasado por casa.

«Dicen» significaba que habían visto a mi madre en alguno de los dos supermercados o en el bar. Esto último era lo más probable. Pero, claro, quizá era una buena...

«No termines esa frase.»

Pensar que mi madre podía estar allí para ayudarme solo acabaría en una decepción devastadora. Algo quería.

Carraspeé.

—¿Cómo está tu padre?

—¡Bien! Al parecer, por fin se encuentra fuera de peligro. —Su rostro se ensombreció—. En realidad, lamento lo que te sucedió, Georgia. Si mi marido..., no puedo ni imaginarlo. —Negó con la cabeza—. En fin, no te lo merecías.

—Gracias —respondí al tiempo que apartaba la mirada al fijarme en su alianza—. Saluda a Dan de mi parte.

—Lo haré.

Salí a la luz de la tarde que iluminaba Main Street con un brillo reconfortante e inspirador, como una pintura de Rockwell, y suspiré de alivio. Había recuperado mi nombre y el pueblo tenía el aspecto que recordaba. Las familias se paseaban y disfrutaban del verano, y los amigos charlaban entre sí con la pintoresca montaña rocosa al fondo. La población de Poplar Grove era más pequeña que su altitud, lo bastante grande para necesitar media docena de semáforos, y tan unida que tener vida privada allí era un lujo. Además, contábamos con una librería excelente; Gran se había encargado de ello.

Dejé los papeles en el asiento del acompañante de mi coche de alquiler y me detuve un momento. Era probable que mi madre estuviera en casa; nunca le había pedido que me devolviera la llave después del funeral. De repente ya no tenía tantas ganas de regresar a casa. Los últimos meses habían agotado mi compasión, mis fuerzas e incluso mi esperanza. No estaba segura de poder lidiar con mi madre cuando todo lo que me quedaba era rabia.

Pero había vuelto a mi hogar, donde podría recargar las pilas hasta que me recuperara por completo.

«Recargar las pilas.» Eso era exactamente lo que necesitaba antes de ver a mi madre. Crucé la calle, hacia The Sidetable, la tienda de libros que mi bisabuela había ayudado a abrir con una de sus amigas más cercanas. Según su testamento, ahora yo era la socia silenciosa. Era... todo.

Sentí una presión en el pecho al ver el letrero de venta en lo que una vez fue la tienda de mascotas del señor Navarro. Hacía un año que Gran me había hablado de su muerte; era un local excelente, en Main Street. ¿Por qué no lo había comprado otro negocio? ¿Poplar Grove tenía problemas? Pensar en esa posibilidad justo cuando entré en la librería me sentó fatal.

Olía a pergamino y a té, mezclado con un perfume a polvo y hogar. Durante el tiempo que viví en Nueva York, nunca encontré nada similar a ese reconfortante aroma en ninguna cadena de tiendas. El dolor llenó mis ojos de lágrimas cuando volví a respirarlo. Hacía seis meses que Gran había muerto y la echaba mucho de menos; sentía que mi pecho colapsaría por el vacío que había dejado.

—¿Georgia? —La señora Rivera se quedó boquiabierta un segundo; luego sonrió desde detrás del mostrador, sosteniendo el móvil entre la oreja y el hombro—. Espera un segundo, Peggy.

—Hola, señora Rivera —saludé con una sonrisa y un gesto

de la mano al ver su rostro acogedor y familiar—. No cuelgue por mí, solo estoy de paso.

—¡Qué alegría verte! —Miró el teléfono—. No, tú no, Peggy. ¡Georgia acaba de entrar! —Sus ojos castaños se encontraron con los míos—. Sí, «esa» Georgia.

Volví a agitar la mano mientras ellas seguían con su conversación; luego me dirigí a la sección de novelas románticas, donde Gran tenía un montón de estantes dedicados a los libros que ella misma había escrito. Tomé la última novela que había publicado y busqué su rostro en la contraportada. Teníamos los mismos ojos azules, pero ella había dejado de teñirse el pelo de negro a los setenta y cinco, un año después de que mi madre me abandonara frente a su puerta por primera vez.

En la fotografía, Gran llevaba perlas y una blusa de seda, aunque la mujer real siempre se vestía con monos sucios de jardinera y con un sombrero para protegerse del sol, lo bastante amplio como para dar sombra a todo el condado. Sin embargo, su sonrisa era la misma. Cogí otro libro, anterior, para ver una segunda versión de esa sonrisa.

Sonó la campanilla de la puerta y, un momento después, un hombre que hablaba por teléfono empezó a buscar en el pasillo de libros de ficción general, justo detrás de mí.

—«Una Jane Austen contemporánea» —murmuré leyendo el reclamo de la portada.

Siempre me sorprendió que mi bisabuela tuviera el alma más romántica que jamás he conocido; no obstante, pasó la mayor parte de su vida sola, escribiendo libros sobre el amor, un sentimiento que solo se le permitió experimentar unos cuantos años. Aunque se casó con el bisabuelo Brian, apenas estuvieron una década juntos antes de que el cáncer se lo llevara. Quizá las mujeres de mi familia estaban malditas en lo que a vida amorosa se refería.

—¡¿Qué cojones es esto?! —tronó la voz del hombre.

Arqueé las cejas y volví la vista. Tenía en la mano un libro de Noah Harrison en el que, oh, sorpresa, se podía ver a dos figuras humanas en la clásica posición de estar a punto de besarse.

—No tuve acceso al correo electrónico mientras andaba perdido en los Andes. De modo que sí, es la primera vez que veo el nuevo.

El tipo, claramente furioso, sacó otro libro de Harrison y lo sostuvo al lado del primero. Dos parejas distintas justo en la misma postura.

Sin duda, me quedaría con mi selección o con cualquier cosa de esa sección.

—Parecen idénticas, ese es el problema. El problema con la anterior... ¡Sí, estoy cabreado! Llevo dieciocho horas viajando y, por si ya lo has olvidado, tuve que cancelar mi viaje de investigación para venir aquí. Te estoy diciendo que son EXACTAMEN-TE iguales. Espera, te lo demostraré. ¿Señorita?

—¿Sí?

Me volví un poco, alcé la mirada y encontré, justo frente a mí, dos portadas de libros. «Adiós al espacio personal», pensé.

—¿Le parecen iguales?

—Sí. Bastante similares.

Puse en el estante uno de los libros de Gran y mi mente murmuró un adiós, como hacía siempre que veía uno de sus libros en alguna tienda. ¿Alguna vez sería más fácil echarla de menos?

—¿Lo ves? ¡Se supone que no deberían ser iguales! —dijo el tipo.

Por suerte, le hablaba así a la pobre persona que estaba al otro lado del teléfono, porque si hubiera usado ese tono conmigo se habría metido en problemas.

—Bueno, en su defensa le diré que todos sus libros también son iguales —masculé.

«Mierda.» Se me había escapado. Supongo que mi filtro estaba igual de anestesiado que mis emociones.

—Perdón... —añadí dándome la vuelta hacia él y levantando la mirada hasta encontrarme con sus dos cejas oscuras, arqueadas por el asombro sobre un par de ojos igual de oscuros.

«¡Guau!»

Mi maltrecho corazón dio un vuelco, como hacían los de todas las heroínas en los libros de mi bisabuela. Era el hombre más atractivo que había visto en mi vida. Teniendo en cuenta que era la exmujer de un director de cine y había disfrutado de la oportunidad de ver a un montón de hombres que estaban buenísimos, no era poca cosa.

«No, no, no. Eres inmune a los hombres guapos», me advirtió el hemisferio lógico de mi cerebro, pero estaba demasiado ocupada mirándolo como para escuchar.

—No leen el... —Parpadeó—. Te llamo más tarde.

Se pasó ambos libros a una mano, colgó y se metió el móvil en el bolsillo.

Parecía de mi edad, veintimuchos o treinta y pocos; medía al menos un metro ochenta y el cabello negro le caía descuidado sobre la bronceada piel, de color oliva, como si acabara de levantarse, sin llegar hasta las cejas negras y arqueadas y los ojos castaños, increíblemente profundos. Tenía la nariz recta, los labios dibujados en contornos exuberantes que solo servían para recordarme con claridad cuánto tiempo hacía que no me besaban; su mentón estaba oscurecido por una incipiente barba. Todos sus rasgos eran angulares, esculpidos, y por los músculos flexibles de sus antebrazos hubiera apostado la librería a que estaba familiarizado con el interior de un gimnasio..., y probablemente con el de un dormitorio.

—¿Acaba de decir que todos los libros de este autor son iguales? —preguntó con lentitud.

Parpadeé. «Cierto. Los libros.» Me di una bofetada mental por haber perdido el hilo solo por encontrarme con una cara bonita. Apenas llevaba veinte minutos con mi propio apellido y los hombres estaban fuera del menú en mi futuro más inmediato. Además, él ni siquiera era de por aquí. Dieciocho horas de viaje o no, resultaba evidente que llevaba un pantalón hecho a medida; las mangas de su camisa de lino blanco estaban remangadas en ese estilo informal y despreocupado que era de todo menos despreocupado. Los hombres de Poplar Grove no se molestaban en comprar pantalones de mil dólares ni tenían acento neoyorquino.

—Mucho —contesté—. Chico conoce a chica, se enamoran, viven una tragedia, alguien muere. —Me encogí de hombros, orgullosa de no sentir que el calor subía a mis mejillas y me delataba—. Añadamos un poco de dramatismo legal en los tribunales, algo de sexo insatisfactorio aunque poético, quizá una escena de playa, y eso es todo. Si es lo que le gusta, no puede equivocarse con ninguno de esos libros.

—¿Insatisfactorio? —Frunció el ceño, miró ambos volúmenes y luego me observó a mí—. No siempre muere alguien.

Supuse que había leído uno o dos libros de Harrison.

—Vale, el ochenta por ciento de las veces. Compruébelo usted mismo —sugerí—. Esa es la razón por la que están en aquel lado —expliqué señalando el letrero que rezaba FICCIÓN GENERAL— y no en este. —Moví el índice hacia el letrero de NOVELA ROMÁNTICA.

Se quedó boquiabierto un segundo.

—O quizá sus historias son más que sexo y expectativas ingenuas.

Su atractivo disminuyó cuando me dijo a la cara una de las cosas que más me molestaban.

Se me pusieron los pelos de punta.

—La novela romántica no va de expectativas ingenuas y sexo. Trata de amor y de superar la adversidad mediante lo que puede considerarse una experiencia universal.

Eso era lo que Gran y la lectura de miles de novelas románticas me habían enseñado en mis veintiocho años de vida.

—Y, al parecer, de sexo satisfactorio —repuso él alzando una ceja.

Hice un gran esfuerzo para no sonrojarme por la forma en que sus labios parecían acariciar esas palabras.

—¡Oiga! Si no le gusta el sexo o si se siente incómodo con una mujer que es dueña de su sexualidad, eso dice más sobre usted que sobre el género literario, ¿no cree? —Incliné la cabeza hacia un lado—. ¿O es con los finales felices con lo que no está de acuerdo?

—Estoy del todo a favor del sexo, de que las mujeres sean dueñas de su sexualidad y de los finales felices. —Su voz se convirtió en un gruñido.

—Entonces, definitivamente, esos libros no son para usted, pues lo único que adoptan es la miseria universal; pero, si es eso lo que le gusta, disfrútelo.

«No es la mejor manera de dejar atrás a la Reina de Hielo», pensé. Ahí estaba yo, discutiendo con un completo desconocido en una librería.

Él negó con la cabeza.

—Son historias de amor. Aquí lo dice.

Levantó uno de los ejemplares, que por casualidad tenía una cita de Gran. «La» cita. La que el editor le rogó a mi bisabuela que escribiera hasta que cedió; al final, tuvieron que conformarse con lo que ella redactó.

—«Nadie escribe historias de amor como Noah Harrison» —leí en voz alta; una sonrisa curvó mis labios.

—Diría que Scarlett Stanton es una autora de novela romántica muy respetada, ¿no? —En su rostro se formó una sonrisa sensual y letal—. Si ella dice que es una historia de amor, entonces es que es una historia de amor.

¿Cómo alguien tan devastadoramente atractivo podía sacarme tanto de mis casillas?

—Scarlett Stanton fue la autora de novela romántica más respetada de su generación. —Negué con la cabeza, coloqué el otro libro de Gran en su sitio y di media vuelta para alejarme antes de perder la compostura con ese tipo que usaba el nombre de mi bisabuela como si supiera algo de ella.

—Entonces se puede tener en cuenta su recomendación, ¿no? Si un hombre quiere leer una historia de amor. ¿O será que usted solo aprueba las historias de amor escritas por mujeres? —añadió cuando le di la espalda.

«¿En serio?» Di media vuelta al final del pasillo; cuando lo tuve delante, no pude controlar mi mal genio.

—Lo que no ve en esa cita es el resto.

—¿Qué quiere decir? —Se dibujaron dos arrugas entre sus cejas.

—Esa no es la cita original.

Miré al techo tratando de recordar sus palabras exactas. ¿Cómo eran? «Nadie es capaz de escribir una ficción dolorosa y depresiva, disfrazada de historia de amor, como Noah Harrison.» El editor la había modificado para la promoción. Pero eso era ir demasiado lejos. Casi podía oír la voz de mi bisabuela en mi cabeza.

—¿Qué?

Debió de ser por efecto de las luces fluorescentes, pero me pareció que palidecía.

—Mire, sucede muy a menudo. —Suspiré—. No estoy segura de que se haya dado cuenta, pero aquí en Poplar Grove todos conocíamos muy bien a Scarlett Stanton y no era alguien que se guardara sus opiniones. —«Supongo que es genético», pensé—. Si no recuerdo mal, dijo que tenía talento para la descripción y que disfrutaba... de las aliteraciones. —Eso fue lo más amable que había dicho—. No estaba en contra de su narrativa, solo de sus historias.

Le palpitó un músculo en la mandíbula.

—Pues a mí me gusta la aliteración en las historias de amor. —Empezó a alejarse con los libros hacia la caja—. Gracias por la recomendación, señorita...

—Ellsworth —respondí enseguida, haciendo un pequeño gesto cuando ese apellido se escapó de mis labios; «ya no», pensé—. Disfrute de sus libros, señor...

—Morelli.

Asentí y me marché, sintiendo que me seguía con la mirada al salir por la puerta mientras la señora Rivera registraba sus libros en el mostrador.

Yo lo único que quería era un poco de paz. ¿Qué fue lo peor de toda esa discusión? Quizá tenía razón y los libros que mi bisabuela escribió eran poco realistas. La única persona que conocía que había tenido un final feliz era mi mejor amiga, Hazel, y solo llevaba cinco años de matrimonio; era difícil dictar un veredicto.

Cinco minutos después llegué a nuestra calle, tras pasar por Grantham Cottage, una de las propiedades en alquiler de mi bisabuela. Parecía vacía por primera vez desde... siempre. Como solo estaba a media hora de Breckenridge, las propiedades de esa zona nunca estaban deshabitadas mucho tiempo.

«Mierda. He olvidado ponerme de acuerdo con el agente inmobiliario.» Era probable que el suyo fuera uno de los montones de mensajes que no había escuchado o quizá uno de los mil correos electrónicos que no había leído. Por lo menos, el buzón de voz había dejado de aceptar mensajes nuevos, pero los correos seguían acumulándose. Necesitaba reponerme. Al resto del mundo no le importaba que Damian me hubiera roto el corazón.

Aparqué frente a la entrada de la casa en la que había crecido. Al fondo del sendero semicircular había un coche de alquiler.

«Mamá debe de estar aquí.» El agotamiento constante aumentó y me invadió.

Dejé las maletas para más tarde, pero cogí el bolso y me dirigí a la puerta principal de aquella casa colonial de setenta años de antigüedad. «Faltan las flores.» Aquí y allá florecían plantas perennes, todas un poco secas, pero faltaban las manchas de colores brillantes en los macizos que acostumbraban bordear la entrada en esta época del año.

Los últimos años, Gran estaba demasiado débil para pasar largo tiempo de rodillas, así que yo venía a ayudarla con las plantas. Damian no me echaba de menos..., aunque ahora sabía por qué.

—¿Hola? —saludé desde el vestíbulo.

El olor a ceniza que impregnaba el ambiente me formó un nudo en el estómago. ¿Habían fumado dentro de la casa de Gran? Parecía que no habían limpiado el suelo de madera desde el invierno; sobre la mesita del recibidor había una gruesa capa de polvo. A mi bisabuela le habría dado un infarto si hubiera visto su casa así. ¿Qué había pasado con Lydia? Le pedí a la contable de Gran que conservara al ama de llaves en nómina.

Se abrieron las puertas del salón y ahí estaba mi madre; vestía un atuendo elegante. Su deslumbrante sonrisa se esfumó al verme, pero de inmediato volvió a sonreír.

—¡Gigi!

Abrió los brazos y me estrechó durante dos segundos con

una palmadita en la espalda, algo que definía muy bien nuestra relación. Dios mío, odiaba ese apodo.

—¡Mamá! ¿Qué haces aquí? —pregunté con amabilidad; no quería deprimirla.

Ella se puso tensa y se apartó. Su sonrisa vaciló.

—Bueno..., te he estado esperando, cariño. Sé que para ti fue muy duro perder a Gran, y ahora has perdido a tu marido; imaginaba que quizá necesitarías un lugar tranquilo donde relajarte. —Su expresión emanaba simpatía al mirarme de arriba abajo; puso las manos sobre mis hombros con suavidad y terminó su escrutinio levantando las cejas—. Definitivamente, estás desconsolada. Sé que ahora es difícil, pero te juro que la próxima vez será más fácil.

—No quiero que haya una próxima vez —admití en voz baja.

—Nunca queremos.

Su mirada se suavizó como jamás lo había hecho.

Dejé caer los hombros; las gruesas defensas que había construido a lo largo de los años se resquebrajaron. Quizá mi madre había dejado atrás nuestras rencillas y empezaba un nuevo capítulo. Hacía años que no pasábamos tiempo juntas, y tal vez habíamos llegado a un punto en el que podríamos...

—¿Georgia? —preguntó un hombre por la abertura de las puertas francesas—. ¿Está él aquí?

Me quedé atónita.

—Christopher, ¿me das un segundo? Mi hija acaba de llegar a casa —contestó ella.

Mi madre le dedicó una sonrisa absolutamente encantadora que hubiera cautivado a sus primeros cuatro maridos; luego me cogió de la mano y tiró de mí hacia la cocina antes de que yo pudiera echar un vistazo al salón.

—Mamá, ¿qué está pasando? Y no te molestes en mentirme, por favor. Sé sincera.

Titubeó, y recordé que su capacidad para cambiar de planes sobre la marcha solo encontraba rival en su incapacidad emocional: en ambas cosas destacaba.

—Estoy cerrando un negocio —respondió despacio, como si estuviera considerando sus palabras—. Nada de que preocuparse, Gigi.

—No me llames así, sabes que lo odio.

Gigi era una niña que pasaba demasiado tiempo mirando por la ventana los faros traseros de los coches; yo ya había crecido.

—¿Un negocio? —pregunté al tiempo que entornaba los ojos.

—Todo surgió mientras esperaba a que llegaras a casa. ¿Es tan difícil creerlo? Demándame por tratar de ser una buena madre.

Alzó la barbilla, parpadeó deprisa y apretó los labios, como si la hubiera ofendido. No me creía nada.

—¿Por qué sabe ese hombre cómo me llamo?

Algo no iba bien.

—Todos lo saben, gracias a Damian. —Tragó saliva y se ajustó su perfecto recogido francés color ébano. Estaba mintiendo—. Sé que estás dolida, pero creo de veras que existe una posibilidad de que recuperes a tu marido si jugamos bien nuestras cartas.

Estaba tratando de distraerme. Pasé por su lado y me dirigí al salón con una sonrisa. Dos hombres se pusieron en pie de un salto. Ambos llevaban traje, pero el que se había asomado por la puerta parecía tener unos buenos veinte años más que el otro.

—Disculpen la impertinencia. Soy Georgia Ells... —«Joder.» Me aclaré la garganta—. Georgia Stanton.

—¿Georgia? —repitió el más viejo al tiempo que palidecía—. Christopher Charles —dijo despacio, y dirigió una mirada hacia la puerta, por la que estaba entrando mi madre.

Reconocí su nombre: el editor de Gran. Él era el director

editorial cuando ella publicó su último libro unos diez años atrás, poco después de cumplir los noventa.

—Adam Feinhold. Encantado de conocerla, señora Stanton —se presentó el más joven.

Ambos adquirieron un tono definitivamente ceniciento cuando nos miraron a mi madre y a mí de forma alternativa.

—Y ahora que os habéis presentado, Gigi, ¿tienes sed? Voy a prepararte algo —sentenció mi madre apresurándose hacia mí con la mano extendida.

La ignoré, me senté en el gran sillón acolchado que dominaba los demás asientos a su alrededor y me hundí en su familiar comodidad.

—¿Y qué es exactamente lo que hace el editor de mi bisabuela en Poplar Grove, Colorado?

—Están aquí para hablar de un libro, por supuesto —respondió mi madre al tiempo que se sentaba al borde del sofá más cercano a mí y se alisaba el vestido.

—¿Qué libro? —les pregunté a Christopher y a Adam.

Mi madre tenía muchos talentos, pero escribir no era uno de ellos, y yo había visto suficientes acuerdos en la industria editorial como para saber que los editores no cogían aviones solo por diversión.

Christopher y Adam se miraron confundidos, por lo que repetí mi pregunta.

—¿Qué libro?

—Me parece que no tiene título —contestó Christopher con cautela.

Cada músculo de mi cuerpo se tensó. Hasta donde yo sabía, existía un solo libro que Gran no había titulado ni vendido. «Mamá no se habrá atrevido..., ¿o sí?»

Él tragó saliva y se volvió para mirar a mi madre.

—Estamos terminando de firmar unos documentos y nos

llevaremos el manuscrito. Como bien sabe, a Scarlett no le gustaban los ordenadores, y no hemos querido arriesgar la integridad de algo tan valioso como el único original que existe dejándolo en manos de los dioses de la mensajería.

Compartieron una risa incómoda y mi madre los imitó.

—¿Qué libro?

Esa vez la pregunta iba dirigida a mi madre; sentía el estómago revuelto.

—El primero... y último. —La súplica en su mirada era inconfundible y odié la forma en que siempre lograba partirme el corazón—. El libro sobre el abuelo Jameson.

Estuve a punto de vomitar ahí mismo, encima de la alfombra persa que Gran tanto amaba.

—No está terminado.

—Por supuesto que no, cielo. Pero me he asegurado de que contraten al mejor de los mejores para que lo acabe —me explicó mi madre con un tono meloso que no ayudó a calmar mis náuseas—. ¿No crees que la abuela Scarlett hubiera querido que se publicaran sus últimas palabras?

Me lanzó «la sonrisa», la que a los desconocidos les parecía abierta y bien intencionada, pero con la que me amenazaba con castigarme en privado si me atrevía a avergonzarla en público.

Me había enseñado tan bien que yo le devolví la misma sonrisa.

—Creo que si Gran hubiera querido que ese libro se publicara, habría terminado de escribirlo, mamá.

¿Cómo podía hacer semejante cosa? ¿Cerrar un trato por ese libro a mis espaldas?

—No estoy de acuerdo —replicó ella levantando las cejas—. Dijo que ese libro era su legado, Gigi. Nunca pudo dominar sus emociones para terminarlo y me parece que lo adecuado es que lo hagamos por ella. ¿No crees?

—No. Y puesto que yo soy la única beneficiaria en su testamento y, por lo tanto, la albacea de su fideicomiso literario, lo único que importa es lo que yo pienso.

Puse las cartas sobre la mesa con la menor emoción de la que fui capaz.

Ella dejó de fingir y me miró con asombro.

—Georgia, sin duda no vas a negar...

—¿Las dos se llaman Georgia? —preguntó Adam con voz aguda.

Parpadeé cuando las piezas empezaron a encajar y solté una carcajada.

—Esto es ridículo.

No solo estaba haciendo un trato a mis espaldas, sino que además había usurpado mi identidad.

—Gigi... —suplicó mi madre.

—¿Les ha dicho que se llama Georgia Stanton? —pregunté, centrando toda la atención en esos hombres trajeados.

—Ellsworth, pero sí. —Christopher asintió y se ruborizó al entender lo que estaba pasando.

—Pues no. Ella es Ava Stanton-Thomas-Brown-O'Malley..., ¿o sigues siendo Nelson? No recuerdo si te lo volviste a cambiar —dije mirándola con expresión irónica.

Mamá se puso en pie de un salto y exclamó:

—¡A la cocina! Ahora.

—Si nos disculpan un momento... —me excusé dirigiendo una rápida sonrisa a los ingenuos editores, y me encaminé a la cocina; necesitaba escuchar su explicación.

—¡No vas a estropear esto! —siseó cuando llegamos a la habitación en la que Gran cocinaba todos los sábados.

Sobre la encimera había platos desperdigados, y el olor a comida echada a perder impregnaba el aire.

—¿Qué ha pasado con Lydia? —pregunté señalando el desorden.

—La eché. Era una metomentodo —respondió encogiéndose de hombros.

—¿Cuánto hace que vives aquí?

—Desde el funeral. Te estaba esperando...

—No mientas. Despediste a Lydia porque sabías que me contaría que buscabas el manuscrito. —Por mis venas corrió una rabia que me tensó la mandíbula—. ¿Cómo has podido?

Sus hombros se desplomaron.

—Gigi...

—Odio ese apodo desde que tengo ocho años. Te lo repito: no me llames así. ¿De verdad creías que te saldrías con la tuya al hacerte pasar por mí? ¡Tienen abogados, mamá! En algún momento habrías tenido que identificarte.

—Pues estaba funcionando hasta que has llegado.

—¿Y Helen? —me burlé—. Dime que no les has ofrecido el manuscrito sin contar con la agente de Gran.

—Iba a llamarla tan pronto como hicieran una oferta oficial. Te lo prometo, solo están aquí para llevarse el manuscrito y leerlo con cuidado.

Negué con la cabeza ante su absoluta... Ni siquiera tenía palabras para describirlo.

Lanzó un suspiro como si fuera yo quien le había roto el corazón y sus ojos se llenaron de lágrimas.

—Lo siento, Georgia. Estaba desesperada. Por favor, hazlo por mí. El anticipo me ayudará a recuperarme...

—¿En serio? —La fulminé con la mirada—. ¿Todo esto es por dinero?

—¡Claro! —Puso las palmas sobre la encimera de granito—. Mi propia abuela me sacó de su testamento para ponerte a ti. ¡Tú lo tienes todo y a mí me dejó sin nada!

Las partes desprotegidas de mi corazón se llenaron de culpa, las pequeñas esquirlas que vivían en un estado de negación y que nunca comprendieron el mensaje de que no todas las madres quieren ser mamás, y que la mía era una de ellas. Gran la había sacado del testamento, pero no había sido por mí.

—No hay nada que pueda darte, mamá. Ella nunca terminó el libro y sabes por qué. Dijo que solo lo había escrito para la familia.

—¡Lo escribió para mi padre! ¡Y yo soy familia! Por favor, Georgia. Tú tienes todo esto. —Hizo un ademán para señalar nuestro alrededor—. Dame una sola cosa y te juro que lo compartiré contigo.

—No se trata de dinero.

Yo ni siquiera había leído el libro, ¿y ella quería entregarlo?

—Habló la mujer que tiene millones.

Me agarré al borde de la encimera de la isla de la cocina y respiré hondo varias veces, tratando de estabilizar mi corazón, de darle sentido a una situación que carecía de él. ¿Yo tenía estabilidad económica? Sí. Pero los millones de Gran estaban reservados para obras de caridad, de acuerdo con lo que ella estipuló, y mi madre no necesitaba caridad.

Aunque sí era mi único familiar vivo.

—Por favor, cariño. Escucha las condiciones de la oferta. Es todo lo que te pido. ¿No puedes concederme al menos eso? —Su voz vaciló—. Tim me ha abandonado. Estoy... en la bancarrota.

Su confesión golpeó mi alma recién divorciada. Nuestras miradas se encontraron, tonos idénticos de lo que Gran había llamado «azul Stanton». Ella era todo lo que tenía, y no importaba cuántos años o cuántos terapeutas hubieran ido y venido, nunca había podido deshacerme de las ganas de complacerla, de demostrarle que yo valía la pena.

Sin embargo, jamás imaginé que el dinero fuera el catalizador, aunque esa era una prueba de su personalidad, no de la mía.

—Me limitaré a escuchar.

—Es todo lo que te pido. —Mi madre asintió con una sonrisa agradecida—. En serio, me quedé por ti —murmuró—. Encontré el libro por casualidad.

—Vamos.

«Antes de que empiece a creerte», pensé.

Los dos tipos parecían desesperados mientras trataban de explicarme las condiciones que le habían ofrecido a mi madre. Podía verlo en sus ojos: sabían que la mina de oro que representaba el último libro de Scarlett Stanton se les escapaba de las manos, aunque en realidad nunca había sido suya.

—Tengo que llamar a Helen. Estoy segura de que recordarán a la agente literaria de mi bisabuela —dije cuando acabaron de hablar—. Y los derechos cinematográficos no están sobre la mesa; saben qué pensaba ella del tema.

Gran odiaba las adaptaciones cinematográficas.

El rostro de Christopher se tensó.

—¿Y dónde está Ann Lowell? —pregunté; había sido la editora de Gran durante más de veinte años.

—Se jubiló el año pasado —respondió Christopher—. Adam es el mejor editor que tenemos y ha traído a su autor estrella para que termine lo que, según nos han dicho, será... ¿un tercio del libro? —añadió volviéndose para mirar a mi madre.

Ella asintió. ¿Lo había leído? Un regusto amargo de celos me cubrió la lengua.

—Es el mejor —dijo Adam con efusión, y consultó su reloj—. Millones de ventas, una pluma fenomenal, aclamado por la crítica y, lo mejor de todo, un acérrimo admirador de Scarlett Stanton. Ha leído al menos dos veces todo lo que ella escribió y se ha comprometido a dedicar los próximos seis meses a este proyecto para poder avanzar más rápido. —Luego me lanzó una sonrisa tranquilizadora que no logró su cometido.

Entorné los ojos.

—¿Ha contratado a un hombre para terminar el libro de mi bisabuela?

Adam tragó saliva.

—De verdad, es el mejor, se lo juro. Y su madre quería entrevistarse con él para asegurarse de que era la elección correcta, por eso está aquí.

Parpadeé varias veces, sorprendida de que mi madre hubiera sido tan meticulosa, y también asombrada por que el escritor... «No.»

—No recuerdo cuándo fue la última vez que tuvo que personarse para convencer a alguien —se sinceró Christopher con una risa.

Mis pensamientos se desmoronaron como una hilera de fichas de dominó. «Imposible.»

—¿Está aquí ahora? —preguntó mi madre mirando hacia la puerta y alisándose la falda.

—Acaba de aparcar —indicó Adam señalando su Apple Watch.

—Georgia, quédate sentada. Yo recibiré a nuestro invitado.

Mi madre se levantó de la silla y se apresuró hacia la puerta, dejándonos a los tres en un silencio incómodo que solo rompía el tictac del reloj.

—Conocí a su marido en una gala el año pasado —agregó Christopher con una sonrisa apretada.

—Exmarido —lo corregí.

—Cierto. —Hizo una mueca—. Me pareció que su última película estaba sobrevalorada.

Todas las películas que Damian había dirigido, salvo la de Gran, lo estaban, pero no iba a entrar al trapo.

Una carcajada profunda y estruendosa estalló en el recibidor y se me pusieron los pelos de punta.

—¡Aquí está! —anunció mi madre con alegría al tiempo que abría las puertas del salón.

Me puse en pie cuando él entró con mi madre y, aún no sé cómo, pude conservar el equilibrio cuando lo vi.

Su sonrisa coqueta se desvaneció y me miró como si hubiera visto un fantasma.

Mi corazón se desplomó.

—Georgia Stanton, le presento a... —empezó a decir Christopher.

—Noah Harrison, supongo.

Noah, el desconocido de la librería, asintió.

No me importaba lo inmoralmente guapo que fuera ese hombre; solo había una forma en la que pondría sus manos en el libro de Gran: pasando por encima de mi cadáver.

2

NOAH

Scarlett, mi Scarlett:

Espero que no encuentres esta carta hasta que estés atravesando ya el Atlántico, demasiado lejos para hacer cambiar de opinión a tu hermosa y obstinada mente. Sé que lo acordamos, pero pensar en no verte durante meses o años me destroza. Lo único que me mantiene firme es saber que estarás a salvo. Esta noche, antes de salir de nuestra cama para escribirte esto, he tratado de memorizarlo todo de ti. El aroma de tu cabello y la sensación de tu piel, la luz de tu sonrisa y cómo se curvan tus labios cuando bromeas. Tus ojos, esos preciosos ojos azules, hacen que me arrodille cada vez y no puedo esperar a verlos contra el cielo de Colorado. Amor mío, eres fuerte y mucho más valiente de lo que yo seré jamás. Te quiero, Scarlett Stanton. Te he querido desde que bailamos por primera vez y te amaré el resto de mi vida. Resiste pensando en eso mientras estemos a un océano de distancia. Dale un beso a William de mi parte. Mantenlo seguro, a tu lado, y antes de que tengas tiempo de echarme de menos estaré en casa contigo, sin sirenas, ni bombas, ni más misiones, ni guerra; solo con nuestro amor.

Nos veremos pronto.

Jameson

Stanton. La mujer guapa y exasperante de la librería era la maldita Georgia Stanton.

Por primera vez desde hacía años me quedé mudo. Nunca había vivido ese momento, del que tan a menudo escribía, en el que alguien mira a una absoluta desconocida y sencillamente «lo sabe». Ella se dio la vuelta con un libro de mi autora favorita en la mano, lo miraba como si contuviera las respuestas a la tristeza que había en sus ojos, y de pronto, ese momento era..., hasta que estalló en pedazos cuando me di cuenta de lo que estaba diciendo.

«Nadie es capaz de escribir una ficción dolorosa y depresiva, disfrazada de historia de amor, como Noah Harrison.» Su primera afirmación quedó grabada en mi mente, con toda la herida y la agonía que provoca un hierro al rojo vivo.

—¿Noah? —dijo Chris señalando el último asiento vacío en lo que parecía ser una confrontación.

—Claro —mascullé, y avancé hacia Georgia—. Es un placer conocerla de forma oficial, Georgia.

Su apretón de manos era cálido, a diferencia de sus ojos azul cristalino. No podía ignorar ese sentimiento, el golpe de atracción instantánea, aunque supiera quién era en realidad. No podía evitarlo. Sus palabras me habían dejado inusitadamente tartamudo en la librería, y allí estaba, atragantándome de nuevo.

Era despampanante; exquisita, en realidad. Su cabello caía en ondulaciones, tan negro que casi tenía un brillo azulado; el contraste con su delicada piel color marfil me hizo pensar en un millón de referencias distintas de Blancanieves. «No es para ti, Morelli. Ella no quiere tener nada que ver contigo.»

Pero la deseaba. Estaba destinado a conocer a esa mujer, lo sentía con cada fibra de mi ser.

—¿En serio compró sus propios libros? —me preguntó arqueando las cejas cuando le solté la mano.

Tensé la mandíbula. Por supuesto, eso era justo lo que recordaba.

—¿Se suponía que debía devolverlos y dejar que pensara que su comentario me había hecho cambiar de opinión?

—Lo elogio por su perseverancia —la comisura de su boca, sumamente apetecible, se curvó—, pero eso habría hecho que este momento fuera un poco menos incómodo.

—Creo que perdimos esa oportunidad cuando usted dijo que todos mis libros eran iguales.

«Y también que el sexo era insatisfactorio.» Solo necesitaría una noche para demostrarle lo satisfactorio que podía ser.

—Lo son.

Tenía que reconocerlo: se la jugó a doble o nada. Supongo que yo no era el único obstinado.

La otra mujer que se encontraba en la habitación sofocó un gritito, y Chris y Adam murmuraron, recordándome que esa no era una visita social.

—Noah Harrison —dije estrechando la mano de la mujer mayor al tiempo que examinaba sus rasgos, su color de piel, de cabello y de ojos.

Tenía que ser la... ¿madre de Georgia?

—Ava Stanton —respondió con una blanca y cegadora sonrisa—. Soy la madre de Georgia.

—Aunque podrían pasar fácilmente por hermanas —añadió Chris con gracia.

Hice un gran esfuerzo por no poner los ojos en blanco.

Georgia no se reprimió y tuve que contener una sonrisa.

Todos tomamos asiento; el mío estaba justo frente a Georgia. Se recostó en su sillón y cruzó las piernas; de alguna manera se las arreglaba para parecer tan relajada como majestuosa en vaqueros y con una camisa negra ajustada.

«Un momento.» En el fondo de mi mente había una suerte

de reconocimiento. La había visto en algún lado, no solo en la librería. Por mi cabeza pasaron imágenes de ella en un evento de gala. ¿Nuestros caminos se habían cruzado alguna vez?

—Entonces, Noah, ¿por qué no le explicas a Georgia..., y a Ava, por supuesto, por qué deberían confiarte la obra maestra inconclusa de Scarlett Stanton? —me animó Chris.

Parpadeé.

—¿Perdón?

Había ido para recoger el manuscrito, punto. Esa había sido la única condición que había puesto antes de aceptar muerto de emoción. Quería ser el primero en leerlo.

Adam se aclaró la garganta y se volvió hacia mí con expresión suplicante. ¿Iba en serio?

—¿Noah? —repitió, y miró a las mujeres de forma significativa.

«Supongo que sí.» Me debatía entre estallar en carcajadas o burlarme.

—¿Porque prometí no perderlo?

Mi voz se agudizó al final, haciendo que mi afirmación obvia pareciera una pregunta.

—Eso me tranquiliza —agregó Georgia.

Entorné los ojos.

—Noah, vamos al recibidor —sugirió Adam.

—¡Traeré algo de beber! —se ofreció Ava poniéndose de pie enseguida.

Georgia apartó la vista mientras yo seguía a Adam por las puertas francesas del salón hasta el recibidor abovedado.

Por lo que sabía de las propiedades de los Stanton, la casa era modesta, pero el labrado de la madera en las molduras de corona y el pasamanos de la escalera curva hablaba tanto de la calidad como del estilo y buen gusto de la antigua dueña. Al igual que su narrativa, impecable y cautivadora, era detallada sin caer en la frivolidad; la casa tenía un aspecto femenino sin incurrir en la categoría del espantoso papel de pared floreado. Era sutil y elegante..., me recordaba a Georgia, sin el mal genio.

—Tenemos un problema.

Adam se pasó las manos por el cabello rubio oscuro y me lanzó una mirada que solo le había visto una vez: cuando encontraron una errata en la portada de uno de mis libros y él ya había mandado el archivo a la imprenta.

—Te escucho —respondí cruzando los brazos sobre el pecho.

Adam era uno de mis amigos más cercanos y tan sensato como se puede ser en el mundo editorial neoyorquino, así que, si pensaba que teníamos un problema, lo teníamos.

—La madre nos hizo creer que era la hija —espetó.

—¿De qué forma?

Por supuesto, ambas mujeres eran hermosas, pero resultaba obvio que Ava era décadas mayor.

—Nos hizo creer que ella tenía los derechos de este libro.

Mi estómago amenazó con devolver el almuerzo. Ahora tenía sentido: la madre quería que yo terminara el libro... Georgia no. «Mierda.»

—¿Me estás diciendo que el contrato que nos pasamos semanas negociando está a punto de venirse abajo?

Tensé la mandíbula. No solo había reservado tiempo para ese proyecto, también había cancelado toda mi vida por él; había regresado de Perú. Quería el maldito libro; pensar que se me escapaba de las manos era inconcebible.

—Si no puedes convencer a Georgia Stanton de que eres el autor perfecto para terminarlo, entonces eso es precisamente lo que te estoy diciendo.

—Joder.

Los desafíos eran parte de mi vida; pasaba mi tiempo libre

llevando mi cuerpo y mi mente al extremo para escalar rocas y escribir, y ese libro era mi Everest mental, algo que me sacaba de mi zona de confort. Dominar la voz de otro escritor, y en particular la de una autora tan querida como Scarlett Stanton, no era solo una proeza profesional; también tenía intereses personales.

—Estoy de acuerdo —secundó Adam.

—La he conocido justo antes de venir aquí. Odia mis libros. Lo que no auguraba nada bueno.

—Ya, entiendo. Por favor, dime que no te has portado como el imbécil que eres —añadió entornando los ojos.

—Oye, *imbécil* es un término relativo.

—Maravilloso —dijo con sarcasmo.

Me froté el entrecejo mientras mis pensamientos corrían a toda velocidad, tratando de encontrar alguna manera de cambiar la opinión de esa mujer, quien era evidente que tenía un juicio establecido en cuanto a mi prosa desde mucho antes de que nos conociéramos. No podía recordar la última vez que el trabajo duro o un poco de encanto no hubieran puesto a mi disposición algo que deseara tanto como eso, y retroceder o darme por vencido no estaba en mi naturaleza.

—¿Qué te parece si te tomas uno o dos minutos para organizar tus pensamientos y luego regresas para obrar el milagro?

Me dio una palmada en el hombro y me dejó ahí, en el recibidor, mientras Ava mataba el tiempo en la cocina.

Me saqué el móvil del bolsillo trasero del pantalón y llamé a la única persona que sabía que me daría un consejo imparcial.

—¿Qué quieres, Noah?

Escuché la voz de Adrienne sobre la cacofonía de sus hijos al fondo.

—¿Cómo convenzo a alguien que odia mis libros de que no

soy un escritor de mierda? —pregunté en voz baja, volviéndome hacia la puerta del despacho.

—¿En serio me llamas solo para que te alimente el ego?

—No bromeo.

—Nunca te ha importado lo que piense la gente. ¿Qué ha pasado? —preguntó suavizando la voz.

—Es ridículo y complicado, y tengo como dos minutos para encontrar una respuesta.

—Bueno, en primer lugar, no eres un escritor de mierda y, como prueba, te diré que hay millones de lectores que te adoran.

El ruido del fondo se acalló, como si hubiera cerrado una puerta.

—Dices eso porque eres mi hermana.

—Y he odiado al menos once de tus libros —respondió alegre.

Reprimí una carcajada.

—Ese número es extrañamente específico.

—No hay nada de extraño. Puedo decirte con exactitud cuáles han sido...

—No me estás ayudando, Adrienne.

Examinaba la pequeña colección de fotografías sobre la mesa, entre una variedad de floreros de cristal. El que tenía la forma de una ola parecía de cristal soplado y estaba al lado de la foto de un niño pequeño, probablemente tomada a finales de los años cuarenta. Había otra que parecía de una fiesta de presentación..., ¿quizá de Ava? Y otra de una niña que debía de ser Georgia en un jardín. Incluso de pequeña parecía seria y un poco triste, como si el mundo ya la hubiera decepcionado.

—No sé por qué, pero creo que no me llevará muy lejos decirle a Georgia Stanton que a mi propia hermana no le gustan mis libros —añadí.

—A ver, odié las tramas, no tu escri... —Adrienne calló—. Espera, ¿has dicho Georgia Stanton?

—Sí.

—Mierda —murmuró.

—Me quedan unos treinta segundos.

Sentía cada latido como si fuera la cuenta atrás. ¿Cómo era posible que todo se hubiera deteriorado tan rápido?

—¿Qué demonios haces con la bisnieta de Scarlett Stanton?

—¿Recuerdas la parte de «complicado» en esta conversación? ¿Y tú cómo sabes quién es Georgia Stanton?

—¿Cómo no lo sabes tú?

Ava entró en el recibidor; llevaba una pequeña bandeja con unos vasos que parecían contener limonada. Me lanzó una sonrisa y luego cruzó las puertas, que estaban entreabiertas.

El tiempo se agotaba.

—Mira, Scarlett Stanton dejó un manuscrito inconcluso, y Georgia, que odia mis libros, es quien debe decidir si yo lo termino.

Mi hermana contuvo el aliento.

—Di algo —añadí.

—Vale, vale. —Guardó silencio unos segundos más; casi podía ver los engranajes que giraban en su veloz intelecto—. Dile a Georgia que, bajo ninguna circunstancia, Damian Ellsworth podrá dirigir la historia, producirla o ni siquiera husmear en ella.

Fruncí el ceño.

—Esto no tiene nada que ver con los derechos audiovisuales.

De cualquier forma, el tipo era un pésimo director; yo ya lo había descartado para llevar mis libros a la pantalla grande.

—Oh, vamos, vas a terminar un libro de Scarlett Stanton, eso es una oportunidad maravillosa.

No se lo discutí. En cuarenta años, Scarlett nunca dejó de

salir en la portada de *The New York Times* cada vez que publicaba un libro.

—¿Qué tiene que ver Damian Ellsworth con las Stanton?

—¡Ah! Sé algo que tú no sabes. Qué curioso... —bromeó.

—Adrienne —refunfuñé.

—Déjame saborearlo solo un momento —canturreó.

—Voy a perder el contrato.

—Si me lo pides así... —Imaginé cómo ponía los ojos en blanco—. Ellsworth es, a partir de esta semana, el exmarido de Georgia. Él dirigió *La novia de invierno*...

—¿El libro de Stanton? ¿El del tipo que estaba atrapado en un matrimonio sin amor?

—Ese mismo. En fin, el caso es que se enteraron de que estaba liado con Paige Parker. Es irónico, ¿no? Las pruebas saldrán en cualquier momento. ¿Nunca vas a la compra? Georgia ha ocupado las portadas de todas las revistas sensacionalistas durante los últimos seis meses. La llaman «la Reina de Hielo» porque no se mostró muy emocionada, ya sabes, con la película.

—¿Hablas en serio?

El libro era una obra ingeniosa, pero cruel, sobre la altanera primera esposa del protagonista, que, si recordaba bien, murió antes de que el héroe y la heroína encontraran su final feliz. «Ni hablar de que la vida imita al arte.»

—La verdad es que es triste. —Su voz bajó de tono—. Para empezar, casi siempre evitaba los medios, pero ahora... está en todas partes.

—Joder... —Rechiné los dientes.

Ninguna mujer merecía tal cosa. Mi padre me enseñó que un hombre era tan bueno como su palabra, y los votos matrimoniales eran eso: la palabra definitiva. Esa era una de las razones por las que nunca me había casado: no hacía promesas que no podía cumplir, y jamás había estado con una mujer por la que estuviera dispuesto a renunciar a todas las demás.

—Entendido. Gracias, Adrienne. —Crucé las puertas hacia el salón.

—Buena suerte. Espera, ¿Noah?

—¿Sí? —pregunté con la mano sobre la manija de latón.

—Estoy de acuerdo con ella.

—¿Cómo?

—No se trata de ti, sino de su bisabuela. Deja tu enorme ego fuera de esto.

—No tengo un...

—Sí, lo tienes.

Se me escapó una risita. No tenía por qué avergonzarme de ser el mejor en lo que hacía, pero la novela romántica no era mi especialidad.

—¿Algo más? —pregunté con sarcasmo.

Nadie como mi hermana para ahondar en los errores.

—Mmm... Deberías hablarle de mamá.

—No.

Eso no iba a suceder.

—Noah, te lo digo en serio, las chicas se vuelven locas por los tipos que quieren a su madre lo suficiente como para leerle en voz alta. Te la ganarás, confía en mí. Pero no intentes ligar con ella.

—No estoy ligando con ella...

Ella rio.

—Te conozco y te quiero, pero he visto fotografías de Georgia Stanton y está muy por encima de tus posibilidades.

No podía contradecirla en eso.

—Qué maja, gracias, yo también te quiero. Nos vemos el próximo fin de semana.

—¡Nada extravagante!

—Lo que le compre por su cumpleaños a mi sobrina es algo entre ella y yo. Nos vemos.

Colgué y entré en el salón. Todos menos Georgia se volvieron para mirarme, cada uno de ellos con mayor esperanza que el otro.

Me tomé mi tiempo para regresar a mi asiento, haciendo una pausa para observar la fotografía que había llamado la atención de Georgia.

Era de Scarlett Stanton, sentada detrás de un enorme escritorio, con las gafas en la punta de la nariz, mientras escribía en la misma vieja máquina de escribir escolar en la que redactó todas sus novelas; en el suelo, apoyada a un lado del escritorio, Georgia leía. Debía de tener unos diez años.

Ella poseía los derechos del libro de su bisabuela, no su madre, que era la nieta de Scarlett. Eso significaba que había una dinámica familiar que sobrepasaba mi entendimiento.

En lugar de sentarme, me coloqué detrás de la silla que me habían asignado, apoyado ligeramente en los dos extremos y dándole la espalda a la chimenea. Examiné a Georgia como si fuera un acantilado que estaba decidido a escalar; buscaba el camino correcto, el mejor sendero.

—Esta es la cuestión —me dirigí a Georgia ignorando al resto—: a usted no le gustan mis libros.

Ella arqueó una ceja e inclinó un poco la cabeza hacia un lado.

—Pero no importa, porque yo adoro los libros de Scarlett Stanton —proseguí—. Todos. Cada uno de ellos. No odio la novela romántica, como usted piensa. Los he leído todos dos veces, algunos de ellos incluso más. Tenía una voz única, una prosa increíble y visceral, y una manera de evocar la emoción que me hace alucinar cuando se trata de novela romántica. —Me encogí de hombros.

—En eso estamos de acuerdo —dijo Georgia, esa vez sin sarcasmo.

—Nadie puede compararse con su bisabuela en ese género literario, pero yo no le confiaría a nadie más su libro, y conozco a muchos otros escritores. Es a mí a quien necesita. Soy yo quien le hará justicia a su libro. Cualquier autor que esté al nivel que esta obra requiere querrá distorsionarlo a su antojo o dejar su propia huella en él. Yo no —prometí.

—¿Usted no? —preguntó reacomodándose en el sillón.

—Si me deja terminarlo, será el libro de su bisabuela. Trabajaré sin descanso para asegurarme de que se lea como si ella hubiera escrito la última mitad. No sabrá cuándo termina su relato y cuándo empieza el mío.

—El último tercio —corrigió Ava.

—Lo que sea necesario.

No le quitaba los ojos de encima a la mirada inalterable de Georgia. ¿En qué demonios pensaba Ellsworth? Su belleza era dolorosa, como para parar el tráfico; curvas largas y una inteligencia sumamente aguda que correspondía a su lengua afilada. Ningún hombre con dos dedos de frente engañaría a una mujer como ella.

—Sé que tiene dudas —añadí—, pero trabajaré hasta conquistarla.

«Concéntrate en el acuerdo.»

—Porque usted es así de bueno —replicó ella con evidente sarcasmo.

Reprimí una sonrisa.

—Porque, maldita sea, sí: soy así de bueno.

Me estudió con cuidado mientras el reloj marcaba los segundos junto a nosotros; luego negó con la cabeza.

—No.

—¿No?

Me quedé boquiabierto; mis ojos lanzaban chispas.

—No. Este libro es muy personal, es para la familia...

—Para mí también es personal.

«Mierda. Es posible que pierda esta partida.» Solté la silla y me froté la nuca.

—Mire —continué—, cuando tenía dieciséis años, mi madre sufrió un terrible accidente de coche. Pasé ese verano pegado al cabecero de su cama, leyéndole todos los libros de su bisabuela. —No mencioné que eso era parte de un castigo impuesto por mi padre—. Incluso las partes «satisfactorias». —Esbocé una leve sonrisa y ella arqueó las cejas—. Es personal.

Su mirada cambió y por un momento se suavizó, antes de que levantara la barbilla.

—¿Estaría dispuesto a que su nombre no saliera en el libro?

El corazón me dio un vuelco. Esa mujer tiraba directa a matar, ¿no?

«Deja tu ego fuera.» Adrienne siempre había sido la más racional de los dos, pero seguir su consejo en ese momento era tan doloroso como pasar mi corazón por un rallador de queso.

¿El sueño de mi vida era que mi nombre apareciera al lado del de Scarlett Stanton? Seguro. Pero se trataba de mucho más que eso. No era mentira, esa mujer había sido uno de mis ídolos, y era, hasta ese momento, la autora favorita de mi madre, incluso por encima de mí.

—Si omitir mi nombre es lo que necesita para convencerse de que estoy aquí por la obra y no por los créditos, lo haré —respondí lentamente, asegurándome de que supiera que hablaba en serio.

Sus ojos brillaron sorprendidos y entreabrió los labios.

—¿Está seguro?

—Sí. —Tensé la mandíbula un segundo, dos. Eso era parecido a no documentar una escalada: yo sabría que lo había hecho, aunque nadie más lo supiera. Al menos sería el primero en tener entre las manos el manuscrito, incluso antes que Adam o Chris—. Pero me gustaría que me diera permiso para contárselo a mi familia..., porque ya lo he hecho.

Una tímida sonrisa le iluminó el rostro, pero rápidamente dominó su expresión.

—Si acepto que lo termine, yo daré el visto bueno final.

Me agarré a la silla con tanta fuerza que clavé las uñas en la tela. Adam balbuceó. Chris masculló una grosería. La atención de Ava pasaba del rostro de su hija al mío, como si fuera un partido de tenis.

Incluso con todo lo que estaba sucediendo, de alguna manera sentía que Georgia y yo nos encontrábamos solos en la habitación. Había una especie de electricidad entre nosotros, una conexión. Ya la había sentido en la librería, y ahora era más fuerte. Puede que se debiera al reto, a la atracción, a la posibilidad de leer el manuscrito o a otra cosa; no lo sabía con certeza, pero ahí estaba, tan tangible como una corriente eléctrica.

—Sin duda podemos hablar de posibles correcciones, pero en sus últimos veinte libros Noah ha contado en su contrato con una cláusula que le reserva el derecho a la aprobación final del manuscrito —replicó Adam en voz baja, porque sabía que era uno de los límites en los que yo no cedía.

Cuando sabía hacia dónde iba la historia, dejaba que los personajes me llevaran; contra vientos y mareas editoriales.

Pero esa no era mi historia... ¿O sí? Ese era el legado de su bisabuela.

—Bien, acepto ser el segundo al mando del barco.

Iba en contra de cada fibra de mi cuerpo, pero lo haría. Tanto Chris como Adam me observaron boquiabiertos.

—Solo por esta vez —añadí mirando a mi equipo de editores. Mi agente se pondría como loco si sentara un precedente con eso.

Despacio, muy despacio, Georgia se recostó en el respaldo de su sillón.

—Primero tengo que leerlo; luego hablaré con Helen, la agente de mi bisabuela.

Maldije por dentro, pero asentí. Adiós a mi esperanza de ser el primero.

—Me alojo en el hostal Roaring Creek, les dejaré la dirección.

—Sé dónde está.

—Claro. Me quedaré hasta finales de semana. Si firmamos el contrato antes, me llevaré el manuscrito y las cartas a Nueva York para poder empezar.

Era una suerte que me gustara escalar, así tendría algo que hacer mientras esperaba a que ella se decidiera. Por mucho que odiara admitirlo, ese trato escapaba a mi control.

—De acuerdo —concedió—. Y puede poner su nombre en el libro.

Mi corazón dio un vuelco. Supongo que había pasado la prueba.

Chris, Adam y Ava lanzaron un suspiro colectivo.

De pronto, Georgia abrió los ojos y miró a su madre.

—Espera —dijo. Todo mi cuerpo se tensó—. ¿Qué cartas?

3

Julio de 1940
Middle Wallop, Inglaterra

En fin, ese era un problema que debería haber previsto. Scarlett recorrió el andén con la mirada, buscando una última vez y solo para asegurarse; su hermana, detrás de ella, hizo lo mismo. La estación de tren se encontraba vacía para ser domingo por la tarde; era obvio que Mary había olvidado recogerlas como había prometido. Decepcionante, aunque predecible.

—Sin duda llegará dentro de un minuto —sugirió Constance con una sonrisa forzada.

Su hermana siempre había sido la más optimista de todas.

—Vamos fuera —propuso Scarlett entrelazando el brazo de Constance con el suyo al tiempo que recogían sus pequeñas maletas del andén.

Se habían ido solo dos días, pero para Scarlett el tiempo siempre parecía arrastrarse cuando estaba en casa.

Era difícil tener días libres, sobre todo con el trabajo que desempeñaba en la Fuerza Aérea Auxiliar Femenina, la WAAF; pero, como siempre, su padre había movido algunos hilos, aunque a ninguna le agradara. A él le gustaba hacerlo con frecuencia, como si Constance y ella fueran sus marionetas personales.

En cierto sentido, aún lo eran.

Cuando el barón y lady Wright solicitaban la presencia de sus hijas, se esperaba que asistieran, uniformadas o no. Pero esos habían sido los mismos hilos que movió para garantizar que sus hijas fueran asignadas al mismo lugar, y Scarlett estaba inmensamente agradecida por ello. Además, pasar el fin de semana escuchando cómo su madre intentaba planear la vida de Scarlett bien valía la pena si tal cosa significaba que Constance podía ver a Edward. Hacía varios años que su hermana se había enamorado del hijo de un amigo de la familia. Todos habían crecido juntos durante esos veranos que pasaban en Ashby, y se sentía muy contenta por Constance. Al menos una de las dos podría ser feliz.

El sombrero le cubría los ojos del sol cuando salieron de la estación, pero no había mucho que hacer en cuanto al calor sofocante de finales de julio, sobre todo vestidas con el uniforme.

—Es increíble que aún mantenga la esperanza de que sea un poco más puntual —murmuró Constance mientras la gente pasaba por las aceras.

De las dos hermanas, quizá ella era la más reservada en público, aunque nunca se guardaba su opinión cuando estaba con Scarlett. Por su parte, su madre pensaba que Constance sencillamente carecía de opiniones.

—Anoche hubo un baile. —Scarlett miró a Constance para advertirla de a qué habrían de atenerse y suspiró—. Más vale que empecemos a caminar si queremos llegar a tiempo.

—Sí.

Tomaron sus maletas y empezaron la larga caminata hacia la base. Por fortuna, ambas habían cogido pocas cosas; sin embargo, ni siquiera habían llegado a la esquina y Scarlett ya estaba exhausta, agobiada por las noticias que le había dado su madre.

—No voy a casarme con él —anunció, y alzó la barbilla mientras avanzaban por la calle.

—¿Ya te encuentras mejor? —preguntó Constance arqueando sus negras cejas—. Llevas todo el día callada. Me parece que este ha sido el viaje en tren más silencioso que hemos tenido.

—No voy a casarme con él —repitió, haciendo hincapié en cada palabra. Tan solo pensarlo le hacía sentir un nudo en el estómago.

Una mujer mayor que pasaba junto a ellas le dirigió un gesto de reproche.

—Por supuesto que no —afirmó Constance, aunque ninguna de las dos se engañaba.

Esos eran los únicos años que les pertenecían, y solo porque estaban en medio de una guerra. De no ser así, ya hubieran casado a Scarlett con el mejor postor y sus padres se habrían salido con la suya.

—Él es espantoso —añadió Scarlett mientras negaba con la cabeza.

De todas las cosas que sus padres le habían pedido en sus veinte años, eso era lo peor.

—Lo es —suscribió Constance—. No puedo creer que se quedara todo el fin de semana. ¿Viste cuánto comió? Su padre fue aún peor; el racionamiento tiene una razón de ser.

Su tamaño no era lo que más preocupaba a Scarlett, sino lo que hacía con toda esa fuerza. Casarse con Henry Wadsworth sería su muerte. No porque fuera un mujeriego reconocido ni por la vergüenza que eso supondría para ella, eso era algo que cabía esperar; pero ni siquiera su madre, quien sabía lidiar muy bien con los escándalos, pudo esconder a Alice, la hija del ama de llaves, con la suficiente rapidez como para que no advirtieran esa mañana los moratones en el cuerpo de la joven.

El padre de Scarlett no solo ignoró ese descarado abuso, sino que además la hizo sentarse al lado de Henry en el desayuno. Ni siquiera le sorprendía que no hubiera comido nada.

—No me importa si se quedan sin el maldito título, no me casaré con él.

Apretó el asa de su maleta. No podían obligarla, no legalmente; pero le lanzaban la palabra *deber* como si casarse con ese ogro pudiera salvar de los nazis al mismísimo rey.

Incluso en tal caso, su amor por el rey y por la patria era suficiente para que arriesgara su vida por el bien mayor, pero no se trataba ni del rey ni de la patria. Era una cuestión de dinero.

—Todo lo que él quiere es el título. —Scarlett echaba chispas mientras salían del pueblo y tomaban el camino que llevaba a la Real Fuerza Aérea, la RAF, de Middle Wallop—. Cree que puede comprar su posición.

—Tiene razón. —Constance arrugó la nariz—. Pero todavía no te ha propuesto matrimonio, así que tal vez encuentre otro título que comprar para elevar su rechoncho trasero en la escala social.

Scarlett lanzó una carcajada al imaginar cómo trepaba sin subirse los pantalones cuando se le bajaban, aunque la risa murió tan rápido como había estallado.

—Parece que nada de eso importa ahora, ¿o sí? Hacer planes para un momento que quizá nunca llegue.

Primero tendrían que sobrevivir a la guerra.

Constance negó con un movimiento de cabeza; la luz del sol brillaba en sus lustrosos rizos negro azabache.

—No, no importa. Pero un día importará mucho.

—O quizá no... —dijo Scarlett—. Quizá todo será diferente.

Entonces miró el uniforme que había usado durante el último año. En ese tiempo, casi todo en su vida había cambiado. Por más acalorada e incómoda que estuviera, no lo cambiaría por nada.

—¿Cómo? —Constance le dio un empujoncito con el hombro y le ofreció una sonrisa—. Vamos, diviérteme con una de tus historias.

—¿Ahora?

Scarlett puso los ojos en blanco; sabía que lo haría, no había nada que pudiera negarle a Constance.

—¿Qué mejor momento que este? —Constance señaló el camino largo y polvoriento frente a ellas—. Tenemos por lo menos cuarenta minutos más.

—También podrías contarme tú una historia —bromeó Scarlett.

—Las tuyas siempre son mucho mejores que las mías.

—¡Eso no es cierto!

Cuando iba a rendirse, un coche disminuyó la velocidad al acercarse a ellas. Scarlett tuvo tiempo suficiente para ver la insignia antes de que el vehículo aparcara a su lado: MANDO DE CAZA NÚMERO 11.

«Uno de los nuestros», pensó.

—¿Puedo llevarlas a alguna parte, señoritas? —preguntó el conductor.

«Estadounidense.» Scarlett se dio la vuelta para ver al hombre y alzó las cejas, sorprendida. Sabía que algunos estadounidenses estaban en el escuadrón 609, pero nunca había conocido a ninguno... «Dios mío.»

Trastabilló y Constance la tomó por el codo antes de que hiciera el ridículo.

«Compórtate. Cualquiera diría que nunca has visto a un hombre atractivo.» En su defensa, él superaba esa descripción; no solo por su cabello castaño claro o por ese mechón que le caía sobre la frente, rogando que lo pusieran en su lugar. Ni siquiera era ese mentón delineado o la ligera protuberancia en el tabique nasal, que debía de ser resultado de una antigua fractura. Lo que la turbó fue la sonrisa que curvaba sus labios y los ojos brillantes verde musgo cuando inclinó la cabeza hacia un lado..., como si fuese consciente de la forma en que su aspecto influía en los latidos del corazón de aquella joven.

Tomó aire, pero fue como si se hubiera tragado un rayo, como si la electricidad secara su boca y luego diera volteretas en su estómago mientras parecía que el corazón le iba a estallar.

—Estamos bien, gracias —logró responder, volviendo la mirada al frente.

No iba a meter a su hermana en el coche de un desconocido, sin que importara la insignia que tuviera..., ¿verdad? Lo último que necesitaba era perder el juicio por algo tan efímero como la atracción física. Lo había visto en la mayoría de las mujeres con quienes había trabajado: atracción, luego afecto, más tarde dolor. Incluso Mary había perdido dos amores del escuadrón 609 en los últimos meses. No, gracias.

Constance le dio un empujoncito con el codo, pero Scarlett siguió callada.

—Vamos, faltan casi cinco kilómetros hasta la base y, qué..., ¿otro kilómetro más hasta los barracones de las mujeres? —dijo él, inclinándose sobre el asiento del copiloto y avanzando al ritmo de ellas—. Se están derritiendo.

Una gota de sudor surcó la mejilla de Constance como para reforzar sus palabras; Scarlett dudó.

—Ustedes son dos y yo solo soy uno —añadió—. Diablos, las dos pueden sentarse atrás si así se sienten más cómodas.

Incluso su voz era atractiva, grave y ronca, como la arena áspera de la playa.

Constance le propinó otro codazo.

—¡Ay! —exclamó Scarlett poniendo mala cara; luego advirtió las ojeras bajo los ojos de su hermana por la larga noche que había pasado con Edward.

Suspiró y le ofreció al estadounidense lo que ella esperaba que fuera una sonrisa natural.

—Gracias. Sería encantador que nos llevara a las barracas de mujeres.

Él sonrió y el corazón le dio otro vuelco. «Oh, no.» Tenía un problema..., o al menos lo tendría durante los siguientes seis kilómetros. Después de eso, bien podía meter a otra chica en problemas, no sería asunto suyo.

El hombre aparcó, bajó del coche y se acercó a ellas. Era alto; su ancha espalda se estrechaba de manera agradable hasta la cintura, rodeada por el cinturón del uniforme de la RAF. ¡Por Dios!, las alas plateadas y el rango indicaban que era piloto, y ella había escuchado lo suficiente como para saber cómo eran esos chicos. Según otras mujeres, eran imprudentes, apasionados, nómadas y a menudo de vida efímera.

Él metió el equipaje en el maletero; Scarlett ignoró descaradamente la sonrisa pícara de Constance mientras esta miraba al estadounidense desde atrás y luego a su hermana.

—Ni lo pienses —murmuró Scarlett.

—¿Por qué no? Tú lo estás haciendo, y así son las cosas.

Constance sonrió con satisfacción al ver que el estadounidense cerraba el maletero.

—Señoritas —dijo mirando a Scarlett al tiempo que abría la puerta.

Constance entró primero y se instaló en el asiento trasero.

—Gracias, teniente.

Scarlett agachó la cabeza y se sentó al lado de Constance.

—Stanton —se presentó el piloto inclinándose y tendiéndole la mano—. Supongo que debería conocer mi nombre. Jameson Stanton.

Scarlett parpadeó y le dijo el suyo. Su apretón de manos era firme pero agradable.

—Oficial adjunta de sección, Scarlett Wright, y ella es mi hermana, Constance, también oficial adjunta de sección.

—Excelente —celebró él con una sonrisa—. Es un placer conocerlas.

Miró a Constance, saludó con un movimiento de cabeza y sonrió, antes de soltar la mano de Scarlett.

Ella se sintió completamente confundida cuando él cerró la puerta, tomó asiento al volante y sus miradas se encontraron en el espejo retrovisor al tiempo que reemprendía la marcha.

No sabía cómo definir ese color azul, pero los ojos de Scarlett eran impresionantes, y él estaba... impresionado. Eran de ese mismo tono que tenía el agua cerca de algunas de las playas de Florida que él había visto en vacaciones. Más azules que el cielo de su querido Colorado. Si no se centraba en la carretera, tendrían un accidente. Se aclaró la garganta y se concentró en conducir.

—Veo que no le ha sorprendido oír que éramos hermanas —comentó Constance.

—¿Alguna vez alguien se sorprende cuando escucha que son hermanas? —bromeó.

Quizá Constance era unos centímetros más baja que Scarlett y tenía los mismos penetrantes ojos azules, pero los de ella carecían del fuego que hacía que él mantuviera la mirada en el espejo retrovisor.

—Nuestro padre, supongo —respondió Constance.

Jameson rio.

—Adivine quién es la mayor —sugirió la muchacha.

—Scarlett —afirmó él sin dudarlo.

—¿Por qué lo dice? —lo retó ella inclinando un poco la cabeza.

—Porque es muy protectora con su hermana.

Sus ojos se abrieron sorprendidos y sus labios dibujaron una tímida sonrisa.

—Solo es once meses mayor, pero actúa como si fueran once años —bromeó Constance.

Scarlett esbozó una gran sonrisa, acompañada por un movimiento de cabeza. Maldita sea, esa chica era un bombón. ¿Quién deja que una mujer como esa camine por la calle? Frunció el ceño.

—¿Qué ha pasado con su transporte? Supongo que no habían planeado caminar de vuelta a la base.

—Probablemente, ella ha perdido la noción del tiempo —contestó Scarlett en un tono que hizo que se alegrara de no haber sido él quien se olvidara de pasar a buscarlas.

«Ella —pensó él—. Entonces no era un hombre quien debía recogerlas.»

—Al parecer, sobreestimamos la capacidad de nuestra amiga para recordar sus compromisos —añadió Constance—. Su acento es encantador. ¿De dónde es?

—De Colorado —respondió él, y sintió una punzada de nostalgia rápida y profunda—. Hace más de un año que no voy, pero sigue siendo mi hogar.

Echaba de menos las montañas y el horizonte nítido contra el cielo. Echaba de menos cómo se sentía el aire en sus pulmones, ligero y claro. Echaba de menos a sus padres y las cenas de los domingos. Pero nada de eso continuaría existiendo si no ganaban esa guerra.

—¿Está en el 609? —preguntó Scarlett en el mismo tono que su hermana, uno que proclamaba a los cuatro vientos que tenían dinero y educación.

—Desde hace unos meses.

Había ido a Francia y, al llegar, le habían dicho que lo necesitaban en Inglaterra; él no fue el único, había más estadounidenses en el escuadrón 609 y los británicos los habían recibido con los brazos abiertos cuando demostraron sus habilidades como pilotos.

—¿Y ustedes? —quiso saber él.

Hizo lo que pudo por conducir despacio, quería que el trayecto durara un poco más para poder ver a Scarlett sonreír de nuevo, aunque sabía que haberse detenido para llevarlas ya iba a hacer que llegara tarde a la línea de vuelo. Sintió un nudo en el estómago cuando sus ojos se encontraron en el espejo retrovisor otra milésima de segundo antes de que ella apartara la vista.

—Las dos trabajamos en las operaciones del sector. —Constance arqueó las cejas y miró a su hermana.

—Hace más o menos un año que estamos ahí —añadió Scarlett.

Dos hermanas, ambas oficiales, con el mismo puesto, juntas. Jameson podría apostar a que su papaíto tenía dinero o influencias; probablemente, ambas cosas. «Un momento..., ¿operaciones del sector?» Aumentaría su apuesta a todo un mes de sueldo a que trazaban los movimientos de los aviones militares.

—¿Tienen que mover muchas banderas ahí? —preguntó.

Scarlett lo miró sorprendida y todo el cuerpo de Jameson se tensó.

—¿En serio cree que los pilotos no lo sabemos?

Ellas le salvaban el culo, eso estaba claro. Los registradores seguían todos los movimientos aéreos con la ayuda de operadores de radio y radiogoniometría para crear el mapa que le daba a él las coordenadas durante los ataques aéreos. Manejaban información clasificada.

—No me atrevería a decir qué es lo que sabe —respondió Scarlett con una tímida sonrisa.

No solo era despampanante, sino también inteligente, y el hecho de que no accediera a decir que él tenía razón, cuando sabía que la tenía, hizo que se ganara su respeto. Estaba intrigado; esa chica le atraía, y se sintió muy desgraciado al ver que solo le quedaban unos minutos con ella.

En el momento en que cruzaron la reja, notó un agujero en el estómago y el cronómetro empezó a marcar la cuenta atrás. Llevaba casi un mes allí y nunca la había visto. ¿Qué posibilidades había de que la viera de nuevo?

«Invítala a salir.»

La idea empezó a obsesionarle mientras aparcaba frente a las barracas de las mujeres; los británicos las llamaban «cobertizos». Toda la base seguía en construcción, pero al menos esa zona estaba acabada.

Las chicas salieron del vehículo antes de que él pudiera abrirles la puerta, aunque no se sorprendió. Las inglesas que había conocido desde que había llegado a ese país habían aprendido a hacer muchas cosas por sí solas en el año que el Reino Unido llevaba en guerra.

Sacó las maletas del portaequipajes, pero no soltó la de Scarlett cuando ella se inclinó para cogerla. Sus dedos se rozaron y él sintió que el corazón le daba un vuelco. Ella se sobresaltó, pero no retrocedió.

—¿Puedo invitarla a cenar? —preguntó antes de perder el valor, que era algo de lo que no había tenido que preocuparse últimamente, pero es que de alguna manera Scarlett lo dejaba mudo.

Ella abrió mucho los ojos y sus mejillas se sonrojaron.

—Ah, bueno...

Miró enseguida a su hermana, a quien le costaba mucho trabajo disimular la sonrisa. Scarlett no soltó su maleta; él tampoco.

—¿Eso es un sí? —preguntó Jameson con una sonrisa que hizo que a Scarlett le flaquearan las piernas.

«Problemas.» Por primera vez en su vida no quería evitarlos.

—¡Stanton! —Lo llamó otro piloto.

Se acercó a ellos; llevaba a Mary del brazo y tenía el rostro manchado del pintalabios de ella. Al menos esa incógnita estaba resuelta.

Mary contuvo el aliento y luego hizo una mueca.

—¡Oh, no! ¡Lo siento! ¡Sabía que olvidaba algo!

—No te preocupes. Parece que todo se ha resuelto para los implicados —dijo Constance con una sonrisita insolente; su anillo de compromiso brilló bajo el sol.

Scarlett miró a su hermana con los ojos entornados hasta que un ligero tirón le recordó que seguía en la acera, con la maleta suspendida entre Jameson y ella. ¿Qué tipo de nombre era ese? ¿Lo prefería a James? ¿O a Jamie?

—Me alegro de verte, Stanton. ¿Puedes acercarme a la línea de vuelo? —quiso saber el otro piloto liberando a Mary de su abrazo.

—Claro. Tan pronto como ella responda a mi pregunta —contestó mirando a Scarlett a los ojos.

Siempre había sido así de directo y, por lo tanto, no debía ceder.

—Scarlett —la exhortó Constance.

—Lo siento, ¿cuál era la pregunta?

¿Habría preguntado algo más mientras ella estaba distraída mirándolo? Sus mejillas se encendieron.

—¿Me permite, por favor, invitarla a cenar? —preguntó de nuevo Jameson—. No hoy, tengo vuelo, pero ¿alguna noche de esta semana?

Ella entreabrió los labios. Desde que la guerra había empezado, no había tenido una cita.

—Lo siento, pero no acostumbro salir con hombres como usted —respondió con voz ronca.

Constance dejó escapar un suspiro de frustración lo bastante fuerte como para hacer que el cielo se nublara.

—¿Hombres como yo? —dijo Jameson en tono divertido—. ¿Estadounidenses?

—Claro que no —aseguró Scarlett con una risita—. Quiero decir, tampoco es que ningún estadounidense me haya invitado, por supuesto.

—Por supuesto.

Otra vez esa sonrisa que hacía que le flaquearan las piernas. En realidad, era demasiado guapo, para su desgracia.

—Quiero decir pilotos. —Con un movimiento de cabeza señaló las alas en su uniforme—. No salgo con pilotos.

De todos los cargos en la RAF, justo los pilotos eran nómadas que no sabían dónde iban a dormir; y la cuestión geográfica era lo de menos: también morían con una frecuencia que ella no podía tolerar.

—Qué lástima —lamentó él, y chasqueó la lengua.

Scarlett tiró un poco de su maleta y él la soltó.

—Sin duda, soy yo quien se lo pierde —repuso ella.

Sonaba sincera. No debía ir, pero eso no significaba que no quisiera. El anhelo resonó en su corazón como la campana de una iglesia que golpea fuerte y alto, solo para volver en ecos cada vez más suaves mientras permanecía ahí, mirándolo.

¿Todos los estadounidenses eran tan atractivos como él? Seguramente no.

—No, quiero decir que será una lástima tener que renunciar a mi trabajo; adoro volar. —Las comisuras de sus labios se extendieron un poco más—. Me pregunto si querrán reclutarme como oficial en el comando del sector.

El otro piloto soltó una carcajada.

—Deja de coquetear, vamos a llegar tarde.

Scarlett arqueó una sola ceja en dirección a a Jameson.

—Déjeme llevarla a cenar —pidió de nuevo, esa vez en voz más baja.

—Stanton, en serio, tenemos que irnos. Ya vamos tarde.

—Dame un segundo, Donaldson. Venga, Scarlett, viva un poco.

Sus ojos permanecieron fijos en los de ella, cosa que acabó con sus defensas.

—Es muy insistente —lo acusó irguiéndose en toda su estatura.

—Es una de mis mejores cualidades.

—Tendré que familiarizarme también con las cualidades que no sean tan buenas —masculló.

—Esas también le gustarán —repuso, y le guiñó un ojo.

«Oh, Dios.» Ese solo gesto casi hizo desaparecer el poco razonamiento que le quedaba. Cerró la boca para evitar balbucear y rogó que el calor abrasador en sus mejillas no la delatara.

—¿En serio va a quedarse ahí parado hasta que acepte cenar con usted?

Pareció planteárselo durante un segundo, y ella hizo un gran esfuerzo para no acercarse a él.

—Bueno, usted sigue aquí, de modo que imagino que en realidad sí quiere cenar conmigo.

Era cierto, maldita sea. Quería verlo sonreír de nuevo, pero quizá no sobreviviría a ese guiño una segunda vez.

—¡Stanton! —gritó Donaldson.

Jameson la miró como si fuera una obra de teatro y esperara para saber qué pasaría después.

—Bueno, si tú no quieres, entonces iré yo —intervino Constance, que dio un paso adelante para interrumpir ese intercambio de miradas.

—Iré a cenar con usted —dijo Scarlett de pronto; en su mente maldijo la sonrisita de suficiencia de su alegre hermana.

—¿Me hará renunciar antes a mis alas? —preguntó él sonriendo.

A Scarlett el corazón le dio otro vuelco y sintió una suerte de chispazo eléctrico.

—¿Estaría dispuesto? —lo desafió.

Él inclinó la cabeza a un lado.

—Si eso me permitiera cenar con usted..., bien podría estarlo.

—Stanton, ¡súbete al maldito coche!

—Será mejor que se vaya —lo animó Scarlett reprimiendo una sonrisa.

—Por ahora —respondió él sin dejar de lanzarle miradas mientras se alejaba—. Nos veremos, Scarlett —añadió con otra sonrisa antes de meterse en el coche.

Un segundo después se pusieron en marcha y desaparecieron por el camino hacia el aeródromo.

—Gracias por tu ayuda, querida hermana —dijo Scarlett mirando a Constance con los ojos en blanco al tiempo que avanzaban en dirección a los cobertizos.

—No se merecen —respondió esta con descaro.

—Se supone que tú eres la tímida, ¿recuerdas?

—Bueno, me ha parecido que ocupabas mi lugar durante un momento, así que yo he asumido el tuyo. Es divertido ser la audaz, la franca. —Se giró hacia ella con una sonrisa mientras entraba bailando por la puerta.

Scarlett reprimió una carcajada y siguió a su hermanita la casamentera y confabuladora.

«Nos veremos, Scarlett.» Problemas, sin duda..., si es que sobrevivía al vuelo de esa noche. Sintió que el pecho se le encogía ante la posibilidad de que no fuera así; no era descabellado pensarlo. Habían bombardeado Cardiff la semana anterior y las patrullas se volvían cada vez más peligrosas con el avance nazi. Por eso no salía con pilotos, pero no había mucho que pudiera hacer aparte de ir al trabajo y esperar ver a Jameson de nuevo.

4

Julio de 1940
Middle Wallop, Inglaterra

La luz del sol se filtraba entre las hojas del enorme roble y titilaba sobre Scarlett, quien, tendida en una gruesa manta de cuadros, disfrutaba al máximo de su primer día libre en casi una semana. Le gustaba estar ocupada, el ajetreo cuando trabajaba era adictivo; sin embargo, ese día tenía una frescura encantadora, con una brisa ligera y un buen libro.

—Ya he terminado —dijo Constance agitando una hoja de papel de carta doblada desde su asiento frente a la mesa de pícnic.

—No me interesa —respondió Scarlett, que pasó una página para seguir con las desventuras de *Emma*.

Su elección literaria era otro de los tantos ejemplos que usaba su madre para afirmar que Scarlett no respondía a las imposibles expectativas de sus padres.

—¿No te interesa lo que mamá tiene que decir?

—No, si tiene algo que ver con lord Trepador Social.

—¿Quieres que te la lea? —Constance se inclinó hacia su hermana, apoyando la mano sobre el banco para evitar caerse.

—¿La verdad? No.

Constance suspiró hondo y se dio la vuelta en el banco.

—Está bien.

Scarlett casi pudo palpar la decepción de su hermana.

—¿Por qué no me cuentas mejor lo otro?

Alzó la mirada del libro y vio que los ojos de Constance se iluminaban.

—Edward dice que le encantó el tiempo que estuvimos juntos y que espera poder coordinar de nuevo sus días de permiso con los nuestros.

Scarlett se apoyó en los codos.

—Siempre puedes verlo en Ashby. Sé que os encanta ese lugar.

Ella también adoraba esa propiedad, pero su afecto no era nada comparado con lo que Constance sentía por el sitio donde se había enamorado de Edward.

—Sí, podemos —contestó Constance con un suspiro, pasando los dedos por encima del sobre—. Pero no vale la pena, está muy lejos. Es más fácil quedar con él en Londres.

Miró hacia el horizonte como si pudiera ver ahí agrupada a la brigada de Edward. Luego abrió mucho los ojos y se dio la vuelta de inmediato para observar a Scarlett.

—Estás muy guapa —dijo de pronto—. Trata de relajarte.

—¿Qué?

Scarlett frunció el ceño, y lo hizo aún más cuando su hermana se apresuró a recoger de la mesa las pocas cosas que había llevado.

—Tu cabello, tu vestido, ¡todo está perfecto! —explicó sosteniendo las cosas contra el pecho. Pasó las piernas sobre el banco y añadió—: Bueno, me voy... ¡a otra parte!

—¿Que tú qué?

—Creo que trata de darnos un poco de intimidad.

La mirada de Scarlett se movió de inmediato hacia la voz

profunda con la que había estado soñando la última semana: Jameson Stanton se acercaba hasta el borde de la manta.

Su corazón dio un vuelco y empezó a latir con fuerza. Revisaba todos los días la lista de decesos, pero verlo en persona supuso un gran alivio después de que bombardearan Brighton la noche anterior.

Llevaba el uniforme de piloto, salvo los guantes y el chaleco amarillo de supervivencia; la brisa fresca que ella tanto amaba lo despeinaba. Scarlett se incorporó para sentarse e hizo un gran esfuerzo para evitar alisarse las arrugas del vestido.

Era un sencillo vestido azul de cuadros, abotonado, con cinturón, un escote modesto y mangas que casi llegaban al codo; comparado con el uniforme de servicio que vestía cuando se conocieron, se sentía desnuda. Al menos llevaba los zapatos puestos.

—Teniente —logró decir como saludo.

—Déjeme ayudarla a levantarse —ofreció él al tiempo que le tendía la mano—. O puedo sentarme a su lado y acompañarla —se ofreció con una lenta sonrisa que ella sintió en cada centímetro de su cuerpo.

Solo pensarlo hizo que se ruborizara. Una cosa era afirmar delante de su madre que ella era una mujer moderna, y otra muy distinta serlo.

—Eso no será necesario.

Su mano temblaba cuando estrechó la de él. Jameson la ayudó a ponerse de pie en un solo movimiento; del ímpetu, tuvo que apoyarse en su musculoso pecho. Bajo su mano no había nada blando.

—Gracias —dijo apartándose enseguida para romper el contacto—. ¿A qué debo el honor?

Se sentía expuesta. Todo en él era excesivo: sus ojos tan verdes, su sonrisa tan encantadora, su mirada tan franca. Scarlett se llevó el libro al pecho, como si eso fuera a ofrecerle algo de protección.

—Esperaba que pudiera cenar conmigo.

Él no se movió, pero el aire entre ellos estaba cargado con una corriente que le hizo sentir como si estuvieran acercándose; si no tenía cuidado, podrían chocar el uno contra el otro.

—¿Esta noche? —exclamó ella con voz aguda.

—Esta noche —repitió él, haciendo un gran esfuerzo para mantener la mirada en el rostro de ella y no en las curvas de su cuerpo.

De uniforme, Scarlett era hermosa, pero encontrarla recostada bajo el árbol con ese vestido lo volvía loco. Llevaba el cabello en un recogido flojo, igual de lustroso y oscuro que la semana anterior, pero sin el gorro del uniforme. Cuando ella parpadeó en su dirección, vio sus ojos más grandes e incluso más azules de lo que recordaba.

—En realidad, ahora mismo.

Él sonrió porque, sencillamente, no podía evitarlo. Al parecer, Scarlett tenía ese efecto en él. Había pasado toda la semana sonriendo mientras planeaba la cena, esperando que Mary, la novia de turno de Donaldson, no se hubiera equivocado y Scarlett estuviera libre.

Sus suaves labios se entreabrieron sorprendidos.

—¿Quiere que vayamos a cenar ahora?

—Ahora —le aseguró con una sonrisa. Luego echó un vistazo al libro que ella sujetaba con fuerza—. *Emma* puede venir también, si usted quiere.

—Yo... —titubeó volviéndose hacia la izquierda, hacia el cobertizo de las mujeres.

—¡Es su día libre! —gritó Constance desde el porche.

Scarlett la fulminó con la mirada y Jameson se mordió el labio para no reír.

—¡Pero estará ocupada asesinando a su hermana! —le gritó esta también.

—¿Necesita ayuda para enterrar el cuerpo? —preguntó Jameson con una sonrisa burlona cuando Scarlett se dio la vuelta para mirarlo—. Si tiene la intención de asesinar a su hermana, quiero decir. Por supuesto, preferiría llevarla a cenar, pero soy capaz de cavar si eso es lo que tengo que hacer para pasar tiempo con usted.

Una sonrisa lenta y reticente cruzó el rostro de Scarlett; Jameson sintió que su estómago se agitaba como si se hubiera lanzado de cabeza al agua.

—¿Quiere ir a cenar vestido así? —preguntó señalando su uniforme de piloto.

—Todo forma parte del plan.

Ella inclinó la cabeza hacia un lado, curiosa.

—Está bien, mi tarde es suya, teniente.

Jameson hizo un gran esfuerzo para no levantar los brazos en señal de victoria. Un esfuerzo enorme.

—Está loco —dijo Scarlett al tiempo que Jameson sujetaba el cinturón de seguridad del asiento del copiloto en el biplano.

Sus manos se movían con rapidez para apretar el arnés, que hacía que su vestido se frunciera de manera incómoda a su alrededor, aunque él le cubrió los muslos y las rodillas con una manta. Era tan hábil moviendo las manos en torno a su cintura que ella tuvo la sensación de que ya lo había hecho con unas cuantas mujeres... y sin esa barrera.

—Es usted quien ha decidido subirse —dijo él cerrando la correa del casco debajo de su barbilla.

—¡Porque la idea era tan ridícula que estaba segura de que bromeaba!

Tenía que ser una broma. En cualquier momento la sacaría de la cabina de mando y se burlaría de su reacción.

—Nunca bromeo cuando se trata de pilotar. Bueno, he puesto la radio en la frecuencia de entrenamiento, así podremos escucharnos el uno al otro. ¿Todo bien?

—Esto va en serio, ¿verdad? —preguntó ella alzando las cejas.

Jameson detuvo el pulgar sobre la barbilla de Scarlett y abandonó todo sentido del humor.

—Última oportunidad para retractarse. Si quiere bajar, la desabrocharé.

—¿Y si no? —lo retó, con una ceja enarcada.

—Entonces, la llevaré a volar.

Él miró sus labios y ella se ruborizó. Su corazón pedía a gritos una oportunidad.

—Pensaba que iba a llevarme a cenar.

—Para eso es necesario volar. —Rozó con el pulgar la piel justo debajo de su labio; ese contacto la hizo estremecerse de placer.

—¿Y qué pasa si nos pillan? —preguntó.

Sabía que la RAF no prestaba los aviones para que los pilotos sacaran a sus novias a pasear; aunque no podía decirse que ella fuera su novia, claro.

Él se encogió de hombros con una sonrisa traviesa que hizo que el corazón de Scarlett diera un vuelco.

—En ese caso, supongo que me repatriarán a Estados Unidos.

Ella reprimió una carcajada.

—¿Y eso sería muy malo? ¿Que lo enviaran a su casa?

Jameson se desconcertó durante un segundo y su expresión se ensombreció.

—Es que no estoy seguro de que me dejen regresar.

—¿Por qué no le dejarían? —Su espíritu de aventurera flaqueó y sintió un hueco en el estómago.

—Por traición —explicó, y señaló la insignia de la RAF en su antebrazo—. Y sí, enviarme a casa sería un castigo. Estoy aquí porque quiero, no porque tenga que hacerlo. La pregunta es: ¿y usted? —añadió suavizando la voz.

—Estoy exactamente donde quiero estar.

Ella había olvidado que los yanquis que volaban con ellos arriesgaban su propia nacionalidad. Elegir la guerra era un lujo; sin embargo, Jameson lo había hecho.

—Entonces, vámonos antes de que alguien nos vea.

Le lanzó una sonrisa que paralizó su corazón; luego desapareció en el asiento que había detrás de ella.

Momentos después, el motor se encendió, la hélice comenzó a girar y cada hueso de su cuerpo vibró cuando empezaron a avanzar entre las filas de aviones, hacia la pista. Gracias a Dios, el motor era tan ruidoso que cubría el sonido de los latidos de su corazón.

Aparte de alistarse en la WAAF en contra de los deseos de sus padres, ese era el acto más ilícito que había cometido. «Quizá sea la cosa más ilícita que harás jamás en tu vida.» Se guardó ese pensamiento, sus manos sujetaban con fuerza el arnés. El avión giró a la derecha.

—¿Está lista? —le preguntó él por radio.

Ella asintió; sus labios apretados formaban una línea nerviosa. Iba a hacerlo, volaría hacia lo desconocido con un piloto estadounidense al que apenas hacía una semana que conocía. Si esa no era la definición de imprudencia, ¿cuál era?

El zumbido del motor aumentó cuando el avión se lanzó veloz por la irregular pista, ganando velocidad igual que el corazón de Scarlett; aunque podía ver los campos que pasaban deprisa a ambos lados, era incapaz de determinar dónde acababa el pavimento. Era una locura estimulante, aterradora. El viento hacía que los ojos le escocieran y parpadeó con fuerza, bajándose las gafas de aviador al tiempo que el suelo desaparecía.

Todo su cuerpo, salvo el estómago, dio un salto hacia el cielo; estaba segura de que este se había quedado en tierra. Se recompuso cuando ganaron altitud y se obligó a respirar para estabilizar y relajar los músculos, para tranquilizarse lo suficiente y asimilarlo todo.

La experiencia le consumía los sentidos. El casco amortiguaba el rugido del motor, aunque no lo silenciaba, y el viento le enfriaba la piel; sin embargo, era el paisaje lo que le quitaba el aliento. El sol aún colgaba del cielo, pero sabía que pronto se hundiría en el horizonte. Era como si todo debajo de ellos se hubiera vuelto minúsculo..., o como si ellos fueran gigantes. De cualquier forma, resultaba asombroso. Trató de grabar cada una de las sensaciones en su memoria, así después podría escribirlo todo; no quería correr el riesgo de olvidarlo. En cuanto terminó de pensar en las palabras que usaría para describir el paisaje que se abría debajo de ellos, ya estaban aterrizando.

—Espéreme —dijo Jameson por la radio.

El corazón de Scarlett latió con fuerza. Pilotaba el avión como si fuera una prolongación de su cuerpo, como si le resultara tan sencillo como levantar la mano.

La tierra se aproximó a ellos a toda velocidad y aterrizaron a trompicones sobre el terreno, que era bastante irregular. Ella no estaba familiarizada con aquellos campos, pero, si las pistas sobre el pasto eran alguna indicación, por allí solían pasar una buena cantidad de aviones.

El biplano emitió un sonido sordo cuando el motor se apagó. Jameson apareció a su izquierda, con las mejillas enrojecidas por el viento, y se pasó los dedos por el cabello.

—¿Puedo ayudarla a deshacerse de todo eso? —le preguntó señalando el arnés.

—Si digo que no, ¿me dará de cenar en el avión? —bromeó con una sonrisa.

—Sí —respondió él al instante.

Ella tragó saliva; la garganta se le secó de pronto bajo la intensidad de su mirada.

—Por favor. Ayúdeme, quiero decir —respondió, y señaló el casco.

—Permítame.

Sus dedos rozaron los de ella con suavidad y Scarlett levantó la cabeza para facilitarle el trabajo. Jameson le desabrochó el casco con movimientos rápidos y ella se lo quitó mientras él comenzaba con el arnés.

—Estoy despeinada —dijo riendo al tiempo que levantaba las manos hacia sus desordenados rizos. Su madre se hubiera muerto de la impresión.

—Está preciosa.

Sintió que el pecho le dolía; sus miradas se encontraron cuando se abrió el último broche del arnés. Era sincero.

El dolor se agudizó. «Dios mío, ¿qué es esto?» El anhelo saturaba el aire y llenaba sus pulmones con cada aliento.

—¿Tiene hambre? —le preguntó él, con lo que rompió el silencio, pero no la tensión.

—Me muero por comer algo —contestó ella.

El pecho de Jameson se tensó con el intercambio de miradas, pero se volvió hacia el otro lado y extendió la mano, dejando que ella se alisara el vestido arrugado por el arnés con toda la privacidad que él podía brindarle.

—Yo la ayudo —dijo.

—Más le vale.

Ella sonrió mientras bajaba por el ala, con una mano apoyada en el fuselaje. Luego cayó justo entre sus brazos y puso las manos sobre los hombros de él.

Él la sostuvo por las caderas a la vez que la ayudaba a bajar. Se esforzaba por mantener los ojos en los de ella, y no en las curvas de su cuerpo, pero su pulso se aceleró al sentir lo perfecta que era bajo sus manos, suave y cálida, delgada pero no frágil. Solo por ese momento ya valían la pena el vuelo y las horas de entrenamiento.

—Gracias —dijo ella con el aliento un poco entrecortado cuando él la soltó.

Su cabello estaba alborotado por el viento, con algunos mechones aplastados por el casco; esas pequeñas imperfecciones la hacían más tangible, alcanzable. Ya no era la oficial refinada que había llamado su atención; allí estaba la mujer que bien podría robarle el corazón.

Esa idea lo sobrecogió; en realidad, él no era de los que creían en el amor a primera vista, pero sí creía en la atracción, en la química, incluso en eso que llamaban «destino», y sentía que las tres cosas habían coincidido allí.

—¿Dónde estamos? —preguntó ella mientras él la guiaba por un sendero.

—Un poco al norte del pueblo.

La llevó hasta el pequeño claro en el que habían tomado el camión el día anterior.

Scarlett ahogó un grito, se cubrió la boca con las manos y él sonrió. Había una pequeña mesa puesta con tres sillas, lista para una cena temprana. Incluso se las había arreglado para conseguir un mantel. La mirada de Scarlett reflejaba un placer puro; verla así hacía que valieran la pena todos y cada uno de los favores que había pasado a deber a media docena de tipos del 609.

70

—¿Cómo ha hecho todo esto? —quiso saber ella avanzando hacia la mesa.

—Con magia.

Scarlett se volvió para mirarlo y él rio.

—Quizá debo algunos favores a algunas personas. Muchos favores. —Inclinó la cabeza hacia un lado cuando ella llegaba a la primera silla—. Puede que no tenga otra noche libre durante un tiempo.

—¿Ha hecho todo esto por mí? —preguntó cuando él la invitó a sentarse.

—Bueno, tenía a una o dos chicas en la lista, en caso de que usted me rechazara —bromeó.

—Sin duda, odiaría que esto se desperdiciara —respondió impávida apretando los labios—. Quizá Mary lo hubiera aceptado.

Él se detuvo con una mano en la silla, tratando de valorar si hablaba en serio. Ya llevaba meses volando con los británicos, pero nunca sabía cuándo bromeaban y cuándo no.

—Oh, su expresión es inescrutable —dijo Scarlett entre risas, y ese sonido era tan bonito como ella—. Ahora dígame, ¿esperamos compañía? —preguntó señalando la tercera silla.

—He invitado a Glenn Miller —contestó él al tiempo que alejaba la silla de la mesa para mostrar su posesión más preciada.

—¿Tiene un fonógrafo? —exclamó boquiabierta.

—Así es.

Abrió la tapa y encendió el fonógrafo portátil; al instante, el silencio se llenó con la orquesta de Glenn Miller, el músico estadounidense.

Ella miró a Jameson con una expresión que él no sabía si calificar de asombro, pero que sin duda le gustó. Se dijo que debía tranquilizarse, porque, cuando se sentó en la silla frente a ella, su corazón se desbocó como miles de caballos al galope.

Nunca en su vida se había sentido tan nervioso en una cita; tampoco había tenido que pedirla tantas veces.

—No se emocione, es una cena informal.

Extendió el brazo para coger la cesta del centro de la mesa.

—¿En serio? ¿No podía esforzarse un poquito más para esta tarde?

Jameson apretó los labios; no sabía si hablaba en serio. Se limitó a sonreír y a servir.

Eran fiambres, quesos y una costosa botella de vino que definitivamente no le habían dado con su tarjeta de racionamiento.

—Todo esto es precioso —murmuró ella.

—Es usted quien lo hace precioso. El resto es solo un poco de preparación —dijo, y empezaron a comer.

Ella había ido a fiestas e incluso había tenido algunas citas antes de la guerra, pero nada comparable a aquello. El esfuerzo que le habría llevado prepararlo todo era increíble. Scarlett había dudado un poco cuando él había bromeado sobre tener a una fila de chicas esperando, pero se negaba a obsesionarse y arruinar la velada. No tenía sentido buscar el paracaídas: ya había saltado.

—¿Y cuántos favores debe por el fonógrafo? —preguntó.

Resultaba complicado conseguir esos aparatos portátiles, por no hablar de que eran escandalosamente caros, y ella sabía cuánto ganaban los oficiales de la RAF.

—Tengo que regresar vivo —respondió con tanta naturalidad que ella casi perdió el sentido.

—¿Cómo?

—Mi madre me lo dio cuando salí de casa el año pasado —explicó bajando la voz—. Dijo que había ahorrado un poco para cuando me casara, pero después le anuncié, de manera bastante repentina (eso me lo dejó muy claro), que me marchaba a lo que mi padre llamó una «misión imposible».

A Scarlett se le encogió el corazón al ver que una sombra nublaba sus ojos.

—¿No lo aprobaba?

—No aprobó que mi tío Vernon me enseñara a volar. Ni tampoco mi decisión de usar aquí mis habilidades. Pensaba que yo buscaba un motivo para pelear —añadió encogiéndose de hombros.

—¿Eso buscaba?

La brisa susurró entre la hierba y le soltó un mechón del cabello, que ella rápidamente se pasó detrás de la oreja.

—En parte —admitió Jameson con una sonrisa conciliadora—. Pero imagino que esta guerra se extenderá por todo el mundo si no acabamos con ella, y que me parta un rayo si tengo que quedarme sentado en Colorado sin hacer nada mientras se arrastra hasta nuestra puerta.

Su mano se tensó en el tenedor; Scarlett se inclinó hacia él para salvar el pequeño espacio entre ambos y poner la mano sobre la suya. El contacto le provocó un estremecimiento que le recorrió todo el cuerpo.

—Pues le agradezco que haya decidido venir.

Esa decisión tan particular le decía más sobre su carácter que mil palabras bonitas.

—Y yo estoy contento de que usted haya decidido venir esta tarde —contestó él en voz baja.

—Yo también.

Se sostuvieron la mirada y él apartó la mano de la de ella con una caricia.

—Cuénteme algo de usted. Lo que sea —pidió él.

Scarlett arrugó la frente tratando de pensar en algo que mantuviera su interés, ahora que había decidido que eso era lo que quería.

—Creo que algún día me gustaría ser novelista.

—Entonces tiene que serlo —repuso él, como si fuera tan fácil.

Quizá sí lo era para un estadounidense; ella se lo envidiaba.

—Eso espero —respondió suavizando la voz—. Mi familia no está de acuerdo y hemos discutido bastante sobre quién debería decidir mi futuro.

—¿Eso qué significa?

—En pocas palabras, mi padre tiene un título que no quiere soltar. Se niega a ver que el mundo está cambiando.

—¿Un título? —Dos arrugas se marcaron en su entrecejo—. ¿Algo así como un título laboral o uno que heredó?

—Lo heredó. A mí todo eso no me interesa en absoluto, pero él tiene otros planes. Espero poder convencerlos antes de que la guerra termine. —Por lo visto, sus palabras seguían confundiéndolo; parecía preocupado—. Tampoco es que les quede mucho. Mis padres se lo han gastado casi todo. El título es menor, y en realidad no importa, se lo juro. ¿Podemos cambiar de tema?

—Claro. —Dejó los cubiertos sobre el plato, puso un disco de Billie Holiday y extendió la mano hacia ella cuando empezó a sonar *The Very Thought of You*—. Baile conmigo, Scarlett.

—Está bien.

Ella no podía resistirse, era magnético, de un atractivo extremo y ridículamente encantador.

Sus brazos la rodearon mientras bailaban en el ocaso al ritmo de la música, y ella se entregó cuando él la acercó a su cuerpo. Su cabeza descansaba a la perfección en la cavidad del cuello del piloto; la tela áspera de su uniforme solo sirvió para recordarle que aquello era muy real.

Qué fácil sería abandonarse a ese hombre durante un tiempo, olvidar todo lo que se arremolinaba a su alrededor y que acabaría por atraparlos; reclamar algo, a alguien, para sí misma.

—¿Hay alguien que lo espere en casa? —preguntó Scarlett. Odió la manera en la que su voz se había agudizado al final.

—Nadie en casa, nadie aquí; solo mi pequeño tocadiscos —afirmó él riendo entre dientes; su voz resonó en el oído de la joven—. Y amo la música, pero no es una relación monógama que digamos.

—Entonces, ¿no suele llevar en avión a chicas para cenar a la luz del crepúsculo? —Levantó la cabeza hacia él.

Jameson alzó la mano y tomó la barbilla de Scarlett entre el pulgar y el índice.

—Nunca. Sabía que sería un hombre muy afortunado si tuviese siquiera una oportunidad con usted, de modo que decidí que más me valía hacerlo bien.

Scarlett bajó la mirada hasta los labios de Jameson.

—Lo fue. Lo es.

—Bien. Entonces, ya lo tengo todo preparado para la siguiente oficial que me encuentre a un lado de la carretera.

Ella rio y lo empujó por el pecho; él no soltó su cintura, la hizo girar una vez y, al volver a tirar de ella, sus bocas quedaron peligrosamente cerca.

«Sí.» Ella quería besarlo, probar su sabor, sentir los labios de él contra los suyos.

—¿Está lista? —preguntó él al tiempo que le presionaba la espalda para acercarla.

—¿Lista? —preguntó poniéndose de puntillas.

—Bueno, es que parece que tiene muy poca experiencia —murmuró Jameson, que se inclinó un poco más sobre ella.

—Es cierto.

Su voz sonó tan apasionada como ella se sentía. Solo la habían besado una vez en su vida; no podía considerarlo «tener experiencia».

—Está bien, iremos despacio —prometió él, tomando la mejilla de ella en la palma de su mano—. No quiero que se asuste cuando le entregue los controles.

Scarlett ignoró su jerga estadounidense, no sabía qué significaba, y alzó la cabeza, pero él retrocedió. «¿Se aleja?» Ahí quedó ella, de pie, como un pez con la boca abierta mientras él sonreía.

—Vamos, aprendiz, hagamos que este pequeño vuelo sea legítimo.

Ella parpadeó varias veces.

—¿Aprendiz?

¿Estaba malinterpretando su lenguaje coloquial?

Él volvió a acercarse, le acarició el cuello y le pasó las manos por el cabello al tiempo que acercaba sus labios a pocos centímetros de los de ella.

—No tiene ni idea de cuánto deseo besarla en este momento, Scarlett.

A ella le temblaron las piernas. Ambos deseaban lo mismo.

—Pero si no nos vamos ahora —añadió—, perderemos el horizonte y le será tres veces más difícil mantener el nivel del aeroplano mientras lo hace volar.

Ella contuvo el aliento; él le rozó los labios con los suyos, provocándola con la promesa de un beso para que lo deseara aún más.

—Espere, ¿«mientras lo hace volar»? —exclamó.

—Pues sí, ¿para qué crees que son los entrenamientos? —La tomó de la mano y tiró de ella con suavidad, comenzando ya a tutearla—. Anda, te va a encantar. Es adictivo.

—Y muy peligroso.

Él giró y la levantó en brazos para que pudiera subir al ala; las partes donde sus cuerpos se tocaron se estremecieron.

—No voy a dejar que te pase nada —prometió—. Solo confía en mí.

Ella asintió lentamente.

—Está bien, eso puedo hacerlo.

5

GEORGIA

Querida Constance:

Dejarte hoy ha sido lo más difícil que he hecho en mi vida. Si fuera solo por mí, jamás me habría ido; me habría quedado a tu lado hasta el final de la guerra, como nos prometimos. Pero ambas sabemos que nunca se ha tratado solo de mí. Mi corazón llora por todo lo que hemos perdido en los últimos días, por toda esta injusticia. Una vez te prometí que nunca permitiría que nuestro padre le pusiera las manos encima a William, y no lo haré.

Desearía mantenerte a salvo a ti también. Nuestra vida ha resultado muy diferente de lo que habíamos planeado. Me gustaría que estuvieras conmigo en este viaje. Has sido mi brújula todos estos años, y no estoy segura de poder encontrar mi camino sin ti; pero, como te he prometido esta mañana al despedirnos, me esforzaré todo lo que pueda. Te llevo conmigo en mi corazón, siempre. Te veo en los ojos azules de William, nuestros ojos, y en su dulce sonrisa. Siempre estuviste destinada a la felicidad, Constance, y lamento que mis elecciones te hayan arrebatado tantas oportunidades para encontrarla. Siempre habrá un lugar para ti conmigo.

Te quiero con todo mi corazón.

Scarlett

—Y... eso es todo —le dije a Hazel cuando nos sentamos en su patio trasero. A nuestros pies veíamos a los niños que chapoteaban en la piscina infantil—. Y, como lectora, es el momento más oscuro, así que ya sabes que debe haber un tercer acto, ¿verdad? Pero yo, su bisnieta... —Negué con la cabeza—. Entiendo por qué nunca pudo escribirlo.

Terminé de leer el manuscrito a las seis de la mañana, pero esperé hasta que el reloj diera las siete para llamar a Hazel; aguardé a una hora respetable, el mediodía, para ir a su casa después de dormir un poco. Era mi mejor amiga desde la guardería, justo desde el año en que mi madre me dejó en la puerta de la casa de Gran por segunda vez; nuestra amistad había sobrevivido a pesar de los caminos tan distintos que habían tomado nuestras vidas.

—¿El libro está basado en su propia vida? —Hazel se inclinó hacia delante y meneó el índice en dirección a su hijo, que estaba en la piscina inflable frente a nosotros—. No, no, Colin, no puedes quitarle la pelota a tu hermana. Devuélvesela.

El pequeño, travieso, rubio e idéntico a su madre, le devolvió la pelota de playa a su hermana menor, aunque a regañadientes.

—Sí. El manuscrito se acaba justo antes de que ella viajara a Estados Unidos; al menos, eso es lo que indican las cartas. Y en cuanto a las cartas... —Exhalé lentamente, tratando de aliviar el dolor en el pecho. Ese amor no era lo que yo había tenido con Damian, y empezaba a cobrar sentido por qué Gran se había opuesto a que me casara con él—. Se querían tanto... ¿Puedes creer que mi madre encontró una caja llena de la correspondencia de Gran durante la guerra y nunca me lo contó?

Estiré las piernas frente a mí y apoyé un pie descalzo en el borde de la piscina.

—Bueno... —Hazel hizo una mueca—. Es tu madre. —Tomó un sorbo de té helado.

—Cierto.

Suspiré, y sentí que el suspiro me llegaba a lo más profundo de los huesos. Hazel hacía un gran esfuerzo por no mostrarse negativa cuando se trataba de mi madre, y la verdad era que, con toda probabilidad, era la única a quien se lo permitía, ya que había estado a mi lado durante lo peor. Con mi madre me pasaba eso: yo podía criticarla, pero no se lo permitía a nadie más.

—¿Cómo te has sentido al regresar a casa? —preguntó—. No es que no me emocione que estés aquí, al contrario.

—Estás contenta de tener a alguien en quien confías para que haga de niñera —bromeé.

—Me declaro culpable. En serio, ¿cómo estás?

—Es complicado. —Observé el chapoteo de los niños, a quienes el agua les llegaba a media espinilla, y pensé en mi respuesta—. Si cierro los ojos, puedo fingir que los últimos seis años no han existido. Nunca me enamoré de Damian. Nunca conocí a la... prometida de Damian.

—¡Nooo! —exclamó Hazel boquiabierta—. ¿Está prometido?

—Sí, según los diecisiete mensajes de texto que he recibido hoy. Cuánto agradezco la función «no molestar». —La futura señora de Ellsworth era una rubia de veintidós años con senos mucho más grandes que los que llenaban mi saludable copa C—. Además, va a dar a luz en cualquier momento.

No hacía que doliera menos, pero no podía cambiar nada de lo que había pasado.

—Lo siento —murmuró Hazel—. Nunca te mereció.

—Sabes que eso no es cierto, al menos al principio. —Agité los dedos, que ya no tenían anillo, hacia su hija de dos años, Danielle, que me ofreció una gran sonrisa—. Él quería tener hijos. Yo no se los di. Al final encontró a alguien que podía hacerlo. Duele de co... —Me avergoncé y me recompuse. Hazel nunca me perdonaría si sus hijos empezaban a hablar mal por mi culpa—. ¿El hecho de que no esperara a que se acabara nuestro matrimonio antes de empezar a buscarse a otra? ¿O de que lo metiera en una de las películas de Gran? Por supuesto que duele, pero ambas sabemos que ella no fue la primera y que no será la última. No la envidio por eso. —Él se había aprovechado de mí para impulsar su carrera, pero no lo admití hasta los últimos años—. Además, también sabemos que hacía mucho tiempo que ya no había amor.

Se había agotado poco a poco por los líos de faldas de Damian que yo fingía ignorar, pero que me vaciaron hasta que el orgullo fue lo único a lo que pude aferrarme.

—Muy bien, entonces puedes estar tranquila. Yo ya lo odio lo suficiente por las dos. —Negó con la cabeza—. Si Owen me hiciera algo así... —Su expresión se ensombreció.

—Nunca haría algo así —aseguré—. Tu marido está loco por ti.

—Quizá no esté tan loco por los nueve kilos que sigo arrastrando desde el embarazo de Danielle. —Se dio unas palmaditas en el vientre y yo puse los ojos en blanco—. Pero, en mi defensa, él ya ha empezado a trabajar en su barriga de papá, así que estamos en tablas. Un padre dentista un poco barrigón y sexy —añadió con una sonrisa sarcástica.

Solté una carcajada.

—Pues yo creo que estás fenomenal, ¡y el centro de aprendizaje avanza de maravilla! Pasé por delante de camino al pueblo.

Hazel sonrió.

—Ha sido un trabajo de amor que hizo posible un donante muy generoso. —Le dio otro sorbo al té y me miró por encima de las gafas de sol.

—Necesitamos a más personas como Darcy en el mundo —respondí encogiendo ligeramente los hombros.

—Dice la mujer a quien le encanta Hemingway.

—Me encantan las personas creativas y taciturnas.

—Hablando de creativos y taciturnos, ¡no me dijiste que Noah Harrison está para comérselo! —exclamó dándome un golpe en el hombro con el dorso de la mano—. ¡No debería haber tenido que buscarlo en internet para enterarme! ¡Tú tienes todos los detalles!

Era exactamente así de guapo. Entreabrí los labios al recordar la intensidad de aquellos ojos oscuros. Con toda probabilidad, me evaporaría por la combustión espontánea si alguna vez me tocaba..., aunque no había ni siquiera una posibilidad remota de que tal cosa sucediera. Había oído más que suficiente sobre Damian durante los últimos años como para saber que Noah también era un imbécil arrogante.

—Estaba un poco ocupada asimilando el hecho de que mi madre había tratado de vender el manuscrito a mis espaldas —repliqué—. Y, si te soy sincera, ese hombre es un sabelotodo presuntuoso especializado en el sadismo emocional. Damian trató de comprar los derechos de algunos de sus libros más de una vez.

Aunque a esas alturas habría tenido que empezar a cuestionarme cualquier cosa que me hubiera dicho Damian.

—Bien —refunfuñó Hazel—. ¿Por lo menos podemos estar de acuerdo en que es un sádico muy sexy?

Mis labios dibujaron una pequeña sonrisa.

—Podemos estar de acuerdo en eso, sí: muy sexy. —Sentí que el calor me subía por el cuello solo con recordar su atractivo—. Aunque su ego es tan grande que no cabría por la puerta. Deberías haberlo oído en la librería; pero sí, es escandalosamente guapo.

No iba a hablarle de la intensidad con la que me había mirado. Ese hombre tenía un ardor en la mirada que había perfeccionado al máximo.

—Excelente. ¿Y piensas darle los bienes? —preguntó alzando las cejas—. Porque yo le daría cualquier cosa que me pidiera.

Puse los ojos en blanco.

—Si por «bienes» te refieres al manuscrito y las cartas, todavía no lo he decidido. —Me froté la frente; empezaba a sentir un nudo en la garganta—. Ojalá pudiera preguntarle a Gran qué le gustaría que hiciese, pero siento que, de alguna forma, ya lo sé. Si hubiera querido terminar ese libro, lo habría hecho ella misma.

—¿Por qué no lo hizo?

—Una vez me dijo que era mejor dejar que los personajes siguieran teniendo posibilidades, pero no hablaba mucho de eso y yo nunca la presioné.

—Entonces, ¿por qué te lo estás planteando? —preguntó con dulzura.

—Porque es algo que mamá quiere y que puedo darle.

Sonreí cuando Danielle vertió una taza de agua sobre los dedos de mi pie.

—Si esa afirmación no implicara tantas cosas... —masculló Hazel con un suspiro—. Piensas hacerlo, ¿verdad?

No había juicio en su tono, solo curiosidad.

—Sí, creo que sí.

—Entiendo por qué. Gran también lo entendería.

—La echo de menos. —Mi voz se quebró cuando se me cerró la garganta—. Estos últimos seis meses la he necesitado tantas veces... Y es como si ella también lo hubiera sabido. Dejó todos esos paquetitos y entregas de flores para mí. —El primero llegó el día de mi cumpleaños; luego, en San Valentín, y así sucesivamente—. Pero todo se ha venido abajo desde que murió: mi matrimonio, la productora, mi trabajo de beneficencia..., todo.

Dejar la productora fue difícil. Damian y yo la habíamos empezado juntos, pero renunciar a ella era la única manera de avanzar. Perdí el trabajo de beneficencia y la fundación. En ese momento, era descaradamente obvio que necesitaba encontrar algo que llenara mis días. Un empleo, un voluntariado, algo. No podía limpiar la casa tantas veces, sobre todo porque había vuelto a contratar a Lydia.

—Eh —dijo Hazel, obligándome a mirarla para después continuar con voz más dulce—. Entiendo lo de dejar la productora. Odiabas todo lo que tenía que ver con el cine, pero la beneficencia era algo más que tus relaciones. Te costó sangre, sudor y lágrimas. Todo eso era tuyo, y ahora tu futuro también, para que hagas con él lo que quieras. Retoma la escultura, haz vidrio soplado. Sé feliz.

—Los abogados están redactando los papeles para que pueda empezar a hacer trabajar ese dinero.

La única advertencia en el testamento de mi bisabuela en lo que se refería a su fortuna era que podía darlo a las entidades benéficas que me parecieran más convenientes.

—Y han pasado años desde que hice algo artístico con vidrio —añadí.

Los dedos se me crisparon sobre el regazo. Dios, echaba de menos el calor, la magia que provenía de coger un material derretido, en su estado más vulnerable, y moldearlo hasta convertirlo en un objeto singularmente bello. Pero cuando me casé renuncié a todo eso para empezar con la productora.

—Solo digo que sé que Gran no tiró tus pinzas al bote de la basura...

—Se llaman «tenacillas».

—¿Ves? No ha pasado tanto tiempo. ¿Dónde está la chica que vivió un verano en Murano, que entró en la escuela de arte que eligió y montó su propia exposición en Nueva York?

—Una sola exposición —dije levantando el índice—. Mi pieza favorita se vendió esa noche. Fue justo antes de la boda, ¿recuerdas? La que me llevó meses hacer. —Seguía en el vestíbulo de un edificio de oficinas en Manhattan—. ¿Alguna vez te he dicho que iba a visitarla? No muy a menudo, solo los días en los que sentía que la vida de Damian había engullido la mía. Me sentaba en un banco y la miraba, tratando de recordar cómo era sentir toda esa pasión.

—Pues haz otra. Haz cien. Ahora tú eres la única persona que puede poner exigencias a tu tiempo; tampoco me opondría si alguna vez quieres venir a hacer voluntariado al centro.

—No tengo un horno, ni un bloque, ni un taller. —Callé un momento al recordar que la tienda del señor Navarro estaba en venta y negué con la cabeza—. Aunque sin duda podría acudir como voluntaria para el programa de lectura, solo dime cuándo.

—Trato hecho. Tienes claro que Noah Harrison va a hacer que ese libro sea una verdadera agonía, ¿verdad? —preguntó frunciendo el ceño.

—Cuento con ello.

No podía ser de otra manera.

Tres días después, sonó el timbre y casi se me salió el alma. Era el momento.

—¡Yo abro! —gritó mi madre al tiempo que se dirigía con rapidez a la puerta.

Por mí estaba bien, puesto que el miedo me mantenía pegada al sillón del despacho de Gran, dándole vueltas a mi decisión por enésima vez desde que le había dicho a Helen que enviara el contrato final.

Tres días. Eso fue todo el tiempo que llevó resolver los detalles. Helen me aseguró que era más que justo y que no estábamos renunciando a nada a lo que Gran no hubiera renunciado, incluidos los derechos cinematográficos; esos solo se los vendió a Damian, y que un rayo me partiera si obtenía uno más. De hecho, era el mejor contrato de toda la carrera de Gran, y esa era una de las razones por las que tenía el estómago revuelto.

La otra razón acababa de entrar en casa.

Oí su voz cerca de la puerta, profunda, segura, teñida de emoción. Cuanto más pensaba en el acuerdo, más me daba cuenta de que en realidad él era el único que podía hacerlo. Se había ganado su ego en ese campo. Era un especialista en finales desgarradores, y, sin duda, esa historia tenía uno.

—Está en el despacho de Gran —dijo mi madre cuando abrió una de las puertas dobles de cerezo macizo que separaba a Gran del resto del mundo mientras escribía.

Noah Harrison seguía en la entrada, pero parecía que llenaba la habitación. Tenía ese tipo de presencia que otros hombres pagaban miles de dólares en clases de interpretación para tratar de exhibir en una de las películas de Damian. Tenía la personalidad que aquellos actores necesitaban para representar a los personajes que Gran había descrito en sus libros.

—Señora Stanton —saludó en voz baja, metiéndose las manos en los bolsillos. Sus ojos veían mucho más de lo que yo hubiera querido.

Desvié la vista, me pasé un mechón de pelo suelto por detrás de la oreja y acallé la parte de mi cerebro que había estado a punto de corregirlo.

«Ya no eres la señora Ellsworth. Acostúmbrate.»

—Supongo que si va a escribir la historia de Gran puede llamarme Georgia.

Alcé la cabeza para mirarlo a los ojos y me di cuenta, para mérito suyo, de que no observaba los estantes de libros raros, ni siquiera la famosa máquina de escribir en medio del escritorio a la que Gran le tenía tanta fe. Sus ojos seguían fijos en mí.

«En mí.» Como si yo fuera algo igual de único y valioso que los tesoros que abarrotaban la habitación.

—Georgia —pronunció lentamente, como si degustara mi nombre—. Entonces, tú tienes que llamarme Noah.

—Y, en realidad, tu apellido es Morelli, ¿cierto?

Ya sabía la respuesta, junto con casi todo lo relacionado con su carrera hasta la fecha. Helen se había encargado de enriquecer la escasa información que tenía en el momento de nuestro desafortunado encuentro en la librería. Hazel continuó con la instrucción acerca de todas las mujeres que habían desfilado por su vida.

—Sí, Morelli. Harrison es mi seudónimo —admitió con un ligero temblor en los labios.

«Para comérselo.» La descripción de Hazel resonó en mi cabeza y mis mejillas enrojecieron. ¿Cuánto tiempo había transcurrido desde la última vez que me había sentido verdaderamente atraída por un hombre? ¿Y por qué tenía que pasarme con ese?

—Bueno, siéntate, Noah Morelli; solo estoy esperando a que envíen el contrato.

Hice un gesto para señalar los dos sillones orejeros de piel que se encontraban enfrente del mío.

—He firmado mi parte antes de venir, así que deben de estar aceptándolo en este momento —dijo, y eligió el sillón de la derecha.

—¿Alguno de los dos quiere tomar algo? —ofreció mi madre desde el umbral, con un perfecto tono de anfitriona.

Dios la bendijera, se había comportado de la mejor manera posible desde el lunes: atenta, cariñosa. Casi irreconocible. Incluso prometió quedarse hasta Navidad, sin dejar de jurar que yo había sido la razón por la que había venido a Poplar Grove.

—Ten cuidado, lo único que sabe preparar son martinis con soda —murmuré.

—Te he oído, Georgia Constance Stanton —fingió regañarme mi madre.

—No sé yo... La última vez me sirvió una limonada horrible —dijo Noah, y soltó una carcajada que dejaba a la vista sus alineados, naturales y blancos dientes.

Debía admitir que en ese momento buscaba cualquier imperfección en él. Pero ni siquiera su incapacidad para saber cómo debía desarrollarse una historia romántica hasta su final feliz me parecía ya un defecto tan grande.

—Y puedo hacerla otra vez —replicó mi madre.

Diez años atrás hubiera dicho que la actitud alegre y maternal de mi madre era todo lo que siempre había deseado. En ese momento solo servía para recordarme el esfuerzo que hacíamos ambas incluso para tratar de actuar con normalidad cuando estábamos juntas.

—Eso sería fantástico, Ava —respondió Noah sin dejar de mirarme.

—Yo también, mamá. Gracias.

Le ofrecí una sonrisa rápida que desapareció tan pronto como ella cerró la puerta.

—La verdad es que me importa muy poco la limonada, pero parecía que estabas a punto de molerte los dientes hasta hacerlos polvo —dijo Noah. Cruzó un tobillo sobre la rodilla de la pierna opuesta y se hundió en el sillón, descansando la barbilla entre el pulgar y el índice cuando se apoyó sobre el codo—. ¿Siempre estás tan tensa cuando tu madre anda cerca? ¿O se trata del contrato?

Era observador, igual que Gran lo había sido. Quizá era algo de los escritores.

—Ha pasado... una semana. —Para ser sincera, había pasado

un año. Desde el diagnóstico de Gran hasta su rechazo del tratamiento y el entierro, y luego enterarme de que Damian...—. Entonces es Morelli —añadí para poner fin a la constante espiral negativa de pensamientos que amenazaba con hundirme—. Me gusta más —admití.

Le quedaba bien.

—Francamente, a mí también.

Su sonrisa pública destelló, era aquella que todos en Nueva York llevaban a eventos a los que en realidad no querían asistir, pero en los que era necesario que los vieran.

Aquellas sonrisas eran solo una de las muchas razones por las que había abandonado la ciudad: solían desencadenarse chismes horribles cuando les dabas la espalda.

Su expresión se suavizó, como si hubiera advertido que levantaba mis defensas.

—Pero mi primer agente pensó que Harrison sonaba más...

—¿Estadounidense?

Di unos golpecitos sobre la pantalla táctil de mi portátil, esperando a que el contrato apareciera en mi bandeja de entrada antes de que cualquiera de los dos tuviera la oportunidad de ser sarcástico, como había ocurrido en la librería.

—Fácil de vender. —Se inclinó hacia delante—. Y no voy a mentir, el anonimato a veces puede salvar vidas.

Hice una mueca.

—O puede llevar a discusiones en una librería.

—¿Eso es una disculpa?

Definitivamente, la suya era una sonrisa sarcástica.

—No lo creo —dije burlona—. Me mantengo firme en cada una de mis palabras, aunque no habría ofrecido mi opinión de manera tan libre si hubiera sabido con quién estaba hablando.

En sus ojos hubo un destello de placer.

—Sinceridad. Eso es agradable.

—Siempre he sido sincera. —Volví a actualizar la bandeja de entrada—. Las únicas personas que se molestaban en escuchar de verdad están muertas, y los demás escuchan lo que quieren. Ah, mira, ya ha llegado —anuncié con un suspiro de alivio, y abrí el correo electrónico.

Me había vuelto muy buena en eso desde que Gran puso todos sus derechos en un fideicomiso literario y me nombró su albacea, hacía unos cinco años, así que solo tardé unos minutos en revisar todo lo que no era texto estándar. No había ningún cambio sobre lo que Helen les había enviado para su aprobación.

Cuando llegué al renglón de la firma, debajo de la de Noah, cogí el lápiz óptico, pero me detuve. No solo le estaba entregando una de sus obras, estaba ofreciéndole su vida.

—¿Sabes que escribió setenta y tres novelas? —pregunté.

Noah alzó las cejas.

—Sí, y todas, menos una, en esa máquina de escribir —respondió señalando con un gesto de cabeza el pedazo de metal de la Segunda Guerra Mundial que abarcaba gran parte del lado izquierdo del escritorio. Cuando incliné la cabeza, continuó—: Se descompuso en 1973, mientras escribía *La fortaleza de dos*, así que usó el modelo más parecido que pudo encontrar mientras enviaba esta a Inglaterra para que la repararan.

Me quedé boquiabierta.

—Puedo responder a todas tus preguntas de conocimientos generales, Georgia, te lo dije —añadió al tiempo que descansaba la barbilla sobre las yemas de los dedos, con una media sonrisa que era mucho más peligrosa y atractiva que su sonrisa deslumbrante—. Soy su fan.

—Cierto.

Mi corazón retumbaba cuando miré el lápiz óptico. En ese momento, la elección aún era mía, pero, en el segundo en el que firmara, la historia de Gran se convertiría en la de aquel hombre.

«Tú tendrás la última palabra sobre lo que escriba.»

—Entiendo el valor de lo que me estás entregando —dijo en voz baja, con tono grave y serio. Mi mirada saltó hacia la suya—. También sé que no te caigo bien, pero no te preocupes. Ganarme tu simpatía se ha convertido en mi misión personal.

Una sonrisa de autodesprecio se materializó durante una fracción de segundo, pero la borró al instante pasándose los dedos por los labios al tiempo que miraba el escritorio con franca admiración.

La energía en la habitación cambió, y alivió un poco la tensión de mis hombros cuando él levantó lentamente sus oscuros ojos hacia mí.

—Trataré de hacerlo bien —prometió—. Y si no lo consigo, entonces me lo dices y volveré a empezar. La decisión final está en tus manos. —Solo un ligero tic en su mentón puso en evidencia que estaba nervioso—. Y también puedes anular el contrato si decides que el libro no te convence.

Seguro que era un excelente jugador de póquer, pero yo había aprendido a advertir un farol a un kilómetro de distancia desde los ocho años: por suerte para él, decía la verdad. Sinceramente, creía que podía terminar el libro.

—No lo haré. Cuando me comprometo, me comprometo.

Solo por esa vez me permití sentirme aliviada por la confianza que otra persona sentía en sí misma. «Arrogancia. Lo que sea.»

Miré la única fotografía que tenía Gran en su escritorio, a la derecha del pisapapeles que le hice en Murano. Eran ella y el bisabuelo Jameson, ambos de uniforme, tan embelesados el uno con el otro que el pecho me dolió por lo que habían tenido... y perdido. Yo nunca quise a Damian de esa forma. Ni siquiera estaba segura de que Gran hubiera amado así al bisabuelo Brian.

Ahí estaba la verdad, justo ahí.

Firmé el contrato e hice clic para enviarlo al editor. En ese momento, mi madre entró con las bebidas, sonriendo de oreja a oreja.

Nos dio la limonada y yo saqué dos posavasos del cajón del escritorio, aunque no había mucha condensación a los 2.440 metros de altura a los que estábamos; pero no iba a poner en peligro ese escritorio.

—¿Lo has firmado? —El tono de mi madre era tranquilo, aunque se restregó las manos hasta que los nudillos se le pusieron blancos.

Asentí, y ella relajó los hombros.

—Ah. Bien. Entonces, ¿ya está todo hecho?

—La editorial aún tiene que firmar, pero sí —respondí.

—Gracias, Georgia.

Su labio inferior temblaba un poco cuando me cogió el hombro y me lo acarició con el pulgar antes de soltarme con dos palmaditas.

—Claro, mamá. —Sentí un nudo en la garganta.

—Espero que no te importe, pero me gustaría esperar unos minutos más —intervino Noah—. Charles me ha dicho que lo firmarían de inmediato, y preferiría que el trato estuviera cerrado antes de llevarme el manuscrito.

—Claro —contestó mi madre avanzando hacia la puerta—. Noah, te diré que se te ve genial en el escritorio de Gran. Es agradable tener de nuevo a un genio creativo entre nosotros.

«¿Genio creativo?» El corazón me dio un vuelco.

—Bueno, es un honor estar en el despacho de Scarlett Stanton —dijo él volviendo la cabeza para mirarla—. Estoy seguro de que este lugar habrá sido muy inspirador para las dos.

Mamá frunció el ceño.

—Qué curioso que lo menciones; de hecho, Georgia asistió a

92

una escuela de arte en la Costa Este. Aunque no ejerce, todos estamos muy orgullosos.

Sentí que el calor me subía por el cuello hasta encenderme las mejillas, al tiempo que mi estómago revuelto caía a mis pies.

—No era cualquier escuela de arte, mamá. Era la Escuela de Diseño de Rhode Island; es la escuela de arte de Harvard —le recordé—. Y quizá no ejerza, pero mis conocimientos sobre medios y tecnología fueron lo que ayudó a despegar a mi productora.

Joder, ¿tenía cinco años otra vez? Porque sin duda era así como me sentía.

—Oh, no era mi intención expresarlo de ese modo; solo quería decir que renunciaste a tu profesión para ganarte la vida regalando dinero —añadió con una sonrisa para tranquilizarme.

Apreté los labios y asentí. Ese no era ni el momento ni el lugar para que nos peleáramos. «He dirigido una entidad benéfica de veinte millones de dólares, joder. En fin.»

Cerró la puerta al salir y Noah me miró alzando las cejas.

—¿Es algo que quiero saber?

—No.

Hice clic para actualizar mi bandeja de entrada con más fuerza de la necesaria y evité a toda costa mirarlo a los ojos.

—No dudes en echar un vistazo para familiarizarte con la habitación —lo invité, y volví a hacer clic.

—Gracias.

Recorrió el despacho de Gran en silencio los siguientes diez minutos mientras yo no paraba de clicar en el botón de actualización; el ratón sonaba como si enviara un mensaje en código morse.

—Sales en muchas de estas fotografías —dijo inclinándose hacia la galería de fotos de Gran.

—Ella me crio.

Era la explicación más simple para las dos preguntas, la que había hecho y la que no.

Noah me observó durante un momento incómodo y luego continuó.

—Ah, gracias a Dios —masculié al abrir la notificación y leer que el contrato había sido aceptado. Cogí el USB cuyo contenido había estado preparando durante los últimos días, me levanté y se lo di—. Aquí está. El trato está cerrado.

—¿Qué es esto? —preguntó frunciendo el ceño.

—El manuscrito, las cartas y algunas fotografías —respondí poniéndoselo en la mano—. Ahora ya lo tienes todo.

Apretó el puño alrededor del dispositivo de memoria y se le tensó el cuerpo entero.

—Quiero el verdadero manuscrito.

—Está ahí —insistí señalando su mano—. Lo he escaneado entero. Antes de que empieces a discutir, las probabilidades de que salgas de aquí con los originales de mi bisabuela son cero y cero. Incluso ella solía hacer una copia antes de enviarlo al editor.

—Pero yo no soy el editor. Soy el escritor que va a terminar el manuscrito original.

El mentón le tembló y tuve la sensación de que no estaba acostumbrado a perder. Nunca.

—¿También planeabas escribirlo en esta cosa? —pregunté señalando la máquina de escribir de Gran—. ¿Para mantener la autenticidad?

Entornó los ojos.

—Solo para que quede claro —dije—: los originales se quedan aquí, punto. Oh, ¡y no dudes en usar una máquina de escribir!

Los originales nunca salían de la casa, y Noah no sería la excepción solo porque fuera atractivo. Nuestras miradas se enfrentaron en una discusión silenciosa, pero acabó por asentir.

—Empezaré a leer esta noche y te llamaré con mis ideas cuando termine. En cuanto nos pongamos de acuerdo en la dirección de la trama, comenzaré a escribir.

Lo acompañé a la puerta, incapaz de deshacerme de los nervios que me oprimían el pecho.

—Antes has dicho que eras consciente del valor de lo que acabo de darte.

—Así es.

Nuestras miradas chocaron; la electricidad, la química, la atracción, lo que fuera, fluía entre nosotros y me ponía la piel de gallina.

—Gánatelo.

Sus ojos oscuros se agrandaron con el desafío.

—Les daré el final feliz que se merecen.

Apreté con fuerza el picaporte.

—Ah, no. Eso es lo único que no puedes hacer.

6

Agosto de 1940
Middle Wallop, Inglaterra

A Scarlett se le hinchió el corazón al ver que Jameson hacía girar a Constance en la pequeña sala de baile del bar local. Cuidaba de su hermana porque sabía cuánto la quería ella, y eso solo hacía que él le gustara aún más.

Mucho, demasiado pronto, demasiado rápido... Era todo eso y más, pero ella no podía ir más despacio.

—Te estás enamorando de él, ¿verdad? —le preguntó uno de los amigos estadounidenses de Jameson (Howard Reed, si no recordaba mal) desde el otro lado de la mesa; abrazaba a Christine, una oficial de sección que vivía en el mismo cobertizo que Scarlett.

Christine la miró por encima del periódico que estaba leyendo. Los titulares eran más que suficientes para convencer a Scarlett de apartar la vista.

—Yo... no sé —respondió Scarlett, aunque el calor que encendió sus mejillas la delató.

Estaba con Jameson cada momento libre que tenían, y entre las horas de vuelo de él y el horario de ella, no contaban con muchos.

Solo habían pasado tres semanas desde que lo conoció; sin embargo, no podía recordar cómo era el mundo antes. Había dos épocas en su vida: antes de Jameson y ahora.

Archivó lo de «después de Jameson» en la misma categoría que «después de la guerra». Eran conceptos bastante oscuros, y se negaba a perder el tiempo preocupándose de cualquiera de ellos, sobre todo ahora. Desde la batalla de Inglaterra, como Churchill la había llamado, que empezó unas semanas antes, cuando los alemanes comenzaron a bombardear varios campos aéreos en todo el país, su tiempo juntos había adquirido un tinte nítido e innegable de desesperación, una urgencia por aferrarse a lo que tenían mientras pudieran.

El trabajo también había aumentado, sus horarios eran extenuantes. Scarlett empezó a marcar las rondas de Jameson en el mapa para señalar su ubicación real, mientras contenía el aliento cuando las noticias llegaban, minuto a minuto, de los operadores de radio. Estaba al tanto cada vez que se movía una bandera del escuadrón 609, incluso si no sucedía en la sección que estaba a su cargo en el tablero general.

—Sí, bueno, él también te quiere —comentó Howard con una sonrisa.

La canción terminó, pero no había banda a la que aplaudir, solo un disco que cambiar.

Jameson acompañó a Constance entre la marea de uniformes hasta la mesa.

—Baila conmigo, Scarlett —dijo ofreciéndole la mano y una sonrisa que derribó sus defensas.

—Por supuesto.

Le cedió el asiento a su hermana y se deslizó entre los brazos de Jameson mientras una melodía más lenta empezaba a sonar.

—Me alegra haber podido verte esta noche —le susurró él al oído.

—Odio que solo sean unas horas —respondió.

Descansó la mejilla en su pecho y aspiró su aroma. Siempre olía a jabón, a loción para después del afeitado y a un olor característico de metal que parecía vivir en su piel, incluso entre vuelo y vuelo.

—Aunque solo sean unas horas contigo un miércoles por la noche, cada vez que tenga la oportunidad pienso aprovecharla —prometió él con voz suave.

Los latidos en el pecho de Scarlett eran fuertes y regulares mientras se mecían al son de la música. Últimamente, ese era el único lugar donde se sentía segura o tenía alguna certeza. No había nada en el mundo que se comparara a lo que le hacían sentir sus brazos alrededor de ella.

—Me gustaría quedarme aquí, así —dijo Scarlett en voz baja, dibujando círculos con los dedos sobre el hombro del uniforme de Jameson.

—Podemos.

Él le puso la mano en la parte baja de la espalda, sin aventurarse a ir a territorios que quedaban más al sur, a diferencia de lo que hacían muchos otros soldados a su alrededor con sus parejas.

Jameson era respetuoso hasta el punto de resultar completamente frustrante. No la había besado, no de verdad, aunque a menudo se acercaba lo suficiente como para aumentar los latidos del corazón de Scarlett, y luego le presionaba los labios sobre la frente.

—Quince minutos más —murmuró—. Luego tendrás que salir a patrullar.

—Y tú tienes trabajo, si no me equivoco.

Scarlett suspiró y apartó la vista de la pareja que estaba junto a ellos cuando su baile se convirtió en un beso apasionado.

—¿Por qué no me has besado? —preguntó Scarlett en un murmullo.

Él perdió el ritmo un segundo y tomó su barbilla entre el pulgar y el índice para alzarle el rostro con dulzura hacia el de él.

—Todavía.

Ella frunció el ceño.

—Por qué no te he besado todavía —aclaró.

—No juegues con las palabras.

—No lo hago. —Acarició su labio inferior con el pulgar—. Solo me estoy asegurando de que sepas que hay un «todavía».

Ella puso los ojos en blanco.

—Está bien. Entonces, ¿por qué no me has besado todavía?

A su alrededor, el mundo cambiaba tan rápido que ella no sabía qué esperar del minuto siguiente. Las bombas caían, los aviones se estrellaban; sin embargo, él actuaba como si tuvieran años por delante, cuando ella ni siquiera estaba segura de que tuvieran días.

Jameson miró a la pareja de la izquierda. No podía sorprenderle que Scarlett se cuestionara por qué iba tan lento.

—Porque tú no eres una chica más en un bar —explicó cuando retomaron el baile, sosteniendo su mejilla con suavidad en la palma de la mano—. Porque no hemos estado a solas más que una vez y nuestro primer beso es algo que no quiero que suceda mientras estamos rodeados de gente. —No si iba a besarla como él quería.

—Ah —exclamó ella alzando las cejas.

—Ah —repitió él.

Una lenta sonrisa se le dibujó en el rostro. Si Scarlett oyera la mitad de los pensamientos que pasaban por su cabeza cuando pensaba en ella, solicitaría el traslado.

—También sé que tu mundo tiene un montón de reglas más

que el mío, así que estoy esforzándome al máximo por no romper ninguna de ellas.

—La verdad, no son tantas. —Scarlett se mordió el labio inferior como si necesitara pensarlo.

—Querida, eres una verdadera aristócrata de uniforme.

Por lo que había podido descifrar de lo poco que ella le había contado sobre su familia y los detalles que Constance estaba más que dispuesta a compartir, la vida que Scarlett llevaba como oficial de la WAAF era muy diferente a la que tenía antes de la guerra; era imposible compararlas.

Ella parpadeó.

—Mis padres lo son.

Él rio.

—¿Y cuál es la diferencia?

—Bueno, no tengo hermanos, así que el título está en prórroga hasta la muerte de mi padre —respondió encogiéndose de hombros—. Constance y yo somos iguales ante la ley; a menos que una de nosotras lo rechace, ninguna lo heredará, y ambas decidimos no rechazarlo. Si lo piensas bien, es una idea genial.

Su media sonrisa hizo que deseara estar solo con ella y lejos de toda aquella gente.

—¿Decidiste pelear por él?

Los títulos nobiliarios en Inglaterra le eran tan desconocidos que no fingió que había entendido de qué le estaba hablando.

—No.

Scarlett le deslizó la mano por el brazo, el hombro y el cuello del uniforme hasta llegar a la nuca. Él sintió el tacto de sus dedos en cada nervio de su cuerpo.

—Sencillamente decidimos no rechazarlo limitándonos a no pelear por él. Ninguna de las dos lo quiere. Constance está comprometida con Edward, quien heredará el suyo, y eso alegra a mis padres, y yo no quiero tener nada que ver con todo ese mundo. —Negó con la cabeza—. Hicimos la promesa cuando éramos más jóvenes. ¿Ves? —Levantó la mano para mostrarle una ligera cicatriz en la palma—. Fue todo muy dramático.

Él inclinó un poco la cabeza mientras asimilaba sus palabras.

—¿Y qué es lo que quieres, Scarlett?

Cambiaron el disco y la cadencia se aceleró, pero ellos permanecieron igual, meciéndose despacio al borde la pista, al ritmo de su propia balada.

—Ahora solo quiero bailar contigo —respondió acariciándole el cuello.

—Eso te lo puedo conceder.

Dios, esos ojos lo abrumaban cada vez que los veía. Podría pedirle la luna y él volaría su Spitfire hasta la estratosfera solo para que ella lo mirara como lo hacía ahora.

Cuando la canción terminó, salieron de la pista cogidos de la mano y, aunque de haber sido por ellos se habrían pasado la noche bailando, se dirigieron a la mesa.

—Las siete y cuarto —dijo Constance con una pequeña mueca—. Ya es hora de irnos, ¿no?

Se puso de pie y le dio su sombrero a Scarlett.

—Lo es —aceptó ella—. Sobre todo porque tenemos que pasar por el aeródromo para dejar a Jameson y a Howard. —Se dio la vuelta hacia Christine, que seguía ocupada en el periódico—. ¿Christine?

Ella se sorprendió.

—Ah, perdón. Estaba leyendo sobre el bombardeo en Sussex.

Sin duda, eso no ayudó a cambiar los ánimos. Los dedos de Jameson se tensaron un poco alrededor de los de Scarlett.

—Supongo entonces que yo conduciré y tú leerás —dijo Jameson con una sonrisa tensa.

Christine asintió y todos se dirigieron al coche. Esa noche, ni él ni Howard habían podido conseguir un vehículo de la compañía, pero Scarlett sí.

—¿No te sabe mal dejarnos en el aeródromo? —le preguntó al abrirle la puerta del copiloto.

—Para nada —respondió ella pasando la mano por su cintura cuando se metió en el automóvil—. Me dará diez minutos más contigo; quién sabe cuándo podré volver a disfrutar de tu compañía.

Él asintió y cerró la puerta cuando ella se subió; hubiera deseado que condujera Constance, Christine o incluso Howard, para poder acurrucarse a su lado en el asiento de atrás. En su lugar, cogió el volante y condujo hacia el aeródromo. Aquel siempre era el momento en el que el ánimo cambiaba entre ellos, cuando ambos se mentalizaban para lo que los esperaba en las noches que estarían lejos el uno del otro.

El sol empezaba a caer más temprano, ya a mediados de agosto, pero aún había la suficiente luz como para poder despegar al cabo de una hora.

—¿Un poco de música? —propuso Constance, con lo que rompió el silencio.

—La radio de este coche no funciona —explicó Scarlett—. Parece que uno de nosotros tendrá que cantar.

Jameson sonrió e hizo un gesto de admiración. Esa chica tenía un sentido del humor sutil, cosa que le encantaba.

—Está bien, voy a leer. ¿Puedo? —preguntó Howard. Jameson oyó cómo el periódico cambiaba de manos—. Puedo apostar cinco dólares a que, con esto, todos os dormís antes de que lleguemos al aeródromo. —Jameson vio que Howard alzaba las cejas—. Excepto tú, Stanton. Más te vale que sigas despierto.

—En eso estoy —contestó Jameson al tiempo que entraba en la base.

Cuando cruzaron la reja, tomó la mano de Scarlett y negó

con la cabeza por el tono mundano que usaba Howard para leer un artículo sobre la escasez de suministros.

—Sí podría hacerme dormir —murmuró Scarlett.

Jameson le apretó la mano.

—«El jefe de Transportes de Wadsworth, George Wadsworth, sale en ayuda de nuestras tropas» —leyó Howard.

Scarlett se puso tensa.

—«... quien tiene más de una unión para celebrar; una fuente confirmada afirma que su primogénito, Henry, va a comprometerse con la hija mayor del barón y lady Wright...»

Scarlett ahogó un grito y se cubrió la boca con la mano que él no sostenía.

—Oh, Dios —murmuró Constance.

Jameson sintió que la tierra bajo sus pies se movía y que su estómago se convertía en un nudo. «No puede ser.»

La mirada seria de Howard encontró la de Jameson en el espejo retrovisor; sabía que era ella.

—Bueno, seguramente hay más de un Wright en el país —masculló Christine arrebatándole el periódico a Howard—. «Henry va a comprometerse con la hija mayor del barón y lady Wright, Scarlett...» —Christine guardó silencio y miró a Scarlett.

—Por favor, lee el resto —espetó Jameson.

¿Qué demonios? ¿Esa chica había estado burlándose de él? ¿Había sido un idiota todo ese tiempo?

—Mmm... «Scarlett —siguió leyendo—, que actualmente presta servicio en la Fuerza Aérea Auxiliar Femenina de Su Majestad. Las dos hijas Wright se unieron a la fuerza aérea el año pasado, donde sirven como oficiales.» —El periódico crujió—. El resto habla de municiones —dijo bajando la voz, justo en el momento en que aparcaban al borde del terreno frente al sendero estrecho que llevaba a los tres hangares.

—Parece que has perdido cinco dólares, Howard: todos seguimos despiertos —dijo Jameson.

Apagó el motor y abrió la puerta.

Scarlett ya tenía una relación y estaba a punto de comprometerse, y él se enamoraba de ella. Lo había estado utilizando, ¿para qué? ¿Como pequeña distracción? Miró la pista a su izquierda, estaba listo para despegar, para abandonar el suelo durante unas cuantas horas.

Jameson golpeó la puerta y el sonido sacó a Scarlett de su estupor. Ella salió a toda prisa del automóvil, pero él ya había recorrido la mitad del camino hasta el hangar cuando ella lo alcanzó.

—¡Jameson, espera!

¿Cómo podían hacerle eso? ¿Cómo podían decirle al *Daily* que Henry y ella iban a casarse cuando ella le había dejado perfectamente claro a su madre que no lo haría? Eran ellos quienes estaban detrás de aquello, no solo George. Se veía a la legua la mano de sus padres. Y que un rayo la partiera si eso le hacía perder a Jameson.

—¿Que espere a qué, Scarlett? —espetó avanzando a grandes zancadas. Esos ojos cálidos y oscuros tan suyos la miraron con frialdad y le partieron el corazón—. ¿Que espere a que te cases con un tipo rico de la alta sociedad? ¿Por eso querías saber por qué no te había besado todavía? ¿Te preocupaba quedarte sin tiempo hasta que descubriera la verdad?

No disminuyó el paso; con cada zancada sus largas piernas lo alejaban cada vez más de ella.

—¡Eso no es lo que está pasando! ¡No estoy comprometida! —gritó mientras corría hasta alcanzarlo—. ¡Escúchame! —repitió, y le puso las manos en el pecho, con lo que lo obligó a detenerse; de lo contrario la habría arrollado.

Él se detuvo, pero la forma en la que la miró la destrozó.

—¿Os vais a comprometer?

—¡No! —exclamó negando enfáticamente con la cabeza—. Mis padres quieren que me case con Henry, pero no voy a hacerlo. Están intentando obligarme.

Nunca los perdonaría por eso. Nunca.

—¿Obligarte? —preguntó; su mandíbula temblaba.

Scarlett buscaba en su mente las palabras para hacerle entender la situación.

—¡Sí! —No le importaba que los escucharan ni dónde estaban los demás. No le importaba quién oyera lo que decía, siempre y cuando él la escuchara—. No es verdad.

—¡Está en el periódico!

Jameson se alejó de ella y entrelazó ambas manos sobre su gorra.

—¡Porque piensan que publicarlo como algo que ya es un hecho me obligará a aceptar, por vergüenza o por sentido del deber! —repuso.

—¿Y te obligará? —la desafió.

—¡No! —Sintió una opresión en el pecho ante la posibilidad de que no la creyera.

Él no la miró, era evidente que estaba hecho polvo. Ella no podía culparlo, sus padres y los Wadsworth la habían metido en un lío espantoso.

—Jameson, por favor. Te juro que no voy a casarme con Henry Wadsworth.

Preferiría la muerte.

—Pero tus padres quieren que lo hagas.

Ella asintió.

—Y ese tipo, Wadsworth, ¿quiere que lo hagas?

—Henry cree que obtendrá el título y un escaño en la Cámara de los Lores si nos casamos; o que, aunque no sea así, nuestro primer hijo varón lo conseguirá; algo que no sucederá porque...

—¿El primer hijo varón? —Él entornó los ojos—. ¿Ahora vas a tener hijos con ese tipo?

Al parecer, se había equivocado al escoger sus palabras.

—¡Claro que no! ¡Nada de esto importa porque no voy a casarme con él! —Un zumbido sordo le resonaba en la cabeza, como si su propia mente se cerrara para impedir lo que le parecía una gran pena de amor—. Si te crees esta farsa, los estás dejando ganar. Yo no pienso hacerlo.

—Es fácil perder una guerra cuando no sabes que estás en ella.

Por lo menos la miraba otra vez, pero la acusación en sus ojos casi hizo que le brotaran lágrimas. Parecía que lo habían traicionado y, en cierto modo, así había sido.

—Tendría que habértelo contado —dijo en un murmullo.

—Sí, tendrías que haberlo hecho —afirmó—. ¿Qué tipo de padres tratan de obligar a su hija a casarse cuando ella no quiere?

Se pasó las manos por la nuca, como si necesitara tenerlas ocupadas.

—El tipo de padres que han vendido casi todas sus propiedades y están prácticamente arruinados. —Dejó caer los brazos a los costados y Jameson abrió mucho los ojos—. Poseer títulos no siempre va ligado a tener abultadas cuentas bancarias.

El zumbido aumentó.

—¡Stanton! ¡Reed! ¡Debemos irnos! —gritó alguien detrás de ellos.

—Arruinados. —Jameson negó con la cabeza—. ¿Me quieres decir que tus padres te están vendiendo?

—Están tratando de hacerlo, sí.

Esa era la horrible realidad, y él hizo una mueca de disgusto. Ella se enfureció.

—No me mires así —le espetó—. Los estadounidenses creéis que habéis escapado de un sistema en el que la riqueza se hereda, pero, en lugar de rey y nobleza, tenéis a los Astor y los Rockefeller.

—No vendemos a nuestras hijas —exclamó arqueando las cejas.

—Podría nombrar al menos a tres herederas estadounidenses que se han casado con la nobleza, solo en la última década —dijo Scarlett, que se cruzó de brazos.

—Entonces, ¿lo defiendes? —replicó Jameson mientras Howard se le acercaba, dándose la vuelta para correr hacia atrás.

—¡Stanton! ¡Ahora! —gritó Howard con un gesto del brazo.

—No, ¡no es eso lo que quiero decir! —balbuceó Scarlett.

El zumbido cambió y se hizo más grave. «Se acerca un avión.» La patrulla a la que Jameson iba a relevar regresaba, eso significaba que solo tenía unos segundos.

—Jameson, no voy a casarme con Henry. Lo juro —dijo Scarlett.

—¿Por qué no? —preguntó él; luego alzó la vista hacia el cielo y entornó los ojos antes de que ella respondiera.

—¡Entre otras razones, porque te quiero a ti, maldito yanqui!

Dios, se había vuelto loca, ¿cómo podía discutir así en público? Pero era incapaz de detenerse, y ese hombre ya ni siquiera la estaba escuchando.

—¿Esos son nuestros? —preguntó Howard señalando en la misma dirección en la que Jameson ya estaba concentrado.

El escuadrón rompió filas entre las nubes bajas y a Scarlett se le encogió el estómago. Esos no eran Spitfires.

Las sirenas de ataque aéreo sonaron a modo de advertencia, pero ya era muy tarde. El extremo final de la pista estalló con un sonido ensordecedor que ella sintió en todo el cuerpo. El humo y los escombros llenaron el aire con el siguiente bombardeo, un segundo después, más fuerte y más cerca.

—¡Al suelo! —gritó Jameson cubriéndola con su cuerpo; dio la espalda a la explosión y la empujó hacia abajo.

Las rodillas de Scarlett golpearon el pavimento. El hangar, que estaba cuarenta y cinco metros frente a ellos, estalló en pedazos.

7

NOAH

Querida Scarlett:

Te echo de menos, amor mío. El sonido de tu voz por teléfono no puede compararse con tenerte entre mis brazos. Apenas han pasado unas semanas desde que me trasladaron, pero me parecen una eternidad. Buenas noticias: creo que he conseguido una casa cerca de aquí. Sé que, para ti, mudarte ha sido un infierno, y si decides que prefieres quedarte cerca de Constance, podemos adaptarnos a tus planes. Ya has sacrificado demasiado por mí; sin embargo, aquí estoy, pidiéndote que lo hagas de nuevo. Te prometo que cuando esta guerra termine te compensaré. Te juro que nunca te pondré en una posición en la que tengas que sacrificarte otra vez por mí.

Dios, echo de menos tu piel contra la mía por las mañanas, y ver tu hermosa sonrisa cuando cruzo la puerta por las noches. En este momento solo Howard me da la bienvenida, aunque, desde que ha conocido a una chica de los alrededores, no está mucho por aquí. Antes de que lo preguntes, no, no hay chicas para mí, solo existe una belleza de ojos azules que tiene mi corazón y mi futuro en sus manos, y difícilmente podría decir que es de los alrededores, puesto que está a horas de distancia.

No puedo esperar a tenerte de nuevo entre mis brazos.
Con amor,

Jameson

El ritmo que martilleaba en mis auriculares se correspondía con el golpeteo de mis pies contra los caminos de Central Park a medida que me abría paso entre los turistas. Ese viernes del fin de semana del Día del Trabajo, el 2 de septiembre, los había sacado a todos a la calle, pertrechados con sus riñoneras. Era un día húmedo, el aire estaba pegajoso y denso, pero al menos olía a mar.

Mis marcas habían sido un desastre durante toda la semana que pasé en Colorado. El tiempo que viví en Perú para hacer una investigación, estuve aproximadamente a dos mil ciento treinta y cinco metros, salvo las veces que salía a escalar. La altura en Poplar Grove es setecientos metros mayor; sin embargo, tengo que admitir que, a pesar de la falta brutal de oxígeno, el aire de las Montañas Rocosas se percibía mucho más ligero, era más fácil moverse. Sin embargo, Colorado no ganaba a Nueva York en ninguna otra área. Cierto, las montañas eran hermosas, pero también lo era el horizonte de Manhattan; además, nada podía compararse con vivir en el centro mismo del mundo. Aquel era mi hogar.

El único problema era que mi mente no estaba ahí conmigo; no lo había estado desde que había vuelto, hacía ya más de dos semanas. Se encontraba dividida entre la Segunda Guerra Mundial en Gran Bretaña y la época actual en Poplar Grove, Colorado, incluso a pesar de la falta de oxígeno. El manuscrito terminaba en un momento crucial de la trama, en el que la historia bien podía acabar en un desamor que era puro cataclismo o recobrarse de las profundidades de la duda para llegar hasta un clímax en el que el amor puede con todo, que incluso convertiría al desgraciado más insensible en un romántico empedernido.

Aunque me gustaba desempeñar ese papel de insensible, Georgia había llegado para robarme el puesto, haciendo que yo quedara como un romántico poco común. ¡Y la historia requería ese tipo de romanticismo! La correspondencia entre Scarlett y Jameson también. Encontraron el verdadero amor en medio de la guerra; no soportaban estar separados ni siquiera unas cuantas semanas. Yo, en cambio, no estaba seguro de haber estado con una mujer más de unas pocas semanas seguidas, pues me gustaba tener mi espacio.

Alcancé los diez kilómetros y no me encontraba más cerca de comprender la necia exigencia de Georgia de lo que lo estaba cuando salí de su casa dos semanas antes, o al menos de entender a esa mujer. Normalmente corría hasta que mis pensamientos se aclaraban o hasta que se me ocurría una trama, pero, como había sucedido cada dos días durante las últimas dos semanas, disminuí la velocidad, seguí caminando y me arranqué los auriculares, completamente frustrado.

—Ah, gracias a Dios. Pensé que... —dijo Adam jadeando— ibas a seguir... un kilómetro más... y yo hubiera tenido que... darme por vencido.

Hablaba al tiempo que se esforzaba por respirar cuando llegó hasta mi lado.

—Ella no quiere que tenga un final feliz —refunfuñé, y apagué la música de mi móvil.

—Eso me dijiste —respondió Adam llevándose las manos a la cabeza—. De hecho, creo que has mencionado el tema casi todos los días desde que regresaste.

—Y no voy a parar hasta que pueda hacerme a la idea.

Llegamos hasta un banco cerca de una bifurcación en el camino y me detuve para estirarme un poco, como era nuestra rutina.

—Perfecto. Me muero de ganas de leerlo —comentó.

Se inclinó hacia delante, apoyó las manos sobre las rodillas y engulló el aire a bocanadas.

—Te dije que teníamos que correr más a menudo.

Solo corría conmigo una vez a la semana.

—Y yo te dije que tú no eres mi único escritor. Entonces, ¿cuándo vas a enviar tu parte del manuscrito? Tenemos que hacerlo y el tiempo es limitado.

—Tan pronto como lo termine. —Esbocé media sonrisa—. No te preocupes, lo tendrás en la fecha de entrega.

—¿En serio? ¿Me vas a hacer esperar tres meses? Qué crueldad —dijo, y se llevó una mano al corazón.

—Sé que parezco un niño, pero quiero averiguar si te das cuenta de cuándo termina la prosa de Scarlett y empieza la mía.

No me había sentido tan emocionado respecto a un libro desde hacía tres años, y en ese periodo había escrito seis. Pero con esa novela había vuelto a surgir en mí ese «presentimiento», y Georgia me tenía atado de manos.

—Se equivoca, ¿sabes? —añadí.

—¿Georgia?

—No entiende cuál era el sello de su bisabuela. Scarlett Stanton es garantía de un final feliz. Es algo que sus lectores esperan. Georgia no es escritora, no lo entiende y se equivoca.

Si algo había aprendido en los últimos doce años era que no debía defraudar las expectativas de los lectores.

—Y tú estás convencido de que tienes razón porque... ¿eres infalible?

No había podido evitar ser sarcástico.

—Cuando se trata de crear tramas, sí. No me incomoda decir que soy jodidamente infalible, y no empieces a hablar de mi ego. Puedo demostrarlo, así que se trata más bien de confianza.

Me incliné para estirarme y sonreí.

—Odio tener que ponerle un límite a tu «confianza», pero, si ese fuera el caso, no necesitarías un editor, ¿o sí? Y sin duda tú me necesitas, así que no.

Intenté no hacerle caso al hecho de que tenía razón.

—Al menos lees mis libros antes de sugerir cambios. Ella ni siquiera me deja que le cuente cuál es mi idea.

—Bueno, ¿y ella tiene una?

Parpadeé.

—¿Se lo preguntaste? —añadió alzando las cejas—. Quiero decir, con mucho gusto yo mismo ofrecería algunas sugerencias, pero como ni siquiera me has enseñado la parte que sí existe...

—¿Por qué tendría que preguntárselo? A ti nunca te pido tus comentarios antes de terminar.

Eso estropeaba el proceso, y mi instinto nunca me había fallado.

—No puedo creer que haya firmado un contrato en el que le otorgo la aprobación final a alguien que ni siquiera está en la industria —agregué.

Sin embargo, volvería a hacerlo solo por el desafío.

—Aunque hayas salido con un millón de chicas, no entiendes a las mujeres, ¿verdad? —preguntó negando con la cabeza.

—Entiendo bien a las mujeres, créeme. Además, tú has tenido... ¿Cuántas? ¿Una relación en la última década?

—Porque me casé con ella, imbécil —replicó, y me mostró su alianza—. En cuanto a ti, el cartón de leche de mi nevera va a durar más que cualquiera de tus relaciones. Es más difícil conocer y comprender realmente a una mujer que seducir a miles en miles de noches. También resulta más gratificante. —Miró su reloj—. Debo regresar a la oficina.

Esa idea me incomodó.

—No es verdad, la parte de la relación.

Si bien era cierto que la relación más larga que había tenido había durado seis meses, implicó mucho espacio personal y acabó como había empezado: con afecto mutuo y el acuerdo de que no nos distanciaríamos. No vi ninguna razón para enredarme emocionalmente con alguien con quien no veía futuro.

—Bien, voy a ser claro. Creo que no entiendes a Georgia Stanton —dijo sonriendo burlón y estirando las pantorrillas—. Tengo que admitir que me divierte ver cómo te rompes la cabeza con una mujer que no cae de inmediato a tus pies.

—Las mujeres no caen a mis pies. —Solo tenía suerte de que las que a mí me interesaban en general sentían lo mismo por mí—. ¿Y qué es lo que no entiendo? Desde mi punto de vista, se trata de una mujer con derecho a *royalties* que se convierte en la esposa de un famoso de Hollywood solo para que la abandonen por una modelo más joven que está embarazada, y que regresa a casa con sus millones para firmar otro contrato que le dará aún más millones.

¿Que era guapísima? Sí, claro. Pero también me parecía que todos los obstáculos que me ponía eran solo para divertirse. Empezaba a entender que lidiar con Georgia podría ser más desafiante que escribir el libro.

—¡Guau! Estás tan lejos de la verdad que casi es gracioso —dijo mientras se estiraba; luego se irguió y esperó a que yo hiciera lo mismo—. ¿Sabes mucho de su ex? —preguntó mientras inclinaba la cabeza hacia un costado y me dedicaba una mirada penetrante.

—Claro. Damian Ellsworth, el «aclamado» director que vive en el SoHo, si no me equivoco. —Me detuve en un puesto de comida y compré dos botellas de agua—. Siempre me ha parecido un tipo falso y repugnante.

Estaba seguro de que era un imbécil pretencioso.

—¿Y sabes por qué más es conocido? —preguntó Adam tras agradecerme el agua y abrir la botella.

—Quizá por *Las alas de otoño* —respondí cuando retomamos nuestro camino.

De pronto lo comprendí y dejé de andar. Adam volvió la vista y se detuvo.

—Eso es. Sigue —dijo haciendo un gesto para que avanzáramos, y continué.

—Scarlett nunca vendió sus derechos cinematográficos —dije lentamente—. No hasta hace seis años.

—Bingo. Y entonces solo vendió los derechos de diez libros por casi nada a una productora nueva, sin reputación, que es propiedad de...

—Damian Ellsworth. No me jodas.

—No te preocupes, no eres mi tipo. Pero ¿ahora lo entiendes?

Llegamos al borde del parque y tiramos las botellas vacías en la papelera antes de comenzar a andar por la acera, que estaba llena de gente.

Ellsworth era más de diez años mayor que Georgia, pero solo había logrado cruzar el umbral de Hollywood... «Mierda.» Fue más o menos cuando se casaron.

—Utilizó su matrimonio con Georgia para llegar a Scarlett. «Cabrón.»

—Eso parece —convino Adam—. Ese contrato le dio derecho a desfilar por la alfombra roja, y todavía puede hacer otras cinco películas. Cuando se hizo famoso y quedó claro que las visitas a la clínica de fertilidad no iban a funcionar, se buscó a otra.

Me di la vuelta hacia Adam y sentí náuseas.

—¿Estaban tratando de tener hijos y él dejó embarazada a otra?

—Según el *Celebrity Weekly*. No me mires así. A Carmen le

gusta leerlo y yo me aburro cuando remojo las piernas en la piscina, unas piernas a las que tú haces sufrir mucho, si me permites que te lo diga.

«Maldita sea.» Ese era otro nivel de perversión. Ella había lanzado la carrera del tipo y él no solo la engañó, sino que además la aniquiló emocional y públicamente.

—Ahora entiendo mejor por qué no está a favor de los finales felices, al menos en este momento.

—Y lo peor es que ella era copropietaria de la productora, pero no reclamó nada en el divorcio —añadió Adam cuando cruzamos la calle—. Se lo dejó todo.

Fruncí el ceño. Era una cantidad ingente de dinero.

—¿Todo? Pero fue culpa de él.

Era injusto. Adam se encogió de hombros.

—Se casaron en Colorado, y es un estado donde no se reparten culpas en caso de romper el matrimonio. Además, ella se lo cedió todo voluntariamente, o eso leí.

—¿Quién hace algo así?

—Alguien que quiere salir de donde está lo antes posible —explicó.

Cruzamos la última calle y llegamos a la manzana en la que se encontraba la editorial, pero Adam se detuvo frente al edificio adyacente para seguir hablando.

—Y, como casi todo, salvo una pequeña parte, el patrimonio de Scarlett se destinó a un fideicomiso literario asignado a la beneficencia; esos millones que mencionaste no son exactamente de Georgia. Sé que te gusta viajar por ahí e indagar, pero deberías buscar en Google con mayor frecuencia.

—¡No me lo puedo creer!

El corazón me dio un vuelco al entender lo equivocado que estaba en mis suposiciones. Adam me dio una palmadita en la espalda.

—Te sientes como un idiota, ¿verdad? —preguntó con una sonrisa.

—Quizá —admití.

—Espera hasta que te des cuenta de que el libro que estás terminando no está clasificado en el fideicomiso literario... y que, aun así, le pidió a nuestro departamento de contabilidad que transfiriera todo el anticipo a la cuenta de su madre —añadió sonriendo con suficiencia.

—Vale, ahora sí me siento como un idiota.

Me froté el rostro con las palmas de las manos. Ella no recibiría nada de ese acuerdo.

—Excelente. ¿Qué tal una cosa más? Sígueme.

Me hizo entrar en el edificio. El vestíbulo estaba abovedado hasta el segundo piso y las escaleras mecánicas bordeaban los extremos que antes ocupaban los ascensores, dejando el centro abierto, en el que se exhibía una enorme escultura vertical de vidrio.

La parte baja era azul oscuro y se extendía en hilillos ondulantes que formaban burbujas en los bordes, como si rompieran en una playa oculta. Cada vez más arriba, el azul se transformaba en aguamarina antes de que los bordes perdieran su áspera textura, como de espuma. Después la aguamarina se convertía en tonos de verde donde el vidrio se arremolinaba para formar ramas que se estrechaban a medida que la escultura se hacía más alta, hasta alcanzar el doble de mi estatura.

—¿Qué te parece? —preguntó Adam con una sonrisa engreída en el rostro.

—Es espectacular. La iluminación también es ingeniosa. Realza el color y la destreza —respondí mirándolo de reojo.

Sabía que ese pequeño desvío significaba algo.

—Fíjate en la placa —dijo él reforzando su sonrisa.

Me adelanté y leí, abriendo los ojos con sorpresa.

—Georgia Stan... ¿Qué demonios...?

¿Georgia había hecho eso? Alcé la vista para contemplar la escultura con ojos nuevos; incluso yo podía admitir que me había dejado boquiabierto.

—Que no sea escritora no significa que no sea creativa. ¿Te sientes más humilde? ¿Un poquito?

Adam se detuvo a mi lado.

—Solo un poco —acepté lentamente—. Quizá mucho.

Observé la placa de nuevo y vi la fecha. «Hace seis años.» ¿Coincidencia o patrón?

—Bien, mi trabajo aquí está hecho.

No solo estudió en una escuela de arte, sino que además era artista.

—A mí no me escuchará, Adam. Las dos veces que la he llamado me ha colgado sin cogerlo. Estoy tratando de establecer la trama para poder profundizar, pero cuando empiezo a pensar en el final me encuentro con un callejón sin salida. Ella no quiere colaborar, solo quiere salirse con la suya.

—Suena como alguien que conozco. ¿Cuánto has escuchado tú? —me retó—. Esta vez no solo se trata de tu libro, amigo; es de ella, y para alguien que ama las fuentes originales, estás ignorando la única que tienes frente a tus narices: ella es tu residente experta en todo lo que se refiere a Scarlett Stanton.

—Buen punto.

—Vamos, Noah. Nunca he visto que huyas de un reto; por Dios, normalmente los buscas. Coge el teléfono y usa tu legendario encanto para poner un pie en el umbral y luego empieza a escuchar. Ahora tengo que ir a ducharme antes de la reunión —dijo, y se dirigió a la puerta giratoria.

—¡Ya he intentado lo del encanto!

No me había llevado a nada, algo que me molestaba tanto

profesional como personalmente... Bueno, era frustrante, sobre todo si consideraba la manera en la que seguía sintiéndome atraído por ella, aunque estuviéramos a miles de kilómetros de distancia.

—Si solo la has llamado dos veces, no.

—¡¿Cómo sabías siquiera que esto estaba aquí?! —grité hacia el otro extremo del vestíbulo al tiempo que señalaba la escultura.

—¡Google! —respondió; agitó dos dedos en señal de despedida y salió del edificio, dejándome con la prueba de que yo no había sido el único genio creativo ese día en el despacho de Scarlett.

Luego empecé mi investigación; no sobre la batalla de Inglaterra, sino sobre Georgia Stanton.

Miré alternativamente el móvil, inofensivo en medio de mi escritorio, y el número de teléfono que había garabateado en el bloc de notas junto a él. Estaba una semana más cerca de la fecha de entrega; aunque ya había establecido la trama que me parecía correcta para los personajes, no había empezado a escribir. No tenía sentido si Georgia me iba a pedir que lo cambiara todo.

«Usa tu legendario encanto...»

Marqué el número y me di la vuelta para quedar frente a las enormes ventanas del despacho de mi casa; miré Manhattan a mis pies, mientras el móvil daba señal. ¿Contestaría? Era la primera vez que me sentía así al llamar a una mujer; no porque no estuviera seguro de que fueran a contestar, sino porque, en el fondo, nunca me había importado si lo hacían o no.

«Pregúntale sobre su abuela. Pregúntale sobre ella. Deja de gritarle y empieza a tratarla como a una socia. Piensa que es una de tus amigas de la universidad y no alguien del trabajo o de quien quieres obtener algún provecho.» Ese había sido el consejo de Adrienne, al cual había añadido una broma sarcástica respecto a que nunca había tenido un socio en toda mi vida, pues era un controlador obsesivo.

Odiaba que tuviera razón.

—Noah, ¿a qué debo el honor? —saludó Georgia.

—He visto tu escultura.

«Aún falta mucho para romper el hielo.»

—¿Cómo?

—La del árbol que se eleva del océano. La he visto. Es impresionante.

Apreté el móvil con más fuerza. De acuerdo con lo que había encontrado en internet, también había sido la última que había hecho.

—Ah. —Se quedó en silencio un momento—. Gracias.

—No sabía que fueras escultora.

—Mmm..., sí, lo era. Hace mucho tiempo. *Era* es la palabra adecuada. —Forzó una risa—. Ahora me paso los días en el despacho de Gran, clasificando una montaña de papeles.

Tema cerrado. Anotado. Resistí las ganas de saber más..., por el momento.

—Ah, papeleo. Mi manera favorita de pasar una tarde —bromeé.

—Pues aquí estarías en el paraíso, porque esto es un caos. Es demasiado papeleo —refunfuñó.

—Uy, me encanta cuando me dices cochinadas.

«Joder.» Hice un gesto y en mi mente calculé cuánto tendría que pagar por una demanda de acoso sexual. ¿Qué demonios me sucedía?

—Mierda. Perdón, no sé qué me ha pasado —añadí.

Y yo que iba a tratarla como a una amiga de la universidad.

—No importa —respondió con una risa que me golpeó en el pecho como un tren de mercancías. Su risa era bonita y me hizo sonreír por primera vez en varios días—. Bueno, ahora que ya sé lo que te enciende... —bromeó, y oí un crujido de fondo que reconocí: se había reclinado en el sillón—. En serio, está bien, te lo prometo —dijo sin dejar de reír un poco—. ¿Necesitabas algo? Porque en el momento en que digas «final feliz», regreso al papeleo.

Me avergoncé, me quité las gafas y empecé a hacerlas girar por una de las patillas.

—Mmm..., podemos llegar a eso después —propuse—. Estaba tratando de añadir algunos detalles personales, me preguntaba si tu bisabuela tenía una flor favorita.

Cerré los ojos con fuerza. «Eres el más estúpido de los estúpidos, Morelli.»

—Ah. —Su voz se suavizó—. Sí, le encantaban las rosas. Tiene un enorme jardín detrás de casa, lleno de rosas de té. Bueno, supongo que debería decir «tenía un jardín». Perdona, todavía no me acostumbro.

—Lleva tiempo. —Dejé de hacer girar las gafas y las deposité sobre el escritorio—. A mí me llevó como un año cuando mi padre murió y, sinceramente, a veces aún me sorprendo cuando me olvido de que ya no está. El jardín sigue ahí, solo que ahora es tuyo.

Miré la foto de mi padre conmigo, junto al Jaguar 1965 que pasamos restaurando un año: siempre sería suyo, aunque ahora estuviera a mi nombre.

—Cierto. No sabía que tu padre había fallecido, lo siento.

—Gracias. —Me aclaré la garganta y desvié la atención al horizonte—. Fue hace unos años y me esforcé mucho para que la prensa no explotara el tema. Siempre hay gente indagando en mi pasado para saber si existe alguna razón por la que todas mis historias tengan... —«No lo digas»— finales conmovedores.

—¿Y hay una razón? —preguntó Georgia en voz baja.

Me habían hecho esa pregunta al menos cien veces, y casi siempre respondía con algo como «Creo que los libros deben reflejar la vida real», pero en esa ocasión me tomé un segundo.

—Ninguna tragedia, si es eso lo que preguntas. —En mi rostro se dibujó una sonrisa—. La típica familia de clase media. Mi padre era mecánico. Mi madre sigue siendo maestra. Crecí entre carne asada, partidos de los Mets y una hermana pesada con la que ya me llevo bien. ¿Decepcionada?

La mayoría se decepcionaba; imaginaban que sería huérfano o algo igual de horrible.

—Para nada. De hecho, me parece perfecto —murmuró.

—Cuando escribo, entro en la historia y lo primero que veo en un personaje son sus defectos. Lo segundo es cómo esos defectos lo llevarán a la redención... o a la destrucción. No puedo evitarlo. La historia se desarrolla en mi cabeza, y eso es lo que llega a la página. —Retrocedí y me apoyé en el escritorio—. Trágico, alentador, conmovedor..., sencillamente, es lo que es.

—Mmm...

Casi podía verla reflexionar sobre mi afirmación, con esa pequeña inclinación de cabeza. Sus ojos un poco entornados; luego asentiría como si hubiera aceptado mis ideas.

—Gran acostumbraba decir que veía a los personajes como personas de carne y hueso con pasados complicados en una trayectoria de colisión. Veía sus defectos como algo que debían superar —explicó.

Asentí como si ella pudiera verme.

—Claro. Generalmente usaba el defecto, fuera el que fuese, para hacer más humilde al personaje al tiempo que probaba su devoción de la manera más inesperada posible. Dios, era la mejor en eso.

Era una habilidad que yo aún no había dominado: la humillación exitosa. El gran gesto. Mis historias siempre se quedaban cortas y, antes de tener la oportunidad, el maldito destino la hacía a un lado.

—Lo era. Amaba... el amor.

Esbocé una expresión de asombro.

—Claro, por eso esta historia necesita preservar eso —espeté, y luego esbocé una mueca. Se hizo un largo silencio—. ¿Georgia? ¿Sigues ahí?

Me colgaría al cabo de un segundo.

—Así es —dijo sin rabia, pero sin mostrarse flexible—. Esta es una historia de amor, el más profundo, pero no es romántica. Esa es la razón por la que te la di a ti, Noah; tú no escribes novelas románticas, ¿recuerdas?

Parpadeé; al fin me daba cuenta de lo ancha que era la brecha que nos dividía.

—Pero te dije que escribiría este libro como un texto romántico.

—No, tú me dijiste que Gran era mejor autora de novela romántica que tú —replicó—. Prometiste hacerlo bien. Yo sabía que necesitaba un final desgarrador, así que acepté que tú te encargaras del trabajo. Pensé que eras el mejor para capturar lo que ella tuvo que vivir después de la guerra.

—Joder.

Eso no era escalar el Everest, sino alcanzar la Luna, y toda la situación era un malentendido. Nuestros objetivos nunca habían sido los mismos.

—Noah, ¿no crees que si hubiera querido que esta novela fuera romántica le habría pedido a Christopher que buscara a uno de sus autores de novela romántica?

—¿Por qué no me dijiste eso en Colorado? —pregunté rechinando los dientes.

—¡Lo hice! —espetó a la defensiva—. En el vestíbulo te dije

que lo único que no podías hacer era darles un final feliz, y tú no me escuchaste, solo me dedicaste un gesto engreído como si dijeras «mira cómo lo hago» y te marchaste.

—¡Porque pensaba que me estabas retando!

—¡Pues no lo hacía!

—¡Ahora lo sé! —Me apreté la nariz, buscando escapar de lo que me parecía un callejón sin salida—. ¿En serio crees que la historia de tu bisabuela es triste y melancólica?

—Ella no estaba triste. ¡Y esta no es una historia romántica!

—Debería serlo. Podríamos darle el final que se merece.

—¿Con qué, Noah? ¿Quieres terminar la verdadera historia de su vida con un relato feliz de ficción en el que corren uno hacia el otro en un campo vacío, con los brazos extendidos?

—No exactamente. —Ahí estaba: era mi oportunidad—. La imagino caminando en un sendero de tierra sinuoso bordeado de pinos, recorriendo de nuevo el camino en el que se conocieron y el momento en el que él la ve a ella...

Todo estaba claro en mi mente.

—Santa madre de Dios, eso es un cliché.

—¿Cliché? —Esa palabra casi hizo que me atragantara. Que pensara que era un imbécil era mejor que un cliché—. Sé lo que estoy haciendo. ¡Déjame hacerlo!

—¿Sabes por qué no paro de colgarte?

—Ilumíname.

—Porque nada de lo que yo diga te importa y los dos perdemos el tiempo.

Clic.

—¡Joder! —grité, dejando con cuidado mi móvil en el escritorio para no lanzarlo contra el suelo.

Sí me importaba lo que dijera. A la hora de ponerla en primer lugar estaba haciendo un pésimo trabajo, la verdad. Y, de nuevo, era algo que solo me sucedía con esa mujer.

Escribir era mucho más fácil que lidiar con personas de verdad. Quizá los lectores no terminaran mis libros, tal vez rompieran conmigo desde el punto de vista literario, pero nunca lo sabría. Incluso si cerraban la novela con disgusto, no lo hacían delante de mí.

Me froté el rostro con las palmas de las manos y dejé escapar un gruñido de pura ira. Al fin había conocido a alguien con más problemas de control que yo.

—¿Algún consejo, Jameson? —pregunté a las páginas del manuscrito y de la correspondencia que había imprimido—. Claro, tú de alguna manera supiste mantener la comunicación en zona de guerra, pero que me parta un rayo si tuviste que derribar los muros de Scarlett por teléfono, ¿verdad que no?

Me permití un momento para entrar en la historia, para reflexionar respecto a lo que Georgia me pedía; pero imaginar que Scarlett aprendía a renunciar y seguía adelante, condenarla en la ficción a una vida a medio vivir, eso me parecía insoportable incluso a mí.

Tres meses. Era todo lo que me quedaba, no solo para convencer a Georgia de que Scarlett y Jameson necesitaban terminar su historia juntos y felices, sino también para escribir ese maldito texto en el estilo y la voz de la autora. Miré el calendario y me di cuenta de que en realidad eran menos de tres meses. Maldije en voz alta.

Debía cambiar de táctica; de lo contrario, era más que probable que, por primera vez en mi carrera, no pudiera cumplir con la fecha de entrega.

8

Agosto de 1940
Middle Wallop, Inglaterra

El calor azotó el rostro de Jameson cuando el segundo hangar estalló en llamas. La explosión los lanzó hacia atrás como si fueran de papel, pero él logró mantener los brazos alrededor de Scarlett. Su espalda recibió el impacto y le sacó el aire de los pulmones cuando Scarlett aterrizó encima de él. Giró en un intento por cubrirla con su cuerpo lo mejor posible mientras varias bombas se abalanzaban sobre ellos en pocos segundos, causando un gran estruendo. Había visto caer al menos a dos docenas de pilotos en los últimos meses; sus muertes no eran más que otra fotografía pegada a una pared.

«Scarlett no. Scarlett no.»

Maldijo. Al fin la guerra había hecho exactamente lo que él había tratado de evitar al ir a Europa: quería llevarse a alguien importante para él. Nunca había tenido tantas ganas de derribar un avión enemigo.

Cuando se incorporó sobre los codos para buscar los ojos azul cristalino debajo de él, los oídos le zumbaban. Una última bomba cayó no muy lejos de ellos.

—¿Estás bien?

Era muy probable que se produjera un nuevo ataque, en particular porque el hangar uno y el tres seguían en pie.

Scarlett parpadeó y asintió.

—¡Tienes que irte! —exclamó.

Entonces fue él quien asintió.

—¡Vete! —lo apremió ella.

Podía hacer mucho más para protegerla volando en su avión que actuando como su escudo en tierra; se puso de pie y la ayudó a levantarse. Una figura se movió a su izquierda; se sintió aliviado al ver que Howard se ponía de rodillas y se levantaba. Aún llevaba el gorro puesto.

—¡Vete al hangar uno! —gritó Jameson.

Howard asintió y empezó a correr.

Jameson tomó el rostro de Scarlett entre sus manos. Había tanto que decir... Pero no tenía tiempo para hacerlo.

—¡Ten cuidado, Jameson! —le pidió Scarlett; su mirada se hacía eco de esa súplica.

Presionó los labios sobre la frente de ella en un beso intenso y cerró los ojos con fuerza. Luego miró por encima de su cabeza para asegurarse de que el automóvil no hubiera sufrido daños y respiró algo más aliviado al ver que Constance estaba al volante y Christine a su lado.

—Y tú cuídate —le ordenó a Scarlett mirándola a los ojos por última vez; se apartó y salió corriendo al hangar número uno antes de volver a preocuparse por su seguridad.

A Scarlett le temblaban las rodillas mientras observaba a Jameson avanzar rápidamente entre las llamas que habían sido el hangar número dos. Su miedo por la seguridad de ese chico era más grande que la inquietud que sentía respecto a la suya propia, pero sí se podía comparar a la que sentía por su hermana. «Dios mío, Constance.»

Scarlett dio media vuelta y salió corriendo hacia el coche; estuvo a punto de caer una o dos veces sobre los escombros.

Constance le hacía señas para que se diera prisa, agitando las manos al tiempo que miraba hacia el cielo. Estaba viva. Jameson estaba vivo. Eso era lo único de lo que podía estar segura en ese momento.

Scarlett abrió la puerta de un tirón y se lanzó al asiento trasero; luego la cerró enseguida.

Constance no necesitaba instrucciones; ya había metido la marcha atrás.

—¡Dime que estás bien! —gritó al tiempo que hacía girar el coche para luego avanzar.

—Estoy bien. ¿Vosotras? —preguntó Scarlett.

Las manos de esta empezaron a temblar. Las apoyó con fuerza sobre sus rodillas y lanzó un quejido: las palmas se le mancharon de sangre.

—Estamos tan bien como se puede estar —respondió Christine con una sonrisa temblorosa.

—Bien —dijo Scarlett. Miró el dobladillo de su falda, que estaba manchada de sangre, maldijo en voz baja y se limpió las manos con la tela del uniforme—. Conduce más rápido, Constance. Jameson va a estar en el tablero —añadió.

Scarlett no estaba cansada después de la primera guardia, así que hizo también la segunda para remplazar a otra oficial de sección, que no había llegado. Constance se negó a apartarse de su lado, pero el agotamiento era visible, de modo que Scarlett la llevó a un camastro que estaba en la sala de descanso para que reposara. Al cabo de cuatro horas, ambas estarían de nuevo de servicio.

Regresó al tablero, que estaba cubierto de marcadores que seguían los ataques que en ese momento asaltaban los campos aéreos de la RAF en toda Gran Bretaña, incluido el que les había caído tan cerca. Los movimientos frenéticos y rápidos de las trazadoras se llevaban a cabo en silencio, mientras los oficiales de control, en la galería que había sobre ellos, tomaban decisiones de posicionamiento, dictaban órdenes y hablaban directamente con los pilotos.

En sus auriculares, Scarlett escuchó durante horas la voz que trazaba las rutas donde debían poner los marcadores, número de código, dimensión estimada del ataque, altura, coordenadas, defensa aérea avanzada.

Cada cinco minutos se actualizaban las ubicaciones y se establecía una nueva ruta de defensa que marcaba la dirección de un ataque, y cambiaba en función de la designación de color que estaba en servicio.

Rojo. Azul. Amarillo.

Rojo. Azul. Amarillo.

Rojo. Azul. Amarillo.

Se mantuvo concentrada en su tarea; sabía que, si se distraía, no podría realizar bien su trabajo. Sin ella y sin las mujeres que había a su alrededor, los oficiales de control no podían transmitir las coordenadas a los pilotos que estaban en el aire.

Sin ella, Jameson volaba a ciegas. Trató de observar las banderas amarillas del escuadrón 609 sobre los marcadores de incursión que señalaban en qué ataques intervenían, pero no tenía tiempo para ninguna otra sección del tablero, más que la suya.

A la cuarta hora debía tomarse un descanso, pero su remplazo no había llegado y trató de no pensar en cuál sería la razón.

La octava hora marcaba el final de ese descanso. Cuatro horas de servicio, cuatro de reposo; esa era la regla. A la novena hora, Constance remplazó la sección que estaba a la derecha de Scarlett.

A la décima hora, Constance empujó un marcador hacia la sección de su hermana, como había hecho en innumerables ocasiones, conforme los vuelos se desplazaban sobre el mapa. Pero esa vez se tomó unos segundos para establecer contacto visual con ella.

El marcador tenía la bandera del 609.

«Jameson.»

A Scarlett se le encogió el corazón. Esperaba que hubiera terminado su misión, que hubiera regresado y que quizá ya estuviera descansando; pero el hueco en el estómago le decía que estaba con su escuadrón, luchando contra una flota estimada de treinta aviones alemanes.

Cada cinco minutos volvía a ese marcador; lo movía a lo largo de la costa y cambiaba la ruta de defensa para asignarle el color siguiente. Cada cinco minutos se permitía elevar una ferviente plegaria: que él sobreviviera a esa noche. Aunque decidiera no creerse lo que le había contado sobre Henry, aunque nunca volviera a verlo. Necesitaba saber que estaba bien.

Afortunadamente no la asignaron con el oficial de control, porque allí hubiera podido escuchar las voces de los pilotos por la radio. Se hubiera vuelto loca al conocer el informe de las bajas.

Para la decimosegunda hora, sus brazos temblaban de agotamiento. La bandera del 609 había desaparecido de su sección cuando la actividad en el tablero general disminuyó. Sin duda se volvería a llenar al caer la noche. Las incursiones llegaban en oleadas; cada una de ellas un poco más devastadora de lo que podían permitirse.

Ya habían destruido dos estaciones de radiogoniometría. Scarlett había perdido la cuenta de cuántas bases de la RAF habían sido bombardeadas. ¿Cuántos ataques más soportarían los campos aéreos? ¿Cuántos combatientes más perderían? ¿Cuántos pilotos más...?

—¿Estás lista? —le preguntó Constance cuando salieron de la sala de monitorización aérea.

—Sí —respondió con la voz ronca por la falta de uso.

—Tus pobres rodillas... —dijo Constance frunciendo el ceño.

Scarlett bajó la mirada hacia la falda limpia que su oficial de sección había insistido en que se pusiera, ya que la suya estaba rasgada y ensangrentada; tenía las rodillas cubiertas de costras.

—No es nada.

—Vamos a que te des una ducha —propuso Constance con una sonrisa vacilante al tiempo que la cogía del brazo—. Christine, ¿te importaría conducir?

—No.

—¿Oficial adjunta de sección Wright? —Una voz aguda de mujer la llamó desde el otro lado del pequeño vestíbulo.

Las dos hermanas Wright se dieron la vuelta y vieron que la oficial de sección avanzaba hacia ellas a grandes zancadas.

—Scarlett —aclaró la oficial haciendo una seña con la mano.

Scarlett le dio una palmadita en el hombro a Constance y fue a encontrarse con la oficial de sección Gibson en el vestíbulo.

—¿Señora?

—Quería felicitarte por mantener la calma esta noche. No muchas chicas habrían podido trabajar durante doce horas seguidas, mucho menos después de... haber estado bajo un ataque —dijo apretando los labios, pero la mirada de aquella mujer mayor era cálida.

—Solo cumplo con mi deber, señora —respondió Scarlett.

Había hombres que daban mucho más que ella en circunstancias bastante peores. Hacerlo lo mejor posible era lo mínimo que les debía.

—Así es.

La despidió con un asentimiento de cabeza y le dedicó una leve sonrisa antes de dar media vuelta y alejarse.

Scarlett alcanzó a Constance en la puerta y ambas caminaron bajo la luz matinal. Scarlett parpadeó, la luz hizo que los ojos le ardieran a pesar de llevar puesto el gorro: el sol de las ocho de la mañana nunca había sido tan brutal.

Contuvo el aliento ante la alta figura que estaba de pie en medio del pavimento, vestido con el uniforme de servicio.

—Jameson —murmuró.

Sus piernas casi desfallecieron de alivio.

Jameson cubrió la distancia que había entre ambos, devorándola con la mirada. Estaba bien. Había volado en dos misiones, descansando solo para reabastecerse de combustible y comer antes de volver a despegar. Durante todo ese tiempo estuvo preocupado por ella.

—El problema de que trabajes en Servicios Especiales es que nadie puede confirmar que has llegado al trabajo.

Su voz salió ronca, como una lija, pero a ella no le importó.

—Cierto, no lo hacen.

Lo examinó de arriba abajo como si necesitara asegurarse de lo mismo que él; ambos estaban vivos.

Su hermana los miró.

—Te espero en el coche.

—Yo la llevaré a casa —se ofreció Jameson, incapaz de quitarle a Scarlett los ojos de encima—. Bueno, si quieres.

Scarlett asintió y Constance se marchó.

Unos cuantos centímetros los separaban, y él sabía que sus siguientes palabras podrían disminuir o aumentar esa distancia, así que las eligió con cuidado. La cogió de la mano y la guio por la acera hasta el césped, donde nadie podía verlos, resguardados por las pesadas ramas de un roble gigante.

Esos ojos azules parecían cargados de preocupación cuando lo observaron. Preocupación y alivio, y el mismo deseo que él sentía cada vez que la veía.

Quizá las palabras correctas no eran palabras.

Tomó la cabeza de Scarlett entre las manos y la besó.

«Por fin.» Le pareció que había estado esperando toda una vida a ese hombre, ese beso, ese momento, y al fin lo tenía. Ella no dudó, no contuvo el aliento por la sorpresa cuando él le tocó los labios con los suyos en un beso suave.

Scarlett deslizó las manos sobre el pecho de Jameson hasta dejarlas justo encima de su corazón. Luego le devolvió el beso, poniéndose de puntillas para presionar los labios de él con los suyos. Era como si hubieran lanzado una cerilla a un montón de yesca: estalló en llamas.

Él hizo que el beso fuera más intenso, deslizó la lengua por el labio inferior de ella y lo succionó. «Sí.» Scarlett quería más: entreabrió los labios y él acarició su lengua con la suya, estudiando las curvas de su boca.

Jameson sabía lo que se hacía.

El calor descendió por la columna de Scarlett, encendió su piel y abrasó su sentido común, que le aconsejaba apartarse. Sus manos se aferraron al uniforme de Jameson y se dejó llevar por el beso, pegándose a él al sentir que ambos retrocedían. Golpeó el tronco del árbol con la espalda y ni siquiera parpadeó. Sabía a manzanas y a algo más profundo, más misterioso. Más. Quería más.

Quería besar a Jameson todos los días, durante el resto de su vida.

En el momento en que exploró su boca como él había hecho con ella, sintió la entrepierna de él contra su cuerpo y le mordió ligeramente el labio inferior.

—Scarlett. —Jameson murmuró una maldición contra sus labios.

Luego siguió besándola, una y otra vez, moviendo la mano hacia su cintura para acercarla a él.

Cualquier distancia era excesiva. Ella quería sentir cada aliento, cada latido, deseaba vivir dentro de ese beso, donde no había bombas, no había ataques, nada que pudiera alejarla de sus brazos.

Scarlett subió las manos hasta el cuello de Jameson y arqueó la espalda a medida que sus labios se deslizaban por la curva de su mentón. Una necesidad pura, insistente, invadió su vientre; le clavó las uñas en la piel y la sensación la dejó sin aliento. Jameson siguió bajando por su cuello dándole besos ardientes y húmedos; ella inclinó la cabeza a un lado para facilitarle el acceso.

Él la sujetó por el cuello del uniforme y, con un gemido, volvió a besarla en la boca. Scarlett se dio cuenta de que había perdido el control y se abandonó. Nunca se había sentido tan consumida por otra persona; nunca había estado tan dispuesta a dar tanto de sí misma. En su abandono, se topó con la verdad sobre la que había dudado tanto y que no había sido capaz de admitir hasta entonces: Jameson era el único hombre a quien desearía de esa forma.

Él la tomó por las caderas con manos fuertes; luego ralentizó el beso hasta que ya no hubo nada más que los roces suaves de sus labios contra los de ella.

—Jameson —murmuró Scarlett cuando él apoyó la frente en la suya.

—Cuando vi que las explosiones se acercaban a nosotros, no supe cómo protegerte —dijo sujetándola con más fuerza.

—No puedes —respondió en voz baja mientras le acariciaba

la nuca con suavidad—. No hay nada que ninguno de los dos pueda hacer para mantener al otro vivo.

—Lo sé, y me mata.

Scarlett sintió un nudo en el estómago.

—No voy a casarme con él. Necesito que lo sepas. Me he pasado toda la noche observando las oleadas de ataques y la idea de perderte, tú ahí arriba, pensando Dios sabe en qué... —Negó con la cabeza—. No voy a casarme con él.

—Lo sé. —Le dio otro beso suave, ligero—. Debí dejar que me lo explicaras. Es solo que la sorpresa me destrozó.

—Habrá más —afirmó ella—. Si mis padres han llegado tan lejos, habrá más rumores, más artículos, más presión. Siempre y cuando tú sepas la verdad, yo puedo capearlo.

Jameson asintió y tragó saliva, el dolor cruzó sus pupilas antes de mirarla de nuevo. La intensidad que ella vio en sus ojos le robó el aliento.

—Te quiero, Scarlett Wright. He hecho todo lo posible para combatirlo, para ir más despacio, para concederte el tiempo y el espacio que necesitas. Pero esta guerra no va a darnos ese respiro, y después de esta noche no puedo esconderlo más. Estoy enamorado de ti.

Un dolor dulce empezó a latir en el pecho de Scarlett.

—Yo también te quiero.

¿De qué servía tratar de evitarlo, de no ceder, cuando ninguno de los dos sabía si estarían vivos al día siguiente?

La sonrisa que iluminó el rostro de Jameson se reflejó en el de ella, que por primera vez sentía que era para siempre y se permitió que la felicidad la inundara, que se impregnara en cada fibra de su ser. Pero ahora que ambos lo habían admitido, ¿qué harían con eso?

—Hay rumores de que los estadounidenses van a tener su propio escuadrón —murmuró Scarlett.

Otro escuadrón significaba un traslado.

—Eso he oído —contestó él con un temblor en el mentón.

—¿Qué vamos a hacer? —Su voz se quebró en la última palabra.

—Vamos a afrontarlo todo conforme suceda. Tus padres, la guerra, toda la Real Fuerza Aérea —respondió con una sonrisa resplandeciente—. Lo haremos juntos. Tú eres mía, Scarlett Wright, y yo soy tuyo, y a partir de este momento no tenemos secretos.

Ella asintió y lo besó con dulzura.

—Ahora llévame a casa antes de que hagamos algo que nos ponga frente a un consejo de guerra.

—Sí, señora —respondió él con una sonrisa.

Ella sabía que lo que les esperaba bien podía hacer añicos ese nuevo sentimiento, tan violento que hacía que su pecho rebosara felicidad, pero por el momento estaban a salvo, estaban juntos y estaban enamorados.

9

GEORGIA

Queridísimo Jameson:

Aquí estamos, de nuevo, escribiéndonos cartas. Daría cualquier cosa por estar a tu lado, atravesar los largos kilómetros entre nosotros solo para tocarte, para sentir los latidos de tu corazón. ¿Cuántas veces más podrá separarnos esta guerra antes de que sencillamente nos conceda permiso para ser felices? Sé que tenemos suerte, que hemos estado destinados en el mismo sitio más tiempo que muchos otros, pero soy egoísta cuando se trata de ti; no hay nada comparable a la sensación de estar entre tus brazos. Pero no te preocupes, mis brazos solo rodean al otro señor Stanton y él hace que cada día que estamos separados sea un poco más luminoso...

Miré el móvil por enésima vez esa semana. Justo cuando pensaba que Noah podría entenderlo, que quizá comprendería algo tan sencillo como que no pensaba ceder, llamaba de nuevo y sugería alguna conclusión cursi para la historia de Gran, y cada una era peor que la anterior.

Como ahora.

—Lo siento... ¿Acabas de proponer que él salga de una caja de regalo de Navidad?

Alejé el móvil de mi oreja y me fijé en la pantalla para asegurarme de que, efectivamente, era Noah quien estaba al otro lado. Sí, ese era su número, su voz grave y sexy —aunque tuviera que admitirlo a regañadientes—, contándome una fábula por completo ridícula.

—Exacto. Tú imagina que...

—Vale, te has vuelto loco y es posible que me hagas perder a mí también la cabeza en el proce... —De eso se trataba. Entorné los ojos—. Ese no es el verdadero final, ¿verdad? Ninguno de todos esos.

—No tengo ni idea de a qué te refieres. Es una alegre celebración de amor y esperanza.

Era bueno. Incluso parecía ofendido.

—Ajá. Me estás proponiendo finales descaradamente malos y trillados para cansarme y que acabe aceptando la idea que de verdad tienes en la cabeza, ¿verdad?

Terminé de servirme el té endulzado y me dirigí al despacho de Gran..., a mi despacho.

—De hecho, también tengo una idea más desgarradora.

Oí un sonido como de algo que crujía un poco, como si se hubiera dejado caer en el sofá o en la cama. No era que estuviese pensando en su cama, por descontado.

—Vale. Por favor, cuéntamelo.

Puse la taza sobre un posavasos y encendí mi ordenador. Lo había pospuesto todo durante el divorcio, lo que significaba que llevaba un retraso de seis meses a la hora de atender los bienes inmobiliarios de Gran, pero ya casi estaba todo hecho.

—Están en un barco de pasajeros en medio del Atlántico, pensando que lo han logrado, y, ¡pum!, un submarino alemán los hunde.

Me quedé boquiabierta.

—Bueno, eso es... siniestro.

Pero al menos había pensado en mi postura, ¿no?

—Espera. Cuando el barco se está hundiendo, consiguen un bote salvavidas, pero no hay espacio suficiente y Scarlett no puede decidirse entre aceptar el último asiento para proteger la vida de William o mezclarse con toda esa multitud en estado de pánico para conseguir otro bote.

Fruncí el ceño. «Espera un segundo.»

—Un poco de acción para tener al lector en ascuas, pero al final son solo ellos dos en el agua: Jameson empuja a Scarlett hacia lo que queda del naufragio...

—Oh, Dios mío, ¡no querrás plagiar el final de *Titanic*! —Mi voz sonó tan aguda que hice una mueca.

—Oye, querías algo triste.

—Increíble. ¿Siempre es tan difícil trabajar contigo?

—No lo sé, porque no trabajo con nadie más que con Adam, que ni siquiera podrá empezar a corregir esta novela hasta que la haya terminado. —Su tono se animó—. Entonces, ¿estás lista para hablar de las opciones de verdad?

—¿Como cuáles? ¿Aterriza su avión en plena calle, frente a su casa? No, espera, ya lo tengo: ¿la persigue en el puerto en un rapto de locura para alcanzarla antes de que suba al bote en una escena infernal de refrito de comedia romántica con un toque de la década de los cuarenta? —Golpeé con fuerza las teclas de mi portátil para escribir la contraseña—. Nada de eso va a ocurrir.

—En realidad, estaba pensando más en un cachorro con una llavecita en el collar.

Había pasado al sarcasmo.

—¡Puaj!

Colgué el teléfono.

Mi madre se asomó por la puerta con una sonrisa.

—¿Va todo bien?

—Sí, solo lidiando con... —Mi móvil volvió a sonar—. Noah —dije exasperada cuando su nombre apareció en la pantalla—. ¡¿Qué?! —grité al descolgar.

—¿Tienes idea de lo infantil que es colgarle el teléfono a alguien con quien has decidido asociarte? —preguntó con una voz tan suave y despreocupada que solo me irritó aún más.

—La satisfacción que me brinda bien vale que me perciban como inmadura.

O quizá sencillamente demostraba que podía colgarle. Que no estaba a disposición de nadie por primera vez desde hacía seis años ni esperando a cumplir su voluntad.

—A ese respecto, ¿qué tal si terminamos en un hermoso vergel, donde están recolectando...?

—Noah —le advertí.

—Para que a Jameson le pique una abeja, no, docenas de abejas, a las que es alérgico...

—¡Esta novela no es *Mi chica*!

Mamá alzó las cejas.

—Tienes razón, entonces hablemos de cómo darles un verdadero final feliz que entusiasme a los lectores.

—Adiós, Noah. —Colgué.

—¡Georgia! —exclamó mi madre.

—¡Qué! —Me encogí de hombros—. Le he dicho adiós. No te preocupes, volverá a llamarme mañana y todo empezará otra vez. Llevamos semanas dándole vueltas al asunto.

—¿Va todo bien con el libro? —preguntó mi madre al tiempo que se sentaba en el mismo sillón que Noah había ocupado cuando había estado en casa.

La relación entre nosotras seguía siendo incómoda, pero imaginaba que siempre sería así y, tenía que admitirlo, era más que agradable tenerla cerca. Saber que pensaba quedarse hasta Navidad hizo que mi tensión se aliviara y me dio algo de esperanza respecto a que pudiéramos sentar algunas bases. Después de todo, ahora que Gran ya no estaba, solo nos teníamos la una a la otra.

Me froté el entrecejo.

—Seguimos discutiendo el final.

—¿Eso es lo que lo está deteniendo todo?

Abrí los ojos y vi que observaba la fotografía enmarcada de Gran y el abuelo William, cuando tenía como veintipocos años. Nunca lo conocí, murió cuando mi madre cumplió los dieciséis.

Yo nací menos de un año después.

—Bueno, es evidente que eso lo detiene, pues se niega a empezar a escribir hasta que estemos de acuerdo en cómo debería ser el final. —Nunca había estado tan agradecida por la cláusula de un contrato en toda mi vida—. Si se saliera con la suya, serían todo corazones y arcoíris.

Mamá me miró y su frente se llenó de arrugas.

—Como el resto de sus libros.

—Prácticamente.

Un vistazo a mi reloj me informó de que tenía veinte minutos antes de la llamada que había concertado con mis abogados.

—¿Y crees que eso es malo?

Giré sobre el sillón de escritorio y cogí la carpeta de cinco centímetros de espesor que mi equipo legal había pasado toda una noche redactando varios días atrás.

—Me parece que no es lo correcto para esta historia.

—Pero ¿no es él...? —Mi madre apretó los labios.

—Dilo —espeté abriendo la carpeta.

—Bueno, él es el experto, Gigi. Tú... no.

Oír ese apodo hizo que me detuviera a media página.

—Bueno, podrá ser el experto a la hora de elaborar su propia historia, pero, si se trata de Gran, la experta soy yo.

Pasé la página.

—Solo pienso que es un poco ridículo tener todo el contrato en el aire por ciertas diferencias creativas. ¿No crees? —Mi madre cruzó las piernas y más arrugas de preocupación se dibujaron en su frente—. ¿No es mejor terminar con todo esto para que tú puedas dedicarte a tu vida?

—Mamá, el contrato está cerrado. Hace ya más de un mes que lo firmamos.

Salió en las noticias; de nada había servido mantenerlo en secreto. Helen estaba recibiendo docenas de llamadas sobre derechos subsidiarios. Nunca me había alegrado tanto de estar fuera de Nueva York; al menos allí podía reenviar correos electrónicos o rechazar llamadas de personas que sabía que solo querían acceder al manuscrito.

En Nueva York habría sido imposible ir al baño o a una fiesta sin que alguien de la industria se me acercara para hablar de Gran. Pero, claro, antes siempre estaba con Damian; quizá era solo que asistía a las fiestas incorrectas.

—Entonces, esta pequeña... diferencia de opinión con Noah Harrison no es lo que tiene el proceso en el aire, ¿o sí? —preguntó inclinándose hacia delante.

—No. El trato está cerrado.

—Entonces, ¿por qué no han enviado el anticipo?

La miré de inmediato.

—¿Qué?

Se removió en su asiento, con el rostro marcado por la preocupación.

—Pensé que la editorial pagaría el anticipo cuando firmaras.

—Claro, pero no lo pagan enseguida. Les lleva un tiempo.

Sentí un nudo en el estómago, pero lo ignoré. Mi madre estaba haciendo un gran esfuerzo; tenía que darle el beneficio de la duda. Sacar conclusiones erróneas solo serviría para empeorar nuestra relación.

—¿Qué quieres decir con que no pagan enseguida?

Oí señales de alarma en mi cabeza, pero no encontré nada en su mirada, salvo genuina curiosidad. ¿Quizá al fin se estaba interesando por el proceso editorial?

—El pago se divide en tres partes: firma del contrato, entrega del manuscrito y publicación del libro.

—Tres partes. —Mamá alzó las cejas—. Qué interesante. ¿Siempre es así?

—Depende del contrato —respondí encogiéndome de hombros—. La primera parte deberían ingresarla en tu cuenta estos días, así que asegúrate de que llegue. Si no es así, avísame y le pediré a Helen que investigue.

—Estaré al tanto —prometió, y se puso de pie—. Parece que quieres empezar a trabajar, así que no te molesto más. Voy a ver qué nos ha dejado Lydia para cenar.

Me removí en la silla, incómoda.

—¿Mamá?

—¿Sí? —preguntó, y dio media vuelta en el umbral.

—Me alegro de que estés aquí. —Tragué saliva, esperando expulsar el nudo en mi garganta.

—Claro, Gi... —Hizo una mueca—. Georgia. Ya sabes, a mí me fue muy bien estar con la familia después de mi primer divorcio. —Su sonrisa vaciló—. Me llevó un tiempo. Fue Gran quien me ayudó a recuperarme emocionalmente y quien me recordó quién soy: una Stanton. Te diré que esa fue la última vez que uní nuestros apellidos con un guion. —Sus nudillos se pusieron blancos sobre el pomo de la puerta—. Nunca vuelvas a renunciar a tu apellido, Georgia. Ser una Stanton te da poder.

Mi móvil se iluminó con una llamada entrante. «El equipo legal.»

—¿Tu apellido? —pregunté—. ¿Eso fue lo que te quitó el primero?

«Dímelo. Dime que yo fui el precio que tuviste que pagar.»

—No. Yo fui la ingenua que cedió, pero tenía veinte años. Se llevó mi esperanza. —Señaló mi móvil—. Será mejor que lo cojas.

Agitó un poco los dedos y se marchó.

«Claro.»

Deslicé el dedo sobre la pantalla y me llevé el teléfono al oído.

—Georgia Stanton.

Dos días después, Hazel y yo salíamos del Poplar Pub tras un almuerzo en el que apenas picoteé algo. Ya nada me sabía bien, solo comía para alimentarme.

—¿Cuántas veces van ya? —preguntó Hazel cuando caminábamos por la acera de Main Street.

Ahora que terminaba la temporada turística, que había tranquilidad y los niños habían regresado a la escuela, se respiraba una calma pacífica de la que no gozaríamos de nuevo hasta que la temporada de esquí quedara en el olvido durante dos semanas, antes de las vacaciones de verano.

—No llevo la cuenta exacta.

Noah hablaba. Noah discutía. Yo colgaba. Era así de simple.

—Casi no has tocado la comida —comentó mirándome por encima de las gafas de sol, al tiempo que se colocaba un rizo detrás de la oreja.

—No tengo mucha hambre.

—Mmm. —Entornó los ojos—. Estaba pensando que fuéramos a Margot's a hacernos la pedicura, aprovechando que me ayudaste a organizar los nuevos cuadernos de ejercicios en la librería en un tiempo récord, y que la madre de Owen se queda con los niños esta tarde. ¿Qué me dices?

—Tienes que hacerlo, definitivamente. Mereces que te consientan.

Me moví a la derecha para que la señora Taylor y su marido pudieran pasar y les sonreí. Echaba de menos ese sencillo gesto de reconocer a alguien en la calle. Nueva York estaba siempre en ebullición, con los peatones que se movían en oleadas constantes de desconocidos.

—Tú también.

—Ah.

Pasamos por delante de mi heladería favorita y la panadería Grove Goods, que olía de un modo exquisito; era jueves, rollos de canela. Mi coche estaba solo una manzana más adelante.

—Georgia... —Lanzó un suspiro y me agarró del codo cuando nos detuvimos frente a la librería—. Hoy estás un poco más apagada de lo habitual.

No tenía sentido ocultarle nada a Hazel.

—Estoy bien cuando estoy ocupada, y hasta ahora lo he estado. La mudanza, la limpieza, todo lo del libro y organizar el papeleo de los inmuebles son cosas que me han mantenido concentrada en lo que está justo frente a mí, pero ahora... —Suspiré y eché un vistazo alrededor de aquel pueblo que adoraba—. Todo en este lugar es igual. Parece igual, huele igual...

—¿Eso es bueno?

Hazel se subió las gafas de sol a la cabeza.

—Es muy bueno. Es solo que yo ya no soy la misma, así que tengo que averiguar cuál es mi lugar. Es difícil de explicar..., es como si estuviera ansiosa, preocupada.

—¿Sabes qué te ayudaría? —preguntó con una sonrisa traviesa.

—Que Dios me ayude si dices que una pedicura...

—Deberías acostarte con Noah Harrison.

Resoplé.

—Sí, claro.

Mi temperatura aumentó solo de pensarlo... «Basta.»

—¡Lo digo en serio! Vete a Nueva York el fin de semana, discute sobre los detalles del libro y acuéstate con él. —Sonrió cuando Peggy Richardson se quedó boquiabierta, era obvio que nos había oído al pasar—. Será como si hicieras varias cosas al mismo tiempo. ¡Qué alegría verte, Peggy! —Hazel la saludó con la mano.

Peggy se ajustó la correa del bolso y siguió su camino.

—Eres increíble —exclamé poniendo los ojos en blanco.

—¡Ay, por favor! Si no lo haces por ti, hazlo por mí. ¿Has visto esa foto suya en la playa que te envié ayer? Puedes lavar ropa en el abdomen de ese hombre.

Entrelazó mi brazo con el suyo y continuamos por la calle a paso muy lento, como si tuviéramos todo el tiempo del mundo.

—He visto las tres docenas de fotos que me enviaste.

Ese hombre tenía un abdomen espectacular y su piel se estiraba sobre los músculos del torso; también tenía la espalda deliciosamente tatuada. Según el artículo que Hazel me había mandado, se había hecho un tatuaje por cada libro que había escrito.

—¿Y aun así no vas a animarte? Porque, si tú no quieres, entonces lo añadiré a mi lista de canas al aire permitidas. Incluso sacaría a Scott Eastwood por ese hombre.

—Nunca he dicho que no quiera... —Hice una mueca y cerré los ojos con fuerza—. Mira, aunque a Noah le apeteciera, jamás me han gustado las aventuras y no voy a tener una con el tipo que está acabando el libro de Gran solo por despecho. Punto.

Los ojos le brillaron.

—Pero deseas hacerlo. Y, por supuesto, él también: eres muy sexy, estás divorciada, y no olvides que sé muy bien que Damian ya no te excitaba.

146

—¡Hazel! —exclamé entre dientes; de inmediato volví la vista, pero no había nadie.

—Es la verdad y yo solo quiero que estés bien. Sé que te gustan los hombres creativos y taciturnos. ¿Has visto esos tatuajes? Es el clásico chico malo; ¿cuántos chicos malos conoces que sean escritores?

—Hay muchos chicos malos en el mundo que son escritores.

—¿Como quién?

Parpadeé.

—Mmm. ¿Hemingway?

Mal ejemplo.

—Está muerto. Fitzgerald, también. Qué lástima —dijo poniendo los ojos en blanco.

—Me haré la pedicura ahora mismo si te olvidas del tema.

—Vale. —Sonrió—. Por ahora, pero sigo pensando que deberías animarte.

Negué con la cabeza ante su pésima y ridícula idea; en ese momento vi a Dan Allen al otro lado del escaparate de la tienda del señor Navarro.

—¿Dan sigue siendo agente inmobiliario?

«Debe de tener ese local en su catálogo.»

—Sí. Nos ayudó a encontrar nuestra casa el año pasado —respondió Hazel, y saludó a Dan con un gesto de la mano cuando él se dio cuenta de que lo mirábamos.

—¿Te importa si nos tomamos unos minutos antes de la pedicura?

Observé de nuevo los escaparates que se extendían a ambos lados de la puerta, imaginando cómo se iluminarían al cabo de unas horas con el sol de la tarde.

—No hay problema.

Abrí la pesada puerta de vidrio y entré en la tienda. Ya no había acuarios gigantes ni balas de heno para los nidos de los hámsteres. Incluso los estantes habían desaparecido. El espacio estaba vacío, salvo por Dan, que nos saludó con su carismática sonrisa, que no había cambiado desde la época del instituto.

—¡Georgia, hace siglos! Sophie mencionó que te había visto cuando llegaste al pueblo —me saludó, y avanzó para estrecharme la mano; luego hizo lo mismo con Hazel.

—Hola, Dan. —Miré alrededor de su desgarbada figura, hacia el espacio al fondo del local—. Disculpa la intromisión, pero sentía curiosidad por la tienda.

—¡Ah! ¿Estás buscando un espacio comercial? —preguntó.

—Solo es... curiosidad.

¿Me interesaba? ¿Era siquiera práctico?

—Sentía curiosidad —apuntó Hazel con una sonrisa.

Dan se lanzó en modo bienes raíces y nos lo contó todo sobre la amplitud en metros cuadrados, al tiempo que nos mostraba el lugar, pasando frente al único elemento fijo que quedaba: el mostrador con vitrina donde yo compré mi primer pez.

—Entonces, ¿por qué no se ha vendido? —pregunté, y abrí la puerta del fondo, que llevaba a lo que debía de haber sido el almacén—. El señor Navarro se fue hace cuánto..., ¿un año?

—El local se puso en el mercado hace casi seis meses, pero el almacén..., bueno, ven por aquí, que te lo enseño.

Encendió la luz y lo seguimos hasta un espacio enorme sin terminar.

—¡Guau!

Había dos grandes puertas de garaje, suelo y paredes de cemento, y unas cuantas hileras de luces fluorescentes que colgaban de un alto techo.

—Hay más almacén que tienda, algo que al señor Navarro le gustaba porque aquí tenía su pasatiempo, los coches clásicos, en vez de dejarlos frente a la casa de la señora Navarro.

«Magnífico.» Era el lugar perfecto para el horno. Aunque

quizá solo para un horno de día. Y otro para recalentar, por supuesto. El nicho también era perfecto para poner un horno de recocido. Después examiné el techo. Era alto, pero algunas buenas ventilaciones no estarían de más.

—Conozco esa mirada —dijo Hazel a mi espalda.

—Qué mirada —respondí, imaginando ya el mejor lugar para la mesa de trabajo y el bloque.

—¿Cuánto piden por él? —preguntó Hazel.

El precio me sacó los ojos de las órbitas. Si a eso añadía los costes para arrancar, me quedaría sin un centavo de todos mis ahorros. Era ingenuo siquiera pensarlo, aunque ahí estaba yo, haciendo justo eso.

Después de pedirle a Dan que me llamara si alguien le presentaba alguna oferta, fuimos a hacernos la pedicura.

Hazel le envió un mensaje a su madre para que nos alcanzara y yo hice lo mismo con la mía, pero no respondió. Era cierto que últimamente solía echarse a dormir la siesta.

Las uñas de mis pies estaban pintadas de color rosa coral cuando dejé el coche en el garaje; el hemisferio lógico de mi cerebro ya estaba librando una batalla contra la parte creativa, enumerando cada una de las razones por las que ni siquiera debería soñar con comprar la tienda. Habían pasado años desde que estuve en un taller. Emprender un negocio era arriesgado. ¿Y si fracasaba de manera tan espectacular como lo había hecho en mi matrimonio? «Por lo menos, nadie lo publicaría en la prensa sensacionalista.»

Mis llaves tintinearon cuando las solté sobre la encimera de la cocina.

—¿Eres tú, Gigi? —preguntó mi madre desde el recibidor.

Puse los ojos en blanco al escuchar el apodo y me dirigí hacia ella.

—Soy yo. Tengo una locura en la cabeza. Ah, y te he mandado un mensaje antes sobre una pedicura...

Mamá sonrió; tenía el peinado y el maquillaje perfectos. A su lado, sus maletas se alineaban en el recibidor como patos formando una fila. Su bolso de diseño le colgaba del hombro.

—¡Ah, bien! Esperaba verte antes de irme.

—¿Irte adónde?

Crucé los brazos sobre el pecho y me los froté para mantener a raya el escalofrío que me recorrió la piel. Para el acceso repentino de náuseas no había cura.

—Bueno, es que Ian me ha llamado y resulta que se ha metido en un pequeño problema, así que he decidido ir a Seattle para ayudarlo.

Se sacó el móvil del bolsillo.

Ian. El marido número cuatro, al que le gustaba apostar. Las piezas que había evitado comprender empezaron a encajar en el rompecabezas.

—Ya has recibido el anticipo, ¿verdad?

Sonaba mezquino..., yo me sentía mezquina.

—Me alegro de que me lo preguntes, ¡porque así es! —exclamó mi madre, feliz—. No quería preocuparte por nada, así que le he dicho a Lydia que se asegurara de que hubiera suficiente comida en la casa.

Comida, claro.

—¿Cuándo vas a volver?

Era una pregunta ridícula, pero tenía que hacerla. Mi madre apartó la vista de su móvil y me miró con una mueca de culpa.

—No vas a volver —añadí. Era una afirmación, no una pregunta.

Vi un destello de dolor en sus ojos.

—Eso ha sido cruel.

—¿Acaso vas a hacerlo?

—Bueno, no de inmediato. Ian necesita que cuide de él, y esta podría ser una oportunidad para reavivar las cosas. Siempre ha habido esa chispa entre nosotros, nunca se apagó. —Jugueteó con su teléfono—. He pedido un Uber. Aquí tardan años.

—Es un pueblo pequeño.

Me volví hacia la entrada, hacia las puertas francesas que daban al salón y las fotografías enmarcadas en las paredes. Cualquier cosa para evitar mirarla a ella. Saboreé la bilis en mi garganta y mi corazón lanzó un alarido cuando saltaron los frágiles puntos que había cosido sin mucho esmero.

—Y que lo digas —comentó negando con la cabeza.

—¿Qué pasa con la Navidad?

—Los planes cambian, cielo. Pero ahora ya estás bien, y en cuanto te sientas lista para enfrentarte al resto del mundo, regresarás a Nueva York, Gigi. Aquí te estancarás, todos se estancan. —Deslizó el dedo sobre las aplicaciones de su smartphone—. Ah, bien. Siete minutos.

—No me llames así.

—¿Qué? —preguntó al tiempo que me miraba a la cara.

—Ya te he dicho que odio ese apodo. Deja de usarlo.

—Ay, perdóname, es que soy tu madre —respondió abriendo mucho los ojos con sarcasmo.

—Sabes que él solo pretende quedarse con tu dinero y luego volverá a abandonarte, ¿verdad?

Eso es precisamente lo que había hecho la primera vez, que fue cuando Gran sacó a mi madre del testamento. Ella entornó los ojos hasta que solo parecían dos rendijas.

—Eso no lo sabes. No lo conoces.

—Pero tú deberías conocerlo.

La mandíbula me temblaba y acepté la furia que rebosaba en mi pecho, acogiéndola como cemento alrededor de mi corazón, que se desangraba. La había creído como lo haría una niña ingenua de cinco años; pensaba que esa vez se quedaría a mi lado, aunque solo fueran unos meses más.

—No entiendo por qué eres tan desagradable —dijo negando con la cabeza como si fuese yo la que estuviera soltando los golpes—. Me he quedado por ti, te he cuidado y ahora merezco ser feliz, igual que tú.

—¿Igual que yo? —Me froté el rostro con las manos—. No me parezco en nada a ti.

Su expresión se suavizó.

—Ay, corazoncito. Te fuiste a la universidad, ¿y qué encontraste? A un hombre mayor para que te cuidara. Quizá te graduaste, pero no te engañes, no fuiste ahí por tu educación, sino a buscar marido, igual que yo a tu edad.

—No es cierto —repliqué—. Conocí a Damian en el campus cuando él estaba buscando localizaciones para su película.

Lástima. Dios mío, en sus ojos había lástima.

—Pero, cielo, ¿no crees que el hecho de que tu apellido sea Stanton tuvo algo que ver?

Alcé la barbilla.

—Él no lo sabía. No cuando nos conocimos.

—Piensa lo que quieras. —Volvió a consultar su móvil.

—¡Es verdad!

Tenía que serlo; de lo contrario, los últimos ocho años de mi vida habrían sido una mentira.

Mi madre respiró hondo y alzó la mirada al techo como si le rogara paciencia a Dios.

—Mi querida Georgia... Cuanto antes aceptes la verdad, más feliz serás.

Un destello pasó por la ventana. Su coche había llegado.

—¿Y qué verdad es esa, mamá?

Se marcharía de nuevo. ¿Cuántas veces había pasado? Ya había dejado de llevar la cuenta cuando llegué a la decimotercera ocasión.

—Cuando tienes a alguien como a tu bisabuela en la familia

es casi imposible deshacerse de ese tipo de sombra. —Inclinó la cabeza—. Él lo sabía. Todos lo sabían. Tienes que aprender a usarlo en tu provecho.

Su tono suave no coincidía con sus duras palabras.

—Yo no soy tú —repetí.

—Quizá todavía no —admitió cogiendo la primera maleta—, pero lo serás.

—Deja tu llave.

Nunca más. Esa era la última vez que entraba así en mi vida solo para desaparecer cuando obtenía lo que quería.

Ella contuvo el aliento.

—¿Dejar mi llave? ¿La de la casa de mi abuela? ¿La casa de mi padre? Eres muchas cosas, Georgia, pero cruel no es una de ellas.

—No estoy bromeando.

—¿Sabes cómo me haces sentir? —preguntó, y se llevó la mano al pecho.

—Deja. Tu. Llave.

Parpadeó para reprimir las lágrimas al tiempo que sacaba la copia del llavero; luego la dejó caer en el florero de cristal que estaba en la mesita del recibidor.

—¿Contenta?

—No —murmuré al tiempo que negaba con la cabeza.

No estaba segura de si alguna vez volvería a ser feliz. Ahí me quedé, paralizada en el mismo recibidor en el que mi madre me había abandonado tantas veces, observando cómo lidiaba con sus maletas sin ofrecerle ayuda.

—Te quiero —dijo, y esperó mi respuesta en el umbral.

—Que tengas buen vuelo, mamá.

Resentida, cerró la puerta. Luego la casa quedó en silencio.

No sé cuánto tiempo estuve allí, mirando la puerta que, por experiencia, sabía que solo volvería a abrirse cuando le conviniera. Sabía que ella nunca sería como yo quería y me maldije por haber bajado la guardia y haber creído lo contrario. El reloj de pie marcaba los segundos en el salón; de alguna manera estabilizaba los latidos de mi corazón. Era un marcapasos de cien años de antigüedad.

Casi todas las veces que se había marchado, los brazos de Gran fueron los que me sostuvieron: *sola* era una palabra que ni de lejos podía describir cómo me sentía.

Me calmé y di media vuelta para ir a la cocina, pero me detuve cuando llamaron a la puerta. Quizá fuera una ingenua, pero no había nacido ayer. Mi madre se había olvidado algo, y no era yo. No había abandonado sus planes, no había cambiado de manera de pensar. Sin embargo, al abrir la puerta aún sentía en el pecho esa maldita esperanza.

Un par de ojos más oscuros que el pecado me miraban perplejos; poco a poco, mis labios dibujaron una sonrisa irónica.

Noah Harrison estaba en la puerta de mi casa.

—Trata de colgarme ahora, Georgia.

Cerré la puerta en su hermosa cara engreída y propensa al romanticismo.

10

Septiembre de 1940
Middle Wallop, Inglaterra

Jameson había nacido para volar el caza Spitfire. El avión era ágil, respondía bien y se movía como si fuera una extensión de su cuerpo, algo que quizá constituyera la única ventaja que tenía en combate.

¿Gran Bretaña estaba produciendo aviones a un ritmo sin precedentes? Sí. Pero lo que necesitaban eran pilotos con más de doce horas de experiencia en la cabina dispuestos a combatir.

En general, los pilotos alemanes eran más experimentados, con más horas de vuelo y con más muertes confirmadas. Gracias a Dios, las capacidades nazis de gran alcance eran una porquería, de lo contrario la RAF ya habría perdido la batalla de Inglaterra hacía más de un mes.

Sin embargo, seguían en guerra.

Esa había sido la jornada más difícil que Jameson recordaba. Apenas había descansado entre despegues, y eso había sucedido en aeródromos que no eran el suyo. Londres estaba siendo atacada; toda la isla lo estaba. Habían comenzado la semana anterior, pero ese día el cielo continuaba estando denso por el humo y los aeroplanos. El asalto nazi parecía interminable. Una oleada tras otra de cazabombarderos y sus escoltas de combate los estaban aniquilando.

La adrenalina recorrió su cuerpo cuando tuvo en la mira una aeronave enemiga en algún lugar al sureste de Londres, mientras se acercaba, estable, a la cola del caza. Cuanto más cerca, más fácil era acertar el blanco. También era más sencillo caer con él. El enemigo ascendió abruptamente hasta hacer que quedaran casi en vertical, mientras Jameson lo perseguía entre una compacta capa de nubes. Su estómago cayó en picado.

Apenas contaba con algunos segundos.

El motor ya había empezado a perder potencia. Si daba un giro completo, no tendría la más mínima oportunidad. A diferencia de ese Messerschmitt, él no tenía inyección de combustible en el avión. Existía una verdadera posibilidad de que el carburador de su pequeño Spitfire fuera su ruina.

—¡Stanton! —gritó Howard por la radio.

—Vamos..., vamos —masculló Jameson con el pulgar sobre el gatillo. En el momento en que el caza apareció en su punto de mira, Jameson disparó—. ¡Sí! ¡Le he dado! —gritó cuando el Messerschmitt empezó a echar humo; su propio motor trastabilló en una advertencia final.

Dio un giro violento hacia la izquierda, evitando apenas el fuselaje del caza enemigo, que se desplomaba. Conteniendo el aliento, se niveló y luego descendió entre las nubes; dejó que el motor y los latidos de su corazón se recuperaran. Un segundo más y el propulsor se habría ahogado; se habría reunido con el Messerschmitt en un cráter en la campiña inglesa.

Dos muertes confirmadas. Tres más y sería un as.

Un aeroplano llegó a su nivel y él vio a su izquierda que Howard negaba con la cabeza.

—Pienso contarle a Scarlett lo que has hecho —le advirtió por radio.

—No te atrevas —espetó Jameson mirando la fotografía que había pegado en el marco del altímetro: era Scarlett, riendo, poco después de que las hermanas se alistaran en la WAAF. Constance se la había dado cuando Scarlett se negó a regalarle una, diciendo que él debería saber muy bien qué aspecto tenía sin necesidad de llevar una fotografía al combate. Por supuesto, sabía cuál era su aspecto, por eso le gustaba tanto mirarla.

—Entonces no vuelvas a hacerlo —le advirtió Howard.

Jameson rio, sabía que hablarían de eso cuando fueran a tomar unas cervezas. Scarlett tenía suficientes preocupaciones como para sumarle su manera de pilotar. Siempre y cuando regresara a casa con ella, lo que hiciera no tenía la más mínima importancia.

Además, debía irse de la RAF de Church Fenton al cabo de unos días y tenía que pensar en cómo llevarla con él. El escuadrón Águila, conformado por otros pilotos estadounidenses que prestaban servicio en la RAF, era una realidad. Lo iban a trasladar.

—Líder Sorbo, aquí comando de combate. —La llamada entró en la radio—. Cuarenta y cinco más se acercan a Kinley en ángeles trece. Vector doscientos setenta.

—Recibido —respondió el comandante de ala.

Regresaban a la batalla.

Dos días. Ese era el tiempo que había pasado desde que Scarlett había tenido noticias de Jameson por última vez. Sabía que el escuadrón se había reabastecido de combustible en otro lugar durante lo que habían sido los dos días más largos de su vida.

Los ataques aéreos del día 15 la habían dejado exhausta, tanto en la sala de monitorización aérea como en su corazón.

Sabía de al menos dos docenas de cazas que habían llevado a la tumba a sus pilotos.

Los bombardeos del día anterior le hicieron pasar la mayor parte de ese día en el refugio antiaéreo. Cuando no estaba de guardia, solo pensaba en Jameson. ¿Dónde se encontraba? ¿Estaba a salvo? ¿Quizá herido... o algo peor?

Lo esperaba, y no estaba sola. Había tal vez una docena de mujeres que formaban un pequeño grupo, todas novias de pilotos, reunidas a lo largo de la acera entre los coches aparcados y los dos hangares que quedaban en pie en el aeródromo. Era aproximadamente el mismo lugar en el que Jameson y ella estuvieron cuando el hangar, ya demolido, había estallado un mes antes.

El zumbido de los motores llenó el aire y los latidos de su corazón se dispararon. Habían llegado.

Se irguió en toda su estatura cuando los Spitfire aterrizaron. Habría deseado llevar el uniforme en lugar del vestido azul de cuadros; una mujer en uniforme tenía que guardar la compostura, pero en ese momento se sentía incapaz de hacerlo. Estaba al borde de un ataque de nervios.

Pasaron al menos otros veinte minutos antes de que los primeros pilotos avanzaran por el pavimento, vestidos aún con el traje de vuelo. Reconoció a algunos, sobre todo a los otros tres estadounidenses que se marcharían con Jameson al cabo de tan solo dos días. Debería haber estado preparada para su orden de traslado; Dios sabía que la RAF era la fuerza que más se movía de un lado a otro en Gran Bretaña, pero la noticia fue como un golpe.

Sintió un nudo en el estómago conforme aparecían cada vez más pilotos.

En ese momento lo vio.

Corrió por la hierba para evitar la aglomeración de personas. Él la vio, salió de la multitud justo antes de que ella llegara a su altura y la cogió entre sus brazos cuando ella se lanzó sobre él.

—Scarlett, mi Scarlett —murmuró contra su cuello, levantándola por la cintura hasta que los pies le quedaron colgando sobre el suelo.

—Te quiero —dijo ella.

Sus brazos temblaban un poco al abrazarlo con fuerza, y un alivio total recorrió su cuerpo en oleadas de emoción.

—Dios mío, te quiero.

Jameson dejó un brazo alrededor de su espalda y con la otra mano tomó su rostro y se apartó lo suficiente para mirarla a los ojos.

—Estaba muerta de miedo por ti —aseguró ella. La verdad salió de sus labios con facilidad, incluso después de haber evitado decirle esas mismas palabras a su hermana los últimos dos días.

—No había razón —dijo él sonriendo, y la besó en los labios.

Ella se abandonó en sus brazos y le devolvió el beso, a pesar de la gente que había a su alrededor. Ese día ni siquiera le importaría que el mismo rey los observara.

Él la abrazó con suavidad, pero la besó apasionadamente durante un largo tiempo hasta que, al final, rozó sus labios con los suyos y se apartó un poco. Para deleite de Scarlett, él siguió sosteniéndola en brazos. Era la única persona que lograba hacerla sentir delicada pero no pequeña.

—Cásate conmigo —le pidió Jameson; sus ojos brillaban de felicidad.

—¿Perdona? —preguntó ella asombrada.

—Cásate conmigo —repitió él sonriendo con los ojos y la boca—. Dediqué toda la semana pasada a pensar en cómo podemos permanecer juntos, y esa es la solución. Cásate conmigo, Scarlett.

Un momento, ¿acababa de proponerle matrimonio? Sin importar cuánto lo amara, era demasiado pronto, demasiado imprudente, y se parecía mucho a un acuerdo comercial. Abrió y cerró la boca unas cuantas veces, pero durante unos segundos vergonzosos no pudo pronunciar las palabras.

—Bájame.

Así estaban las cosas.

Él la sujetó con más fuerza.

—No puedo vivir sin ti.

—Solo has vivido conmigo dos meses.

Scarlett apretó los labios al tiempo que sermoneaba a su estúpido corazón para que se calmara.

—Quisiera haber vivido contigo dos meses —murmuró, y su voz bajó a ese tono grave, ronco, que a ella le hacía papilla las entrañas.

—Oh, ya sabes a lo que me refiero —dijo ella entrelazando los dedos detrás de la nuca de Jameson; era muy consciente de que él todavía tenía que bajarla, como ella le había pedido.

—Podríamos vivir juntos el resto de nuestra vida —continuó en voz baja—. Una sola casa, una mesa de comedor..., una cama.

—No puedes sugerir en serio que nos apresuremos a casarnos porque quieres meterme en tu cama. —Arqueó una ceja. No era que ella no hubiera pensado en Jameson de esa manera; lo había hecho, y con frecuencia. Con demasiada frecuencia, de acuerdo con sus preceptos morales; pero no lo suficiente, según las chicas con las que vivía.

Los ojos de Jameson brillaron con cierto toque de humor.

—Bueno, no, pero me encanta que hayas pensado en ese mueble. Si solo quisiera meterte en mi cama, ya lo sabrías. —Su mirada se posó en los labios de Scarlett—. Quiero casarme con-

160

tigo porque es el resultado inevitable. No importa si seguimos así otro año, Scarlett, vamos a acabar casándonos.

—Jameson. —Se le sonrojaron las mejillas, aunque le molestaba lo mucho que le gustaba escuchar esas palabras.

—Si lo hacemos ahora, no podrán separarnos.

—No es tan sencillo.

Su corazón estaba en conflicto con su mente. Había algo de lo más romántico en escaparse para casarse con ese hombre del que estaba locamente enamorada y con quien salía desde hacía solo dos meses. También había algo ingenuo en la idea.

—Lo es —le aseguró él.

—Dice el hombre que no va a perder su trabajo.

Podía pensar en una docena de razones por las que la proposición era horrible, pero esa era la de mayor peso.

Él abrió los ojos, absolutamente confundido; luego los bajó despacio al suelo.

—¿Qué quieres decir?

Ella lo tomó de la mano y avanzaron hacia el coche.

—No hay un puesto para mí en la RAF de Church Fenton. Créeme, lo he preguntado, y si me caso contigo... —Una pequeña sonrisa le iluminó el rostro—. No puedo garantizar que me reasignen; seguiríamos separados a menos que renunciara a la WAAF por razones familiares.

El rostro de Jameson se ensombreció.

—Lo único que me ha gustado de todo lo que acabas de decir es «si me caso contigo».

—Lo sé.

Tenía que admitirlo, a ella también le gustaba.

Estaba condenada. Aunque se planteara hacer algo tan imprudente, nunca podría abandonar a Constance. Habían acordado permanecer juntas hasta el final de la guerra, pero si su hermana estaba dispuesta a trasladarse con ellos...

—Te encanta tu trabajo, ¿verdad? —preguntó Jameson como si aceptara la derrota.

—Sí, es importante.

—Es verdad —admitió—. Así pues, ¿qué hacemos? —volvió a preguntar, y tomó la mano de Scarlett para darle un beso en el dorso—. Dentro de dos días estaré en la otra punta de Inglaterra.

—Entonces, supongo que tenemos que disfrutar el tiempo que nos queda —propuso, con dolor en el pecho tanto por lo mucho que lo amaba como por la agonía que le esperaba.

—No voy a dejarte. —Se volvió y la levantó en volandas—. Quizá no me encuentre aquí físicamente, pero eso no significa que no estemos juntos. ¿Vale?

Ella asintió.

—Espero que a ambos se nos dé bien escribir cartas.

De todos los lugares a los que le hubiera gustado irse durante su permiso de fin de semana, como Church Fenton, la casa de sus padres en Londres era el último de la lista. Para ser sincera, ni siquiera figuraba en ella.

La única razón por la que había accedido a ir era porque le habían prometido que dejarían de inventarse historias sin sentido para la prensa y porque era el cumpleaños de su madre.

Cuantas más veces iba a casa, más se daba cuenta de que no era la misma chica que había salido de allí. Quizá la hija solícita y obediente que era al principio de la guerra se había convertido en otra baja de la batalla de Inglaterra.

Habían resistido, y los alemanes habían detenido aquel ataque sin cuartel de mediados de septiembre, aunque los bombardeos aéreos seguían siendo aterradores y muy frecuentes.

Hacía más de un mes que Jameson se había marchado, y aunque le escribía dos veces a la semana, lo echaba de menos con tanta violencia que no tenía palabras para describirlo. Le dolía la cabeza cada vez que pensaba en él. Lógicamente, había tomado la decisión correcta. Pero la vida era tan... incierta, y una parte de sí misma maldecía esa lógica y la urgía a que se subiera al tren.

«Reúnete conmigo en Londres el mes que viene. Estaremos en habitaciones separadas. No me importa dónde durmamos siempre y cuando pueda verte. Me estoy muriendo aquí, Scarlett.» Las palabras de su última carta resonaban en su cabeza.

—Lo echas de menos —dijo Constance mientras bajaban la escalera.

—Es insoportable —admitió Scarlett.

—Deberías haberle dicho que sí. Deberías haber huido y haberte casado con él. De hecho, podrías irte ahora, en este momento —sugirió alzando las cejas.

—¿Y dejarte? —preguntó Scarlett mientras cogía del brazo a su hermana—. Nunca.

—Yo me casaría con Edward si pudiera, pero después de Dunkerque..., bueno, él quiere esperar a que acabe la guerra. Además, prefiero verte feliz.

—Seré muy feliz el mes que viene, cuando pase mis cuarenta y ocho horas de permiso con él en Londres —murmuró Scarlett. La emoción era demasiada como para que se lo guardara—. Bueno, no aquí. No creo que nuestros padres lo aprobaran.

—¿Qué? —exclamó Constance, que abrió los ojos y esbozó una sonrisa—. ¡Eso es genial!

—¿Y tú qué? Eso que he visto ¿es otra carta de Edward? —preguntó arqueando las cejas y dándole un empujoncito a su hermana en la cadera.

—¡Lo es!

—Niñas, sentaos —les indicó su madre cuando entraron en el comedor, donde la iluminación era tenue.

Todas las ventanas estaban perfectamente cubiertas para impedir que la luz pudiera filtrarse por la noche, como ordenaba la ley Blackout, pero también servía para que los días fueran igual de deprimentes.

—Sí, madre —respondieron al unísono.

Cada una ocupó su lugar en la mesa, que de tan larga era obscena.

Su padre entró vestido con un traje planchado, inmaculado, y sonrió a sus hijas y luego a su mujer antes de tomar asiento en la cabecera. Como siempre, todo estaba tranquilo y la charla era amable.

—Niñas, ¿estáis disfrutando de vuestro permiso? —quiso saber su padre cuando terminaron el plato principal.

El pollo, escaso por culpa del racionamiento, había sido una sorpresa inesperada.

—Por completo —respondió Constance con una sonrisa.

—Definitivamente —secundó Scarlett.

Las chicas compartieron una sonrisa cómplice. Sus padres no sabían nada de Jameson. En algún momento tendría que hablar con ellos, pero no en el cumpleaños de su madre.

—Me gustaría que estuvierais más en casa —dijo su madre; su sonrisa no pudo ocultar la tristeza en su tono de voz—. Pero al menos volveremos a veros el mes que viene.

—De hecho, quizá no podamos venir a visitaros tan seguido —confesó Scarlett. A partir de entonces pasaría cada momento de sus permisos con Jameson.

Su madre se la quedó mirando.

—Oh, pero debes hacerlo. Tenemos mucho que organizar antes del verano.

Scarlett sintió un nudo en el estómago, pero consiguió levantar el vaso de agua y darle un sorbo. «No saques conclusiones precipitadas.»

—¿Organizar? —preguntó.

Su madre se echó un poco hacia atrás, como si estuviera sorprendida.

—Las bodas hay que organizarlas, Scarlett; no solo suceden. A lady Vincent le llevó un año planear la ceremonia de su hija.

Scarlett parpadeó en dirección a Constance. ¿Les habría hablado de la proposición de Jameson? Su hermana negó ligeramente con la cabeza y se hundió un poco en la silla.

Dios mío. ¿Sus padres seguían intentando presionarla para que se casara con Henry?

—¿Y quién se va a casar? —preguntó Scarlett irguiéndose.

Sus padres intercambiaron una mirada reveladora y ella sintió que el corazón se le caía a los pies.

Su padre se aclaró la garganta.

—Mira, ya hemos dejado que te diviertas. Has cumplido tu deber con el rey y con la patria, y aunque sabes lo que pienso de esta guerra, he respetado tu decisión.

—¡La conciliación no era la solución a las hostilidades alemanas! —espetó Scarlett.

—Si tan solo hubieran negociado un acuerdo aceptable... —Su padre negó con la cabeza y suspiró profundamente; su mentón temblaba—. Es momento de que cumplas tu deber con la familia, Scarlett.

Su voz no daba lugar a malentendidos ni dejaba espacio a debate alguno.

Una rabia helada le recorrió las venas.

—Solo para aclarar las cosas, padre, ¿relacionas mi deber con la familia con el matrimonio?

Todo en su manera de pensar era obsoleto.

—Por supuesto. ¿Qué más podría significar? —respondió su padre alzando las cejas plateadas.

Constance tragó saliva y se puso las manos sobre el regazo.

—Es lo mejor, querida —intervino su madre—. No te faltará nada una vez que los Wadsworth...

«No.»

—Me faltaría amor —protestó Scarlett, que tomó su servilleta del regazo y la puso en la mesa—. Pensé que lo había dejado muy claro en agosto, cuando os pedí que no volvierais a mentir en los periódicos.

—Quizá el anuncio fue prematuro, pero sin duda no era mentira —dijo su madre echándose hacia atrás, como si se sintiera insultada.

—Permitidme aclararlo: no me casaré con ese monstruo. Me niego.

—¿Qué? —Su madre se quedó boquiabierta—. ¡Te vas a casar este verano!

—Sí, pero no será con Henry Wadsworth. —Incluso el nombre tenía un gusto infame en su boca.

—¿Tienes a alguien más en mente? —preguntó su padre, sarcástico.

—Así es —respondió ella levantando la barbilla. Al diablo el cumpleaños, eso no podía esperar. No podían seguir planeando su vida—. Estoy enamorada de un piloto, un estadounidense, y si elijo casarme, será con él. Tendréis que sacar el dinero de otro lado.

—¿Un yanqui?

—Sí.

—¡No, no, no!

Los platos repiquetearon cuando su padre golpeó la mesa con las palmas, pero Scarlett no hizo ningún gesto. Constance sí se encogió de miedo.

—Haré lo que me plazca. Soy una mujer adulta. —Se puso

de pie—. Y una oficial de la Fuerza Aérea Auxiliar Femenina. Ya no soy una niña a la que podáis darle órdenes.

—¿Harías tal cosa? ¿Nos arruinarías? —La voz de su madre se quebró—. Durante generaciones hemos hecho sacrificios, ¿y tú no lo harás?

Sabía exactamente cómo herir a sus hijas, pero Scarlett no se dejó amedrentar por la culpa. Casarse con Henry solo retrasaría lo inevitable. El estilo de vida al que se aferraban sus padres se estaba desintegrando. Ella no podía hacer nada para evitarlo.

—Si hay alguna ruina, no tengo problema en afirmar que yo no soy la causa. —Respiró hondo y esperó que hubiera algo que pudiera rescatar de todo eso, una manera de hacer que la entendieran—. Quiero a Jameson. Es un buen hombre, un hombre honorable...

—¡Que me parta un rayo si este título, el legado de nuestra familia, pasa a los vástagos de un maldito yanqui! —gritó su padre poniéndose de pie.

Scarlett siguió con la cabeza alta y los hombros erguidos; agradecía haber pasado el último año trabajando en el entorno más estresante imaginable, perfeccionando el arte de mantenerse tranquila durante una tempestad.

—Te equivocas si piensas que deseo tener algo que ver con tu título. No aspiro a riquezas ni a la política. Te aferras a algo que a mí no me interesa. —Su voz era suave pero fría.

Su padre empezó a sonrojarse hasta adquirir un tono de rojo encendido; los ojos se le salían de las órbitas.

—Te lo juro por Dios, Scarlett: si te casas sin mi permiso ya no te reconoceré como mi hija.

—¡No! —exclamó su madre.

—Hablo en serio. No heredarás nada —la amenazó agitando el índice hacia ella—. Ni Ashby ni esta casa. Nada.

No le rompió el corazón, eso habría sido muy sencillo; se lo desgarró, destrozó las fibras de su alma. En realidad, contaba muy poco para él.

—Entonces estamos de acuerdo —dijo en voz baja—. Soy libre de hacer lo que me plazca siempre y cuando esté dispuesta a aceptar las consecuencias, lo que incluye no heredar lo que ni siquiera deseo.

—¡Scarlett! —volvió a exclamar su madre.

Pero ella no apartó la vista ni cedió un ápice, aunque su padre tratara de rebajarla con su forma de mirarla.

—Y si tengo un hijo —continuó—, él también estará libre de estas obligaciones que son más importantes para ti que la felicidad de tu hija.

Su padre alzó las cejas, sorprendido. Lo único que siempre había querido era tener un hijo varón, pero ella ya nunca le daría el suyo.

—Scarlett, no hagas esto. Tienes que casarte con el joven Wadsworth —exigió—. Cualquier hijo que salga de esa unión será el siguiente barón Wright.

Al parecer, había olvidado que si Constance también tenía hijos varones la situación no sería tan clara.

—Eso suena a una orden —dijo Scarlett. Empujó su silla y la sujetó por el respaldo.

—Lo es. Tiene que serlo.

—Solo obedezco órdenes de mis oficiales superiores y, según recuerdo, tú elegiste no participar en una guerra que nunca aprobaste. —El hielo en sus venas impregnaba su tono.

—Esta visita ha terminado —declaró su padre entre dientes.

—Estoy de acuerdo. —Besó a su madre en la mejilla antes de salir del comedor—. Feliz cumpleaños, madre. Lamento no poder darte lo que deseas.

Se fue a su habitación, donde se puso rápidamente el uniforme y guardó su vestido en la maleta.

Cuando bajó la escalera se encontró con Constance, que la esperaba en el umbral, vestida igual que ella y con la maleta en la mano.

—No nos hagas esto —le rogó su madre al salir del salón.

—No me casaré con Henry —repitió Scarlett—. ¿Cómo puedes pedirme algo así? ¿Me obligarías a casarme con un hombre al que aborrezco? Un tipo que abusa de mujeres, todo el mundo lo sabe, y para conservar ¿qué? —preguntó suavizando la voz.

—Es lo que quiere tu padre, lo que la familia necesita. —Su madre alzó el rostro—. Hemos reducido el personal, hemos vendido gran parte del terreno en Ashby. Estos últimos años hemos ahorrado. Todos hacemos sacrificios.

—Pero, en este caso, queréis sacrificarme a mí, y no voy a permitirlo. Adiós, madre.

Salió de la casa y respiró hondo, temblorosa.

Constance la siguió y cerró la puerta tras ella.

—Supongo que tenemos que comprar otros billetes de tren, porque los nuestros eran para mañana.

No se merecía a su hermana. La abrazó.

—¿Qué te parece si solicitamos un traslado?

11

NOAH

Scarlett, mi Scarlett:

Esta noche te echo de menos más de lo que mis palabras pueden expresar. Desearía volar hasta ti, aunque fuera solo durante unas horas. El único pensamiento que me sostiene es saber que pronto estarás conmigo. En noches como esta, imagino que ya estamos en las Rocosas, en casa y en paz. Le enseñaré a William a acampar y a pescar. Tú podrás escribir, hacer cualquier cosa que quieras. Y seremos felices. Tan felices... Nos merecemos un poco de tranquilidad, ¿no crees? No lamento haberme prestado como voluntario en esta guerra; después de todo, me llevó hasta ti...

Me cerró la puerta en las narices. Me dio un portazo en la cara.

Respiré hondo y advertí ese ardor particular en los pulmones que siempre sentía en las grandes altitudes. Había imaginado muchas situaciones durante el vuelo, pero esa no me la esperaba.

Pensé en la solución mientras releía las cartas de Scarlett y Jameson. Él había sido capaz de hacer que ella bajara sus defensas porque había estado ahí, aferrado a esa maleta en Middle Wallop, de modo que cogí la mía y me subí a un avión.

Me calmé, levanté la mano y llamé de nuevo. Para mi sorpresa, abrió.

—Como estaba diciendo, trata de colgarme...

Las palabras se atoraron en mi garganta.

Algo iba muy mal. Georgia parecía... distraída, como si acabaran de darle una de esas noticias que hay que escuchar sentado. No era que no estuviese tan guapa como siempre, pero se la veía pálida, con expresión vaga; y sus ojos, esos exquisitos ojos azules, estaban vacíos.

—¿Va todo bien? —pregunté con suavidad, y sentí una opresión en el pecho.

Miró hacia mí un segundo, como si yo no estuviera ahí.

—¿Qué quieres, Noah?

Algo iba muy mal.

—¿Puedo pasar? Prometo no hablar del libro.

Mi pecho se tensó con un deseo inmediato, abrumador, de ayudarla.

Georgia frunció el ceño, pero asintió y abrió la puerta.

—Te prepararé algo de beber —propuse. ¿Tendría algo que ver con Damian?

Ella volvió a asentir y me guio por el recibidor hasta la amplia cocina. Tuve que hacer un gran esfuerzo para no poner la mano en la parte baja de su espalda u ofrecerle un abrazo. «¿Un abrazo?»

Nunca había entrado hasta ahí, pero la cocina encajaba con lo que ya había visto. Era de estilo toscano, con ebanistería oscura y encimeras de granito más oscuras aún. El trabajo de carpintería era elaborado, pero no con exageración. Había electrodomésticos profesionales. Lo único que parecía fuera de lugar eran unas obras de arte descoloridas pegadas a un tablero en la pared.

—¿Por qué no te sientas? —sugerí señalando los bancos que se alineaban frente a la isla de la cocina.

—¿No se supone que eso debería decírtelo yo a ti? —preguntó. Me evitaba la mirada.

—Finjamos que nuestros papeles son intercambiables por un momento.

Me acerqué a la cocina y vi la tetera en el fogón del fondo. Para mi alivio, Georgia se sentó y puso los antebrazos sobre el granito.

Me metí las llaves del coche de alquiler en el bolsillo derecho, llené la tetera con agua, volví a ponerla sobre el fuego y lo encendí. Luego empecé mi búsqueda.

Abrí tres armarios antes de encontrar lo que buscaba.

—¿Tienes alguno favorito?

Georgia miró hacia los diferentes tés, cuidadosamente organizados.

—Earl Grey —respondió.

Junto al té había un frasco de miel en forma de osito; por instinto, también lo puse sobre la encimera.

—¿Tú no vas a tomar nada? —preguntó mirando hacia el paquete de té.

—Me gusta más el chocolate caliente —admití.

—Pero estás haciendo té.

—Parece que lo necesitas.

Dos arrugas marcaron su ceño.

—Pero ¿por qué ibas a...? —Se interrumpió y negó con la cabeza.

—¿Por qué iba a qué? —pregunté apoyando las palmas de las manos sobre la isla, al otro lado de donde ella estaba sentada.

—Olvídalo.

—¿Por qué iba a qué? —repetí—. ¿Por qué iba a ser amable contigo?

Parpadeó en mi dirección.

—Porque, a diferencia de la creencia popular, no soy un

completo imbécil y porque, por tu aspecto, parece que se te ha muerto el perro —resolví.

Ella inclinó la cabeza hacia un lado.

—Y tanto mi madre como mi hermana me patearían el culo si no lo hiciera —rematé, y me encogí de hombros.

Sus ojos brillaron sorprendidos.

—Pero ellas nunca lo sabrían.

—Trato de vivir la mayor parte de mi vida como si mi madre siempre supiera lo que hago. —Esbocé una media sonrisa—. La verdad es que generalmente se entera, y los sermones duran horas. Horas. Y... las otras cosas..., bueno, no necesita saberlo. —Fruncí el ceño cuando me di cuenta del enorme silencio que reinaba en la casa—. ¿Dónde está tu madre? Es ella quien casi siempre se asegura de que estés hidratada.

Georgia rio.

—Se aseguraba de que tú estuvieras hidratado. Tiene muy claro que yo puedo arreglármelas por mí misma. —Entrelazó los dedos y sus nudillos se pusieron blancos—. Además, es probable que ya esté llegando al aeropuerto.

Sentí un vacío en el estómago. Por el tono en el que lo dijo, habría apostado a que Ava era la razón por la que Georgia parecía tan conmocionada.

—¿Un viaje planeado?

Georgia rio, pero no había ninguna felicidad en su voz.

—Sí, diría que estaba planeado con mucha antelación.

Antes de que pudiera preguntarle, la tetera empezó a silbar. La levanté de la cocina y en ese momento me di cuenta de que no había sacado una taza.

—El armario de la izquierda, segundo estante —dijo Georgia.

—Gracias.

Serví el agua en una taza y dejé infusionar el té.

—Soy yo quien debería darte las gracias.

Arqueé una ceja.

—Intercambio de papeles, ¿recuerdas?

Me regaló una sonrisa. Leve, apenas duró una fracción de segundo, pero era sincera.

—¿También lo tomas con leche? —pregunté deslizando la taza y la miel sobre la isla en su dirección.

—Dios, no. —Le dio la vuelta al frasco de miel y apretó hasta que salió una cucharada de líquido ámbar que cayó en el té—. Gran te habría dicho que es un sacrilegio.

—¿Sí? —dije, y esperé que se explayara.

Georgia asintió, se levantó del banco, rodeó la isla y abrió un cajón que estaba a mi espalda.

—Lo habría hecho. —Sacó una cuchara del cajón, regresó a su asiento y removió el té—. Aunque en realidad prefería el azúcar. La miel solo era para mí. No importaba cuánto tiempo estuviera fuera, siempre tenía miel para mí, un lugar para mí.

La nostalgia atravesó su mirada.

—Debes de echarla de menos.

—Todos los días. ¿Tú echas de menos a tu padre?

—Por supuesto. Ha mejorado con el tiempo, pero daría cualquier cosa por tenerlo aquí.

Ahora que lo pensaba, solo había oído hablar de las mujeres Stanton.

—¿Y tu padre? —pregunté.

—No tengo —respondió con tanta indiferencia que me sobrecogió—. Bueno, sí tengo, o lo tuve; por supuesto, no soy producto de la inmaculada concepción ni nada parecido —añadió mientras metía la cuchara en el lavaplatos—. Mi madre y él estaban a punto de ir a la universidad cuando nací, y ella nunca me dijo quién era.

Otra pieza del rompecabezas que era Georgia Stanton encajó

en su lugar. Nunca conoció a su padre. Scarlett la crio. ¿Dónde quedaba Ava en todo eso?

—¿Estás seguro de que no quieres beber nada? —preguntó—. Me sabe mal no ofrecerte algo cuando tú me has preparado un té —dijo, y me miró esperando una respuesta.

—No todo es *quid pro quo* —contesté en voz baja.

Georgia se enderezó y me dio la espalda para acercarse a la nevera.

—Según mi experiencia, siempre es *quid pro quo*. —Sacó una botella de agua y cerró la nevera—. De hecho, hay muy pocas personas que no quieren algo de mí. —Puso la botella de agua sobre la encimera y volvió a sentarse—. Así que, por favor, bebe un poco de agua. Después de todo, no has volado hasta Colorado porque tus sentidos arácnidos te han dicho que necesitaba una taza de té.

«Tú también quieres algo», decían sus ojos, aunque su boca no lo hiciera, y, joder, tenía razón. Sentí que mi estómago caía en un pozo sin fondo.

Asentí una vez y ambos bebimos.

—¿Por qué estás aquí? No es que no te agradezca el té o la distracción, porque lo hago, solo que no te esperaba. —Se inclinó hacia delante y se calentó las manos con la taza.

—He prometido que no hablaría del libro.

Con o sin libro, estaba contento de estar ahí, alegre de verla en un contexto que no estaba relacionado con el trabajo. Hacía ya un mes que tenía a esa mujer en la cabeza, de una manera u otra.

—¿Siempre cumples tus promesas? —preguntó entornando los ojos.

—Sí. De lo contrario, no las haría.

Había sido una lección que me había salido muy cara.

—¿Incluso a las mujeres de tu vida? —Inclinó la cabeza hacia un lado—. He visto algunas fotos.

—¿Me espías?

«Por favor, di que sí.» Dios sabía que el historial de mi navegador estaba lleno de «Georgia Stanton».

—Mi mejor amiga no deja de enviarme fotos y artículos. Piensa que debería acostarme contigo —explicó encogiéndose de hombros.

«¿Que piensa qué?» Apreté la botella de agua con tal fuerza que la aplasté.

—¿En serio?

Mi voz se apagó, alejando cada una de las imágenes que esa frase había puesto en mi cabeza, o al menos lo intenté.

—Es gracioso, ¿verdad? Sobre todo por el desfile de mujeres a quienes haces promesas —dijo con una sonrisa dulce, parpadeando.

Reí y negué con la cabeza.

—Georgia, las únicas promesas que hago a las mujeres tienen que ver con la hora a la que voy a recogerlas y lo que pueden esperar cuando están conmigo. Días. Noches. Semanas. Me parece que nos evitamos muchos malentendidos y mucho drama si todos sabemos a qué nos enfrentamos, y a pesar de lo que piensas de mi prosa, nunca he tenido una queja de una mujer «insatisfecha».

Tapé la botella vacía, tratando de mantener mis pensamientos muy alejados de lo que quería prometerle a ella.

—Qué romántico —replicó poniendo los ojos en blanco, pero se sonrojó.

—Nunca he dicho que lo fuera, ¿recuerdas? —Sonreí con satisfacción y me apoyé en la encimera.

—Ah, sí, la librería. Tomo nota. Así que ¿nunca has roto una promesa? —Su voz se agudizó a causa de la incredulidad.

Mi rostro se ensombreció.

—No desde que tenía dieciséis años y olvidé llevar a mi hermana pequeña, Adrienne, a tomar helado después de decirle que lo haría —respondí con una mueca al recordar los pitidos de los monitores del hospital—. Mi madre la llevó y tuvieron el accidente del que te hablé.

Georgia abrió mucho los ojos.

—Adrienne, mi hermana, estaba bien, pero mi madre..., bueno, pasó por muchas operaciones —expliqué—. Después de eso me aseguré de no comprometerme nunca a hacer algo a menos que estuviera seguro de que podía cumplirlo.

También escribí el borrador de mi primer libro el verano siguiente.

—¿Nunca has faltado a una fecha de entrega?

—No.

Aunque eso podría cambiar si no empezábamos a comunicarnos sobre ese libro en particular.

La curiosidad brilló en sus ojos azul cristalino. Podría escribir toda una novela dedicada a ellos. En cierto sentido, supongo que ya lo estaba haciendo, dado que Scarlett y ella tenían eso en común.

—¿Nunca has incumplido un propósito de Año Nuevo?

Sonreí.

—Nunca los hago —admití como si fuera un secretito sucio.

Se mordió el labio inferior. «Joder, cuánto me gustaría chuparlo.» La botella crujió en mi mano.

—¿Nunca has dejado plantada a una mujer en una cita?

—Siempre digo que haré cuanto pueda para acudir, y lo hago. Nunca le prometo a una mujer que la veré a menos que ya esté allí.

Cualquier mujer que salía conmigo sabía que, si estaba absorto en una historia, lo más probable era que al final cancelara la cita. Era cierto que avisaba con horas de antelación, pero la historia era lo primero. Siempre.

—No soy alguien de quien se pueda depender cuando tengo que entregar un libro. A menos que seas mi editor —añadí.

—Entonces, contigo es una cuestión de semántica —dijo ella, y tomó un sorbo.

Casi escupí la bebida de la risa.

—No, conmigo es más cuestión de definir expectativas y cumplirlas.

Nos miramos a los ojos; ese golpe de electricidad tangible volvió a recorrer mi cuerpo.

—Ajá. —Chasqueó la lengua—. ¿Sigues cenando con tu madre?

—Una vez a la semana. A menos que esté de promoción, investigando algo, de vacaciones o alguna cosa parecida. —Luego pensé un poco—. A veces es ella quien cancela; quedamos cada quince días —añadí haciendo un puchero.

—¿Ella?

—Sí. —Asentí—. Mi madre preferiría que pasara menos tiempo en su casa y más buscando a una mujer con la que casarme.

Georgia se asombró tanto que casi escupió el té.

—Una mujer con la que casarte —repitió dejando la taza sobre la encimera—. ¿Y cómo va ese asunto?

—Te mantendré informada —respondí con seriedad.

—Por favor. No me gustaría perderme algo de tu vida amorosa.

Reí y volvía a negar con la cabeza. Era increíble.

—A Gran le habrías caído bien —murmuró—. No era aficionada a tus libros, eso es cierto. Pero tú le habrías gustado. Tienes la combinación justa de arrogancia y talento que habría apreciado. Además, no le habría molestado que seas guapo. Le gustaban los hombres guapos.

Georgia se frotó la nuca. Era larga y elegante, igual que el resto de ella.

—Crees que soy guapo —dije sonriendo y alzando las cejas. Ella puso los ojos en blanco.

—Mucho más que eso, eres el epítome de lo guapo.

—Bueno, si dijeras «sexy», «atractivo», «bien dotado» o «con un cuerpo de escándalo» me encantaría ser el epítome de eso, pero no lo has hecho, así que solo aprovecho lo que tengo.

Tiré la botella de agua al cubo del reciclaje, en un extremo de la isla.

Sus mejillas se sonrojaron un poco más.

Misión cumplida. Llevaba tanto tiempo pálida que empezaba a preguntarme si vería ese fuego otra vez.

—Difícilmente puedo dar fe de las dos últimas cualidades. Llevó su taza al lavaplatos.

—Supongo que tu amiga no te ha enviado todos los artículos —bromeé.

Me gustaba que fuera ordenada; no es que fuese importante que me gustara algo de ella, y eso incluía la manera en la que sus pantalones cortos se ajustaban a su culo, por lo demás muy agradable, pero ahí estaba yo, tratando de no mirárselo. ¿Cómo pudo ese culo escapar a mi atención la última vez que estuve allí? ¿O esas piernas tan largas? «Tienes otras cosas más importantes en la cabeza.»

—Entonces, ¿las dos primeras sí cuentan? —pregunté mirando la curva de su nuca cuando regresó y se sentó.

—Depende de cuánto me estés fastidiando en un momento en concreto —respondió alzando un hombro.

—¿Y en este momento?

Me recorrió de pies a cabeza con la mirada, deteniéndose en mis bermudas cargo y la camiseta de la Universidad de Nueva York. «De haber sabido que me sometería a examen, me habría puesto un Armani.»

—Diría que eres un siete. —Volvió a poner una expresión seria.

«Muy bien»; levanté una ceja.

—¿Y cuando te fastidio?

—Bajas en la escala hasta los números negativos.

Me reí. Joder, ¿cuánto tiempo hacía que una mujer no me hacía reír tantas veces en pocos minutos?

Juntó las manos sobre la isla y su energía cambió.

—Dime por qué estás aquí, Noah —quiso saber.

—He prometido...

—Entonces, ¿qué? ¿Te vas a quedar en mi cocina a hacerme té? —Alzó la barbilla—. Sé que estás aquí por el libro.

La observé con cuidado; advertí que le subía el color en las mejillas y el brillo en los ojos. Había recuperado casi por completo el aspecto que yo consideraría normal, pero, para ser sincero, tampoco tenía una referencia; cuando se trataba de Georgia Stanton, andaba a ciegas.

—¿Quieres salir? —pregunté.

—¿En qué estás pensando? —Parecía más que escéptica.

—¿Tienes un seguro de vida?

—No —dijo media hora después al mirar hacia arriba la pared de la roca que se extendía treinta metros sobre nosotros.

—Es divertido —respondí señalando a un par de personas que, con una gran sonrisa, recogían su equipo—. Mira, ellos piensan que es divertido.

—Estás loco si crees que voy a escalar eso.

Se levantó las gafas de sol para que yo pudiera ver que hablaba en serio.

—No he dicho que tengas que escalarlo todo —repuse—. Por ahí hay una pared menos difícil.

Tenía tan solo unos diez metros y mi sobrina habría podido escalarla fácilmente, aunque era mejor que no le dijera eso a Georgia.

—¿Pretendes matarme? —murmuró cuando otros escaladores pasaron por el sendero.

—Tenemos el equipo necesario —contesté dando una palmadita a la correa de la mochila que colgaba de mi hombro—. He traído un arnés extra. —Observé su calzado—. Tus zapatos no son exactamente lo que yo recomendaría, pero servirán hasta que encontremos unos más apropiados.

Entornó los ojos.

—Cuando has dicho «ponte ropa deportiva, vamos a hacer senderismo», he pensado (y no entiendo cómo se me ha ocurrido) que de verdad haríamos senderismo —dijo señalando su cuerpo, cubierto de ropa Lululemon.

—Hemos hecho senderismo —me defendí—. Hemos subido casi un kilómetro para llegar hasta aquí.

—¡De nuevo, semántica! —exclamó, y se llevó las manos a sus preciosas caderas.

«Deja de mirarle las malditas caderas.»

—¿De qué tienes miedo? —Me puse la gorra de los Mets del revés y me subí las gafas de sol.

—¡De caerme de la montaña! —exclamó mientras apuntaba la pared de roca—. Es un miedo bastante realista cuando te planteas escalarla.

—Piensa que estás haciendo senderismo vertical —propuse encogiéndome de hombros.

—No es realista —respondió, y agitó el dedo en mi dirección.

—Bromeaba con el comentario del seguro de vida. No te dejaré caer.

«Nunca.» Ya la habían defraudado demasiadas veces.

Soltó una risita.

—Vale, está bien. Y, exactamente, ¿cómo vas a evitarlo? —preguntó escéptica.

—Irás amarrada a mí y controlaré la cuerda en caso de que caigas. Mira, nos ponemos los arneses en...

—¿Por qué demonios tienes un arnés extra? ¿Vas por todo el país esperando encontrar una mujer que escale contigo? —dijo cruzando los brazos sobre el pecho.

—No. —respondí, aunque no pude evitar preguntarme si esa idea la motivaba o no. Claro, me dejaba como un imbécil, pero pensar que Georgia estaba celosa era excitante—. Es mi arnés de repuesto, por si el mío se rompe. Me gusta escalar, por eso me llevo el equipo siempre que voy a algún lado donde hay montañas..., ya sabes, como Colorado.

—¿Cómo conoces este sitio? —preguntó con la misma hostilidad.

—Lo encontré la última vez que vine.

Ella inclinó la cabeza hacia un lado.

—Fue durante los días en los que esperaba a que decidieras si yo era lo bastante bueno para... —añadí.

—¡Lo has prometido! —Agitó el índice de nuevo.

Apreté los labios, respiré por la nariz y conté hasta tres.

—Georgia, no voy a obligarte a que escales esa roca...

—Como si pudieras.

—Pero te prometo que, si decides probarlo, no dejaré que te caigas.

La miré a los ojos para asegurarme de que supiera que hablaba en serio. «Mi mejor amiga piensa que debería acostarme contigo.» Tras escuchar esa frase, mi cerebro había empezado a parecerse bastante a un disco rayado.

—¿Porque tú controlas la gravedad? —señaló parpadeando.

Nunca había conocido a una mujer tan frustrante.

—Porque voy a...

Volvió a alzar las cejas. Suspiré.

—Si te decides a intentarlo, yo iré primero y engancharé la

soga. Estuve explorando un poco la primera vez que vine aquí.

Bajó las cejas.

—¿Y qué impide que tú te caigas?

Me quité la mochila de los hombros y la agité un poco.

—Esto no es Yosemite, se ha explorado bien. Al escalar, estarás sujeta; si resbalas, solo quedarás colgando hasta que encuentres pie.

Se quedó boquiabierta.

—¿Y tú qué?

Levanté un poco la mochila.

—Estarás atada a un extremo de la cuerda y yo tendré el otro.

Ella se apartó.

—Estarás a salvo —le prometí.

Negó con la cabeza y apretó los labios. Empecé a comprender algo.

—Georgia, si no quieres subir porque te asustan las alturas o para que no se te raspen las manos, o si sencillamente no te apetece, está bien.

—Sí, lo sé.

Sus ojos decían que no lo sabía. Como si fuera a obligarla a subir la montaña mientras ella me rogaba no hacerlo.

—Bien. —El pecho me dolía—. Pero si no quieres subir porque piensas que voy a dejarte caer, entonces estamos ante otra historia muy diferente. Te prometo que no te soltaré. —Mantuve la voz firme y baja, esperando que escuchara la verdad en mis palabras—. Soy muy bueno en esto.

Ella tragó saliva; luego miró la mochila.

—Apenas te conozco.

—¿Ves? Más artículos que tu mejor amiga no encontró. Puedes buscar en Google mi historial de escaladas, si es que aquí tienes cobertura. Está muy bien documentado que soy un ávido escalador, y no hablo solo de las montañas fáciles.

Frunció el ceño.

—Nunca he dicho que no lo seas.

El corazón me dio un vuelco.

—Entonces no son mis habilidades lo que te preocupa —dije despacio.

Apartó la vista y se removió un poco.

—Podrías ser un asesino en serie —sugirió con tono sarcástico al tiempo que alzaba las manos.

«Evasión. Usa el humor como evasión.»

—No lo soy.

—Matas a mucha gente en tus libros. Solo digo eso.

Miró la pared de la roca y alzó la cabeza.

—Nunca son asesinatos. Pero ¿quién está hablando ahora de libros?

Una sonrisa afloró a sus labios.

—Además, ahí hay otros tres escaladores —añadí señalando a un grupo que iba por la mitad de la pared—. Estoy seguro de que saltarían sobre mí si te asesinara a plena luz del día.

Ella miró a los otros escaladores en silencio.

—No vas a subir, ¿verdad? —pregunté en un murmullo.

Georgia negó con la cabeza, apretando los labios mientras observaba a los escaladores. Su rechazo me dolió. No debería, y lo sabía, pero así era como me sentía.

—¿Quieres que caminemos el resto del sendero?

Se dio la vuelta sorprendida.

—Tú escala. Yo puedo mirar.

—No hemos venido aquí por mí.

La había llevado esperando que el aire fresco la ayudara a aclarar lo que fuera que la deprimía. Esbozó una mueca.

—No me gustaría que te lo perdieras. Hazlo, yo estoy bien

—dijo asintiendo con una sonrisa tan falsa que era casi cómica.

—Prefiero caminar contigo. Vamos —propuse mientras señalaba el sendero con un movimiento de cabeza, y me llevé la mochila al hombro.

—¿Estás seguro? —Entornó los ojos.

—Segurísimo.

—No es por ti. —Respiró hondo y volvió a mirar la pared de roca—. El último hombre que me prometió mantenerme a salvo me dejó caer a plomo —dijo en voz baja—. Pero estoy segura de que eso ya lo sabes. Todo el mundo lo sabe.

Si yo hubiera sido el asesino en serie sobre el que había bromeado, Damian Ellsworth habría sido mi primera víctima.

—Y después de hoy... —continuó, negando con la cabeza; las comisuras de sus labios temblaban—. Hoy no es un buen día para todo esto de la confianza. Así que vámonos.

Ella forzó otra sonrisa y empezó a avanzar por el sendero.

«No confía en ti.» Maldije entre dientes y me di cuenta de que esa era la misma razón por la que no me dejaría terminar el libro.

Era cuestión de confianza.

Me recompuse antes de ir tras ella, maldiciendo la ironía. Me había pasado la mayor parte de mi vida asegurándome de vivir como pensaba, y ahora me ponía en duda una mujer tan hastiada que ni siquiera yo podía sacar nada del agujero en el que otra persona la había metido.

Supongo que era una suerte que yo fuera un escalador experto.

—¿Cuánto tiempo te vas a quedar? —preguntó mientras caminábamos.

—Hasta que acabe el libro. —Los pulmones me quemaban conforme avanzábamos por el sendero—. Y, puesto que mi fecha de entrega es dentro de dos meses y medio, supongo que me quedaré hasta entonces.

—¿Qué? ¿En serio?

—En serio.

Dos pequeñas arrugas surcaron su entrecejo.

—¿Y dónde vas a vivir?

—He alquilado una casita junto a la carretera —respondí con una sonrisa engreída.

—Ah.

—Sí. Se llama Grantham Cottage.

Se detuvo a medio camino; me di la vuelta y seguí avanzando, caminando de espaldas, saboreando la sorpresa y el horror en su rostro.

—Como te decía —continué—, cuélgame ahora, vecina.

Su expresión hizo que la molestia de haber tenido que buscar una casa de alquiler hubiese valido por completo la pena.

12

Noviembre de 1940
Kirton-in-Lindsey

Era diferente estar rodeado de otros estadounidenses ahora que Jameson formaba parte del escuadrón Águila número 71. Casi como estar de vuelta en casa, salvo que no se hallaban ni remotamente cerca.

—Todos son tan jóvenes... —masculló Howard mientras observaban como los nuevos reclutas salían a por cervezas por primera vez.

Era una tradición inglesa que les alegraba honrar, puesto que no solo se trataba de camaradería; ahí era donde se resolvían las disputas cuando hacía falta.

—La mayoría tienen nuestra edad —intervino Andy, que se apoyó contra la pared de la nueva sala de descanso.

Habían tenido mucha suerte de hacerse con una colección de sofás que combinaran con las sillas duras de mimbre desperdigadas por aquel espacio, pero los tres pilotos no solo se distinguían de los demás en su aspecto físico.

—En realidad, no —dijo Jameson—. No de la manera que importa.

Los tres habían estado en combate. La guerra ya no era una

aventura romántica ni algo que glorificar. Esos chicos nuevos solo eran eso, chicos. Todos acababan de llegar vía Canadá, habían escapado de Estados Unidos con la esperanza de integrarse en las Águilas.

De la noche a la mañana, quienes, como Jameson, se consideraban novatos en la batalla de Inglaterra se habían convertido en los veteranos. Los nuevos estadounidenses eran pilotos, pero casi todos de líneas comerciales. Habían volado con suministros o incluso con gente, rociaban cultivos, se habían exhibido frente a multitudes en espectáculos aéreos.

La mayoría nunca habían disparado a otro hombre en el cielo, solo unos cuantos, y ya habían perdido a uno que se había marchado al escuadrón número 64. Jameson no le echaba la culpa; los habían sacado de las misiones diarias para entrenarlos durante seis semanas y la frustración por no estar combatiendo empezaba a aumentar. Necesitaban entrar en acción.

En esos momentos sentían que estaban perdiendo el tiempo.

—Quizá Art tuvo razón en irse —masculló Howard antes de vaciar la mitad de su vaso de cerveza.

—Me lees la mente.

Jameson miró su vaso medio lleno. No era tan satisfactorio como antes, cuando hacían lo mismo después de una misión. Se sentía... falso, como si estuvieran jugando a ser pilotos de combate.

Al menos la unidad se había trasladado a Kirton-in-Lindsey la semana anterior. Estaban un paso más cerca de empezar a operar; por desgracia, con ellos también transfirieron a los Búfalos.

El avión de caza estadounidense no tenía un buen rendimiento en altitudes elevadas, y ese era el menor de sus problemas. El motor solía sobrecalentarse, los controles de la cabina de mando no eran fiables y carecía del armamento del que habían llegado a depender. Claro, a los nuevos les gustaba la cabina abierta y ventilada, pero nunca habían volado un Spitfire.

Jameson añoraba su Spitfire casi tanto como añoraba a Scarlett. Dios, cuánto echaba de menos a Scarlett. Habían pasado casi dos meses desde que la vio por última vez y se estaba volviendo loco. De no ser por la movilización de su unidad, ya habría viajado a Middle Wallop; así de desesperado estaba por mirar esos ojos azules. Ella había pasado el permiso de octubre con sus padres; eso era comprensible, pero, según su carta, no le había ido bien. Odiaba la presión que tenía que soportar por amarlo. No era justo que la obligaran a elegir entre su familia y Jameson, pero mentiría si no admitiera su felicidad porque lo hubiera elegido a él.

Sin ninguna misión, disponía de más tiempo libre. Eso significaba que pensaba en ella constantemente. Sus cartas aumentaron de dos a tres por semana; en ocasiones, hasta cuatro. Las escribía como si le hablara, como si ella se encontrara allí con él, escuchando cuánto la echaba de menos, cuánto la deseaba. Le contaba historias de su infancia y hacía un gran esfuerzo para describirle cómo era la vida en su pueblecito natal.

Incluso en ese momento sonreía al pensar en llevarla a Poplar Grove. Su madre la adoraría. Scarlett siempre era justo lo que pretendía ser; nunca se andaba con rodeos ni tenía ningún tipo de malicia. Tampoco era evasiva ni coqueta; cuidaba sus emociones de la misma manera en la que protegía a su hermana: solo les daba acceso a las personas que demostraban que valían la pena.

A veces, él sentía que seguía probando su valor.

—¡Oye, Stanton! —llamó uno de los hombres, con un acento claramente bostoniano—. ¿Es cierto que tienes una novia inglesa?

—Sí —respondió Jameson apretando su vaso con más fuerza.

—¿Y dónde puedo yo encontrar una? —preguntó el otro alzando las cejas.

Algunos de los chicos nuevos estallaron en carcajadas.

—No dejes que te moleste —intervino Howard entre dientes.

—La recogí en la orilla del camino —respondió Jameson inexpresivo.

—¿Tiene amigas? —insistió el novato—. A todos nos gustaría un poco de compañía generosa..., ya sabes lo que quiero decir.

—Vale, ahora ya puedes dejar que te moleste —dijo Howard, y le dio una palmada en el hombro.

—¿Y cómo está Christine? —preguntó Jameson, y apretó ligeramente los labios.

—Lejos. Muy lejos.

—Mi novia tiene muchas amigas —continuó Jameson en voz alta para que aquel imbécil pudiera oírlo—. Ninguna de ellas estaría interesada en conocerte, pero sí las tiene.

—¡Oh! —exclamaron los hombres.

El tipo se sonrojó.

—Bueno, sus estándares no pueden ser muy altos si está contigo, Stanton.

«Bien, estos tipos siguen en la etapa "a ver quién la tiene más larga".» Andy puso los ojos en blanco y Howard terminó su cerveza.

—Sin duda ella es demasiado para mí, chicos —añadió Jameson, asintiendo pensativo—. Pero te masticaría y te escupiría antes de dejar que te acercases siquiera, Boston.

Howard estuvo a punto de ahogarse con la cerveza, que se le escapó de entre los labios y cayó en el suelo frente a ellos. Todos lo miraron mientras se limpiaba los restos de la bebida de la barbilla y señalaba la puerta del otro extremo de la habitación.

—Y también está aquí.

Jameson se volvió de inmediato hacia la entrada y el corazón se le detuvo. Scarlett estaba de pie en el umbral, con la chaqueta doblada sobre un brazo. Era como una aparición.

Llevaba el cabello negro y lustroso recogido hacia atrás; apenas le rozaba el cuello del uniforme. Tenía las mejillas rosadas y los labios curvados en una sonrisa contenida, y podía ver sus ojos azules desde allí. Estaba ahí, en su base, en su sala de descanso. Estaba ahí.

Antes siquiera de pensar en moverse ya se encontraba en medio de la habitación; había abandonado su cerveza por el camino, en la mesa más cercana. Unas cuantas zancadas y estuvo en casa, aspirando su aliento, la calidez de su piel; le puso una mano en la nuca y la otra en la cintura.

—Estás aquí —murmuró deslumbrado cuando ella le sonrió.

No era un sueño. Ella era real.

—Aquí estoy —respondió Scarlett en el mismo tono.

La mirada de Jameson descendió a la boca de ella, y la sujetó con más fuerza cuando el deseo amenazó con consumirlo. Necesitaba besarla más que tomar aliento, pero no lo haría allí. No frente al imbécil que había sugerido que necesitaba «compañía».

—¿Cuánto tiempo puedes quedarte? —preguntó Jameson.

El corazón le dio un vuelco al pensar que lo más probable era que fueran solo unas horas. Se habría reunido con ella a medio camino si se lo hubiera pedido. Quería disfrutar del mayor tiempo posible con ella.

—Hablando de eso... —Su sonrisa se volvió juguetona—. ¿Tienes un minuto?

—Toda una vida.

Una que él le había ofrecido... y ella había rechazado, pero hacía un gran esfuerzo para no pensar en eso.

—Perfecto.

Sonrió, se deshizo de su abrazo y cogió las manos de él entre las suyas. Luego miró alrededor de la habitación.

—Boston, ¿verdad? —preguntó.

—Mmm..., sí —respondió poniéndose de pie, y se frotó la nuca al tiempo que se sonrojaba.

—Ah. Bien, esperemos que nunca integren a la WAAF en las fuerzas de Su Majestad. Sería una lástima que yo fuera su superior, oficial piloto —dijo con una sonrisa amable que Jameson conocía muy bien como para reconocer ese «vete al infierno» implícito, pero pudo reprimir la risa.

La sonrisa de Scarlett se tornó sincera cuando vio a Howard.

—Qué placer verte, Howie —saludó.

—Igualmente, Scarlett.

Jameson la guio por el pasillo y abrió la puerta de una sala de juntas que estaba vacía. La llevó al interior y cerró con llave; luego lanzó el abrigo de Scarlett sobre el escritorio más cercano y empezó a besarla con pasión.

Scarlett se entregó; cobraba vida con su tacto. Envolvió el cuello de Jameson con los brazos y arqueó la espalda para buscar todo el contacto que pudiera mientras sus lenguas se entrelazaban. Él gimió en su boca y la besó apasionadamente, borrando con cada roce de la lengua y cada contacto de sus dientes las semanas de agonía que había supuesto su separación.

Solo con Jameson se permitía sentir. La necesidad, la nostalgia, el dolor, la aflicción abrumadora del amor en su corazón: se rendía a todo eso. Lo demás en su vida estaba bajo control. Jameson hacía añicos las reglas con las que se había criado y la llevaba a un mundo de emoción igual de vivo y colorido que él.

Una necesidad urgente latía en su interior. «Más, más cerca, más profundo.»

Como si él percibiera la avidez en el interior de ella o la sintiera él mismo, la cogió del culo para levantarla, pegarla contra su cuerpo y mantenerla a su altura. Scarlett pasó los dedos por el cabello de él mientras se dirigían a la mesa, en cuyo borde Jameson la hizo sentarse sin interrumpir el beso en ningún momento.

Nunca se había sentido tan agradecida de llevar una falda, pues eso facilitaba que él se acomodara entre sus muslos; los hacía arder. Contuvo el aliento al contacto y él le levantó la cabeza para tomar su boca como si necesitara reclamarla de nuevo, como si pudiera desaparecer en cualquier momento.

—Te he echado de menos —dijo Jameson contra la boca de Scarlett.

—Yo también te he echado de menos —jadeó ella; el corazón le latía con fuerza.

Aunque solo compartieran ese instante, todo lo que ella había hecho para llegar hasta allí habría valido la pena.

Sus labios bajaron por el cuello de ella y chupó su piel con delicadeza. Scarlett inhaló con fuerza cuando él entrelazó la lengua con la suya. Dios, qué agradable. Estremecimientos de placer le recorrieron la espalda y se concentraron en la parte baja de su vientre; sintió que estallaba en llamas. Él incendiaba el frío de noviembre que se le había pegado a la piel desde que había llegado esa mañana. En sus brazos nunca tenía frío.

Jameson le desabotonó el uniforme y deslizó las manos por el interior para acariciar su cintura sobre la suave blusa blanca. Le tocaba las costillas con los pulgares, jugueteando solo unos centímetros debajo de sus senos; ella se meció contra él, provocándolo aún más.

Jameson volvió a besarla y la acercó más hacia sí. Scarlett contuvo el aliento al sentir que él se endurecía a través de las capas de tela que cubrían ambos cuerpos; la deseaba. En lugar de apartarse, empujó con insolencia sus caderas contra las de él. Podría haberle pasado cualquier cosa en las últimas siete semanas, o a ella. En ese momento lo tenía a su lado y estaba harta de negarse, harta de luchar contra la imprudente rapidez o la intensidad de su relación. Lo tomaría de cualquier manera en la que él quisiera entregarse.

—¿Cuánto tiempo vas a quedarte? —preguntó Jameson, excitándola con su aliento en la oreja y luego con los labios.

—¿Cuánto tiempo te gustaría que me quedara? —replicó ella sujetándose con más fuerza a su cuello.

—Para siempre.

Él flexionó las manos sobre su cintura al tiempo que rozaba con los dientes la carne delicada del lóbulo de su oreja.

Dios mío, cuando hacía eso le resultaba difícil pensar.

—Qué bien, porque me han trasladado aquí —logró decir.

Jameson se paralizó; luego, lentamente, se apartó con los ojos llenos de incredulidad.

—¿Estás enfadado? —preguntó; su pecho se tensó al pensar en esa posibilidad.

¿Había sido tonta? ¿Y si las cartas no habían significado nada para él? ¿Y si ya había pasado a otra cosa, pero no había tenido ánimo para decírselo? Todas las chicas en Middle Wallop le habían dejado claro que con mucho gusto ocuparían su lugar, y sabía que allí debía de ser igual.

—Tú, aquí como..., ¿aquí aquí? —inquirió, buscándola con la mirada.

—Sí. —Scarlett asintió—. Constance y yo solicitamos que nos trasladaran; lo aprobaron hace solo unos días. No quería darte falsas esperanzas por si rechazaban nuestra solicitud; cuando no fue así, imaginé que yo llegaría antes que la carta. ¿Estás decepcionado? —repitió; su voz sonó aguda al final.

—¡No, por favor! —exclamó él sonriendo. La tensión de Scarlett desapareció—. Estoy... sorprendido, ¡pero es una sorpresa maravillosa! —La cubrió de sonoros besos—. Te quiero, Scarlett.

—Y yo a ti. Gracias a Dios, porque no puedo regresar y solicitar otro traslado a Middle Wallop.

Trató de permanecer seria, pero sencillamente no pudo. ¿Alguna vez había sido tan feliz en su vida? Creía que no.

—No sé cuánto tiempo estará aquí el 71 —admitió Jameson acariciándole las mejillas con los pulgares—. Los escuadrones se mueven todo el tiempo y ya hay rumores de que nos van a trasladar a otro lugar.

Tan solo pensarlo hacía que se le cayera el alma a los pies. El traslado de Scarlett era un vendaje temporal sobre una herida sangrante, pero estaba muy agradecido por el tiempo que tuvieran.

—Lo sé. —Tomó su mano y le besó la palma—. Estoy preparada para eso.

—Yo no. Estos meses sin ti han sido insoportables. —Pegó su frente a la de ella—. No sabía cuánto te amaba hasta que tuve que despertar, día tras día, sabiendo que no había ninguna posibilidad de verte sonreír, ni de escuchar tu risa, ni siquiera de oír cómo me gritabas.

Había estado incompleto; pensaba siempre en ella, sin importar lo que hiciera. Había estado tan distraído que le sorprendía no haberse estrellado con el avión; aunque, por supuesto, podría hacer volar uno de esos Búfalos con los ojos cerrados.

—Ha sido horrible —admitió Scarlett mirándolo a los labios y luego hacia abajo, siguiendo las líneas de su uniforme—. Echaba de menos tus brazos a mi alrededor y cómo mi corazón salta cada vez que te ve. —Pasó los dedos sobre los labios de él—. Echaba de menos tus besos, incluso la manera en la que bromeas.

—Alguien tiene que hacerte reír —dijo él mordisqueándole la yema del pulgar.

—Se te da bastante bien. —Su gesto se ensombreció—. No quiero pasar otro mes así, mucho menos dos.

A Jameson se le tensó el rostro.

—¿Cómo vamos a evitarlo dentro de unos meses, cuando decidan que el 71 es necesario en otro lugar?

—He pensado en eso. —Entornó los ojos, especulando—. Pero necesito que tú me digas otra vez qué piensas —añadió, y se mordió los labios.

Él abrió mucho los ojos.

—¿Lo que pienso? Te pedí que te ca... —Se quedó boquiabierto—. Scarlett, ¿estás diciendo...?

Buscó su mirada con ansia.

—No diré nada hasta que me lo preguntes.

Sintió una opresión en el pecho; rogaba que no hubiera cambiado de opinión, que ella no hubiera apostado toda su felicidad y arrastrado a su hermana por toda Inglaterra solo para que la rechazaran.

Los ojos de Jameson destellaban.

—Espérame aquí —dijo al tiempo que se apartaba y la señalaba con el índice—. No muevas ni un músculo.

Salió corriendo de la habitación. Scarlett tragó saliva, juntó las piernas y se acomodó la falda. Seguramente él no se había referido a esos músculos. Dios sabía que cualquiera hubiera podido entrar en la habitación.

El tictac mecánico del reloj era su única compañía en el silencio e intentó controlar los latidos de su corazón.

Jameson regresó, se apoyó en el marco de la puerta y se dio

la vuelta. Recuperó el equilibrio y cerró tras de sí para acercarse a ella.

—¿Estás mejor? —preguntó Scarlett.

Él asintió; se pasó los dedos, nervioso, por el pelo, y se dejó caer sobre una rodilla frente a ella, sosteniendo un anillo entre el pulgar y el índice.

Scarlett contuvo el aliento.

—Sé que yo no era lo que imaginabas cuando pensabas en la posibilidad de casarte. No tengo títulos; en este momento, no tengo siquiera un país. —Hizo una mueca—. Lo que tengo es tuyo, Scarlett: mi corazón, mi apellido, mi ser..., todo es tuyo. Y prometo que pasaré cada día de mi vida ganándome el privilegio de tu amor, si me lo permites. ¿Me harías el honor de casarte conmigo?

Frunció un poco el ceño, pero había tanta esperanza en su mirada que para ella era casi doloroso verlo, saber que le había hecho cuestionarse cuál sería su respuesta.

—Sí quiero —respondió, esbozando una sonrisa temblorosa—. ¡Sí quiero! —repitió asintiendo, emocionada.

Ya sabía cómo era la vida sin él y no quería volver a sentir esa pérdida. Su trabajo, su familia, esa guerra... Ambos lidiarían juntos con cualquier cosa que tuvieran que afrontar.

—¡Gracias a Dios! —exclamó Jameson al tiempo que se ponía de pie y la tomaba en sus brazos—. Scarlett, mi Scarlett —dijo contra su mejilla.

Ella lo abrazó con fuerza y se permitió disfrutar de ese momento. De alguna manera, lo harían durar.

Él la ayudó a bajar y le puso el anillo en el dedo anular izquierdo. Era precioso, con un solitario engarzado en filigrana de oro; le quedaba perfecto.

—Jameson, es magnífico. Gracias.

—Qué alegría que te guste. Lo compré cuando estábamos en

Church Fenton; esperaba hacerte cambiar de opinión. —La besó suavemente y luego tomó su mano—. Si nos damos prisa, aún podemos alcanzar al comandante.

—¿Qué? —preguntó mientras Jameson cogía su abrigo y la guiaba hacia el pasillo.

—Necesitamos el permiso del comandante. También el del capellán.

Los ojos le brillaban de emoción.

—Bueno, hay mucho tiempo para eso —comentó ella riendo.

—Oh, no. No voy a arriesgarme a que cambies de opinión otra vez. Espérame aquí un segundo.

La dejó en el pasillo y entró en otra habitación, esforzándose por no estallar en carcajadas. Al cabo de unos instantes estaba de vuelta con su propia chaqueta y su gorra.

—No nos vamos a casar esta noche —dijo Scarlett a toda prisa. Eso sería una completa locura.

—¿Por qué no? —preguntó él con expresión sombría.

Ella le acarició la mejilla.

—Porque querría sacar de las maletas el vestido que compré. No es mucho, pero me gustaría usarlo.

—Ah, claro. —Jameson asintió—. Por supuesto que sí. ¿Y tu familia?

Scarlett se sonrojó.

—Constance es ahora mi única familia.

—No por mucho tiempo —dijo él acercándosela—. Nos tendrás a mí, a mi madre y a mi padre, y también a mi tío.

—Y eso es todo lo que necesito. Además, debemos encontrar dónde dormir, no quiero pasar mi noche de bodas con el 71 durmiendo a nuestro lado —añadió con una mirada mordaz.

Jameson palideció.

—Demonios, no. Podemos ir a ver al comandante y al capellán mañana, si te parece bien.

Ella asintió.

—Sacaré mi vestido, pero no mucho más.

La emoción por la anticipación hizo vibrar todo su cuerpo.

—Encontraré un lugar para que estemos solos —prometió él poniendo su frente contra la de ella.

—Y luego nos casaremos —murmuró Scarlett.

—Y luego nos casaremos.

13

GEORGIA

Queridísimo Jameson:

Te echo de menos. Te necesito. Aquí nada es lo mismo sin ti. Constance cree que podríamos mover el rosal, pero no estoy segura de que debamos hacerlo. ¿Para qué desenraizar algo que es feliz justo donde está? No como yo, que sin ti me marchito. Me mantengo ocupada, por supuesto, pero nunca estás lejos de mi pensamiento. Por favor, ten mucho cuidado, mi amor. No puedo respirar en este mundo sin ti. Ten mucho cuidado. Antes de que te des cuenta, estaremos juntos de nuevo.

Con todo mi corazón,

Scarlett

—¿Qué quieres decir con que simplemente apareció? —preguntó Hazel asombrada, sus ojos verdes grandes como platos.

—Después de todo lo que te he contado que sucedió ayer, ¿eso es lo que te sorprende? —La miré, inquisitiva, por encima de mi café.

—A pesar de lo mucho que te quiero, que Ava se haya largado en el momento en que le pagaron el anticipo es su *modus operandi.* ¿Que si esperaba que cumpliera su promesa y se quedara? Por supuesto. Me hubiera gustado que pasara página, pero a estas alturas quizá tendría que pasar un libro entero. Solo pensé que me llamarías cuando... Colin, cariño, no toques eso.

Corrió hacia el salón, donde sus hijos estaban sentados, jugando, y cerró la puerta del primer armario.

—Está bien —le dije—. Gran siempre tenía armarios llenos de juguetes justo por esa razón.

La mayoría eran más viejos que yo.

—Lo sé, pero no quiero que... —empezó a decir, aunque se interrumpió cuando vio cómo la miraba—. Cierto. Ese armario está bien, pero vamos a dejar los otros en paz, ¿vale? —Abrió la puerta y volvió a la isla para sentarse en el banco junto a mí—. Te juro que solo quería pasar para saber cómo estabas, no para saquear tu casa.

—Por favor. —Puse los ojos en blanco—. Me alegro de que lo hayas hecho. Ahora no es que tenga muchas cosas que hacer.

Sonreí y me incliné un poco hacia atrás para verlos jugar.

—Entonces, ¿está aquí? —preguntó Hazel levantando su taza de café.

—Ha alquilado Grantham Cottage.

—¿Que ha hecho qué?

Su taza golpeó el granito cuando la dejó, olvidándose de darle un sorbo.

—Lo que has oído.

Yo le di otro sorbo para recobrar fuerzas. Ni toda la cafeína del mundo iba a ser suficiente ese día, pero lo intentaría.

—Eso es como... —se inclinó como si alguien pudiera escucharnos— en la puerta de al lado.

—Sí. —Asentí—. Incluso llamé al fideicomisario anoche. Me confirmaron que el administrador de la propiedad lo alquiló según mis instrucciones. —Arrugué la nariz—. Le pregunté si podía revocar el arrendamiento y me respondió que el hecho de que Noah no me cayera bien no era una razón legal.

Hazel me miró boquiabierta.

—Por favor, ¿puedes decir algo? —le pedí a Hazel cuando el silencio se volvió dolorosamente incómodo.

—Claro. Perdón.

Negó con la cabeza y miró a los niños.

—Tranquila, no irán a ningún lado.

—No tienes idea de lo rápido que se mueven. Te juro que ayer cronometré a Dani: kilómetro y medio en tres minutos. —Cruzó las piernas y me examinó—. Entonces, el escritor sexy vive en la puerta de al lado.

—El escritor..., bueno, si se puede llamar «puerta de al lado» a la cabaña.

Básicamente, se encontraba dentro de la propiedad, así de cerca estaba; esa era una de las razones por las que Gran nunca la vendió. Decía que era mejor elegir a tus vecinos que verte viviendo al lado de un entrometido insoportable.

Hazel entornó los ojos.

—De hecho, se supone que llegará en cualquier momento para empezar ese juego superdivertido que tenemos: discutir. Literalmente se ha mudado aquí para poder discutir conmigo. ¿Quién hace algo así?

Di otro sorbo al café.

—Alguien que se da cuenta de lo obstinada que...

—Oye, oye —le advertí.

—Sabes que es cierto. Al menos gana puntos por haber subido a un avión, en lugar de presionar la tecla de volver a llamar —dijo encogiéndose de hombros—. Además, eso hace que mi sugerencia de que «ejercitaras» tu frustración con él, teniéndolo tan cerca, sea más fácil.

Traidora.

—¿De qué lado estás?

—Del tuyo. Siempre del tuyo. Ni siquiera he puesto a ese tipo en mi lista de canas al aire permitidas.

—Bien. Entonces no se merece puntos. No hay puntos que dar.

Me terminé el café y llevé la taza al fregadero. Cuando me di la vuelta, Hazel tenía la cabeza inclinada a un lado, como si me estuviera examinando.

—¿Qué? —pregunté.

—Te gusta —respondió, y dio un sorbo a su café.

—¿Per... perdón? —balbuceé al sentir un agujero en el estómago.

—He dicho lo que he dicho.

—¡Retráctate! —exclamé, como si tuviéramos de nuevo siete años.

—Vas bien vestida. Vaqueros, una blusa perfectamente planchada y te has soltado el pelo. Te gusta.

Una sonrisa iluminó su rostro.

—Estoy empezando a arrepentirme de haberte dejado entrar por esa puerta.

Me vibró el móvil, que recogí de la encimera antes de que Hazel pudiera ver la pantalla. Era un mensaje de Noah:

Salgo para allá. ¿Necesitas algo?

Habría sido infantil responder que necesitaba que se llevara ese culo maravilloso e insistente de vuelta a Nueva York. De cualquier forma, pensé en hacerlo.

—No me gusta —le contesté a Hazel. Luego escribí un mensaje.

Entra, la puerta está abierta.

—Y ya viene de camino —añadí apoyando una cadera en la encimera.

Que me hubiera despertado y me hubiera sentido... humana no significaba que me gustara. Más bien me había preparado para una reunión de negocios. El móvil me volvió a vibrar.

—¡Niños, tenemos que irnos! ¡Va a venir un amigo de la tía Georgia! —les gritó Hazel a Oliver y a Dani.

No puedes dejar las puertas abiertas.
No es seguro.

Lancé una risita. No es seguro, ajá.

Dice el hombre que escala montañas.

Dejé el móvil en la encimera y suspiré hacia mi mejor amiga.
—No me gusta —repetí.
—Está bien —dijo ella al tiempo que asentía ligeramente y llevaba su taza al fregadero—. Pero necesitas saber que no hay problema si sucede lo contrario.

Esbocé una mueca. No era así.
—¡Devuélvemelo! —gimió Oliver.
—¡Es mío! —gritó Danielle.

Nos volvimos de inmediato, pero Danielle pasó corriendo con Oliver pisándole los talones.
—¡Mierda! —masculló Hazel mirando hacia el cielo y ya en movimiento.
—No puedes dejar la puerta... ¡Ups! —La voz como un rugido de Noah llegó desde la entrada.

Antes de que pudiéramos salir de la cocina, Noah ya estaba entrando, con un niño debajo de cada brazo y muertos de risa. No había sido consciente hasta entonces del verdadero tamaño de esos bíceps. No. No me había dado cuenta. Tampoco había puesto atención a la curva de su boca o al franco *sex appeal* de su sonrisa. Resultaba inhumano estar tan guapo a aquellas horas de la mañana.

—¿Ves lo que pasa cuando dejas la puerta abierta? —preguntó zarandeando un poco a los niños—. Pueden entrar todo tipo de criaturas salvajes.

Dani gritó, y eso solo hizo que la sonrisa de Noah se ensanchara.

«No. No. No. No te abandones, no suspires, nada. Nada.»

—¡Eh!, se supone que no debéis ser amables con los desconocidos —los regañé.

—¿No es tu amigo, tía Georgia? —repuso Oliver.

Dios mío, líbrame de los pueblos pequeños. Los niños nunca habían visto a un desconocido.

—Sí, tía Georgia, ¿estás diciendo que no somos amigos? —me retó Noah con una expresión socarrona.

Puse los ojos en blanco; él bajó a los niños y extendió la mano hacia Hazel.

—Hola. Noah Morelli. Supongo que estos niños tan guapos son tuyos.

Exageró su encanto y funcionó, a juzgar por la sonrisa de Hazel.

«Se ha presentado con su verdadero nombre.»

—Hola, Noah, soy Hazel, la mejor amiga de Georgia —dijo ella mientras le estrechaba la mano—. Se te dan bien los niños —añadió, y arqueó las cejas.

—Gracias a mi hermana. Mejor amiga, ¿eh? —Me lanzó una sonrisa taimada—. ¿La de los artículos?

«Tierra, trágame.»

—Yo soy la culpable —indicó Hazel, y su sonrisa se ensanchó aún más.

—Entonces, ¿podrías darme algunos consejos para que me deje hablar? —preguntó señalándome con un movimiento de cabeza.

—¡Claro! Solo tienes que dejarle... —Me miró a los ojos y se enderezó—. Perdón, Noah, soy del equipo de Georgia. Chicos, tenemos que irnos ya.

«Perdón», sus labios dibujaron la palabra hacia mí al tiempo que metía prisa a sus hijos en el salón.

—No te preocupes por el desorden —dije volviéndome hacia ella. Ya tenía suficiente como para encima ponerse a recoger mi casa. Además, tampoco es que yo tuviera mucho que hacer, y ella necesitaba un respiro—. ¿No tienes que ir a abrir el centro?

—No quiero... ¡Dios mío! ¡Voy a llegar tardísimo! —Tomó a un niño de cada mano y se fue casi derrapando; solo se detuvo para darme un beso en la mejilla—. Gracias por el café.

—Que pases un día fabuloso en el trabajo, querida —canturreé metiendo un plátano en su enorme bolsa.

—¡Un placer conocerte, Noah! —gritó ella mientras cruzaba la puerta a toda carrera.

—¡Igualmente!

La puerta se cerró con un sonoro ¡pam!

—¿Un plátano? —preguntó Noah alzando las cejas.

—Jamás olvida darles de desayunar a sus hijos, pero está muy ocupada para desayunar ella —respondí con un encogimiento de hombros.

Mi móvil vibró. Hazel.

Ha ganado unos doce puntos
con esa maniobra con los niños.

—Traidora —dije entre dientes, y me puse el móvil en el bolsillo trasero del pantalón, sin responder.

—Entonces... —dijo Noah metiendo las manos en los bolsillos delanteros.

—Entonces —repetí—. Nunca había tenido cita para discutir.

El aire entre nosotros podría haber chisporroteado de toda la electricidad que había a nuestro alrededor.

—¿Así llamas a esto? —preguntó con una sonrisa sarcástica.

—¿Cómo lo llamarías tú? —repuse mientras ponía las tazas en el lavaplatos.

Se lo pensó un momento.

—Un recorrido premeditado con el fin de descubrir un rumbo mutuamente benéfico para que podamos resolver nuestras diferencias personales y profesionales, y así lograr una sola meta —contestó—. Si tuviera que improvisar.

—Escritores —masculló—. Entonces, recorramos el camino hasta el despacho.

Sus ojos brillaron de placer.

—Tengo una idea mejor. Vayamos a caminar por el arroyo —propuso.

Arqueé una ceja.

—Nada de escalar —exclamó levantando las manos—. Hablo del arroyo detrás de tu jardín, el de las cartas, ¿no? Pienso mejor cuando estoy de pie. Además, saca de la ecuación cualquier objeto que pueda romperse, en caso de que quieras arrojarme algo.

Puse los ojos en blanco.

—Bien, voy a por mis zapatos.

Cuando regresé a la cocina, calzada con botas para caminar y una camiseta mucho más apropiada, él ya había limpiado el desorden que los hijos de Hazel habían dejado; hasta yo tuve que admitir a regañadientes que estaba ganando puntos.

¿Un escritor taciturno? Check.

¿Endemoniadamente sexy? Check.

¿Bueno con los niños? Doble check.

Sentí una opresión en el pecho. Eso no estaba nada bien.

—No tenías que hacerlo, pero gracias —dije cuando salimos de la cocina por la puerta del patio.

—No es nada..., ¡guau!

Se detuvo de pronto para admirar el enorme jardín que Gran amaba tanto.

—Es un jardín inglés, por supuesto —expliqué cuando tomamos el sendero entre los arbustos cuidados.

El otoño había llegado y lo había cubierto todo de naranja y oro, salvo el invernadero.

—Por supuesto —repitió mirando a su alrededor; su atención iba de una planta a otra.

—¿Lo estás memorizando? —pregunté.

—¿Qué quieres decir?

—Gran me decía que ella memorizaba los lugares. Su aspecto, su olor, los sonidos que lo envolvían; registraba los detalles más pequeños para incluirlos en una historia con el fin de que el lector sintiera que estaba ahí. ¿Es eso lo que estás haciendo?

—Nunca lo había pensado de esa manera, pero sí. —Asintió—. Esto es precioso.

—Gracias. Ella lo adoraba, aunque se quejara de que no podía hacer crecer algunas de sus plantas favoritas a esta altitud.

Llegamos a la reja trasera, donde un cerco de arbustos de hoja perenne nos separaba de la naturaleza de Colorado. Giré la manecilla de hierro forjado y cruzamos.

—Decía que la hacía sentirse más cerca de su hermana —añadí.

—Constance le enseñó, ¿verdad?

—Sí.

Era extraño, aunque reconfortante, que alguien más que había leído el manuscrito de Gran conociera esa parte de su vida de manera tan íntima como yo.

—Uf, qué diablos. Esto también es precioso —dijo mirando el álamo temblón que estaba frente a nosotros.

—Es mi hogar.

Respiré hondo, sintiendo que mi alma se tranquilizaba como siempre que me hallaba frente a ese paisaje. Nos encontrábamos en el valle de los Ciervos, que se elevaba delante de nosotros y cuyas cimas ya estaban cubiertas de las primeras nieves.

La pradera de detrás de la casa de Gran estaba coloreada de tonos de oro bruñido, tanto en la hierba alta que se había rendido al ciclo del otoño y nos llegaba hasta las rodillas como en las hojas de los álamos que flanqueaban ambos lados.

—Esta es mi estación favorita del año. No es que no eche de menos el otoño en Nueva York, ni mucho menos, pero aquí los colores no se amotinan. Los árboles no están en guerra para mostrar cuáles tienen las hojas más brillantes. Aquí las montañas se vuelven de oro, como si todas estuvieran de acuerdo. Todo está en paz.

Le mostré el camino que se había formado en la pradera mucho antes de que yo naciera.

—Puedo entender por qué regresaste —admitió Noah—. Aunque yo soy fanático del otoño en Nueva York.

—Sin embargo, aquí estás, viviendo justo al final del camino.

Llegamos al arroyo que corría por la propiedad de Gran, en ese momento mi propiedad. No era mucho para los estándares de la Costa Este; tendría quizá tres metros de ancho y medio metro de profundidad a lo sumo, pero el agua era diferente en las Rocosas. Su caudal no era constante; tampoco tranquilo ni predecible. Podía ser solo un hilillo y, cuando menos lo esperabas, convertirse en un muro de agua y destruir cualquier cosa a su paso. Era como todo lo demás en las montañas: peligrosamente bello.

—Hice lo que tenía que hacer —dijo encogiéndose de hombros; luego se dio la vuelta para caminar por la ribera del arroyo—. ¿No echas de menos Nueva York?

—No.

—Una respuesta rápida.

—Una pregunta fácil. —Metí los pulgares en los bolsillos de atrás—. ¿Supongo que es ahora cuando empezamos a pelear por el libro?

—No soy yo quien dice que debe haber una pelea. Empecemos tranquilos. Hazme una pregunta personal. La que quieras. —Se remangó sin dejar de caminar, poniendo al descubierto una línea de tinta que bajaba por su antebrazo; parecía la punta de una espada—. Yo responderé a una si tú haces lo mismo.

Eso parecía fácil.

—¿Cualquier cosa?

—Cualquier cosa.

—¿Cuál es la historia de ese tatuaje? —pregunté señalando su antebrazo.

Él siguió mi mirada.

—Ah, ese fue el primero.

Se levantó la manga hasta donde la tela se lo permitió para mostrarme la hoja de una espada que servía como la aguja de una brújula. Había visto suficientes imágenes para saber que le cubría el hombro, aunque en ese momento solo distinguía la base.

—Me lo hice la semana antes de que se publicara *El declive de Avalon*. Dibujé la parábola del rey Arturo en su búsqueda de...

—Su amor perdido. Lo leí.

Casi tropecé cuando me ofreció una pequeña sonrisa; tuve que concentrarme en el camino.

—¿Tienes tatuajes por todos tus libros? —pregunté.

—Una. Eso son dos preguntas, y sí, pero los otros son más

pequeños. Cuando se publicó *Avalon*, pensé que sería mi único libro. Mi turno.

—Es lo justo.

«Ahí viene la pregunta sobre el último romance de...»

—¿Por qué dejaste de esculpir?

«¿Qué?» Empecé a caminar un poco más lento y él se adaptó a mi paso.

—Damian me pidió que lo dejara por un tiempo para ayudarlo a lanzar Ellsworth Productions; tenía sentido. Acabábamos de casarnos y pensé que estaba ayudando a construir nuestro futuro. Seguía siendo arte, solo que era su arte, ¿no? —expliqué encogiéndome de hombros ante las ideas ingenuas de una chica de veintidós años—. Y luego esa pausa se convirtió en una parada y parte de mí sencillamente... —nunca he podido encontrar palabras correctas cuando hablo de este tema— se atenuó. Se apagó como una fogata que hubiera olvidado atender. Las llamas disminuyeron con tal lentitud que no me di cuenta hasta que solo quedaron brasas; en ese momento, el resto de mi vida se incendió. No queda mucho espacio para la creatividad cuando estás concentrada en respirar.

Podía sentir su mirada, pero no fui capaz de mirarlo a los ojos. En su lugar, inspiré hondo y forcé una sonrisa.

—Aunque creo que está regresando —añadí—. Poco a poco. —Pensé en la tienda del señor Navarro y en lo que de verdad costaría hacerlo—. En fin, esa es una pregunta y te debo otra. Hazla.

—¿Por qué no confías en mí para escribir la historia?

Me erguí todo lo alta que era.

—No confío en nadie, y Gran tampoco lo hizo. No es fácil cuando sabes que alguien va a novelar lo que de verdad pasó en tu familia. Para mí no es solo una historia.

—Entonces, ¿para qué venderlo? ¿Solo para que tu madre

211

estuviera contenta? —Bajó la vista—. ¿Realmente esa es la única razón por la que accediste?

¿Lo era? Miré el caudal del arroyo y pensé en su pregunta. Había ganado otro punto por no insistir en que le respondiera.

—Mitad y mitad —acabé por decir—. Quería hacer feliz a mi madre. Deseaba ser capaz de darle algo que ella quería desde... No sucede con frecuencia.

Me observó perplejo.

—Tenemos una relación complicada —expliqué—. Digamos que, mientras que tú comes con tu familia una vez al mes, mi madre y yo cenamos juntas... quizá una vez al año. —Y era mucho decir, pero no estábamos en una sesión de terapia—. Por otra parte, yo vi a Gran trabajar en ese libro de manera intermitente hasta el invierno en que me casé.

—¿Dejó de hacerlo en ese momento?

—No estoy segura, porque me mudé a Nueva York, pero venía a casa cada dos meses aproximadamente y nunca volví a verla trabajar en él. —Negué con la cabeza—. William, mi abuelo, era la única persona a la que le permitía leerlo, y eso fue en los sesenta, antes de que escribiera los últimos capítulos. Después de que él muriese en un accidente de coche —añadí como una explicación rápida—, no lo tocó durante una década. Pero para ella era importante, así que al final volvió a sacarlo. Quería hacerlo bien.

—Déjame hacerlo bien —dijo bajando la voz cuando nos acercamos a la curva del arroyo.

—Esperaba que lo hicieras, pero entonces empezaste a sugerir todos esos finales felices...

—¡Porque esa es su marca! —Se puso rígido a mi lado—. Los autores tienen un acuerdo con sus lectores una vez que llegan al punto al que llegó tu bisabuela. Escribió setenta y tres novelas que le brindan a su público la alegre recompensa de un final feliz. Francamente, ¿piensas que ella habría cambiado el guion para esta historia?

—Sí. —Asentí con todo el énfasis del que fui capaz—. Creo que la verdad de lo que pasó fue demasiado dolorosa para que ella la escribiera, y la fantasía que tú quieres crear lo era mucho más, porque solo le recordaba lo que no había podido tener. Incluso los años que estuvo casada con el bisabuelo Brian no fueron..., bueno, ya leíste lo que tuvo ella con el bisabuelo Jameson. Fue algo único. Tan singular que ¿cada cuánto puede ocurrir? ¿Una vez cada generación?

—Quizá —admitió Jameson en voz baja—. Ese es el tipo de amor del que se escriben historias, Georgia. La clase de amor que hace creer a la gente que también puede existir para ellos.

—Entonces, pregúntale al bisabuelo Jameson cómo acaba. Ella dijo que solo él lo sabría, y es un poco difícil encontrarlo.

—Di la vuelta hacia el sendero que quedaba a nuestra espalda. El arroyo empezaba su curva suave, siguiendo la geografía del jardín que había detrás de mi casa—. ¿Has pensado en cómo lo van a catalogar? —pregunté, tratando de tomar otra perspectiva para que considerara mi punto de vista.

Alzó las cejas, asombrado.

—¿Qué quieres decir?

—¿Saldrá con tu nombre o con el de ella?

Me detuve y él se colocó frente a mí. La luz del sol caía sobre su cabello y lo hacía brillar en ciertas zonas.

—Con el de ambos, como tú dijiste. ¿También te interesa el presupuesto para marketing? —bromeó.

Lo fulminé con la mirada.

—¿En serio estás dispuesto a abandonar la ficción general para que te cataloguen en la... —tragué saliva— sección de novela romántica? Porque el tipo que conocí en la librería el mes pasado definitivamente no lo estaba.

Parpadeó y se apartó un poco.

—Mmm. No habías pensado más allá de la mesa de novedades, ¿verdad? —pregunté.

—¿Eso importa? —repuso mientras pasaba las manos por su incipiente barba; su frustración era obvia.

—Sí. Lo que te estoy pidiendo que hagas te mantiene en la sección que no es para... —Incliné la cabeza hacia un lado—. ¿Cómo dijiste? ¿Sexo y expectativas ingenuas?

Una maldición apagada escapó de sus labios.

—Nunca me lo perdonarás, ¿verdad?

Desvió la vista hacia los árboles y balbuceó lo que me pareció entender como «insatisfactorio».

—No. ¿Quieres seguir hablando sobre ese final romántico? Porque ahí es donde te van a catalogar si lo escribes. Su nombre tiene más peso que el tuyo. Es posible que seas muy bueno, pero no eres Scarlett Stanton.

—Me importa un comino cómo cataloguen el libro.

Nos miramos a los ojos durante un momento tenso.

—No te creo.

—No me conoces —respondió bajando la cabeza.

El calor subió a mis mejillas, el corazón empezó a latirme con fuerza y, más que nada en el mundo, hubiera querido tener esa discusión por teléfono para así poder terminarla y dar rienda suelta a las emociones exasperantes que Noah siempre me provocaba.

Me gustaba la insensibilidad. Ser insensible era un terreno seguro.

Noah era muchas cosas, pero «terreno seguro» no era una de ellas.

Aparté mi mirada de la suya.

—¿Qué es eso? —preguntó al tiempo que se inclinaba un poco y entornaba los ojos.

Miré en la misma dirección.

—El kiosco.

El viento arreció un poco y me pasé unos mechones de cabello detrás de las orejas; avancé hacia la alameda. Espacio. Necesitaba espacio.

Las pisadas que crujían a mi espalda me decían que me seguía, así que continué. A unos quince metros más o menos, justo en el centro de la alameda, había un kiosco construido con troncos de álamos. Subí los escalones, acariciando cariñosamente con los dedos las barandillas que con los años habían sido lijadas y remplazadas, igual que el suelo y el techo. Pero los soportes eran los originales.

Noah subió y se detuvo a mi lado; giró poco a poco para poder ver todo el espacio. Era apenas del tamaño del comedor de mi casa, pero en forma de círculo. Lo observé con cuidado, preparándome para escuchar su juicio, que sin duda sería una crítica de aquel pequeño y rústico lugar, mi favorito cuando era niña.

—Esto es magnífico. —Su voz se apagó cuando se acercó a una de las barandillas y miró por encima de él—. ¿Hace cuánto tiempo que está aquí?

—Gran lo construyó en los cuarenta, con el padre y el tío del bisabuelo Jameson. Lo terminaron antes del Día de la Victoria en Europa —respondí apoyándome en uno de los troncos—. Cada verano, Gran hacía que le trajeran un escritorio para poder escribir aquí y yo jugaba mientras ella trabajaba.

El recuerdo me hizo sonreír. Él se volvió hacia mí; su expresión se había suavizado y su mirada rebosaba tristeza.

—Aquí es donde lo esperaba.

Crucé los brazos sobre mi cintura y asentí.

—Yo acostumbraba pensar que su amor estaba incrustado en él. Por eso ella siempre lo mandaba reparar, aunque nunca reconstruir.

—¿Tú ya no lo haces? —preguntó colocándose a mi lado, lo suficientemente cerca para que sintiera el calor de su cuerpo contra mi hombro.

—No. Creo que en él construyó su pena, su anhelo. Ahora que soy más mayor, tiene sentido. El amor no dura, al contrario que este lugar. —Mi mirada pasó de un tronco a otro, al tiempo que un millón de recuerdos juguetearon en mi mente—. Es muy delicado, muy frágil.

—Entonces es pasión, no amor —dijo en un murmullo.

Otro destello de emoción, esa vez de nostalgia, encendió una llama dentro de mi pecho.

—Sea lo que sea, nunca está a la altura del ideal, ¿o sí? Solo fingimos que así es, bebemos a lengüetadas la arena cuando nos topamos con un espejismo, pero este lugar es fuerte, sólido. La tristeza, la nostalgia, el dolor que te consume después de una oportunidad perdida... Esos son buenos soportes; esas son las emociones que resisten la prueba del tiempo.

Sentí de nuevo su mirada, pero seguía sin poder mirarlo; no con toda esa verborrea que acababa de lanzarle encima.

—Lamento que no te amara como te mereces.

Hice una mueca.

—No creas todo lo que lees en la prensa sensacionalista.

—No leo prensa sensacionalista. Sé lo que significan los votos matrimoniales y he aprendido bastante de ti como para saber que te los tomas en serio.

—No importa.

Volví a ponerme el pelo detrás de la oreja sin tan siquiera pensarlo, su mirada hacía que mi piel ardiese como si hubiera contacto físico.

—¿Sabes que nuestro cerebro está biológicamente programado para recordar mejor los acontecimientos dolorosos? —preguntó.

Negué con la cabeza; un escalofrío recorrió mi cuerpo ahora que estábamos bajo la sombra. Noah se acercó a tan solo unos centímetros de mí, compartiendo su calor. Si su brazo no mentía, ese hombre era un horno.

—Es cierto —siguió—. Es nuestra manera de protegernos; recordar algo doloroso para no repetir el mismo error.

—Un mecanismo de defensa —murmuré.

—Exacto. —Se volvió hacia mí—. Eso no significa que no deberíamos repetir algo, sino que debemos superar el dolor que nuestro cerebro no quiere olvidar.

—¿Qué piensas de la definición de *locura*? —pregunté alzando un poco el rostro para poder mirarlo a los ojos—. ¿Hacer lo mismo una y otra vez, esperando un resultado diferente?

—Nunca es lo mismo. Hay un millón de variaciones en cualquier situación. No existen dos personas iguales. El mínimo cambio en cualquier encuentro puede provocar resultados diferentes. Me gusta pensar en las posibilidades como un árbol. Quizá empiezas en un camino... —dio un golpecito al tronco más cercano—, pero el destino arroja todas las ramas, y lo que parecía una decisión menor, a la izquierda o a la derecha, se convierte en otra y en otra hasta que las posibilidades de lo que pudo haber sido son infinitas.

—Algo así como que..., si no me hubiera dado cuenta de que Damian me engañaba, ¿aún estaría con él? Bueno, tal vez como no hubo un bebé... —Mi voz se apagó y dejé de pensar en eso.

—Tal vez. Pero ahora estás en otra rama porque lo hiciste. Y quizá aquella rama existe en la ficción, pero en este momento estás aquí conmigo. —Su mirada bajó a mis labios y volvió a subir—. Lamento que él lo jodiera todo, pero no lamento que te enteraras. Mereces algo mejor.

—Gran nunca quiso que me casara con él. —Me removí en mi sitio, pero no me separé de él—. Quería para mí lo que ella tuvo con el bisabuelo Jameson. No es que no amara al bisabuelo Brian, porque lo hizo.

—Le llevó cuarenta años superarlo. ¿Al final fue feliz?

Asentí.

—Lo fue, por lo que ella decía; aunque nunca la presioné para que hablara de eso. Parecía que le causaba mucho dolor. Damian lo hizo una o dos veces, pero él siempre fue un imbécil entrometido. Sin embargo, aun casada con el bisabuelo Brian, ella escribía aquí, como si todavía esperara a Jameson después de todos esos años.

—Encarnaba el romanticismo por excelencia. Mira este lugar... —dijo él examinando el kiosco—. ¿No puedes sentirlos aquí? ¿No puedes verlos felices en otro reino de posibilidades de ficción, en otra rama en la que la guerra no los destroza?

Tragué saliva. Pensar en Gran, no como yo la recordaba, sino en la manera en la que se veía en la fotografía: extremada e imprudentemente enamorada.

—Yo sí puedo —continuó Noah—. Los veo despejando una pequeña pista en la pradera para que él pudiera hacer despegar su avión, y los veo con media docena de hijos. Veo cómo la mira él, como si ella fuera el motivo de que las estaciones cambien y el sol salga hasta que ambos tengan ciento un años.

Eso era un año más de los que había vivido Gran y, aunque sabía que era codicioso, quería lo mismo para mí. De todos los años en que había estado viva, ese era en el que más la había necesitado.

Noah se volvió para ocupar el espacio frente a mí y sentí algo tan intenso que tuve que esforzarme para no desviar la vista. Parecía como si pudiese mirar en mi interior, me hacía sentir demasiado expuesta. Pero sin duda a mi cuerpo no le molestaba su cercanía. Mi corazón estalló, mi aliento flaqueó, mi sangre se calentó.

—Los veo caminando cogidos de la mano en el crepúsculo para poder evadirse unos minutos; después de meter a los niños en la cama, por supuesto. A ella la veo alzando la vista de su máquina de escribir para verlo pasar, sabiendo que, si termina su trabajo del día, él estará esperando. Los veo reír y vivir y pelear..., siempre apasionados pero equilibrados. Son cuidadosos entre ellos porque saben lo que tienen, saben lo excepcional que es, la suerte que tuvieron de sobrevivir a todo y que ese amor aún esté intacto. Siguen sintiendo ese magnetismo, siguen haciendo el amor como si nunca fuera suficiente, siguen siendo abiertos, francos, honestos, sin perder la ternura.

Levantó la mano para poner su palma cálida, firme, sobre mi mejilla. Contuve el aliento y mi corazón se aceleró con su tacto.

—Georgia, ¿no lo ves? —preguntó—. Está en cada centímetro de este lugar. Esto no es un mausoleo; es una promesa, un altar a ese amor.

—Es una historia hermosa —murmuré, deseando que ese hubiera sido su destino... o el mío.

—Entonces, permite que lo tengan.

Me hice a un lado para apartarme de su contacto y crucé el kiosco para adquirir un poco de perspectiva. Él tejía sus palabras en un mundo en el que yo quería vivir, pero ese era su talento, su trabajo. No era real.

—Ella no quería eso; de lo contrario lo hubiera escrito así, lo hubiera terminado como todos sus otros libros —sentencié—. Tú sigues pensando que es una historia con personajes que te hablan y que eligen sus propias ramas. No es así. Es lo más parecido a una autobiografía, y tú no puedes cambiar el pasado. —La presión en el pecho se convirtió en dolor—. Lo que describes es la razón por la que eres tan bueno en lo que haces, pero no es lo que ella quería.

Caminé hasta donde la barandilla se dividía, bajé los escalones y miré las copas de los árboles.

—¿Lo que ella quería o lo que tú quieres, Georgia? —preguntó desde lo alto de los escalones; la frustración se marcaba en las arrugas de su frente.

Cerré los ojos y respiré hondo para calmarme, y volví a tomar aire antes de mirarlo otra vez.

—Lo que yo quiero solo le ha importado a una persona y ahora está muerta. Esto es todo lo que puedo darle a ella, Noah, el regalo de honrar lo que tuvo que vivir, lo que perdieron.

—¡Estás tomando la salida fácil, y tú no eres así!

—¿Qué cojones te hace pensar que me conoces? —le solté.

—¡Esculpiste un árbol que surge directamente del agua!

—¿Y...? —lo reté, cruzando los brazos sobre mi pecho.

—Ya sea de forma consciente o inconsciente, hay partes de mí en cada historia que relato, y apuesto a que es lo mismo que te sucede a ti con tus esculturas. El árbol no está anclado a la tierra. Debería ser imposible que creciera, pero lo hace. Y no creo haber omitido la iluminación. Brillaba justo a través de él para destacar las raíces. ¿Por qué otra razón ibas a llamar a la escultura *Voluntad indomable*?

¿Recordaba el nombre de la obra? Negué con la cabeza.

—No se trata de mí. Se trata de ella. De ellos. Envolver todo esto con un lazo de regalo, ya sea un triste encuentro en una estación de tren o ella apresurándose sobre su lecho, devalúa lo que tuvo que vivir. Aquí termina el libro, Noah, justo en este kiosco, con Scarlett esperando a un hombre que nunca regresó. Punto.

Miró al cielo como pidiendo paciencia; el fuego de sus ojos se calmó hasta ser solo una pequeña chispa cuando volvió a mirarme.

—Si te empeñas en eso, la novela recibirá críticas pésimas

y sus seguidores se sentirán decepcionados. Y a mí me quemarán en la hoguera por joder el legado de Scarlett Stanton. Eso es lo que la gente recordará, no su historia de amor, no los otros cientos de libros que yo podría escribir durante mi vida.

Me enfurecí. «Su carrera.» Claro.

—Pues usa la opción que tienes de anular el trato y márchate.

Y eso fue lo que hice yo, sin molestarme en echar la vista atrás conforme avanzaba por el sendero.

He visto suficientes miradas de decepción en mi vida como para saber que podía añadir esa a la lista.

—Lo más lejos que puedo marcharme es de vuelta a mi casa. Me quedo aquí los próximos dos meses y medio, ¿recuerdas?

—¡Buena suerte a la hora de cruzar el arroyo con esos zapatos! —grité por encima de mi hombro.

14

Noviembre de 1940
Kirton-in-Lindsey, Inglaterra

El pub estaba atiborrado de uniformes desde la barra hasta la puerta. A Jameson le había llevado una semana encontrar una casa cercana; sin embargo, y aunque le costaba la mayor parte de su sueldo, desde el día anterior tenían un lugar que era de ellos. Al menos durante el tiempo que el 71 permaneciera en Kirton.

Desde esa tarde, Scarlett era su mujer.

«Su mujer.» No era que no se diera cuenta de lo imprudentes que habían sido al casarse tan rápido, solo que a ella sencillamente no le importaba. Ese hombre atractivo de sonrisa deslumbrante e innegable encanto era ahora su marido.

Su aliento se hizo irregular cuando se miraron a los ojos en aquel local lleno de gente. «Marido.» Echó un vistazo al reloj y se preguntó cuánto tiempo más tenían que quedarse en el banquete de bodas, porque ella solo tenía hambre de él.

Y por fin estaban casados.

—Estoy tan contenta por ti... —dijo Constance apretando un poco la mano de su hermana bajo la mesa.

—Gracias. —La sonrisa de Scarlett medía un kilómetro; así

222

había sido desde que llegaron a Kirton—. Está muy lejos de ser lo que imaginamos de niñas, pero ahora no podría concebirlo de otra manera.

La boda esa tarde había sido pequeña; asistieron solo sus amigos más íntimos y unos cuantos pilotos del 71, pero les había parecido absolutamente encantadora. Constance consiguió un pequeño ramo y, aunque el vestido de Scarlett no era la reliquia de familia que ella siempre supuso que usaría, la manera en la que Jameson la miraba le decía que aun así estaba hermosa.

—Es verdad —convino Constance—. Pero podría decir lo mismo de todo en nuestra vida. Nada es como lo habíamos imaginado hace dos años.

—No lo es, pero quizá en cierto sentido sea mejor.

Scarlett entendía muy bien a su hermana, y aunque echaba de menos los días de antes de la guerra, cuando los bombardeos, el racionamiento y la muerte no eran un lugar común, no podía arrepentirse de ninguna de las decisiones que la habían llevado hasta Jameson.

De alguna manera había encontrado el milagro en medio de la vorágine, y quizá le había costado comprender lo que tenía, pero, ahora que lo hacía, pelearía con todas sus fuerzas para conservarlo, para conservarlo a él.

—Lamento que mamá y papá no hayan venido —murmuró Constance—. Tuve esperanzas hasta el último momento.

A Scarlett le flaqueó la sonrisa, aunque no mucho. Ella sabía que su carta no tendría respuesta.

—Oh, Constance, siempre tan romántica. Deberías haber sido tú quien se fugara para casarse, no yo.

Scarlett miró al otro lado del pub, maravillada de que Jameson fuera suyo. Qué ironía que la más práctica de las dos hubiera sido quien se escapara para casarse. Apenas podía creerlo; no obstante, ahí estaba, celebrando su boda en un pub, de entre todos los lugares posibles.

No era para nada lo que había imaginado de niña, cierto, sino algo mucho mejor. Además, ¿quién se creía que era para negarse al destino cuando habían hecho falta un millón de acontecimientos para llegar hasta Jameson?

—Quizá soy una ingenua —dijo Constance encogiéndose de hombros—. Es solo que no puedo creer que no quieran verte feliz. Siempre pensé que sus amenazas solo eran eso, amenazas, pero vacías.

—No te enfades con ellos —pidió Scarlett con dulzura—. Están luchando por el único modo de vida que conocen. Si lo piensas, son como un animal herido. Y me niego a estar triste hoy. Ellos se lo pierden.

—Sí que se lo pierden —admitió Constance—. Nunca te había visto tan feliz, tan hermosa. El amor te sienta de perlas.

—¿Tú estarás bien? —Scarlett se volvió un poco sobre su silla para mirar a su hermana de frente—. Nuestra casa está a solo unos minutos del aeródromo, pero...

—Basta —interrumpió Constance alzando las cejas—. Estaré perfectamente.

—Lo sé. Es solo que no recuerdo la última vez que estuvimos separadas.

Tal vez algunos días aquí y allá, pero nunca mucho tiempo.

—Nos veremos en el trabajo.

—No me refiero a eso —dijo Scarlett en voz baja.

Ahora que estaba casada, seguiría a Jameson cuando el 71 se marchara de Kirton, cosa que no tardaría en suceder. El entrenamiento de los nuevos pilotos no podía durar para siempre.

—Bueno, ya veremos qué hacemos cuando llegue el momento. Por ahora, lo único que cambia es dónde duermes... —Inclinó la cabeza a un costado—. Ah, y dónde comes y pasas tu tiempo libre, y por supuesto con quién vas a dormir —añadió con expresión pícara.

Scarlett puso los ojos en blanco, pero sintió que sus mejillas se encendían cuando vio que Jameson se acercaba a ellas, vestido con su uniforme. Con el pulgar, hizo girar el anillo nuevo alrededor de su dedo para asegurarse de que no había sido un sueño: lo habían hecho.

—Ese ha sido el último —dijo Jameson con una sonrisa.

Su mirada recorrió la larga línea del cuello de Scarlett hasta el inicio del sencillo y elegante vestido que había elegido. Él se hubiera casado con ella vestida de uniforme o incluso en bata, no le importaba. Hubiera aceptado a esa mujer de cualquier manera siempre y cuando pudiera tenerla.

—Juro que he tenido en la mano la misma cerveza la última hora y media, esperando que nadie se diera cuenta —añadió colocando el vaso sobre la mesa.

—Podrías haber bebido más de una. Supongo que es lo que se espera de ti.

El vaso de Scarlett seguía lleno.

—Quiero tener la mente despejada.

Sus labios dibujaron una sonrisa. No iba a emborracharse la primera vez que pudiera tocarla. Diablos, la noche anterior estuvo a punto de cargarla sobre el hombro hasta su nueva casa, pero era mejor esperar. La anticipación estaba matándolo de la manera más dulce que pudiera imaginar.

—Ah, ¿sí?

Dios, esa sonrisa casi lo hizo desfallecer.

—¿Qué me dice si la llevo a casa, señora Stanton? —preguntó, y extendió la mano hacia ella.

—Señora Stanton —repitió Scarlett con una chispa de alegría en los ojos, al tiempo que rozaba con los dedos la mano de él.

—De eso puedes estar segura.

Escucharle decir esas palabras hacía que su corazón saliera disparado.

Se despidieron de todos y solo fue cuestión de minutos que Jameson aparcara el vehículo del escuadrón frente a la que era su nueva casa.

La alzó en brazos en el borde de la acera.

—Eres mía.

—Y tú mío —respondió ella entrelazando los dedos en su nuca.

Jameson la besó con suavidad, rozando con sus labios los de ella mientras cruzaba la acera; solo levantó la cabeza cuando llegaron a los escalones.

—Mi baúl... —dijo Scarlett.

—Después iré a por él —le prometió Jameson—. Quiero que veas la casa. —Ella estaba de guardia cuando él la había encontrado el día anterior. De pronto sintió un nudo en el estómago—. No es a lo que estás acostumbrada —añadió.

Había aprendido lo suficiente sobre la familia de Scarlett para saber que ese pequeño hogar compartido probablemente cabría en uno de los comedores de la mansión de los Wright.

Ella lo besó en respuesta.

—A menos que me pidas compartirlo con otras once mujeres, es mucho mejor que cualquier otra cosa que haya tenido el último año.

—Dios, te quiero.

—Mejor, porque ahora estás atado a mí.

Jameson rio; de alguna manera se las arregló para abrir el cerrojo y la puerta sin dejarla caer, y así cruzar el umbral con ella en brazos.

—Bienvenida a casa, señora Stanton —celebró, ayudándola a ponerse de pie.

«Señora Stanton.» Nunca se cansaría de decirlo.

La mirada de Scarlett recorrió con rapidez el interior. La casa se abría a un modesto salón que, afortunadamente, estaba amueblado. Una escalera dividía el espacio con el comedor a la derecha, que incluía una pequeña mesa y sillas, y la cocina justo después, al fondo.

—Es encantadora —dijo Scarlett observándolo todo—. En realidad, es perfecta.

Caminó y pasó la mano por encima de la mesa del comedor; Jameson la siguió hasta la cocina.

Scarlett palideció y su sonrisa desapareció cuando su mirada pasó del horno a una pequeña mesa y a las encimeras; de cada rasgo de su rostro emanaba el horror.

—¿Qué pasa? —preguntó Jameson al tiempo que sentía que su estómago se desplomaba.

¿Faltaba algo? Joder, debería haber esperado a encontrar algo mejor. Ella se volvió y lo miró a los ojos, con los suyos bien abiertos.

—Quizá este no sea el momento más oportuno para decírtelo, pero no sé cocinar.

Él parpadeó.

—No sabes cocinar —repitió lentamente, solo para asegurarse de que había oído bien.

Ella negó con la cabeza.

—Nada. Estoy segura de que podré arreglármelas para encender el horno, pero no mucho más.

—Bien. Pero ¿la cocina te parece aceptable?

Trataba de entender la relación entre la angustia en sus ojos y su confesión, pero no entendía nada.

—¡Por supuesto! —Asintió—. Es encantadora, solo que no

sé qué hacer en ella. En mi casa nunca aprendí a cocinar y desde entonces siempre he ido al comedor de los oficiales —explicó, y se mordió el labio inferior.

El alivio fue tan intenso y dulce que Jameson no pudo evitar reír al tiempo que la envolvía entre sus brazos.

—Oh, Scarlett, mi Scarlett. —La besó en la cabeza y respiró su aroma—. No digo que pueda preparar una cena de cinco platos, pero sé freír huevos con tocino sobre una hoguera; creo que soy capaz de mantenernos alimentados mientras lo resolvemos.

—Si conseguimos huevos de verdad —murmuró ella abrazándolo por la cintura.

—Muy cierto.

Como era piloto, una dieta de huevo y tocino aumentaba las probabilidades de sobrevivir a un amerizaje. Siempre lo alimentaban con eso, de modo que casi había olvidado lo escasos que eran.

—El último año he aprendido a plancharme la ropa y a lavar, pero no mucho más en lo que se refiere a labores domésticas —dijo pegada contra su pecho—. Me temo que has salido perdiendo al casarte conmigo.

Le levantó la barbilla y la besó con ternura.

—Tengo más de lo que hubiera podido soñar al casarme contigo. Juntos lo solucionaremos todo.

«Juntos.» A Scarlett le dolía el pecho de tanto que lo amaba.

—Enséñame el resto de la casa.

La tomó de la mano y la guio por la pequeña escalera hasta el segundo piso.

—El baño —dijo señalando por la puerta abierta—. El dueño lo llamó el «armario», pero no estoy seguro de qué quería decir, porque es más como un rectángulo.

Scarlett lanzó una carcajada y miró al interior de la pequeña habitación vacía.

—Es solo una segunda habitación, más pequeña.

En ese espacio solo cabía una cama individual, una cómoda... o una cuna.

—Es para un niño... —añadió en voz más baja.

Jameson la miró a los ojos, ligeramente enardecido.

—¿Tú quieres? ¿Hijos?

Su corazón vaciló.

—No había... —Se aclaró la garganta y volvió a empezar—. Si me estás preguntando si quiero tener hijos ahora, la respuesta es no. Hay mucha incertidumbre por el momento y llegarían a un mundo en el que no podemos garantizar su seguridad.

Los niños habían sido evacuados de casi todos los blancos militares, Londres incluido, y pensar en la posibilidad de perder un hijo en un ataque aéreo era más de lo que podía soportar.

—Estoy de acuerdo —dijo él acariciando con el pulgar el dorso de la mano de Scarlett. Quiso tranquilizarla, pero la preocupación arrugaba su entrecejo.

Ella levantó la mano y le tocó la mejilla.

—Pero si me estás preguntando si quiero ser la madre de tus hijos, entonces mi respuesta es rotunda: sí.

Cuando todo aquello acabara, no habría nada mejor que una niñita o niñito de ojos verdes con su sonrisa.

—Después de la guerra —dijo Jameson a la vez que se inclinaba para besarle la palma de la mano, lo que le provocó un sobresalto de placer en el brazo.

—Después de la guerra —repitió ella en un murmullo, añadiendo una cosa más a la cada vez más larga lista de sus planes de futuro, aunque no tenía la certeza de que este llegara.

—Pero sí sabes que siempre hay una posibilidad, ¿verdad? —El músculo de su mandíbula se tensó.

—Lo sé. —Bajó los dedos por el cuello de Jameson—. Es un

riesgo que estoy dispuesta a correr si eso significa que puedo tocarte.

Siguió la línea de su cuello hasta el nudo de la corbata y bajó hasta el primer botón de su chaqueta.

Los ojos de Jameson se oscurecieron cuando la tomó por la cintura para acercarla a su cuerpo.

—He esperado toda mi vida para tocarte.

—Falta que me enseñes una habitación —murmuró ella.

El dormitorio. Su dormitorio.

El corazón le latía a toda velocidad y su cuerpo se calentó contra el de él. Aunque fuera virgen, las historias que había escuchado de las chicas con quienes había trabajado durante el último año eran más que suficientes para que supiera qué pasaría esa noche.

Sintió como si toda su vida hubiera esperado ese momento, esa noche, a ese hombre. Él era su recompensa por haber sido paciente, por ignorar a todos y cada uno de los otros pilotos que le habían hecho propuestas con sonrisas traviesas. Podría decir que su moralidad fue la que le impidió cruzar esa línea, pero al mirar a Jameson supo que lo aguardaba a él. Así de sencillo.

—Ahí está —dijo observando sus labios—. Necesito que sepas que solo haremos lo que tú quieras. Aunque me muera por tocarte, no lo haré hasta que te sientas cómoda. No quiero que te asustes; el único estremecimiento que deseo sentir en las manos es el de tu deseo, no el de tu miedo...

El miedo era lo más alejado a lo que sentía ella cuando se puso de puntillas y le dio un beso para acallarlo. Ya habían esperado demasiado.

—No tengo miedo. Sé que nunca me harías daño. Te deseo —dijo en un murmullo, y entrelazó los dedos detrás de la nuca de Jameson.

Él la besó con pasión, la acarició y deslizó la lengua contra la de ella en una exploración lenta y exhaustiva de su boca que la dejó colgada de él en busca de más. Tomó sus labios como si tuviera toda la noche y ningún otro objetivo, como si el beso fuera la culminación y no el preámbulo.

Cada vez que ella trataba de acelerar el ritmo, él disminuía la intensidad del beso, sosteniéndola firmemente contra su cuerpo con manos fuertes y seguras de lo que hacían.

—Jameson —susurró mientras abría el primer botón.

—¿Impaciente? —preguntó él sonriendo contra su boca.

Levantó la mano para cogerla por la nuca, y pasó los dedos entre su cabello.

—Mucho.

Abrió el siguiente botón.

—Estoy tratando de ir despacio por ti —explicó entre besos que hacían que Scarlett arqueara la espalda en busca de unos más profundos, al tiempo que le tiraba del cinturón del uniforme.

—No lo hagas —pidió, presionando los labios contra el cuello de Jameson.

Él gimió y la besó con fuerza; pasó el brazo alrededor de su cintura y la levantó contra él. Toda pretensión de provocarla ya había quedado atrás. El beso era abiertamente carnal, descaradamente posesivo, y todo lo que ella había deseado desde que estuvieron frente al capellán.

Recorrieron el corto camino por el pasillo hasta su habitación sin dejar de besarse. Una vez allí, con un solo movimiento, dejó que se deslizara pegada a su cuerpo hasta tocar el suelo.

—Si hay algo que quieras cambiar... —dijo señalando la habitación.

Ella miró a su alrededor. Los muebles eran funcionales, y las cortinas azul claro hacían juego con la colcha limpia que cubría la cama.

—Es perfecto.

No había terminado la frase y ya lo estaba besando de nuevo.

Él entendió el mensaje y se quitó la chaqueta, que aterrizó en algún lugar, aunque ella no se molestó en ver dónde. Sus manos ya estaban ocupadas deshaciéndole el nudo de la corbata, deslizando la tela de la misma manera en que lo hacía con su propio uniforme todos los días.

Con suavidad, Jameson enredó los dedos en el cabello de Scarlett y tiró delicadamente de su cabeza para exponer el cuello a su boca. El calor recorrió el cuerpo de ella; aumentaba con cada caricia de sus labios. Cuando llegó al cuello de su vestido, justo encima de la clavícula, Scarlett jadeaba.

Ella empezó a desabotonar su camisa al tiempo que él encontraba la hilera de botones en la espalda del vestido; sin apartar su boca de la de ella, comenzó a desabrocharlos uno por uno. Luego, con suavidad, la hizo girar para besarle la línea de la columna, acariciando cada centímetro de la piel que él iba dejando al descubierto. Al llegar a la parte baja de la espalda, volvió a hacerla girar.

Ella lo vio arrodillado; tenía la camisa abierta hasta la cintura y la miraba hacia arriba con los ojos velados por el mismo deseo que recorría las venas de Scarlett. Los nervios casi se apoderaron de ella, pero los apartó y se deshizo del vestido pasando un brazo y luego el otro. Durante algunos segundos sostuvo la tela justo encima de su pecho, hasta que reunió el valor para soltarlo.

El vestido cayó en un revuelo de satén, dejándola allí, de pie, con nada más que la ropa interior y las medias de seda para las que había ahorrado dos meses de sueldo. La expresión en el rostro de Jameson le indicó que ese sacrificio bien había valido la pena.

—Eres... —La admiró con una expresión tan cálida que enardeció su piel—. Eres exquisitamente hermosa, Scarlett.

Parecía aturdido, asombrado... y ávido.

Ella sonrió. Él la tomó por las caderas y la atrajo hacia sí para besar la sensible piel de su vientre. Tras un año de vestirse con la ropa oficial que la hacía sentir como una pieza más en el engranaje de una gran maquinaria, ahora se sentía completa y absolutamente femenina. Lo cogió por el cabello con ambas manos para guardar el equilibrio mientras la boca de Jameson recorría su cuerpo.

Él se puso de pie y se quitó la camisa y la camiseta de algodón suave que llevaba debajo.

A Scarlett se le hizo la boca agua al ver su pecho desnudo, la piel tersa que se tensaba sobre sus fuertes músculos. El vientre se le endureció cuando ella trazó con las yemas las líneas que corrían a ambos lados; quería memorizar su geografía.

Lo miró a los ojos y advirtió que él la observaba, perplejo, como si ese hombre tuviera algo de que preocuparse. Estaba labrado como las estatuas que ella había visto, pero lo sentía caliente bajo sus manos.

—¿Y bien? —preguntó Jameson alzando las cejas.

—No estás mal —respondió inexpresiva, y apretó los labios para no sonreír.

Jameson reprimió una carcajada y la besó en la cabeza, como si besara cada uno de sus pensamientos. Sus manos se agitaron en una ráfaga inquisitiva hasta que lo que quedaba de ropa cayó al suelo con cada paso que daban hacia la cama. Scarlett contuvo el aliento cuando Jameson tomó su seno en la palma de la mano; luego rozó su pezón rígido con el pulgar y ella sintió que se derretía.

—Perfecto —murmuró él contra los labios de Scarlett, y la dirigió para recostarla en la cama.

Cuando se colocó encima, ella lo devoró con la mirada; le caía el pelo por la frente, rozándole las cejas. Cada parte de él era inmejorable. Era mucho más alto que ella e infinitamente más fuerte; nunca se había sentido tan amada.

—Te quiero, Jameson.

Le apartó el pelo hacia atrás solo para ver cómo caía de nuevo. De todas las sensaciones que asaltaban su cuerpo, desde los muslos fuertes entre los de ella, que eran más pequeños, hasta la brisa fresca que le rozaba los pechos expuestos, lo que más resplandecía en su corazón era la intensidad de su amor, el deleite sin restricciones.

—Yo también te quiero —dijo él—. Más que a mi propia vida.

Scarlett arqueó la espalda y lo besó, inhalando con avidez cuando sus cuerpos se tocaron por completo. Él le rozó con los labios la piel de debajo de la oreja y, poco a poco, bajó por su torso para explorar metódicamente sus curvas con la boca y las manos.

Cuando le succionó los pezones, ella lo sujetó del pelo con fuerza; su lengua la volvía loca. Cada parte de su cuerpo que él tocaba parecía incendiarse: la curva de la cintura, el arco de las caderas, la parte superior de los muslos. Él la convertía en una llama viviente, avivaba en ella un deseo que nunca había sospechado siquiera que tuviera. Sus manos la hacían sentir tan bien que todo su cuerpo empezó a anhelarlo.

Él volvió a besarla en la boca; a falta de palabras, ella vertió todo lo que sentía en ese beso. Le acarició la ancha espalda y él la besó con más pasión, gimiendo en su boca hasta que se apartó, jadeando igual que ella.

—Olvido cómo me llamo cuando me tocas —dijo Jameson, que soportaba su propio peso en un codo mientras con la otra mano le acariciaba el vientre.

—A mí me pasa lo mismo.

A Scarlett le temblaban los dedos cuando los subió hasta la nuca de Jameson.

—Me alegro. —La miró a los ojos y, con cuidado, le metió la mano entre los muslos—. ¿Estás bien?

Scarlett contuvo el aliento y asintió; sus caderas empezaron a mecerse contra el cuerpo de él en busca de presión, de fricción, de cualquier cosa que aliviara ese anhelo.

Jameson respiró hondo y los músculos de sus hombros se tensaron. Sus dedos estaban «ahí», deslizándose en ella, acariciando la entrada donde se centraba su deseo. La primera caricia provocó una descarga de placer tan intenso que le recorrió todo el cuerpo hasta las yemas de los dedos. La segunda fue aún mejor.

—¡Jameson! —exclamó a la vez que le clavaba las uñas en la piel conforme él regresaba a ese lugar una y otra vez, frotando, provocando, abrumando sus sentidos.

—Eres increíble. —La besó de nuevo—. ¿Estás lista para más?

—Sí.

Si todo lo que él hacía era así, siempre querría más.

Él le deslizó los dedos por la entrada mientras mantenía el pulgar en el borde, aumentando la tensión en su interior hasta el límite. Luego introdujo un dedo. Los músculos de Scarlett se afianzaron a su alrededor y gimió, movía sus caderas con apremio.

—¿Estás bien? —preguntó Jameson; su rostro mostraba preocupación y control.

—Más. —Lo besó.

Él gimió y un segundo dedo, que se unió al primero, hizo que Scarlett se estirara. El placer compensaba con creces el ligero escozor que sentía a medida que su cuerpo se acostumbraba. Después esos dedos se movieron en su interior, la acariciaban y se deslizaban al tiempo que el pulgar se movía más rápido y la elevaba cada vez más, hasta que se sintió tan tensa que supo que se quebraría o se haría añicos si él se detenía.

—Yo..., yo...

Apretó los muslos cuando la tensión en su interior creció como una ola.

—Sí, ahí. Dios, qué hermosa eres, Scarlett.

De alguna manera, aunque había perdido por completo el control sobre su cuerpo, su voz la hizo aterrizar.

Él cambió la presión, curvó los dedos, y esa ola llegó a su punto más alto, fragmentándola en un millón de pedazos resplandecientes. Scarlett sintió que volaba y lo llamó por su nombre; el placer era tan cegadoramente dulce que el mundo a su alrededor desapareció, inundándola una y otra vez hasta que sus músculos se relajaron y se quedó sin fuerzas, debajo de él.

Todo su cuerpo rebosaba de satisfacción cuando él alejó la mano para presionar la cabeza entre los muslos de ella.

—Ha... —No encontraba la descripción adecuada—. Ha sido extraordinario.

—Solo estamos empezando. —Sonrió, pero era evidente la tensión en su mentón.

«Claro.» Scarlett levantó las rodillas para que él pudiera acomodarse mejor entre sus muslos.

Él la tomó por las caderas y la sostuvo posándose sobre ella, inmóvil, y la miró con atención.

—Estoy bien —le aseguró Scarlett.

Estaba mejor que bien. Él se relajó un poco y luego la besó con pasión, usando la mano para encender de nuevo ese fuego; jugueteaba con su pezón, exploraba su cintura hasta encontrar el lugar entre sus muslos que tanto placer acababa de darle. El mismo deseo en espiral volvió a apoderarse de ella. Le devolvió el beso, le acarició los hombros y el pecho, y movió su cuerpo al ritmo que él marcaba.

—Avísame si te hago daño —pidió él jadeando entre dientes mientras apoyaba su frente contra la de ella.

—Puedo soportarlo —respondió Scarlett. Le deslizó los dedos por las costillas y las caderas hasta la curva firme de sus nalgas, y las apretó con fuerza contra su cuerpo—. Hazme el amor.

—Scarlett —gimió él; sus músculos se contrajeron bajo los dedos de ella.

—Te quiero, Jameson.

—Yo también te quiero.

Flexionó las caderas y se introdujo en ella; la tomó centímetro a centímetro en movimientos ondulantes hasta que la llenó por completo. Luego se movió una vez más; ella se estiró: tenerlo en su interior era casi doloroso.

Ambos jadeaban cuando él dejó de moverse para dar tiempo a su cuerpo a que se adaptara.

—¿Estás bien? —preguntó con una voz tan áspera como la grava.

—Estoy perfectamente —respondió ella; su sonrisa temblaba conforme el escozor disminuía y sus músculos se relajaban.

—Es como estar en el paraíso, pero mejor. Más caliente —murmuró él.

Ella se movió un poco para sentirlo dentro.

—Dios mío, Scarlett. No hagas eso —suplicó él, y frunció el ceño como si le doliera—. Date un momento.

—Estoy bien —repitió ella sonriéndole, y se movió de nuevo.

Jameson gimió, y se retiró despacio para volver a deslizarse dentro. Scarlett aún notaba un ligero escozor, pero nada comparado con el indescriptible placer de sentir cómo él se movía dentro de ella.

—Otra vez —pidió.

Jameson esbozó una sonrisa traviesa e hizo exactamente lo

que ella le pedía; esa vez, ambos gimieron. Luego estableció el ritmo, tomándola con movimientos lentos y profundos que hacían que la tensión en su interior no dejara de aumentar. Cada embestida era mejor que la anterior.

Se movieron juntos como una sola alma en dos cuerpos; compartían el mismo espacio, el mismo aire, el mismo corazón.

—Jameson.

Scarlett sintió que la ola crecía de nuevo y se tensó; alzó las caderas para encontrar las de él conforme sus embestidas se volvían más rápidas, más firmes.

—Sí —murmuró él contra sus labios.

Metió los dedos en la boca de Scarlett y la llevó más allá del límite, lanzándola en un caleidoscopio de éxtasis y color cuando se consumió de nuevo entre sus brazos.

Ella seguía sumida en su orgasmo cuando sintió que él la penetraba con desenfreno; la sujetó contra su cuerpo al tensarse sobre ella, gritando su nombre cuando por fin se abandonó.

Eran una maraña de miembros sudorosos y completa euforia. Jameson giró hacia un costado llevándola con él mientras ambos se esforzaban por recuperar el aliento. Trazó unos círculos lentos sobre la espalda de Scarlett hasta que los latidos de su corazón se calmaron.

Estaba agotada y absoluta y completamente saciada; sus labios esbozaron una sonrisa.

—Si hubiera sabido de lo que eras capaz, habría acabado antes con la espera.

Él rio, y el sonido retumbó desde su pecho hasta el de ella.

—Me alegro de que esperáramos. Este ha sido el mejor día de mi vida, señora Stanton.

—También el mío. —Su corazón dio un vuelco al escuchar su nuevo nombre. Era del todo suya—. Solo me hubiera gustado tener más tiempo para la luna de miel.

Tal como estaban las cosas, ambos debían presentarse en sus puestos a la mañana siguiente.

—Cada noche de nuestra vida será nuestra luna de miel —dijo él acariciándole la mejilla—. Pasaré el resto de mi vida haciéndote maravillosa y deliciosamente feliz.

—Ya lo haces —respondió ella al tiempo que miraba sus dedos, que acariciaban los músculos definidos del brazo de Jameson—. ¿Cuándo podremos hacerlo otra vez?

Su deseo por él solo había aumentado.

—¿Te duele? —preguntó él preocupado.

—No. Lo noto todo un poco sensible, pero no me duele.

—Entonces, ahora mismo.

La besó y empezaron de nuevo.

NOAH

Scarlett, mi Scarlett:

¿Cómo estás, mi amor? ¿Crees que podrías traer los rosales aquí? Odio pensar que Constance y tú habéis trabajado tanto solo para que tengáis que dejarlos atrás. Te prometo que cuando llegues a Colorado te haré un jardín que nunca tendrás que abandonar, con una sombra donde sentarte y escribir los días soleados. Construiré tu felicidad con mis manos. Dios, te echo de menos. Espero encontrar una casa para nosotros en los próximos días, porque sin ti me estoy volviendo loco. Besa a nuestro dulce niño de mi parte.

Te quiero con toda el alma.

Jameson

«Usa la opción que tienes de anular el trato.»

Eso no iba a suceder. Había firmado un contrato para terminar el libro, y lo haría. Sin embargo, cumplir mi palabra significaba acercarme a la única mujer a quien anhelaba besar de forma apasionada, al tiempo que me sacaba de quicio.

Era un territorio peligroso, pero no podía dejar que me afectara. Georgia me tenía tan confundido como aquel maldito libro. Ambos estaban tan estrechamente unidos que era incapaz de separarlos. Ella era tan obcecada como Scarlett cuando Jameson la conoció, pero, a diferencia de Jameson, yo no tenía a Constance para ayudarme. Y, a diferencia de Scarlett, a Georgia ya la habían traicionado y le habían roto el corazón.

En lo que concernía a Georgia, yo iba perdiendo dos a cero; en cuanto al libro, me encontraba en un callejón sin salida.

Georgia tenía razón: Scarlett no era un personaje, era una persona real que la había querido mucho. Por lo que había visto de su madre y del imbécil de su ex, quizá ella fue la única persona en el mundo que la había querido de forma real e incondicional.

En eso pensaba cuando estaba en el porche de Georgia con un último discurso y una generosa dosis de lo que yo esperaba fuera buena voluntad. Llevaba dos semanas en Colorado, había escalado fácilmente un par de montañas de más de cuatro mil metros y, desde el día anterior, contaba con dos tramas listas para redactar. Al cabo de unos días solo me quedarían dos meses para la fecha de entrega.

—Hola —saludó Georgia al abrir la puerta, con una sonrisa incómoda.

—Gracias por recibirme.

Algún día me acostumbraría a que esos ojos me dejaran aturdido, pero ese no era el día. Llevaba el cabello recogido y podía ver la larga línea de su cuello. Sentí el deseo de recorrerla con los labios y luego... «Ya basta.»

—No hay problema, pasa.

Se hizo a un lado y crucé el umbral.

—Esto es para ti —dije ofreciéndole la parte de la raíz cuidadosamente cubierta de muselina para que no se pinchara con las espinas de la planta—. Es una rosa de té inglesa llamada, con acierto, Scarlett Knight. Pensé que te gustaría para el jardín.

Quizá fuera el regalo más extraño que jamás había hecho;

pero es que sentía que ni siquiera una cajita azul de terciopelo conmovería a esa mujer.

—¡Ah! Gracias —dijo; su sonrisa era real y sincera cuando tomó la planta y la apreció con ojos de jardinera. Conocía bien esa mirada, mi madre la tenía—. Es preciosa.

—De nada.

Observé la mesa del recibidor; el florero llamó mi atención. Los bordes del cristal tenían la misma textura espumosa que la escultura de Nueva York.

—Lo hiciste tú, ¿verdad?

Su atención cambió del rosal al florero.

—Sí. Justo después de regresar de Murano. Pasé un verano como aprendiz allí, tras el primer año de universidad.

—Es extraordinario.

¿Cómo era posible que alguien capaz de crear algo así no se hubiera dedicado a ello? ¿Y qué tipo de hombre se casaba con una mujer con tanto fuego en su interior para luego apagarlo sistemáticamente?

—Gracias. Me gusta mucho.

Una expresión de nostalgia cruzó su rostro.

—¿Lo echas de menos? ¿Esculpir?

—Últimamente. —Asintió—. Encontré el lugar perfecto para un estudio y un taller, pero creo que no me lo puedo permitir.

—Deberías hacerlo. Estoy seguro de que no tendrías problema para vender tu obra. Diablos, yo sería tu primer cliente.

Sus ojos buscaron los míos, y ahí estaba otra vez: la indescriptible conexión que me mantenía despierto por las noches pensando en ella.

—Debería ponerla en el invernadero.

—Te acompaño —propuse, tragando la bola de nervios que había subido hasta mi garganta como si tuviera de nuevo dieciséis años.

—Vale.

Cruzamos la cocina y salimos por la puerta trasera, pero, en lugar de ir directos al jardín, giró a la izquierda por un patio hasta el invernadero.

El golpe de humedad casi me puso melancólico; la seguí al interior de la estructura de cristal. Tanto el tamaño como la variedad de las flores eran impresionantes. El suelo era de adoquín y piedra; en el centro había una pequeña fuente que ocultaba el ruido del mundo exterior con el chorro constante de agua.

—¿Tú te ocupas de esto personalmente? —pregunté mientras ella llevaba el rosal hasta una mesa donde había unas macetas.

—Uy, no —respondió con una risita—. Sé una o dos cosas de plantas, pero la jardinera era Gran. Contraté a un profesional hace unos cinco años, cuando ella empezó a perder vitalidad.

—A los noventa y cinco —dije.

—Era imparable.

Sonrió de inmediato, y ese gesto actuó como una abrazadera alrededor de mi pecho.

—También se enfadó conmigo —continuó—. Dijo que estaba haciendo conjeturas sobre su salud. Le expliqué que solo la ayudaba a liberar tiempo para que pudiera regar.

—Estabas haciendo conjeturas sobre su salud —afirmé con una sonrisa.

—Tenía noventa y cinco años, ¿me lo puedes reprochar? —Puso el rosal sobre la mesa—. La plantaré en una maceta después.

—No me importa esperar.

O retrasar lo que estaba a punto de proponerle. De alguna manera, Georgia había logrado lo que la universidad o las fechas de entrega jamás pudieron: me había convertido en alguien que posponía las cosas.

—¿Estás seguro?

—Seguro. No soy nadie para decirte nada sobre los rosales, pero pensé que este era de los que se siembran en el exterior, ¿no?

Al menos eso parecía, por la información que había buscado en internet.

—Bueno, sí, normalmente. Pero ya casi es octubre. No quiero plantarlo fuera confiando en que su pequeña raíz pueda desarrollarse lo suficiente antes de la primera helada.

Abrió un gran armario que estaba junto al cobertizo y sacó un contenedor y varias bolsas pequeñas.

—Entonces, me estás diciendo que ha sido un mal regalo —dije medio en broma.

«Joder.» ¿Por qué no lo había pensado?

Se sonrojó.

—No, estoy diciendo que tiene que vivir en el invernadero hasta la primavera.

—¿Puedo ayudar?

—¿No te importa ensuciarte? —preguntó mirando mis pantalones deportivos y la camiseta de manga larga de los Mets.

—Me gustan las cosas sucias —respondí, y me encogí de hombros con una sonrisa.

—Toma la tierra abonada —dijo poniendo los ojos en blanco al tiempo que se remangaba.

Hice lo mismo con mi camiseta y fui al armario, que era mucho más grande de lo que había imaginado. Había al menos tres bolsas diferentes en la parte inferior.

—¿Cuál es?

—En la que pone «tierra abonada».

—En todas pone «tierra abonada».

Observé su mirada provocadora y arqueé las cejas. Se inclinó a mi lado y rozó mi brazo al señalar la bolsa azul que había a la izquierda.

—Esa, por favor.

Nos miramos a los ojos y los centímetros que nos separaban se cargaron de electricidad. Estaba tan cerca que hubiera podido besarla; por supuesto que no haría algo tan audaz, pero, Dios, ¡cuántas ganas tenía!

—La tengo.

Bajé la vista hasta sus labios.

—Gracias.

Se alejó, sonrojada desde el cuello hasta las mejillas. Yo tampoco le era indiferente, pero eso lo supe cuando nos habíamos visto en la librería; sin embargo, no significaba que ella quisiera que pasara algo.

Tomé la bolsa y la abrí por la parte superior; luego la vacié en el contenedor que ella me indicó.

—Así está perfecto —exclamó al tiempo que añadía puños de tierra de otras bolsas más pequeñas y lo mezclaba todo.

—Parece muy complicado.

Era fascinante verla elegir los distintos tipos de tierra para mejorarla.

—No lo es —respondió encogiéndose de hombros; empezó a plantar el rosal con las manos desnudas—. Las plantas son mucho más fáciles que las personas. Si sabes con cuáles estás trabajando, entonces sabes cuál tiene que ser el pH de la tierra, si debe drenar bien o saturarse, si prefiere nitrógeno o calcio. ¿Le gusta el sol, media sombra, sombra? Las plantas te dicen de inmediato lo que necesitan; si se lo das, crecen. En ese sentido son predecibles.

Niveló con cuidado la tierra y luego se lavó las manos en el fregadero junto a la mesa.

—Las personas también pueden ser predecibles —dije al tiempo que llevaba la bolsa, ahora medio vacía, al cobertizo—. Si sabes cómo dañaron a alguien, tienes una buena idea de la forma en que reaccionará en un momento dado.

—Cierto, pero ¿con qué frecuencia conocemos el daño que le han hecho a una persona antes de empezar una relación? No es como si todos anduviéramos por ahí con etiquetas de advertencia en la frente.

Me apoyé contra la mesa mientras ella llenaba la regadera.

—Me gusta la idea. Advertencia: narcisista. Advertencia: impulsivo. Advertencia: escucha a Nickelback.

Georgia se rio y sentí una punzada en el pecho; necesitaba oír ese sonido de nuevo.

—¿Qué diría el tuyo? —preguntó.

—Tú primero.

—Mmm... —Cerró la llave, levantó la regadera y regó el rosal—. Advertencia: problemas de confianza —agregó alzando las cejas en mi dirección.

Tenía todo el sentido del mundo.

—Advertencia: siempre tiene razón.

Lanzó una carcajada y terminó de regar.

—Hablo en serio —dije—. Tengo muchos problemas para admitir que me equivoco. También soy un maniático del control.

—Bueno, llevas una camiseta de los Mets, por lo menos escogiste al equipo neoyorquino correcto.

Sonrió y puso la regadera sobre la mesa.

—Crecí en el Bronx, no hay otro equipo. Siempre se me olvida que has vivido en Nueva York.

Las fotografías que había visto de ella en internet la mostraban como una Georgia elegante y refinada, no como una jardinera con un moño mal hecho y unos vaqueros rotos. No era que estuviera observando la manera en que los pantalones se le ajustaban al culo..., aunque sí.

—De hecho, desde el día en que me casé hasta el día en que te conocí. —Su sonrisa desapareció y cruzó los brazos sobre el

246

pecho—. Bien, ¿de qué era exactamente de lo que querías hablar conmigo? Porque sé que no te has tomado la molestia de comprar ese rosal solo para traérmelo. He visto la etiqueta.

«Bueno, pues allá vamos.»

—Sí. —Me rasqué la nuca—. Quiero hacer un trato.

—¿Qué clase de trato? —preguntó entornando los ojos.

Eso fue rápido.

—Uno en el que, a fin de cuentas, yo voy a obtener más que tú, lo reconozco —respondí, y apreté los labios.

Sus ojos brillaron de sorpresa.

—Bueno, por lo menos lo admites. Vale, cuéntame.

—Creo que ambos necesitamos salir de nuestra zona de confort cuando se trata de lidiar con el otro y con este libro. No estoy acostumbrado a que nadie me dicte el final de mis novelas, por no hablar de la historia completa, pues dos tercios ya están escritos y tú no confías en mí en absoluto.

Ladeó la cabeza, pero no se molestó en negarlo.

—¿Qué has pensado?

—Pasaré un tiempo conociendo a Scarlett, no solo al personaje que aparece en el libro, sino también a la mujer real, y luego escribiré dos finales. Uno será el que yo quiero y el otro uno de esos con los que acostumbro concluir mis novelas, lo que tú quieres. Puedes escoger entre ambos.

Hice una bolita con el ego que me ahogaba para mantenerlo a raya.

—Y yo tengo que... —Arqueó la ceja sin continuar la frase.

—Ir a escalar. Conmigo. Es una cuestión de confianza.

«Despacio, muy despacio.»

—Quieres que ponga mi vida en tus manos —dijo removiéndose en su sitio, claramente incómoda.

—Quiero que pongas la vida de Scarlett en mis manos, y creo que eso empieza con la tuya.

Porque ella valoraba más la vida de Scarlett; eso fue lo que me había enseñado la visita al kiosco y lo que había encontrado en internet. Era implacable cuando se trataba de proteger a su bisabuela, pero había permitido que su marido acabara con su matrimonio sin tomar ningún tipo de represalias contra él.

—¿Y la decisión final sigue siendo mía? —preguntó mientras arrugaba la frente.

—Completamente tuya, pero tienes que aceptar leer los dos finales antes de decidir.

La conquistaría, de una u otra forma; solo tenía que lograr que lo leyera a mi manera.

—Trato hecho.

16

Febrero de 1941
Kirton-in-Lindsey, Inglaterra

—¡Buenos días! —saludó Scarlett a Constance al llegar a su guardia matinal.

—Qué ruidosa —exclamó Eloise haciendo una mueca al tiempo que revolvía el cacao en polvo en su taza; llevaba solo un mes destinada en Kirton.

—Alguien se quedó hasta tarde con los chicos anoche —explicó Constance, y le ofreció a Scarlett una taza de café humeante.

Lo mismo podría decirse de casi todo el escuadrón 71 y de la WAAF esa mañana, así como de un buen porcentaje de las civiles solteras de Kirton. Scarlett tampoco había dormido mucho, pero por razones muy diferentes. Después de lo que ambos consideraron un tiempo aceptable, Jameson la había llevado a casa para su propia celebración, aunque el modo en que le había hecho el amor tenía razones de fondo más claras y desesperadas.

A partir del día anterior, el 71 estaba oficialmente preparado para llevar a cabo actividades defensivas. El entrenamiento y los momentos dichosos de relativa seguridad habían terminado. Lo único que ella podía celebrar era que por fin la unidad contaba con Huracanes, en lugar de los voluminosos Búfalos que Jameson tanto odiaba, aunque aún echara de menos su Spitfire.

Scarlett le ofreció a Eloise una sonrisa compasiva.

—Más agua, menos cacao en polvo.

Terminó de guardar sus cosas y entrelazó el brazo de Constance con el suyo cuando ambas se dirigieron a la puerta.

—¿Cuánto tiempo habéis estado fuera, querida? —le preguntó a Constance.

—Lo suficiente para asegurarme de que algunas de las chicas regresaran a casa —respondió esta lanzando una mirada significativa a Eloise, quien iba detrás de ellas.

—Algo del todo innecesario —intervino la rubia—. ¿Que si me divertí? Sin duda, pero no soy tan tonta como para acabar en ninguno de esos cuartos oscuros con un piloto. No quiero que me rompan el corazón cuando... —Hizo una mueca—. No digo que tú seas tonta, Scarlett. Lo tuyo es diferente: tú estás casada.

Scarlett se encogió de hombros.

—Sí, es diferente, y ambos sabemos que no hay garantías. Cada vez que Jameson sale con su avión, me preocupo. Estos últimos meses solo ha estado entrenando, pero ahora...

El corazón se le cayó a los pies, pero se obligó a sonreír.

—Estará bien —dijo Constance apretándole la mano.

Caminaron hacia la sala de reuniones. Scarlett asintió, pero sentía un vacío en el estómago. Todos los días daba seguimiento a aviones que habían perdido el radar y acababan estrellándose porque no podían ver lo cerca que estaban de llegar a un lugar seguro. Marcaba en el mapa los ataques y las bajas, anotaba las cifras, pero sabía que muy pronto sería Jameson quien entrara en combate.

—Y no te preocupes por esta —dijo Eloise, que hizo una seña hacia Constance—. Está loquita por ese capitán suyo de la armada. Se pasa casi todas las noches escribiendo una carta tras otra.

Constance se ruborizó.

—¿Cuándo tendrá permiso Edward otra vez, exactamente? —preguntó Scarlett con una sonrisa.

Nada sería mejor que ver a Constance disfrutando de la misma estabilidad que ella, y siendo igual de feliz.

—Dentro de unas semanas —respondió su hermana con nostalgia, y suspiró en el umbral de la sala de reuniones, que ya estaba medio llena.

—¿Mary? —preguntó Scarlett con asombro al verla.

Mary se dio la vuelta de inmediato.

—¿Scarlett? ¿Constance?

Tanto una como la otra se apresuraron a rodear la larga mesa para abrazar a su amiga. Habían pasado tan solo cuatro meses desde que se habían visto en Middle Wallop; sin embargo, parecía toda una vida.

—¡Las dos estáis estupendas! —exclamó Mary.

—Gracias —dijo Scarlett—. Tú también.

No era mentira, pero había algo... raro en Mary.

El brillo de su mirada estaba apagado y le habrían sentado bien algunas noches de descanso. Sintió un peso en el pecho; cualquiera que fuera la razón por la que su amiga estaba allí, no era buena.

—Debería estar resplandeciente, pues ahora está casada —señaló Constance al tiempo que le daba un pequeño codazo a su hermana—. ¡Enséñaselo!

—Uf, está bien —dijo Scarlett poniendo los ojos en blanco y extendiendo la mano con los menores aspavientos posibles, sin dejar de concentrarse en Mary.

—Dios mío —exclamó su amiga, cuya mirada pasó del anillo a los ojos de Scarlett—. ¿Casada? ¿Con quién? —No había ter-

minado de hacer la pregunta cuando abrió los ojos y añadió—:
¿Stanton? El escuadrón Águila sigue aquí, ¿verdad?

—Sí y sí —respondió Scarlett, incapaz de evitar sonreír.

La expresión de Mary se suavizó.

—Me alegro por ti. Estáis hechos el uno para el otro.

—Gracias —contestó amablemente, pero sabía que a Mary
le pasaba algo—. Ahora dime, ¿qué diablos haces aquí?

El rostro de su amiga se ensombreció.

—Ah. Michael... Era un piloto con quien empecé a salir después de que os trasladaran... —Parpadeó rápidamente y alzó la
barbilla—. Cayó en un ataque la semana pasada —explicó con
voz temblorosa.

—Oh, no, Mary, lo siento —dijo Constance poniéndole una
mano sobre el hombro.

Scarlett tragó saliva. Era el tercer novio que Mary perdía en
los últimos... Se tensó.

—No te... —Negó con la cabeza; no, seguro que nadie había
sido tan cruel.

—¿Si me acusaron de traer mala suerte y me trasladaron?
—preguntó Mary con una ligera sonrisa; luego se aclaró la garganta—. ¿Qué más podían hacer?

—Cualquier cosa menos eso —repuso Constance negando
con la cabeza—. No es culpa tuya.

—Por supuesto que no lo es —añadió Scarlett, que la guio
hasta una silla vacía frente a la mesa—. Son unos malditos su-
persticiosos. Siento mucho tu pérdida.

—Es el riesgo que corremos al enamorarnos de ellos, ¿no?

Mary cruzó las manos sobre el regazo y miró fijamente al
frente cuando Scarlett se sentó a su lado y Constance a su izquierda.

—Es verdad —murmuró Scarlett.

—Buenos días, señoritas. Empecemos —anunció la oficial

de sección Cartwright, que acababa de entrar de forma apresurada en la sala, con su uniforme inmaculadamente planchado—. Sentaos.

Las sillas chirriaron sobre el suelo conforme las mujeres se reunían alrededor de la mesa de reuniones. En Middle Wallop, Scarlett hubiera conocido, si no a todas, a la mayoría de ellas. Pero, como vivía con Jameson, en Kirton solo había hablado con unas pocas. Ya no participaba de los cotilleos compartidos, ni de las ráfagas de emoción antes de ir a bailar, ni de las charlas hasta bien entrada la noche.

Todavía era parte del equipo, aunque, de alguna manera extraña, estaba separada. Nunca renunciaría a Jameson, por nada del mundo, pero echaba mucho de menos la compañía de otras mujeres.

—El correo —ordenó Cartwright.

En ese momento, una joven asistente se paró en la cabecera de la mesa de reuniones; empezó a decir nombres al tiempo que lanzaba sobres que se deslizaban a lo largo de la mesa pulida.

—Wright.

Tanto Scarlett como Constance se volvieron para mirar a la asistente cuando el sobre corrió en su dirección.

«Stanton, no Wright», tuvo que recordar Scarlett cuando vio que la carta estaba dirigida a Constance. De todos modos, nadie le enviaría correspondencia. Sus padres seguían sin dignarse a responder aunque ella les había escrito para informarlos de su boda; sin embargo, su hermana continuaba recibiendo regularmente cartas de su madre.

Los hombros de Constance bajaron un centímetro mientras abría el sobre con el mayor sigilo posible.

—Es de mamá.

Scarlett le apretó un poco la mano.

—Quizá habrá una mañana.

Sabía muy bien qué se sentía al esperar una carta del hombre amado.

Constance asintió y puso el sobre debajo de la mesa.

Scarlett movió un poco su asiento para tapar a Constance de la mirada de halcón de Cartwright y que no la sorprendiera leyendo durante la sesión informativa.

—Ahora que hemos repartido todas las cartas —dijo Cartwright—, seguramente ya habréis leído las nuevas normas que os proporcionaron en la sesión de la semana pasada. Me alegra decir que ni una sola persona de la WAAF ha llegado tarde a su guardia desde que entró en vigor la política de la media hora. Bien hecho. ¿Alguna pregunta sobre los cambios que se implementaron la semana pasada?

—¿Es cierto que trasladarán al 71? —preguntó una chica situada al final de la mesa.

El corazón de Scarlett se detuvo. «No. No tan pronto.» Su mente empezó a dar vueltas buscando una solución. No habían contado con el suficiente tiempo, y ella ya no tenía muchos favores que cobrarse para que la trasladaran con Jameson; si es que lo reubicaban a una base que tuviera un centro de operaciones.

La oficial de sección Cartwright suspiró, claramente frustrada.

—Suboficial Hensley, no creo que eso tenga nada que ver con el cambio de políticas de la semana pasada.

La joven se sonrojó.

—Eso... ¿cambiaría el origen de los aviones en el tablero?

Se oyeron unos murmullos.

—Buen intento, pero no —respondió Cartwright, que recorrió los rostros alrededor de la mesa; se detuvo en Scarlett—. Si bien entiendo que muchas habéis fomentado ciertos lazos afectivos, en contra de mis advertencias, con miembros del escuadrón Águila, debo recordaros que, con toda franqueza, no nos incumbe adónde enviarán a la unidad ahora que son del todo operativos.

Se oyó una docena de suspiros desolados, pero Scarlett no dejó ver sus emociones. Se sentía demasiado triste como para reaccionar.

—Chicas —advirtió Cartwright—, si bien podría usar esto como una oportunidad para recordaros que debéis tener un comportamiento virtuoso, no lo haré.

Sin embargo, con ese comentario no hacía otra cosa sino eso.

—Lo que sí os voy a decir es que los rumores son rumores —añadió—. Si creyéramos o nos aferráramos a cada «quizá» que escuchamos, estaríamos a medio camino rumbo a Berlín, y espero que vosotras...

Constance empezó a hiperventilar al lado de Scarlett; sujetaba la carta con tanta fuerza que sus uñas hubieran podido atravesar el papel.

—¿Constance? —murmuró Scarlett al ver el horror en los ojos de su hermana.

El alarido de Constance invadió la sala; el sonido desgarró el pecho de Scarlett y le heló el corazón. Tomó a su hermana por la muñeca, pero el grito ya se había transformado en un gemido lloroso, entrecortado por sollozos desgarradores que agitaban sus hombros.

—¿Querida? —preguntó Scarlett en voz baja, haciendo girar con cuidado el rostro de Constance hacia ella.

Las lágrimas no solo surcaban su rostro, fluían sobre ella, como si sus ojos se estuvieran vaciando.

—¡Está muerto! —Las palabras de Constance salieron en gritos jadeantes—. Edward está muerto. Un bombardeo.

Dejó caer la cabeza y los sollozos se hicieron más rápidos, más fuertes.

«Edward.» Scarlett cerró los ojos un momento. ¿Cómo era posible que el chico de ojos azules que había crecido con ellas estuviera muerto? Había sido una presencia constante en sus vidas, tanto como sus padres.

Era el alma gemela de su hermana.

Scarlett envolvió a Constance entre sus brazos.

—Lo siento, querida; lo siento tanto...

—Oficial adjunta de sección Stanton, ¿necesita sacar a su hermana de la sala o puede controlarse? —espetó Cartwright.

—La atenderé en privado, si nos lo permite —dijo resentida.

Sin embargo, esa despreciable e insensible mujer tenía razón: no se toleraba una reacción así, por justificada que estuviera. A Constance la tacharían de histérica y de que no se podía confiar en ella. Habían reubicado a varias chicas que no habían sido capaces de reprimir sus emociones y jamás se las había vuelto a ver.

Cartwright entornó los ojos, pero asintió.

—Aguanta un segundo más —le rogó Scarlett a su hermana en un murmullo, pasándole el brazo sobre el hombro para ayudarla a ponerse de pie—. Camina conmigo —murmuró.

Tan rápido como pudo, evitando que trastabillaran, Scarlett sacó a Constance de la sala de reuniones. Por fortuna, el pasillo estaba tranquilo, pero no era un espacio lo suficientemente privado.

Abrió una puerta que daba a una habitación más pequeña, el almacén de suministros; metió a su hermana, cerró la puerta, se apoyó contra la única pared vacía y abrazó con fuerza a Constance. Cuando sus rodillas desfallecieron, Scarlett se deslizó hasta el suelo con ella, meciéndola suavemente mientras Constance sollozaba con jadeos roncos contra su hombro.

—Estoy aquí contigo —murmuró con el rostro hundido entre el cabello de su hermana.

Si hubiera algo que pudiera hacer para evitarle el dolor, lo haría. ¿Por qué ella? ¿Por qué Constance, cuando era Jameson quien arriesgaba su vida todos los días? Su mirada se nubló.

Aquello era algo de lo que no podía proteger a su hermana; no podía hacer más que abrazarla. De sus ojos se derramaron lágrimas que dejaban surcos húmedos y fríos a su paso.

Unos minutos después, Constance recuperó el aliento suficiente para hablar.

—Su madre se lo contó a la nuestra —explicó, sin dejar de estrujar la carta en su mano—. Sucedió el día después de que me escribiera por última vez. ¡Lleva muerto casi una semana! —Sus hombros se desplomaron y se acurrucó aún más contra Scarlett—. No puedo... —añadió negando con la cabeza.

—Quédate aquí —le ordenó Scarlett.

Se puso de pie rápidamente, se enjugó las lágrimas y se apresuró hacia la puerta. Al encontrar a la oficial de sección Cartwright al otro lado, alzó la barbilla y salió al pasillo, cerrando la puerta para darle a Constance la mayor privacidad posible.

—¿Quién ha muerto? —preguntó Cartwright en ese tono contundente que los militares apreciaban tanto.

—Su prometido.

Scarlett intentó reprimir todas las emociones que se agolpaban en su garganta. Ya tendría tiempo para sentir; más tarde, cuando estuviera acurrucada en los brazos de Jameson y pudiera llorar por el amigo que había perdido, por el amor que le habían negado a su hermana. Más tarde..., no ahora.

—Lamento su pérdida —dijo Cartwright tragando saliva. Se dio la vuelta hacia un extremo del pasillo como si ella también necesitara calmarse y luego alzó la barbilla—. Si bien las circunstancias de su nacimiento les otorgan ciertas... indulgencias, sería negligente si no les advirtiera que no puede permitirse otro arrebato parecido.

—Entendido.

No lo entendía, pero había escuchado suficientes sermones sobre la estabilidad emocional como para saber que aquello no era personal; sencillamente, así eran las cosas.

—Jamás —añadió Cartwright alzando las cejas, pero con un tono más suave.

—No volverá a suceder —prometió ella.

—Bien. Para trabajar frente al tablero se necesitan manos firmes y corazones resueltos, oficial adjunta de sección. Hay vidas en riesgo. No podemos permitirnos abandonar a uno porque estamos desconsoladas por haber perdido a alguien. ¿La Sección Mayor debería...?

—No volverá a suceder —repitió Scarlett, haciendo hincapié en cada palabra. Se irguió tan alta como era y miró a su superiora a los ojos.

—Bien. —Desvió la vista hacia la puerta, donde los suaves sollozos de Constance se abrían paso a través de la pesada madera—. Llévela al cuartel o, mejor aún, a su casa. Haré que Clarke y Gibbons cubran sus guardias. Asegúrese de que haya recuperado la calma antes de volver a su puesto.

Se trataba de la muestra de compasión más generosa que había visto en Cartwright, y, aunque no era suficiente, lo tomó como era: un bote salvavidas.

—Sí, señora.

—Encontrará a otro. Siempre lo hacemos —añadió antes de dar media vuelta y alejarse a grandes zancadas por el pasillo.

Scarlett regresó al almacén de suministros, cerró la puerta y se sentó en el suelo para envolver a su hermana entre sus brazos.

—¿Qué voy a hacer?

Constance le rompía el corazón con cada sollozo, con cada lágrima.

—Respira —respondió Scarlett acariciando la espalda de Constance—. Los siguientes minutos vas a respirar. Eso es todo.

Si ella hubiera perdido a Jameson... «No pienses así. No te lo puedes permitir.»

—¿Y luego qué? —gimió Constance—. Lo amo. ¿Cómo se supone que viviré sin él? Duele tanto...

Scarlett hizo una mueca de dolor y se esforzó por mantener el control, por reunir la fortaleza que Constance necesitaba.

—No lo sé. Pero estos minutos vamos a respirar. Después ya veremos qué sigue.

Quizá para entonces tendría la respuesta.

—¿Es cierto?

Un mes más tarde, Scarlett lanzaba su abrigo sobre una de las sillas de la cocina.

—Qué placer verte, querida —respondió Jameson con una sonrisa, al tiempo que echaba las patatas en una sartén.

—Hablo en serio —declaró ella cruzando los brazos sobre el pecho.

Estuvo a punto de mandar las patatas al demonio y, en su lugar, comerse a su mujer para la cena, pero la expresión de sus ojos lo detuvo. Le preguntaba algo que era más que un simple rumor. Ella lo sabía. Jameson masculló una maldición. Dios, las noticias volaban.

—¿Puedo considerar eso como un sí? —preguntó Scarlett.

Sus ojos echaban chispas por la furia; casi esperaba que salieran llamas de ellos en cualquier momento.

Apartó las patatas del fuego y se dio la vuelta para enfrentarse a su bella y furiosa mujer.

—Primero dame un beso.

—¿Perdón? —dijo ella asombrada.

Él la envolvió en sus brazos y la apretó con fuerza contra sí, disfrutando del roce de su cuerpo. Llevaban cinco meses casados, cinco meses increíblemente felices, casi normales, como si eso fuera posible en mitad de una guerra, y todo estaba a punto de cambiar. Todo salvo lo que sentía por ella.

Amaba a Scarlett más que el día en que se casó. Era amable, fuerte, con una ágil inteligencia; además, cuando la tocaba, ambos se consumían por las llamas. Y se había aferrado desesperadamente a esa nueva normalidad que habían construido por sí mismos.

—Bésame —le ordenó, inclinando la cabeza de nuevo—. Apenas te he visto los últimos días. No hemos cenado juntos en una semana por culpa de nuestros horarios. Primero dime que me quieres.

—Te quiero para siempre —dijo con una mirada más dulce, y acercó sus labios a los de él para besarlo con suavidad.

A Jameson el corazón le dio un vuelco, como siempre le pasaba. La besó lenta, profundamente, pero se controló; no estaba tratando de distraerla con sexo, ella no caería en esa trampa. Un momento más era todo lo que necesitaba.

Se apartó un poco y levantó la cabeza para poder mirarla a los ojos.

—Nos reubican a Martlesham-Heath.

Esos ojos azul cristalino que tanto amaba brillaron con incredulidad.

—Pero eso es...

—Grupo 11 —terminó la frase por ella—. Somos operativos. Ahí nos necesitan.

Era donde se llevaba a cabo gran parte de la actividad. Jameson cogió su rostro entre las manos y luchó contra una sensación que le desgarraba el corazón; era muy similar a la que había sentido en Middle-Wallop cuando tuvieron que separarse.

—Nos las arreglaremos.

—Mary me ha contado que Howard había dicho que os reubicarían, pero...

Negó con la cabeza; de pronto se alejó de él, dejándolo con las manos en el aire.

«Joder, Howard.»

—Scarlett, querida...

—¿Nos las arreglaremos? —preguntó ella; sujetó el respaldo de la silla de la cocina y respiró hondo—. ¿Cuándo?

—En cuestión de semanas —respondió él a la vez que bajaba los brazos.

—No, ¿cuándo lo has sabido? —añadió Scarlett con los ojos entornados.

—Esta mañana. —En su mente maldijo a Howard por habérselo dicho a Mary antes de que él hubiera visto a Scarlett—. Sé que es complicado, pero antes de mi vuelo he buscado viviendas para parejas casadas en la base...

—¿Qué?

Alzó la voz, un aviso de que estaba enfadada. Scarlett casi nunca, o nunca, perdía la calma y ese temperamento ecuánime tan suyo.

—Sé que es mucho suponer que estarías dispuesta a pedir otro traslado, sobre todo ahora que Constance...

«Apenas respira.» Su cuñada se había convertido en un fantasma desde que había perdido a Edward; Scarlett no iba a dejarla por nada del mundo, y seguramente Constance no querría irse.

—En fin —continuó—, las viviendas están llenas, así que tendríamos que vivir fuera, como ahora, pero puedo empezar a buscar casa.

—¿Dispuesta a pedir otro traslado? —repitió Scarlett echando fuego por los ojos—. ¿Qué te hace pensar que puedo trasladarme, Jameson? No hay..., no puedo...

Se frotó el puente de la nariz.

Ella no podía explicárselo, su cargo tenía un nivel de autorización superior al de él. Claro que él sabía en qué consistía su trabajo, no había nacido el día anterior, pero eso no significaba que pudiera volver a casa y divulgar dónde estaban las otras salas de intercepción de control aéreo o las estaciones de radar. Saber demasiado podía resultar peligroso para un piloto si caía en manos enemigas. No había problema en que él supiera dónde trabajaba por el momento; las operaciones de sector estaban... «Mierda, eso era.»

—No hay operaciones de sector en Martlesham —murmuró Jameson.

Ella negó con la cabeza como toda respuesta.

—Lo que Constance y yo hacemos, la capacitación que implica... —Lo miró, y el dolor que vio en sus ojos rasgó su alma—. El comando no nos dejará marchar para usarnos como chóferes o mecánicos. Somos lo que somos.

Su trabajo era esencial, quizá mucho más que el de Jameson.

—Eres maravillosa.

Sintió un vacío en el estómago; sabía que una situación que ya era difícil estaba a punto de volverse imposible. Solo pensar en despertar sin ella, en no reír juntos mientras quemaban la comida que trataban de cocinar o quedarse dormido sin tenerla en sus brazos durante semanas, era suficiente para hacer que su corazón gritara en protesta. ¿Cómo demonios sería la realidad?

—No tanto —respondió ignorándolo—. Solo estoy altamente capacitada y tengo manos ágiles, y nada de eso juega a nuestro favor en este momento. Martlesham está a horas de distancia. Han anulado casi todos los permisos, y tú tampoco tendrás muchos. No podremos vernos nunca.

Sus hombros se desplomaron y bajó la cabeza. El corazón de Jameson casi se rompió cuando acortó la distancia entre ellos y la apretó contra su pecho.

—Lo resolveremos. Mi amor por ti no desfalleció cuando media Inglaterra nos separaba. Unas cuantas horas no son nada.

Pero lo eran todo. Necesitarían cuarenta y ocho horas si querían verse; y ella tenía razón, los días en los que se concedían permisos fácilmente eran cosa del pasado. Podrían pasar meses entre las visitas, en función de cómo se desarrollara la guerra.

Volvió a maldecir entre dientes. Habían estado tan cerca de perderse durante el ataque en Middle Wallop... Si le pasaba algo ahora... Sintió que la bilis le subía por la garganta.

—Podrías irte a Colorado.

Scarlett se tensó en sus brazos y lo miró como si hubiera perdido el juicio.

—Sé que no lo harás —añadió en voz baja, pasando detrás de la oreja un mechón de su cabello que se había soltado de los broches—. Sé que tu sentido del deber no te lo permite y que no dejarás a Constance, pero yo sería un pésimo marido si al menos no te pidiera que te marcharas, que te pusieras a salvo.

—No sé si te has dado cuenta, pero no soy estadounidense.

Scarlett levantó las manos sobre su pecho; él tenía puesta una camiseta, pues ninguno de los dos cocinaba con el uniforme. Ya habían aprendido esa lección en su matrimonio, a costa de estropear dos chaquetas en perfectas condiciones.

—No sé si te has dado cuenta, pero tampoco eres ya completamente británica.

Por suerte, la WAAF no tenía problema alguno para aceptar a extranjeros.

—Parece que ambos estamos entre dos países, por el momento —agregó.

Ella soltó una risita.

—¿Y cómo esperas exactamente meterme en tu país? ¿Vamos a ir volando y en Colorado me arrojas del avión? —bromeó, presionando sus labios contra la barbilla de Jameson para besarlo.

—Ahora que lo mencionas... —dijo él con una sonrisa; le encantaba el modo en que ella siempre quitaba hierro a la situación.

—En serio, olvidémonos de esa posibilidad; no existe. Ahora mismo, ni siquiera tú puedes regresar a tu propio país sin que te arresten.

—De hecho... —Jameson ladeó la cabeza como si los pensamientos arrasaran su mente—. Nunca renuncié a mi ciudadanía. Nunca le juré lealtad al rey, así que no soy un traidor. ¿Infringí las leyes de neutralidad? Sí. ¿Me enviarían a la cárcel si regresara a casa? Es muy probable. Pero sigo siendo estadounidense. —Miró la chaqueta de su uniforme, que estaba colgado en el respaldo de una de las sillas de la cocina; el águila brillaba en el hombro derecho—. Tú no infringiste ninguna ley y eres mi mujer. Tienes derecho a la ciudadanía estadounidense, solo necesitamos un visado.

Sintió un destello de esperanza en el pecho. Tenía una manera de sacarla de esa guerra, de asegurarse de que sobreviviera a ella.

Scarlett lanzó una carcajada y lo empujó para escapar de su abrazo.

—Claro, y eso lleva un año o más, por lo que he leído en los periódicos. Es posible que la guerra haya terminado mucho antes de que tal cosa suceda. Además, tienes razón: no abandonaré a mi país cuando me necesita, aunque técnicamente ya no sea mío, y tampoco dejaré a Constance. Juramos salir juntas de esta guerra y lo haremos. —Tomó su mano y besó su anillo de bodas—. Y nunca te abandonaré a ti, Jameson. No si puedo evitarlo. Unas cuantas horas no son nada comparadas con miles de kilómetros al otro lado del océano.

—Pero estarías segura...

—No. Podemos volver a hablar de esto cuando la guerra haya terminado o nuestras circunstancias hayan cambiado drásticamente. Hasta entonces, mi respuesta es no.

Jameson suspiró.

—Vaya, tenía que tocarme la chica obstinada.

Sin embargo, no la amaría si hubiese sido diferente.

—La chica obstinada y testaruda —lo corrigió ella con una pequeña sonrisa—. Si vas a citar a Austen, hazlo bien. —Apretó los labios—. ¿Cómo de lejos de la base puedes vivir sin perder el permiso para dormir fuera del cuartel?

—Depende del comandante de la base.

Algunos eran comprensivos y creían que las tripulaciones de vuelo tendían a ser más fiables si vivían con su familia, dentro o fuera de la base; a otros no les importaba y no daban permisos.

—¿Y tú?

—Ya es mucho que me hayan dado el permiso hasta ahora. Todas las otras mujeres viven en los cobertizos o en las antiguas barracas para matrimonios —respondió frunciendo el ceño.

—Ninguna de las otras mujeres está casada con alguien asignado a la misma base —explicó él.

Muy pronto sería igual que los otros pocos que llevaban anillo de bodas: casados, pero obligados a vivir lejos de su mujer.

Scarlett se mordió el labio inferior; era obvio que estaba pensando en algo.

—¿Qué sucede en esa maravillosa mente tuya, Scarlett Stanton?

Ella se volvió para mirarlo.

—No puedo ir contigo, pero hay una pequeña posibilidad de que puedan reubicarme más cerca de ti.

Por más que él intentaba no hacerse falsas esperanzas, no lo logró.

—Aceptaré incluso la mínima posibilidad antes que soportar pasar meses sin verte.

—Ojalá dependiera de ti, mi amor. Ahora mi padre no me reconoce como su hija, no puedo echar mano de las conexiones a las que recurrí para venir aquí. —Entrelazó los dedos detrás de la nuca de Jameson—. Pero lo intentaré.

El alivio aflojó el nudo que sentía en la garganta, aunque no lo hizo desaparecer.

—Dios, cuánto te quiero.

—Si no me pueden reubicar y todo lo que nos queda son semanas, entonces debemos aprovecharlas. —Hizo un gesto con la cabeza hacia la cocina—. Saltémonos la cena y llévame a la cama.

—No necesitamos una cama.

Con un beso apasionado, la levantó y la llevó hasta la mesa de la cocina. Tenía razón: si solo les quedaban semanas, no iba a desperdiciar un segundo.

17

GEORGIA

Jameson:

   Oh, amor. Nunca podría arrepentirme de haberte escogido. Eres el aire de mis pulmones y el latido de mi corazón. Tú fuiste mi elección incluso antes de que supiera que debía elegir. Por favor, no te preocupes. Cierra los ojos e imagínanos en ese lugar del que me hablaste, donde el arroyo forma una curva. Estaremos ahí pronto, y antes incluso volveré a encontrarme entre tus brazos. Hasta entonces, aquí estoy, esperándote. Siempre esperando. Siempre tuya.

Scarlett

—¡Es la peor idea de la historia de las ideas! —le grité a Noah, cuatro metros y medio por encima de él, colgada de una pared en la que no tendría que haber estado.

Él había esperado una semana antes de obligarme a cumplir mi parte del trato, pero eso no lo ponía más fácil.

—¡Eso me has dicho cada cinco minutos desde que has empezado a escalar! —gritó a su vez—. Ahora mira a la izquierda, ese asidero violeta.

—Te odio —espeté, alcanzando el asidero.

Me había llevado a un rocódromo a media hora de distancia,

o sea que no era que estuviese colgando de la pared de una montaña, pero aun así. Aunque estuviera sujeta por el arnés, él sostenía el otro extremo de la cuerda.

—Crees que eres muy bueno con las metáforas porque eres escritor y todo eso. «Pon tu vida en mis manos, Georgia» —dije tratando de imitar a Noah lo mejor posible—. «Admira mi gran capacidad para escalar y mi cara bonita, Georgia.»

—Bueno, al menos sigues pensando que soy guapo.

—¡Das asco!

Mis brazos temblaban mientras pasaba al siguiente punto de apoyo para el pie. La campana que quedaba a unos nueve metros por encima de mí estaba solo en el segundo lugar en la lista de las cosas que tenía contra Noah. Odiaba las alturas. Odiaba la debilidad de mi propio cuerpo desde que había dejado de cuidarlo. En verdad, odiaba al tipo tan increíblemente guapo que estaba debajo y sujetaba la cuerda.

—Si te resulta más fácil, puedo decirle a Zach que te asegure, así yo subo y te guío —ofreció Noah.

—¿Qué? —pregunté mirándolos a él y al asistente del rocódromo—. No conozco a Zach. ¡Parece que vaya al instituto!

—De hecho, me he tomado un año sabático —respondió el empleado saludándome con un movimiento de la mano.

—No ayudas —dijo Noah en voz baja, pero aun así lo oí—. Ten en cuenta que Zach trabaja aquí; si te mueres, lo más probable es que tenga problemas en el trabajo, así que creo que puedes confiar en su profesionalidad.

—¡Si te mueves, te juro que me quito los zapatos para que te golpeen en la cabeza, Morelli!

Cerré los ojos un segundo y luego miré aquella roca gris con relieves. Mirar hacia abajo empeoraba las cosas.

—Bueno, al menos estoy mejor colocado que otros en la clasificación —bromeó Noah.

—¡Apenas! —Extendí el brazo hacia el asidero verde justo encima de mi mano derecha; luego afiancé el pie en el siguiente apoyo lógico y ascendí—. Esto solo hace que te odie más —dije mientras me asía al siguiente apoyo.

—Pero estás escalando —repuso.

Alcancé el siguiente soporte, coloqué el pie y continué hacia arriba.

—Supongo que, sencillamente, no veo cómo esto va a ayudar a resolver nuestros problemas con la trama, teniendo en cuenta que en cuanto baje de aquí te mataré.

Estaba a unos cuantos metros de la maldita campana; tan pronto como hiciera sonar esa cosa estúpida, estaría libre.

—¡Correré el riesgo! —gritó desde abajo. No pude evitar advertir lo tensa que mantenía la cuerda. Era reconfortante, ya que me encontraba a unos buenos siete metros y medio por encima de él—. ¿Sabes?, si en realidad lo odias tanto no voy a obligarte a cumplir tu parte del trato. Es cuestión de que confíes en mí, no de que me odies.

Tenía la mirada clavada en la campana; subí treinta centímetros, luego sesenta.

—¡Al cuerno! —grité también—. Ya casi he llegado.

—Seguro que sí.

Noté satisfacción en su voz y bajé la vista; ese orgullo también se dibujaba en su sonrisa.

Estaba muy lejos de sentirme feliz, pero incluso yo tenía que admitir que me sentía empoderada, capaz, fuerte.

Bueno, quizá no tan fuerte. Los brazos y las piernas me temblaban por el cansancio cuando llegué al último asidero y escalé los treinta centímetros finales con ayuda solo de mi voluntad.

Tolón, tolón, tolón.

—¡Bien! —exclamó Noah.

Sentí las vibraciones de la campana en lo profundo de mi

alma. Eran lo suficientemente fuertes como para acabar con mis propias ideas preconcebidas de que me enfrentaba a una misión imposible, lo suficientemente fuertes para despertar en mí lo que había estado dormido desde mucho antes de la última aventura de Damian. Quizá incluso antes de que lo conociera.

Solo porque podía, hice sonar la campana una vez más. Esa vez no fue con miedo de que volvieran a decepcionarme, ni tampoco con el deseo de ser validada por la persona que me había endilgado esa tarea ni de quedar libre del trato que había firmado conmigo misma. Aquello era una victoria. Claro que no se trataba del Everest; estaba como a doce metros de altura en un muro para escalar, en un entorno profesional, asegurada con cuerdas, un arnés y una póliza de responsabilidad; sin embargo, mi pecho se hinchaba con un sentimiento de orgullo feroz. Aún era capaz de hacer cosas difíciles.

Gran ya no estaba, Damian me había traicionado y mi madre se había ido de nuevo; pero yo seguía allí. Continuaba escalando.

Y aunque en parte tenía ganas de estrangular a Noah, sabía que él era la única razón por la que había escalado esa pared. Era la razón por la que había empezado a prestar atención a mi propia vida otra vez, el motivo por el que últimamente deseaba despertar por las mañanas.

No era que viviese por él, pero me hacía querer vivir, querer luchar, demostrármelo a mí misma. Ahora me pronunciaba, cuando en general lo que hacía era aplazar lo que sentía para escoger las emociones de otra persona y optar por el camino menos complicado.

Quizá mi vida había sido arrasada por un incendio, pero ahí era donde yo era buena, justo en el punto de fusión en que podía tomar los restos derretidos y hacer con ellos algo bonito. Quería volver a esculpir. Quería moldear vidrio a mi voluntad.

Quería otra oportunidad de ser feliz, cosa que me llevaba a mirar en dirección a Noah. Quería... bajarme porque, ¡uf!, estaba muy arriba.

—Vale —le dije—. ¿Ahora cómo desciendo?

—Yo te bajaré.

—¿Tú qué?

Me atreví a echar otro vistazo en su dirección. «¡Joder!», eso sí era el Everest. Me parecía que estaba a un millón de kilómetros de distancia. Adiós a mi sensación de empoderamiento. Quería bajarme de esa cosa ya.

—Yo te bajaré —repitió más despacio, como si creyera que yo había entendido mal en lugar de negarme.

—¿Cómo funciona exactamente? —pregunté aferrando con tanta fuerza los asideros que mis nudillos se pusieron blancos.

—Fácil —respondió—. Échate hacia atrás en el arnés y camina hacia abajo por la pared conforme yo te ayudo.

Parpadeé unas cuantas veces y volví a mirar abajo.

—¿Se supone que solo tengo que inclinarme hacia atrás y confiar en que no me vas a dejar caer de culo?

—Exacto.

Sonrió sin vergüenza y, por primera vez, no me pareció tan encantador.

—¿Y si la cuerda se rompe?

Su sonrisa se borró.

—¿Y si hay un terremoto descomunal?

—¿Esperamos uno?

Mis bíceps aullaban en protesta mientras me aferraba a ese sitio, posada sobre una maldita pared como si fuera una lagartija.

—¿Estás esperando que te deje caer? —me retó.

—Así te sería más fácil terminar el libro —repuse.

—Eso es cierto —admitió—. Y estoy seguro de que la historia detrás del asesinato atraerá muchas ventas.

—¡Noah!

Eso no tenía nada de gracioso, pero ahí estaba él, provocándome.

—La probabilidad de que se produzca un terremoto es mucho mayor que la de que yo te deje caer. —Esa vez su voz tenía algo de emotivo, pero cuando volví a mirar su rostro solo vi paciencia—. No voy a dejar que te pase nada, Georgia. Tienes que confiar en mí. Te tengo.

—¿No puedo bajar, sin más?

No podía ser tan difícil, ¿o sí?

—Claro, si eso es lo que quieres —respondió bajando la voz.

—Sí —masculló para mí misma—, solo voy a escalar hacia abajo.

Seguro que no podía ser más difícil de lo que había sido subir, ¿o sí?

Con los músculos doloridos y temblando, bajé el pie al último apoyo.

—¿Ves? No está tan mal —murmuré.

La cuerda estaba tensa y me ofrecía buen soporte mientras movía las manos y bajaba el pie izquierdo.

Luego lancé un grito fuerte cuando me resbaló el pie y caí. Fue solo cuestión de centímetros antes de que la cuerda soportara mi peso y quedara suspendida en el aire, paralela a la pared.

—¿Estás bien? —preguntó Noah con preocupación.

Respiré hondo una vez, luego otra, esperando que los latidos de mi corazón se tranquilizaran. El arnés se me clavaba un poco en la piel, justo debajo de la curva de las nalgas, pero, aparte de eso, todo estaba perfecto.

—Un poco avergonzada —admití muy a mi pesar; el calor inundaba mis mejillas ya sonrojadas—, pero, por lo demás, bien.

—¿Todavía quieres escalar hasta abajo? —preguntó Noah sin juzgar.

Levanté los brazos y extendí las temblorosas manos hacia los asideros que estaban frente a mí. Lo cierto era que, si me fuera a dejar caer, ya lo habría hecho.

—Entonces, ¿se supone que tengo que sentarme hacia atrás en el arnés? —pregunté a mi vez, rogando en silencio que no fuera el tipo de hombre que acostumbraba decir «te lo dije».

—Pon los pies contra el muro —ordenó.

Los levanté un poco e hice lo que me pedía.

—Ambas manos en la cuerda —ordenó de nuevo.

Obedecí.

—Bien —dijo satisfecho—. Voy a bajarte y quiero que te reclines hacia atrás, sobre el arnés, y que camines hacia atrás por el muro. ¿Lo tienes?

Su voz era fuerte y firme, como él. ¿Qué se necesitaba para alterar a alguien como Noah? Cierto, lo había sacado de quicio algunas veces, pero incluso en las discusiones más incómodas nunca lo había visto perder los estribos, al menos no a gritos y con portazos, como Damian acostumbraba hacer cuando las cosas no salían como él quería.

—¡Lo tengo! —grité, ofreciéndole una sonrisa vacilante.

—No quiero que te sorprendas, así que lo haremos a la de tres. Sin prisa pero sin pausa.

Asentí.

—Uno, dos, tres —contó, y me bajó lo suficiente como para reclinarme hacia atrás—. Buen trabajo. Ahora baja caminando por la pared.

Poco a poco, de forma continua, Noah iba soltando la cuerda conforme yo descendía. Unos segundos después empecé a adquirir soltura. Desafiar la gravedad me inyectaba un torrente de adrenalina, sobre todo cuando, audaz, rebasé a otro escalador que bajaba con pequeños y graciosos saltitos.

A medida que me acercaba al suelo, alcé la vista hacia la

campana que acababa de hacer sonar. Me parecía que estaba muy alta, pero yo había llegado hasta allí, había hecho el camino hasta la cima.

Y todo porque Noah estaba decidido a ganarse mi confianza. Y lo había logrado.

Cuando mis pies tocaron el suelo, era toda sonrisas.

—¡Ha sido increíble! —exclamé lanzando los brazos alrededor de Noah, que me estrechó con tanta fuerza que levantó mis pies del suelo.

—¡Tú has estado increíble! —me corrigió.

Me sostenía con tal facilidad que parecía que no pesara nada; olía tan bien que tuve que hacer un esfuerzo enorme por no hundir la nariz en su cuello y respirar profundamente. Su aroma era una combinación de sándalo y cedro de su agua de colonia, mezclado con jabón y algo dulce. Olía como debe oler un hombre, sin fingirlo. Damian hubiera pagado miles de dólares por conseguir el olor que tenía Noah sin ningún esfuerzo.

«Deja de compararlos.»

Me alejé un poco, lo suficiente para mirarlo a los ojos.

—Gracias —murmuré.

Su sonrisa fue lenta, y la más sexy que le había visto hasta ese momento.

—¿Gracias por qué? —me preguntó paseando la mirada entre mis labios y mis ojos—. Tú has sido quien ha hecho todo el trabajo.

«Mierda.» En realidad, no era del tipo «te lo dije», cosa que solo hacía que me gustara más, que lo deseara más.

La energía entre nosotros cambió, se tensó como si estuviéramos conectados por algo más que solo aquella cuerda. Ahí había algo; aunque luchara contra eso, o por más que discutiéramos por el libro, no hacía más que crecer.

El fuego en sus ojos aumentó y me sujetó con más fuerza.

Solo faltaban unos centímetros para que nuestros labios...

—¿Habéis acabado? —preguntó una vocecita.

Parpadeando, bajé la vista hacia una niña que no podía tener más de siete años.

—Quería escalar esta ahora, si a vosotros os parece bien —añadió con cierta esperanza.

—Sí, claro —respondí.

Noah me bajó al suelo y desenganchó mi arnés de la cuerda con movimientos rápidos y eficientes. «Dios mío, ¿sus brazos pueden ser más sexis?» Los músculos de sus bíceps se tensaban contra las mangas cortas de su camiseta deportiva. Por suerte, la tela era elástica; si no, casi con toda seguridad la hubiera rasgado.

—Gracias —dije de nuevo cuando me desenganchó de la cuerda.

—Has sido tú. Lo único que he hecho yo ha sido mantenerte a salvo. —El timbre grave de su voz calentó todo mi cuerpo.

—A rapel —indicó otra voz. Una niña algo mayor, probablemente en edad de ir al instituto, había tomado el lugar de Noah; la más joven ya se había atado a la cuerda—. Sube.

—Estoy subiendo —contestó la niña, que trepó el muro como si una araña radiactiva la hubiera picado.

—Esto tiene que ser una broma —masculló al mirar cómo a la niña le tomaba solo unos minutos lo que a mí me había llevado media hora.

Noah lanzó una risita.

—Unas cuantas veces más y serás tan buena como ella —me aseguró.

Le lancé una mirada escéptica.

—No te has caído ni una sola vez —dijo al tiempo que alzaba la mano lentamente hacia mi rostro, dándome una oportunidad de apartarme, aunque no lo hice—. Es impresionante.

Entre los dedos tomó un mechón sudoroso que se me había escapado de la coleta y lo pasó detrás de mi oreja.

—Nunca he tenido problemas en conseguir lo que deseo —señalé en voz baja—. Es la caída lo que suele traérmelos.

Eso era justo a lo que me refería. Una cosa era bromear con Hazel sobre acostarme con él. El problema era que empezaba a gustarme de verdad, y no solo por su cuerpo, aunque fuera increíble. Sería demasiado fácil enamorarse de Noah Morelli.

—Yo te he sostenido.

No había ninguna sonrisa sarcástica ni aquel movimiento coqueto de sus cejas, pero no importaba. La verdad era lo bastante embriagadora: él me había sostenido.

—Lo has hecho —respondí suavemente.

—¿Quieres repetir? —preguntó al tiempo que contenía una sonrisa.

Me reí.

—No creo que mis brazos lo permitan, por más que quiera. Siento que son como fideos.

Los extendí para mostrárselo, como si pudiera ver el agotamiento de mis músculos.

—Más tarde les daré un masaje —prometió.

Esa vez, esa pequeña sonrisa suya volvió a aparecer. Contuve el aliento al imaginar sus manos sobre mi piel.

—¿Quieres aprender a hacer rapel? —dijo a continuación, cosa que puso fin a mis fantasías.

—Brazos como fideos, ¿recuerdas?

—No te preocupes, el arnés hace todo el trabajo.

—¿Me confiarías tu vida? —le pregunté mirándolo a los ojos; tuve que hacer un gran esfuerzo para no quedarme en sus largas pestañas ni en la curva de su labio inferior.

—Te confío mi carrera. Para mí es casi lo mismo, de modo que sí.

La intensidad de su mirada era un claro reto y la sentí como una sacudida en el corazón, inmensamente dolorosa aunque vital.

En realidad, lo estaba arriesgando todo por ese libro, ¿o no? Había dejado la ciudad que amaba y se mudó para asegurarse de que podría escribirlo.

En ese momento supe dos cosas de Noah Morelli: la primera era que su prioridad siempre sería su carrera. Cualquier otra cosa que amara quedaría en un segundo plano.

La otra era que él y yo funcionábamos como perfectos opuestos en lo que a la confianza se refería. En su caso, primero actuaba y luego esperaba el resultado. Yo me contenía hasta que la gente se ganara mi confianza. Y él había hecho mucho más que ganarse la mía.

Era tiempo de empezar a confiar en mí misma.

—Te sigo.

Cuando me dejó en casa, cogí el móvil y llamé a Dan. En cuestión de una hora hice una oferta para la tienda del señor Navarro.

Lo apostaría todo.

18

Mayo de 1941
North Weald, Inglaterra

Habían pasado casi ocho semanas y la luz en los ojos de Constance seguía apagada. Scarlett no podía presionarla, no podía aconsejarle nada, no podía hacer otra cosa que ser testigo del duelo de su hermana. Sin embargo, le pidió que se trasladara con ella a North Weald. Era lo más egoísta que había hecho en su vida, pero no sabía cómo ser mujer y hermana al mismo tiempo, y las dos estaban sufriendo.

Aunque no tenía relación con sus padres desde que se había casado con Jameson contra la voluntad de ellos, mantuvieron ese distanciamiento dentro de la familia y movieron los hilos necesarios para que se aprobaran tanto la solicitud de traslado a North Weald de Scarlett como la de Constance.

Llevaban un mes en su nuevo destino. Aunque Scarlett alquilaba una casa fuera de la base para las noches en las que Jameson podía obtener un permiso y dormir fuera del cuartel, Constance eligió alojarse con las otras oficiales de la WAAF en las barracas de la base.

Por primera vez en su vida, durante toda una semana Scarlett vivió total y completamente sola. Sin sus padres, sin su hermana, sin las chicas de la WAAF, sin Jameson. Él estaba a más de una hora de distancia, en Martlesham-Heath, pero volvía a casa, si podía llamarse así, siempre que conseguía un permiso. Entre su preocupación por Constance y el miedo de que algo le sucediera a Jameson, vivía con náuseas constantes.

—En realidad, no tienes que hacerlo —le dijo Scarlett a su hermana al tiempo que se arrodillaba sobre el suelo que la primavera acababa de descongelar—. Quizá todavía sea pronto.

—Si se muere, se muere —respondió Constance encogiéndose de hombros. Luego continuó excavando con la pala, preparando el espacio para un pequeño rosal que había trasladado del jardín de sus padres cuando estuvo de permiso ese fin de semana—. Es mejor intentarlo, ¿no? Quién sabe cuánto tiempo nos quedaremos aquí. Quizá reubiquen a Jameson..., o a nosotras. Tal vez solo a mí. Si continúo esperando que la vida me brinde las circunstancias más oportunas para vivirla, nunca lo haré. Así pues, si se congela y muere, al menos lo habremos intentado.

—¿Puedo ayudar? —preguntó Scarlett.

—No, ya casi he terminado. Tendrás que recordar regarlo con frecuencia, pero no mucho. —Terminó de remover la tierra en un extremo del jardín—. La planta te lo dirá, solo observa las hojas y cúbrelo si de noche hace frío.

—Eres mucho mejor que yo para esto.

—Tú eres mejor que yo para contar historias —dijo Constance—. La jardinería se aprende, igual que las matemáticas o la historia.

—Tú escribes bastante bien —respondió Scarlett.

En la escuela siempre sacaban notas muy parecidas.

—Gramática y ensayos, seguro —concedió su hermana pequeña mientras se encogía de hombros—, pero ¿argumentos, tramas? Tú tienes mucho más talento. Si de verdad quieres ayudar, siéntate ahí y cuéntame una de tus historias mientras planto a esta pequeña.

Formó un montículo de tierra al fondo del agujero, colocó encima la corona de las raíces y midió la distancia hasta la superficie.

—Bueno, supongo que eso es fácil —dijo Scarlett echándose hacia atrás y cruzando un tobillo sobre otro, frente a ella—. ¿En qué historia y en qué punto estábamos?

Constance hizo una pausa para pensar.

—Aquella sobre la hija del diplomático y el príncipe. Creo que acababa de descubrir...

—La nota —interrumpió Scarlett—. Cierto. En la que ella cree que él la quiere mandar lejos.

Su mente voló hasta ese pequeño mundo en el que los personajes eran tan reales como Constance, quien estaba sentada a su lado.

Las hermanas acabaron por tumbarse de espaldas, mirando las nubes mientras Scarlett hacía un gran esfuerzo por tejer una historia digna que distrajera a Constance, aunque fuera un momento.

—¿Por qué él no se limita a decirle que lo lamenta y siguen adelante sin más? —preguntó Constance acomodándose sobre un costado para ver a Scarlett—. ¿No es esa la respuesta más sincera?

—Lo sería —admitió Scarlett—. Pero entonces nuestra heroína no crecería, no podría considerarlo verdaderamente digno de esa segunda oportunidad. La clave para que al final ambos tengan lo que merecen es explotar sus defectos hasta que sangren; luego deben conquistar ese defecto, ese miedo, para poder demostrar quiénes son frente al ser amado; de lo contrario, solo es una historia de amor. —Scarlett se entrelazó los dedos detrás de la nuca—. Sin la posibilidad de que se produzca un desastre, ¿podríamos saber lo que tenemos?

—Yo no lo sabía —murmuró Constance.

Scarlett miró a su hermana a los ojos.

—Lo sabías. Tú amabas a Edward. Él también lo sabía.

—Debería haberme casado con él como tú hiciste con Jameson —dijo en un murmullo—. Al menos hubiéramos tenido eso antes...

Desvió la vista hacia los árboles que había por encima de ellas.

«Antes de que muriera.»

—Desearía cargar con tu pena.

No era justo que Constance sufriera así mientras Scarlett contaba las horas para ver a Jameson.

Constance tragó saliva.

—No importa.

—Sí —respondió Scarlett al tiempo que se sentaba—. Importa.

Constance hizo lo mismo, pero no la miró a los ojos.

—En realidad, no. Las otras chicas que siguen adelante, las que consideran el amor como algo temporal..., lo entiendo. En serio. Nada aquí está garantizado. Todos los días caen aviones, hay ataques aéreos. Carece de sentido amar cuando hay una gran posibilidad de que mueras mañana. Hay que vivir mientras podamos. —Se dio la vuelta para contemplar el pequeño jardín—. Aunque sé que nunca amaré a nadie como amé a Edward, como lo sigo amando. No puedo saber si algún día podré volver a ofrecerle mi corazón a alguien. Parece más seguro leer sobre el amor en las novelas que vivirlo.

—Oh, Constance.

A Scarlett se le rompió el corazón de nuevo por la pérdida que había sufrido su hermana.

—Está bien —dijo esta poniéndose de pie—. Es mejor que nos preparemos, tenemos guardia dentro de poco más de una hora.

—Puedo preparar algo de comer —sugirió Scarlett—. He mejorado mucho con dos o tres cosillas.

Constance miró a su hermana con un escepticismo bien merecido.

—Tengo una idea mejor: cambiémonos y vayamos al comedor de los oficiales.

—¡No confías en mí! —declaró Scarlett entre risas.

—Confío en ti sin reservas, de lo que dudo es de tu manera de cocinar.

Constance se encogió de hombros, pero su sonrisa bromista era genuina; para Scarlett, era suficiente.

Una vez vestidas y tras haber comido, las chicas llegaron a la guardia con tiempo suficiente. Dejaron los abrigos en el armario y fueron a la sala de monitorización aérea. Por cargado que estuviera su pequeño sector en el tablero, era difícil imaginar cómo estarían en el cuartel general de operaciones de grupo.

—Ah, Wright y Stanton, siempre juntas —dijo en la puerta la líder de sección Robbins con una sonrisa—. ¿Necesitan algo antes de que empiece la guardia?

—No, señora —respondió Scarlett.

De todas las líderes de sección, Robbins era su favorita.

—No, señora —repitió Constance—, solo dígame cuál es mi sección del tablero.

—Excelente. Y, cuando ambas tengan un momento, quisiera hablarles de sus responsabilidades —expuso la mujer con una sonrisa; unas pequeñas arrugas se marcaron en el rabillo de sus ojos.

—¿Hay algún problema con nuestro trabajo? —preguntó Scarlett con cautela.

—No, al contrario. Quisiera que se prepararan para asumir más responsabilidad. Conlleva más presión, pero apostaría a que ambas llegarán a ser líderes de sección a final de año —añadió mirándolas para ver su reacción.

—¡Eso sería maravilloso! —exclamó Scarlett—. Muchas gracias por la oportunidad, nos...

—Tengo que pensarlo —interrumpió Constance bajando la voz.

Scarlett parpadeó sorprendida.

—Por supuesto —contestó Robbins con una sonrisa amable—. Espero que tengan una noche... tranquila.

Las hermanas se despidieron y antes de que Scarlett pudiera preguntarle a Constance por su respuesta, esta abrió la puerta y desapareció en la sala donde siempre debían estar en silencio.

Scarlett la siguió al interior, se puso los auriculares y relevó a la oficial de la WAAF que se encontraba en una esquina del tablero; echó un vistazo rápido a su sección para familiarizarse con las actividades de esa noche. Un escuadrón aéreo se acercaba a su cuadrante, cerca del de Constance, para bombardearlo.

¿Alguna vez terminarían? Decenas de miles de personas habían muerto solo en Londres.

Escuchó la voz de la operadora de radio en sus auriculares y entró en la rutina del trabajo, dejando sus otras preocupaciones para después.

De vez en cuando se daba la vuelta para mirar a Constance. Parecía tranquila, tenía las manos firmes y sus movimientos eran eficientes. Últimamente allí era donde Constance se sentía mejor, cuando ninguna emoción podía alcanzarla. Al pensar en el vacío que su hermana tenía en su interior, Scarlett apenas pudo contener las náuseas.

No era justo que ella pudiera conservar a su amor y que Constance hubiera sufrido aquella desgracia.

Pasaron los minutos mientras ella movía el avión sobre el

tablero; entonces el corazón le dio un vuelco por una razón completamente distinta: el 71 estaba en movimiento, no hacia la zona donde se estaban produciendo los ataques, sino hacia el mar. «Jameson.»

Movió el escuadrón sobre su cuadrante en intervalos de cinco minutos, observando el número de aviones y la dirección general, pero pronto salieron de su sección y ya no pudo vigilarlos; otras personas ocuparon su lugar.

Las horas pasaron volando. Estaba demasiado preocupada como para comer durante su descanso, demasiado ansiosa esperando el regreso del 71 como para hacer otra cosa que no fuera inclinarse sobre el tablero; sabía que Jameson volaba esa noche. Cuando acabaron los quince minutos de pausa, regresó a la sala de control y volvió a sentarse en su lugar.

Con cierta satisfacción advirtió que el número de bombarderos que salía era menor que el que entraba. Habían logrado algunas victorias esa noche.

Escuchó el siguiente trazado de la operadora de radio en sus auriculares; alcanzó el nuevo marcador con una leve sonrisa: el 71 había vuelto a su cuadrante.

Colocó el marcador en la coordenada correcta; de pronto se quedó muy quieta, justo cuando la operadora de radio actualizó el número de aeronaves.

Quince.

Scarlett miró el marcador durante unos larguísimos segundos, el corazón le dio un vuelco en la garganta. «Se equivoca. Tiene que estar equivocada.» Scarlett le dio unos golpecitos al micrófono de sus auriculares.

—¿Me puedes dar la fuerza numérica del 71 otra vez? —preguntó.

Todas las cabezas en la habitación se volvieron hacia ella. Las trazadoras nunca hablaban. Jamás.

—Quince —repitió la operadora—. Han perdido a uno.

«Han perdido a uno. Han perdido a uno. Han perdido a uno.»

Los dedos de Scarlett temblaban cuando remplazó la banderita sobre el marcador por una con el número quince. No era Jameson. No podía ser. Ella lo sabría, ¿o no? Si el hombre al que amaba con toda su alma hubiera caído, si hubiera muerto, lo sentiría. Tenía que ser así. Su corazón no podía seguir latiendo sin él. Era físicamente imposible.

Sin embargo, Constance no lo había sabido.

Escuchó el siguiente trazado en los auriculares y movió los marcadores correspondientes, cambiando las flechas en los grupos de color programados.

«Jameson. Jameson. Jameson.» Su cuerpo se movía por pura memoria muscular; su mente era un torbellino y tenía un nudo en el estómago, la cena se le revolvió en el vientre cuando el 71 se acercó a Martlesham-Heath. Incluso después de que entraran en el hangar y salieran oficialmente del tablero, Scarlett no podía deshacerse del malestar.

Hasta ese momento el escuadrón Águila había tenido una suerte milagrosa, no habían perdido a ningún piloto. Casi se había acostumbrado, pero eso acabó aquella noche. ¿Quién había sido? Si no había sido Jameson... «Por favor, Dios mío, que no sea Jameson.» Entonces era alguien a quien conocía. ¿Howie? ¿Uno de los nuevos estadounidenses?

Miró el reloj, le faltaban todavía cuatro horas. Quería llamar a Martlesham-Heath para preguntar el código de llamada del piloto caído; de todos modos, si era Jameson lo sabría muy pronto. Sin duda ya estarían esperándola en casa. Howie jamás dejaría que se enterara por terceros.

El tiempo transcurría en horribles periodos de cinco minutos; pasaba conforme ella movía los marcadores, cambiaba las flechas, escuchaba las órdenes que enviaban del cuartel general. Cuando su guardia terminó, Scarlett era un manojo de nervios que latía rápido, no mucho más.

—Déjame llevarte a casa. Sé que aquí está tu bicicleta, pero tengo el automóvil de la sección —dijo Constance una vez que recogieron sus cosas del armario.

—Estoy bien —respondió Scarlett negando con la cabeza mientras se dirigían a las bicicletas.

Lo último que necesitaba Constance era tener que consolarla a ella.

—Él está bien —dijo en voz baja tocando la muñeca de Scarlett—. Tiene que estarlo. No puedo creer que Dios sea tan cruel como para llevarse a nuestros dos amores. Está bien.

—¿Y si no lo está? —La voz de Scarlett era apenas un murmullo.

—Lo estará. Vamos, sube al coche; no discutas. Les diré a las otras chicas que regresen a las barracas caminando.

Constance la llevó hasta el coche; luego habló con las otras chicas de la guardia y se sentó al volante.

El camino era corto, de tan solo unos minutos, pero por un momento Scarlett no quiso que giraran en la esquina, no quería saber. Sin embargo, lo hicieron.

Había un coche aparcado fuera de su casa.

—Dios mío —murmuró Constance.

Scarlett se irguió y respiró hondo.

—¿Por qué no quieres aceptar un ascenso?

Constance la miró al tiempo que aparcaba detrás del coche que llevaba la insignia del Grupo Once.

—¿Ahora? ¿Quieres hablar de eso ahora?

—Es solo que siempre pensé que sí querías.

Su corazón latía tan rápido que casi era un tamborileo constante.

—Scarlett.

—Hay más presión, sí, pero el sueldo es mejor con el ascenso.

Sujetó la manecilla de la puerta con fuerza.

—¡Scarlett! —exclamó Constance.

Scarlett apartó la vista de la insignia del Grupo Once y se centró en su hermana.

—Te prometo que mañana por la mañana vendré y hablaremos, pero ahora no puedes quedarte en el coche.

—¿Desearías no haber abierto esa carta? —murmuró Scarlett.

—Solo hubiera retrasado lo inevitable —respondió Constance con una sonrisa temblorosa—. Vamos, te acompaño hasta la puerta.

Scarlett asintió, abrió la puerta del coche y bajó a la acera, preparándose para las otras puertas que se iban a abrir. Sin embargo, no fueron las del otro coche, sino la de su casa.

—Hola —dijo Jameson; abarcaba casi todo el umbral. Las rodillas de Scarlett casi cedieron.

Echó a correr y se encontraron a medio camino; se lanzó a sus brazos y lo apretó con tanta fuerza que sintió que todas las piezas volvían a encajar. Él estaba bien, estaba en casa, estaba vivo.

Hundió el rostro en el cuello de Jameson, aspiró su aroma y se aferró a él como si se aferrara a la vida, porque eso era exactamente en lo que se había convertido: en su vida.

—Estaba tan preocupada... —susurró contra su piel; no quería apartarse ni siquiera un momento.

—Sabía que estarías preocupada, por eso he pedido permiso para venir a verte.

Mantenía una de sus grandes manos sobre la espalda de Scarlett y la otra sobre su nuca. Tenerla entre sus brazos era lo único en lo que había pensado desde el momento en que habían perdido a Kolendorski.

—Estoy bien —añadió.

Ella lo abrazó con más fuerza.

Jameson miró más allá de Scarlett y asintió hacia Constance, que lo miraba con una sonrisa llena de nostalgia. Ella también inclinó la cabeza y dio media vuelta para dirigirse al coche en el que había llevado a su hermana a casa.

—¿Quién ha sido?

—Kolendorski. —El chico le caía bien—. Ha girado para interceptar a un bombardero y lo han derribado dos cazas. Todos hemos visto como caía al mar.

No había intentado saltar en paracaídas, no había pedido auxilio. Había caído en vertical con la fuerza suficiente como para morir por el impacto, si no había fallecido antes. Nadie hubiera podido sobrevivir a esa colisión.

—Lo siento —dijo ella aflojando un poco las manos—. Es solo que...

Sus hombros temblaron; él se apartó ligeramente para poder mirar a su mujer.

—Está bien. Todo está bien —le aseguró, y le enjugó las lágrimas con la yema del pulgar.

—No sé por qué me porto como una tonta. —Se esforzó por esbozar una sonrisa torcida entre las lágrimas—. He visto cómo cambiaba el número de efectivos y he sabido que uno había caído. —Negó con la cabeza—. Te quiero.

—Yo también te quiero —dijo él, y la besó en la frente.

—No, no es eso a lo que me refiero. —Se apartó del abrazo—. Te quiero tanto que es como si mi corazón latiera dentro de tu cuerpo. Vi lo que la muerte de Edward le hizo a Constance y sé que no soy lo suficientemente fuerte como para perderte. No sobreviviría.

—Scarlett —murmuró envolviéndola en sus brazos y acercándola a él, pues no sabía qué más podía hacer.

Ambos sabían que al día siguiente le podía tocar a él; es más, si los bombardeos continuaban, podría ser ella. Cada beso de despedida que compartían tenía el gusto agridulce de la desesperación, porque eran conscientes de que podía ser el último.

Y si fuera ella... Contuvo el aliento para calmar esos inoportunos e imposibles pensamientos. No había nada sin Scarlett. Ella era la razón por la que corría un poco más rápido cuando despegaban con urgencia para interceptar un bombardeo aéreo. Ella era la razón por la que exhortaba a los nuevos pilotos a dar lo mejor de sí mismos. Ella era la razón por la que se quedaría donde estaba, sin importar cuántas cartas le enviaran sus padres para decirle que estaban orgullosos de él y en las que le rogaban que volviese a casa. No necesitaba jurarle lealtad al rey, se la había jurado a Scarlett y tenía que protegerla.

—Vamos.

La tomó de la mano y la condujo al interior, pero en lugar de llevarla hasta su habitación y hacerle el amor, como había pensado durante cada minuto de camino a casa, la llevó al salón, donde puso un disco de Billie Holiday.

—Baila conmigo, Scarlett.

Ella intentó sonreír, pero su sonrisa era demasiado triste como para llamarla así. Se deslizó entre sus brazos y apoyó la cabeza contra su pecho cuando empezaron a balancearse, trazando pequeños círculos para evitar la mesita de centro.

Allí era donde él vivía. Todo lo que hacía era tratar de volver a casa para poder tener más de eso, más de ella. Vivir separados era una suerte de tortura; saber que estaba a una hora de distancia, pero que no podía estar con ella, hacía que muchas noches fuera incapaz de dormir. Echaba de menos sentir su piel contra la de ella por las mañanas, echaba de menos el olor de su cabello cuando se quedaba dormida sobre su pecho. Echaba de menos hablar acerca de sus días, planear el futuro, besarla mientras se quemaba otra cena. De ella lo echaba todo de menos.

—Tengo noticias —le dijo en voz baja, rozando los labios contra su sien.

—¿Mmm?

Scarlett alzó el rostro; sus ojos denotaban cierta aprensión.

—Nos van a reubicar. —Jameson trató de permanecer serio, pero sus labios no obedecieron.

—¿Tan pronto? —Ella frunció el ceño y apretó los labios—. Yo no...

—Pregúntame adónde —dijo con una sonrisa sincera; vaya una manera de dar una sorpresa.

—¿Adónde?

Jameson alzó las cejas.

—Jameson —le advirtió ella—. No bromees. Dón... —Respiró profundamente y entornó los ojos—. Dímelo ya: si me das esperanzas para después aplastarlas como si fueran un insecto, esta noche duermes solo.

—No, no dormiré solo —repuso él con una sonrisa—. Te gusto demasiado para eso.

—No, en este momento no.

—Muy bien, entonces te gusta demasiado lo que le hago a tu cuerpo —bromeó con una mirada excitada.

Scarlett arqueó una ceja.

—Aquí —añadió cuando la canción terminó—. Nos van a reubicar aquí. Dentro de un par de semanas estaremos en la misma cama todas las noches. —Acarició su mejilla con la palma de la mano—. Volveremos a quemar el desayuno y a pelearnos por el baño.

El bonito rostro de Scarlett sonrió y el pecho de Jameson se tensó. Así, sin más, un día espantoso se convertía en algo verdaderamente excepcional.

—Me han pedido que haga la formación para ascender a responsable —admitió en voz baja, como si alguien pudiera escucharlos. Los ojos le brillaban de alegría—. Eso podría significar que sea líder de sección antes de que acabe el año.

—Estoy orgulloso de ti.

En ese momento era él quien sonreía.

—Y yo estoy orgullosa de ti. ¿Acaso no somos el uno para el otro? —Se alzó de puntillas y rozó los labios de Jameson con los suyos—. ¿Qué decías sobre lo que podías hacerle a mi cuerpo?

Él la subió al segundo piso antes de que empezara una nueva canción.

A la mañana siguiente, Scarlett entró en la cocina y encontró a Jameson frente a los fuegos; preparaba el desayuno. El estómago le dio un vuelco por el olor, pero pronto le sobrevinieron unas náuseas.

—¿Estás bien? —preguntó Constance desde el rincón, donde estaba abriendo un frasco de mermelada.

Ah, sí, se suponía que esa mañana tenían que hablar del ascenso. Lo había olvidado; era otra razón para estar molesta consigo misma.

—Todo bien —mintió Scarlett tratando de controlar las náuseas—. No te había visto. Perdón por dejarte tirada anoche.

Constance sonrió y miró a Scarlett y a Jameson.

—No necesito explicaciones. Me alegro mucho de que todo haya salido bien.

Una sombra atravesó su mirada cuando llevó la mermelada a la mesa.

—¿Puedo ayudar? —preguntó Scarlett a la vez que ponía una mano en la espalda de Jameson.

—No te preocupes, querida... —La miró consternado—. Estás un poco pálida.

—Estoy bien —respondió despacio, esperando que ya no le hicieran más preguntas.

¿Había pensado que se calmaría ahora que trasladarían a Jameson a su lado? Sí, claro, pero su cuerpo no parecía captar el mensaje.

Constance la examinó con cuidado.

—¿Quieres que lo dejemos para más tarde?

—Por supuesto que no. Me alegro de que estés aquí.

Constance asintió, pero su expresión era extraña, firme. Esa mañana parecía... un poco más vieja.

Jameson llevó las salchichas fritas y las patatas a la mesa mientras Scarlett cortaba la hogaza de pan. Se sentaron. Scarlett casi suspiró aliviada al sentir que se le asentaba el estómago.

—¿Queréis que os deje solas? —preguntó Jameson desde su lugar en la mesa, mirando a una hermana y a otra alternativamente.

—No —respondió Constance, que dejó el tenedor en su plato medio vacío. No acostumbraba desperdiciar la comida, pero esos últimos dos meses no había estado como siempre—. Tú también tienes que escuchar esto.

—¿De qué se trata? —preguntó Scarlett con un nudo en el pecho.

Lo que fuera que su hermana estaba a punto de decir no era bueno.

—Para mí sería una pérdida de tiempo hacer la formación para ascender a responsable —respondió enderezando los hombros—. No estoy segura de cuánto tiempo permitirán que conserve mi cargo.

Scarlett palideció. Había pocas razones por las que una mujer se veía forzada a renunciar.

—¿Qué? ¿Por qué?

Constance jugueteó con las manos sobre el regazo durante un momento y luego levantó la mano izquierda para mostrar un anillo con una brillante esmeralda.

—Porque estaré casada.

A Scarlett se le cayó el tenedor de la mano, y chocó con el plato.

Había que reconocer el esfuerzo que hizo Jameson, quien no movió un músculo.

—¿Casada?

Scarlett ignoró el anillo y miró fijamente a los ojos a su hermana.

—Sí —respondió Constance, como si Scarlett le hubiera preguntado si quería más café—. Casada. Y mi prometido no está demasiado de acuerdo con lo que hago aquí, de modo que dudo que me apoye para seguir trabajando una vez que se celebre la boda.

Su tono no mostraba emoción, entusiasmo, nada.

Scarlett abrió y cerró la boca dos veces.

—No lo entiendo.

—Sabía que no lo entenderías —contestó Constance en voz baja.

—Tienes la misma expresión que el día en que nuestros padres te prohibieron casarte con Edward hasta que acabara la guerra.

Obediente, eso era. Parecía resignada y obediente. Las náuseas volvieron con mayor vehemencia por la corazonada que se deslizó del pecho al vientre de Scarlett.

—¿Con quién vas a casarte?

—Con Henry Wadsworth —respondió alzando el rostro.

«No.»

El silencio se apoderó de la cocina, más afilado que ninguna palabra.

«No, no, no.» Scarlett tomó la mano de Jameson bajo la mesa; necesitaba un ancla.

—No es decisión tuya —afirmó Constance.

Scarlett parpadeó al darse cuenta de que había hablado en voz alta.

—No puedes hacerlo. Es un monstruo. Te destrozará la vida.

«Si se muere, se muere.» Las palabras que había dicho el día anterior, al plantar el rosal, hicieron eco en la mente de Scarlett.

—¿Por qué lo haces? —añadió. Constance había ido a casa de sus padres el fin de semana anterior—. Te están obligando, ¿verdad?

—No —dijo en voz baja—. Nuestra madre me dijo que tendrán que vender el resto del terreno alrededor de la casa de Ashby.

No era la casa de Londres lo que iban a vender, sino su verdadero su hogar. Scarlett trató de apartar la punzada de dolor que le producía la noticia.

—Entonces, es culpa suya por no gestionar bien sus propias finanzas. Por favor, no me digas que accediste a casarte con Wadsworth solo para conservar el terreno. Tu felicidad es mucho más importante que la propiedad. Que la vendan.

Sobre todo porque Constance no sobreviviría a un matrimonio con Wadsworth. Destrozaría su espíritu hasta aniquilarlo, y con su cuerpo haría casi lo mismo.

—¿No lo ves? —preguntó Constance; sus rasgos mostraban dolor—. Tendrán que vender el estanque, el kiosco, la cabaña de caza. Todo.

—¡Que lo hagan! —espetó Scarlett—. Ese hombre te destruirá.

Apretó la mano de Jameson.

Constance se puso de pie y empujó la silla bajo la mesa.

—Sabía que no lo entenderías, y no tienes por qué hacerlo. Es mi decisión.

Salió de la cocina erguida y con la cabeza bien alta. Scarlett fue detrás de ella.

—Sé que los quieres y que deseas complacerlos, pero no les debes la vida.

Constance hizo una pausa apoyando la mano en el pomo de la puerta.

—Ya no me queda vida. Todo lo que tengo son recuerdos.

Dio media vuelta despacio y dejó caer la fachada para mostrar su angustia. El estanque, el kiosco, la cabaña de caza. Scarlett cerró los ojos y respiró profundamente.

—Querida, esas cosas no harán que vuelva.

—Si perdieras a Jameson y tuvieras la oportunidad de conservar la primera casa en la que viviste en Kirton-in-Lindsey, aunque fuera para recorrer las habitaciones y hablar con su fantasma, ¿no lo harías?

Scarlett quiso decir que no era lo mismo, pero no podía.

Jameson era su marido, su alma gemela, el amor de su vida. Pero ella llevaba menos de un año amándolo. Constance había amado a Edward desde que eran niños; nadaron en ese estanque, jugaron en ese kiosco, se robaron besos en esa cabaña de caza.

—Ni siquiera sabes si la propiedad estará ahí cuando te cases.

Esperaba que no fuera ese mismo verano, faltaban solo unas semanas.

—Las va a comprar ahora, de buena fe..., como regalo de compromiso. Todo se decidió este fin de semana. Sé que te decepciono.

—No, eso nunca. Tengo miedo por ti. Me aterra que eches a perder tu vida en lugar de...

—¡¿En lugar de qué?! —gritó Constance—. Nunca volveré a amar. La oportunidad de ser feliz ya no existe; así pues, ¿qué importa?

Abrió la puerta y salió corriendo, y Scarlett fue tras ella.

—¡Eso no lo sabes! —gritó Scarlett en la acera, y detuvo a su hermana antes de que desapareciera calle abajo—. Pero sí sabes lo que te hará. Lo conocemos. ¿De verdad te vas a entregar a un hombre así? ¡Vales mucho más!

—¡Lo sé! —exclamó Constance haciendo una mueca—. Lo sé, igual que tú. Vi tu cara anoche. Si hubiera sido Howie quien te esperaba en la puerta para decirte que habían perdido a Jameson, te habrías quedado destrozada. ¿Me puedes mirar a los ojos y decirme que alguna vez volverás a amar si él muere?

Scarlett notó la bilis en su garganta.

—Por favor, no lo hagas.

—Tengo el poder de salvar a nuestra familia, de conservar nuestras tierras, quizá de enseñarles a mis hijos a nadar en ese mismo estanque. No somos las mismas, ni tú ni yo. Tú tenías una razón para negarte a esa alianza, yo tengo una razón para aceptarla.

Scarlett sintió náuseas, el estómago se le revolvió. Cayó de rodillas y vomitó el desayuno en uno de los arbustos que enmarcaban la entrada. Notó la mano de Jameson en la nuca, sostuvo su cabello suelto mientras ella devolvía y vaciaba su vientre.

—Querida —murmuró acariciándole la espalda.

Las náuseas pasaron tan rápido como habían llegado.

«Dios mío.» En su mente trató de recordar un calendario invisible. No había tenido ni un solo momento de paz desde marzo. Se mudaron en abril..., era mayo.

Scarlett se levantó despacio y miró los ojos grandes y compasivos de Constance.

—Oh, Scarlett —musitó Constance—, ninguna de las dos será líder de sección al final del año, ¿verdad?

—¿Qué se supone que significa eso? —preguntó Jameson

sosteniendo a Scarlett, que sentía que la más mínima brisa podía derrumbarla.

Scarlett miró sus hermosos ojos verdes, su mentón firme y las líneas preocupadas alrededor de su boca. Estaba a punto de preocuparse mucho más.

—Estoy embarazada.

19

NOAH

Scarlett:

Aquí estamos de nuevo, separados por kilómetros que me parecen demasiados por las noches, esperando que tengamos la oportunidad de estar juntos otra vez. Has renunciado a tanto por mí y ahora vuelvo a pedirte más, a pedirte que me sigas otra vez. Te prometo que cuando esta guerra acabe no dejaré que te arrepientas de haberme elegido. Ni un solo minuto. Llenaré tus días de alegría y tus noches de amor. Nos esperan tantas cosas si tan solo aguantamos...

—He traído la comida —le anuncié a Georgia cuando entré por la puerta principal de su casa.

Tenía que admitir que seguía pareciéndome un poco extraño entrar en la casa de Scarlett Stanton sin llamar a la puerta, pero Georgia insistió la semana pasada cuando empezamos a pasar las tardes juntos en lo que ella llamaba la «Universidad Stanton».

—¡Gracias a Dios, me muero de hambre! —gritó Georgia desde el despacho.

Pasé por las puertas francesas, que estaban abiertas, y me detuve de pronto. Georgia estaba sentada en el suelo frente al escritorio de su bisabuela, rodeada de álbumes de fotografías y cajas. Incluso había movido los enormes sillones acolchados para tener más espacio.

—¡Guau!

Me miró y me ofreció una sonrisa entusiasta. «Mierda.» Al cabo de un segundo, mi mente ya no pensaba en su bisabuela ni en el libro por el que estaba apostando mi carrera. Pensaba en Georgia, así de sencillo.

Algo había cambiado entre nosotros desde el día que fuimos a escalar. No solo sentía que ya estábamos en el mismo equipo, sino que teníamos mayor conciencia, como si alguien hubiera empezado la cuenta regresiva: no podría haber descrito la tensión sexual de mejor manera en una de mis novelas. Desde entonces, cada roce entre nosotros era medido, cuidadoso, como si fuéramos cerillas en medio de un depósito de fuegos artificiales y supiéramos que mucha fricción haría estallar el lugar.

—¿Quieres que pasemos un día en el campo? —preguntó señalando un pedacito de suelo un poco despejado que había a su lado.

—Si tú quieres, yo quiero.

Avancé con cuidado entre los recuerdos desperdigados hasta su lado.

—Perdona —dijo un poco apenada. El suéter de cuello ancho se le deslizaba sobre el hombro y dejaba ver el tirante lila del sujetador—. Estaba buscando la foto de la que te hablé, la que tomaron en Middle Wallop, y me he perdido un poco en todo esto.

—No te disculpes.

No solo me parecía más apetitosa que lo que íbamos a comer, también ponía frente a mí un verdadero tesoro de la historia familiar.

Si eso no era un avance, no estoy seguro de qué otra cosa

podía ser. Habíamos progresado mucho desde la época en que me colgaba el teléfono. Todo en esa mujer que estaba a mi lado era suave, desde el movimiento de su cabello, que subía para formar un moño en su cabeza, hasta sus largas piernas desnudas, que sobresalían de los pantalones cortos y se cruzaban debajo de ella. Estaba muy lejos de ser la mujer gélida de la que hablaban los periódicos.

—Cuando encontré las fotos, no pude evitarlo.

Sonrió y bajó la mirada hacia el álbum de fotografías que estaba abierto sobre su regazo. Yo saqué las cajas de comida de la bolsa.

—Sin tomate —dije pasándole la suya.

No podía recordar si mi última novia tomaba el café con o sin azúcar; sin embargo, con Georgia Stanton me acordaba de todo sin esfuerzo. Me tenía loco.

—Gracias —respondió con una sonrisa. Tomó la caja y luego señaló hacia el escritorio detrás de nosotros—. Té helado, sin azúcar.

—Gracias.

Supongo que yo no era el único interesado en recordar detalles.

—Sigo pensando que eres muy raro por tomarlo sin azúcar, pero como tú digas —añadió con un encogimiento de hombros; luego pasó la página del álbum.

—¿Esta eres tú? —pregunté ignorando su comentario.

Me incliné un poco sobre su hombro; ya fuera su champú o su perfume, el ligero aroma a cítricos que respiré voló directo a mi cabeza y a otras partes del cuerpo que necesitaba tener bajo control cuando estaba cerca de Georgia.

—¿Cómo lo has sabido? —dijo mirándome sin dar crédito—. Ni siquiera se me ve la cara.

—Reconozco a Scarlett, y dudo mucho que hubiera otra niña vestida como una princesa Darth Vader.

Scarlett sonreía con orgullo, igual que en todas las fotografías que había visto de Georgia y ella juntas.

—Tienes razón —admitió Georgia—. Supongo que ese año me sentía un poco en el lado oscuro.

—¿Cuántos años tenías?

—Siete. —Frunció el ceño—. Mi madre había venido a visitarnos antes de casarse con el marido número dos, si recuerdo bien.

—¿Cuántos maridos ha tenido?

No estaba juzgando, pero la expresión de Georgia despertaba mi curiosidad.

—Cinco matrimonios, cuatro maridos. —Pasó la página—. Se casó dos veces con el número tres, pero creo que se están divorciando, porque ahora ha vuelto con el número cuatro. Francamente, ya no me molesto en estar al día.

Me llevó un segundo atar cabos.

—En fin —prosiguió—, necesitas las de los años cuarenta, pero estas son tan solo fotos mías...

—Me encantaría verlas —dije cuando ella se disponía a cerrar el álbum.

Cualquier cosa que me ayudara a entenderla mejor. Ella me miró como si me hubiera vuelto loco.

—Quiero decir, Scarlett también aparece, ¿no? —me apresuré a añadir.

«Débil.»

—Cierto. Luego podemos seguir con las más viejas. No dejes que se enfríe. —Señaló la hamburguesa que tenía enfrente.

Comimos y hojeamos el álbum. Aquellas páginas estaban llenas de la infancia de Georgia; si bien en algunas aparecía Hazel o Scarlett, pasaron años, y toda mi comida, antes de que Ava volviera a salir. En la mayoría, Georgia parecía una niña feliz: enormes sonrisas en el jardín, en la pradera, en el arroyo. Firmas de libros en París y Roma...

—¿En Londres no? —pregunté asegurándome de que no me había saltado ninguna página.

No, solo Scarlett y Georgia, a quien le faltaban dos dientes delanteros, frente al Coliseo.

—Nunca volvió a poner un pie en Inglaterra —respondió Georgia en voz baja—. Esta también fue la última gira de un libro, aunque continuó escribiendo durante diez años. Decía que eso evitaba la senilidad. ¿Tú qué opinas?

—¿Yo? ¿Estoy en peligro de volverme senil? —Alcé las cejas sorprendido—. ¿Cuántos años crees que tengo?

Georgia rio.

—Sé que tienes treinta y uno. Lo que quería decir era si pensabas escribir hasta los noventa —reformuló dándome un ligero codazo.

—Ah. —Me froté la nuca tratando de imaginar un momento en el que no escribiera—. Probablemente escribiré hasta que me muera. Que decida o no publicar es algo muy diferente.

Escribir un libro y publicarlo siempre me habían parecido cosas muy distintas.

—Entiendo.

Como alguien que se había criado dentro de la industria, sin duda comprendía de verdad mi punto de vista.

Otra página, otra fotografía, otro año. La sonrisa de Georgia era resplandeciente y cegadora frente a su pastel de cumpleaños, el número doce, a decir de la decoración, con Ava a su lado.

En la siguiente imagen, que parecía ser de unas semanas después, la luz había desaparecido de los ojos de Georgia.

—¿No me vas a preguntar por qué mi madre no me crio? —quiso saber mirándome con el rabillo del ojo.

—No me debes una explicación.

—Hablas en serio, ¿verdad? —dijo en voz baja.

—Sí. —Sabía lo suficiente como para entender la situación.

Ava se quedó embarazada cuando estaba en el instituto, pero no estaba hecha para ser madre—. A pesar de lo que haya podido parecerte las últimas semanas, no acostumbro sacarles información a las mujeres que no quieren darla.

Estudié las líneas de su rostro mientras ella miraba hacia cualquier parte salvo en mi dirección.

—¿Aunque eso te ayudara a entender a Gran? —preguntó pasando otra página del álbum de forma descuidada, como si la respuesta no fuera importante, aunque yo sabía que sí lo era.

—Te prometo no tomar nunca nada de ti que no quieras darme con toda sinceridad, Georgia —dije en voz baja.

Se volvió y nuestras miradas se encontraron, estábamos a solo unos centímetros. Si hubiera sido cualquier otra mujer, la habría besado, habría respondido a la evidente atracción que crecía entre nosotros, mucho más de lo que jamás hubiera pensado. Ya no era esa chispa de electricidad, se había convertido en algo mucho más que lujuria pasajera o un enorme deseo. El espacio que había entre nosotros rebosaba de necesidad, pura y primitiva. No se trataba de si, sino de cuándo. Vi la intensa batalla en sus ojos, que me pareció muy familiar porque yo libraba la misma lucha contra lo inevitable.

Su mirada bajó a mi boca.

—¿Y si quiero dártelo con toda sinceridad? —murmuró.

—¿Quieres?

Todos los músculos de mi cuerpo se tensaron para mantener a raya el impulso casi incontrolable de descubrir su sabor.

Se sonrojó, contuvo el aliento y volvió a desviar la vista hacia el álbum.

—Te diré todo lo que quieras saber.

Pasó varias páginas del álbum al mismo tiempo y lo abrió en las fotografías de su boda, no de la ceremonia, sino del banquete que celebraron después.

—Estabas muy guapa.

Era mucho más que eso. El día de su boda, Georgia parecía tan abierta y francamente enamorada que sentí una punzada de celos. Ese imbécil no merecía su corazón, su confianza.

—Gracias. —Pasó otra página y vi las imágenes de la recepción—. Es gracioso, pero, ahora que pienso en ese día, lo que más recuerdo es a Damian tratando de impresionar a cualquier persona que perteneciera al círculo de Gran.

Habló con soltura, como si fuera la moraleja de una broma.

Fruncí el ceño. ¿Cuánto tiempo le llevó a Ellsworth apagar su chispa?

—¿Qué? —preguntó mirándome.

—En estas fotos no te pareces nada a la Reina de Hielo —dije en voz baja—. No entiendo cómo alguien pudiera considerarte fría.

—Ah, cuando yo era toda esperanza e ingenuidad. —Inclinó la cabeza hacia un lado y pasó otra página; esa vez eran burbujas que bañaban a los novios en su camino al automóvil que los llevaría a su luna de miel—. El apodo me lo pusieron mucho tiempo después, pero la primera vez que me enteré de que me engañaba, algo... —Suspiró y pasó otra hoja—. Algo cambió.

—¿Paige Parker? —pregunté.

Rio.

—Dios mío, no.

La miré a los ojos mientras ella pasaba las páginas, los años.

—Por aquel entonces no era tan descuidado —explicó—. Con las actrices es fácil que te descubran, pero con las asistentes de dieciocho años no.

Se encogió de hombros.

—¿Cuántas...?

La pregunta salió de mi boca antes de que pudiera evitarlo. No era asunto mío lo increíblemente hiriente que había sido

Ellsworth. Si yo me hubiera casado con Georgia, habría estado demasiado ocupado en hacerla feliz en mi cama como para siquiera pensar en alguien más.

—Demasiadas —respondió en un murmullo—. Pero no iba a confesarle a Gran que yo no vivía el mismo amor épico que ella; no cuando todo lo que quería era verme feliz y acababa de tener el primer infarto. Supongo que admitir que había cometido el mismo error que mi madre era... difícil.

—Así que te quedaste.

Mi voz se convirtió en un susurro cuando otra pieza del rompecabezas que era Georgia encajaba en su lugar. «Voluntad indomable.»

—Me adapté. No era que no estuviera acostumbrada a que me abandonaran. —Pasó el pulgar sobre una fotografía, un árbol colorido, en otoño, en un lugar que reconocí al instante: Central Park. Georgia estaba de pie detrás de Damian y Ava, abrazando a ambos; su sonrisa era una leve sombra de la de algunos años antes—. Hay una advertencia, un sonido que hace el corazón la primera vez que te das cuenta de que ya no estás segura con la persona en la que confiabas.

Me asombré.

Di la vuelta a otra página, otra gala.

—No es tan limpio o impersonal como algo que se rompe —continuó—. Además, en ese caso es fácil repararlo si encuentras todas las piezas. Cuando en realidad destrozas un alma, eso requiere cierto nivel de... violencia personal. Tus oídos se llenan de un zumbido desesperado..., un zumbido rasposo, ahogado. Como si te faltara el aire, como si te sofocaras en pleno día, estrangulada por la vida y por las decisiones estúpidas y egoístas de otra persona.

—Georgia —murmuré.

Sentía un nudo en el estómago, tenía el pecho oprimido por

la agonía y la rabia que percibía en sus palabras. Hizo una pausa en una fotografía de la *première* de la película *Las alas de otoño*. Su sonrisa era deslumbrante, pero su mirada parecía apagada, de pie al lado de Damian, como un trofeo; a su derecha estaban dos generaciones de mujeres Stanton. Con cada imagen, Georgia se iba helando un poco más frente a mis ojos.

—Y la cuestión es que no siempre reconocemos ese sonido por lo que es —prosiguió—: un asesinato. No te das cuenta de lo que en realidad está pasando conforme el aire desaparece. Escuchas el borboteo y de alguna manera te convences de que respirarás otra vez, que no te han roto. Se puede arreglar, ¿verdad? Por eso luchas, te aferras al poco aire que hay. —Sus ojos se llenaron de lágrimas que no llegó a derramar porque alzó la barbilla y pasó las páginas a medida que seguía explicando—. Luchas, te revuelcas, porque esa cosa tan arraigada y condenada que llamas «amor» se niega a morir con el primer disparo. Eso sería demasiado clemente. Para acabar con el verdadero amor hay que ahogarlo, hay que mantenerlo bajo el agua hasta que deje de patalear. Esa es la única manera de matarlo.

Pasó una página tras otra del álbum; era evidente que había elegido con gran cuidado los colores caleidoscópicos para enviárselo a Scarlett y construir la mentira de su matrimonio feliz.

—Y, cuando al final lo entiendes, dejas de pelear; estás demasiado lejos de la superficie como para salvarte. Los espectadores te dicen que sigas nadando, que solo tienes el corazón roto, pero ese pequeño aleteo que queda de tu alma ni siquiera puede flotar, mucho menos avanzar en el agua. Ya no tienes otra opción; o te dejas morir mientras te acusan de ser débil o aprendes a respirar bajo el agua, y entonces te llaman «monstruo», porque es en eso en lo que te has convertido: en la Reina de Hielo.

Se detuvo en la última fotografía: otra escena de una *pre-*

mière, tomada tan solo un par de meses antes de la muerte de Scarlett. El resto de las páginas del álbum estaban devastadoramente en blanco.

Apreté los puños. Nunca había querido tanto romperle la cara a alguien como a Damian Ellsworth.

—Te juro que jamás te haría daño como lo hizo él.

Enfaticé cada palabra con la esperanza de que comprendiera mi convicción.

—Nunca he dicho que él lo hiciera —murmuró, y en su ceño se dibujaron dos líneas cuando me miró confundida.

Sonó el timbre de la puerta y ambos nos sorprendimos.

—Yo abro —ofrecí poniéndome de pie.

—Voy yo —dijo, y se levantó más rápido; el álbum cayó de su regazo y, sin dilación, se apresuró hacia la puerta saltando con agilidad sobre los montones de fotos.

Desde las puertas francesas vi cómo firmaba para que le entregaran el paquete. Si no hubiera estado sentado junto a ella, jamás habría adivinado lo que acababa de suceder. Lucía una sonrisa radiante y charlaba un poco con el repartidor.

Tomó la gran caja y se despidió; cerró la puerta con la cadera antes de dejar el paquete en la mesa del recibidor.

—Es de los abogados —explicó con una sonrisa; durante un segundo me pregunté si se había vuelto loca. Nadie nunca se ponía tan feliz al recibir un paquete de sus abogados—. Espérame un momento, necesito unas tijeras.

—Toma —dije al tiempo que sacaba mi navaja suiza del bolsillo para ofrecérsela—. Pensé que no firmarías el contrato de tu nuevo taller hasta dentro de dos semanas.

No podía esperar a ver sus creaciones.

—Gracias. —Cogió la navaja y abrió el paquete con una alegría infantil—. No es para el taller. Me envía algo cada mes.

—¿Tu abogado?

—No, Gran —respondió mientras curioseaba en el interior del paquete; nunca le había visto una sonrisa tan intensa—. Dejó instrucciones y regalos. Hasta ahora ha sido uno cada mes, pero no sé por cuánto tiempo lo planeó.

—Es quizá la cosa más genial que he escuchado.

Me devolvió la navaja suiza, le puse el seguro y la metí en el bolsillo de mis bermudas.

—Lo es —admitió al tiempo que abría una tarjeta—. «Queridísima Georgia, ahora que ya no estoy te corresponde a ti ser la bruja de la casa, sin importar dónde estés. Te quiero con todo mi corazón. Gran.»

La miré asombrado por el comentario sobre la bruja hasta que Georgia rio y sacó un sombrero de bruja de la caja.

—Siempre se disfrazaba de bruja para darles golosinas a los niños en Halloween.

Se puso el sombrero, justo sobre el moño, y siguió hurgando.

Claro, Halloween era al cabo de dos semanas. El tiempo volaba, la fecha de entrega se aproximaba y yo seguía con las manos vacías. Peor que eso, si entregaba el manuscrito a tiempo, y lo haría, solo me quedarían seis semanas con Georgia.

—¿Te envió un sombrero de bruja y una caja de Snickers extragrandes? —le pregunté.

En ese momento, mientras ella observaba el interior de la caja, de alguna manera me sentí conectado con Scarlett Stanton.

Georgia asintió.

—¿Quieres?

Sacó una barrita de chocolate y la agitó frente a mí.

—Por supuesto.

Quería a Georgia, pero me contentaría con el chocolate.

—Eran las favoritas de Gran —dijo abriendo el envoltorio—. Decía que en Inglaterra las llamaban «barritas Marathon». Si supieras cuántas páginas de sus manuscritos tienen huellas de chocolate en los bordes...

Mordí la barrita y la mastiqué mientras seguía a Georgia de regreso al despacho.

—Todo en esa máquina de escribir.

—Sí.

Me miró con la cabeza un poco ladeada, examinándome con cuidado.

—¿Tengo chocolate en la cara? —pregunté después de dar otro bocado.

—Deberías escribir el resto del libro aquí.

—Eso voy a hacer, ¿recuerdas? No regresaré a Nueva York sin haber terminado el manuscrito. Estoy seguro de que Adam ni siquiera me dejaría bajar del avión.

La verdad era que evitaba sus llamadas. Si no le respondía, no tardaría en presentarse allí en persona.

—Quiero decir aquí. Aquí —dijo señalando el escritorio de Scarlett—. En el despacho de Gran, aquí. Es el lugar en el que empezó todo.

Parpadeé.

—¿Quieres que acabe el libro aquí?

Pronuncié las palabras despacio, casi tartamudeando por la confusión. Ella le dio otro mordisco a su chocolate, asintió y miró a su alrededor.

—Ajá.

—No siempre escribo en horarios normales...

Pero estaría cerca de Georgia todos los días.

—¿Y...? Tienes llave. De cualquier forma, a partir de ahora voy a estar ocupada preparando el taller. Y si alguna vez acabas muy tarde, puedes dormir en la habitación de invitados. —Se encogió de hombros y saltó sobre dos montones de fotos, hacia el escritorio—. Cuanto más lo pienso, más sentido tiene. —Caminó detrás del escritorio y movió la silla—. Ven, siéntate, a ver qué te parece.

Terminé el chocolate y tiré el envoltorio a la papelera que había junto al escritorio de cerezo macizo. Dudaba; era el escritorio de Scarlett, su máquina de escribir.

—Proteges esto como si fuera el escritorio Resolute, con posavasos y todo.

—Ah, tendrás que usar los posavasos. Eso no es negociable. —Dio unos golpecitos al respaldo de la silla y rio—. Vamos, no muerde.

—Está bien.

Rodeé el escritorio y me senté; me incliné hacia delante hasta ajustar la altura. El portátil de Georgia estaba a mi derecha, pero a mi izquierda se encontraba la famosa máquina de escribir.

—Si te sientes audaz...

Georgia pasó las yemas de los dedos por las teclas.

—No, gracias. En primer lugar, lo más probable es que la rompa; en segundo, hago muchísimas correcciones sobre la marcha como para siquiera pensar en usar una máquina de escribir. Eso son palabras mayores, incluso para mí.

Mi atención se desvió hacia un archivador que estaba en una esquina del escritorio, con la palabra *inconcluso* escrita con rotulador negro.

—¿Eso es...?

—Los originales, sí —respondió deslizando la caja hacia mí—. Adelante, pero no cambiaré de opinión: los originales se quedan aquí.

—Entendido.

Abrí la tapa y saqué un fajo de papeles que coloqué sobre la superficie pulida del escritorio. Ella misma había escrito esas páginas, y allí estaba yo, dispuesto a terminarlas. «Es irreal.»

El manuscrito era grueso; hojeé las páginas con rapidez.

—Esto es maravilloso.

—Tengo otras setenta y tres cajas iguales —bromeó apoyándose contra el escritorio.

—Es posible ver cómo lo escribía y lo revisaba. Las páginas están todas en diferente estado de deterioro. ¿Lo ves? —pregunté mientras levantaba dos páginas del capítulo 2, cuando Jameson se acercó a Scarlett mientras ella estaba sentada con Constance—. Esta página tiene que ser la original. Parece vieja y la calidad del papel es menor. Esta otra... —dije agitándola un poco, sonriendo al ver una mancha de chocolate en una esquina— no puede tener más de diez años.

—Tiene sentido. Le gustaba revisar, siempre añadía palabras. —Juntó las manos en el borde del escritorio—. Personalmente, creo que le gustaba vivir ahí, entre las páginas. Siempre agregaba pequeños recuerdos, pero nunca lo acababa.

Lo entendía. Dar un libro por terminado significaba decir adiós a esos personajes. Pero para Scarlett no eran solo personajes, se trataba de su hermana y de su alma gemela. Leí unas cuantas frases de la primera página, luego de la segunda.

—Diablos, se puede ver cómo su talento evoluciona.

—¿En serio?

Georgia se acomodó un poco parar observar las páginas.

—Sí. Todos los escritores tienen una estructura propia en su redacción. Mira aquí —dije señalando un párrafo de la primera página—. Un poco entrecortado. Pero aquí —indiqué al tiempo que seleccionaba un pasaje distinto de la segunda— es más delicado.

Apostaría mi vida a que el estilo de las primeras páginas era más parecido al de sus trabajos más tempranos. Alcé la vista y advertí que Georgia me observaba sin evitar sonreír.

—¿Qué? —pregunté, y acomodé las hojas en el lugar al que pertenecían en el manuscrito.

—Ahora sí tienes chocolate en la cara —dijo riendo.

—Maravilloso.

Me pasé la mano por la barba, junto a la boca.

—Aquí.

Se deslizó sobre el escritorio y la piel desnuda de su pierna rozó la mía. De pronto deseé que mis bermudas no fueran tan largas; me eché un poco hacia atrás esperando que se acercara más.

Llenó el espacio entre mis rodillas, puso la palma de la mano sobre mi cara y con el pulgar me frotó justo debajo de la comisura de los labios. Mi pulso se aceleró y me puse tenso.

—Ya —murmuró, pero no apartó la mano.

—Gracias.

Su tacto era cálido y me costó un gran esfuerzo no apoyar la mejilla en su mano. Joder, la deseaba, y no solo su cuerpo. Quería entrar en su mente, más allá de los muros que había levantado y de los que incluso George R. R. Martin se enorgullecería. Quería ganarme su confianza solo para demostrarle que era digno de ella.

Se humedeció el labio inferior con la punta de la lengua. Mi autocontrol colgaba de un hilo y su mirada lo tensaba lentamente hasta deshilacharlo. Sin embargo, no se movió.

—Georgia.

Su nombre salió de mi boca no tanto como una advertencia, sino como una plegaria.

Se acercó, aunque no lo suficiente. Mis manos encontraron las curvas de su cintura y tiré de ella, acercándome tanto como la silla me permitió. Georgia soltó un pequeño jadeo que envió toda la sangre de mi cuerpo directa a mi entrepierna. «Cálmate, maldita sea.» Deslizó una mano desde mi mentón hasta mi pelo.

Sujeté con más fuerza su cintura sobre la gruesa tela de su sudadera.

—Noah —susurró, y alzó la otra mano hasta mi nuca.

—¿Quieres que te bese, Georgia? —pregunté con voz ronca, incluso a mis oídos.

Ahí no podía haber malentendidos, ninguna señal confusa. Había mucho en juego. Y, por una vez, no era en mi carrera en lo que estaba pensando.

—¿Tú quieres besarme? —me retó.

—Más de lo que necesito el próximo aliento.

Miré aquella boca increíble y entreabrió los labios.

—Qué bien, porque...

Le sonó el móvil.

«Esto tiene que ser una broma.»

Se movió y se acercó más.

Otro timbrazo.

—No... —empecé a decir.

Lanzó un quejido, sacó el teléfono de su bolsillo trasero, respiró hondo y entornó los ojos al ver la pantalla. Deslizó el dedo sobre ella, con violencia, para responder la llamada, y se llevó el aparato a la oreja.

—... contestes —acabé con un suspiro, echando la cabeza hacia atrás contra el respaldo.

—¿Qué cojones quieres, Damian?

20

Julio de 1941
North Weald, Inglaterra

—Mejor, ¿verdad? —preguntó Scarlett abotonándose con dificultad la chaqueta del uniforme.

No podría ocultarlo mucho más tiempo. No estaba segura siquiera de poder esconderlo bien en ese momento. Jameson se apoyó contra el marco de la puerta de la habitación con los labios apretados.

—La he ensanchado todo lo que he podido —murmuró Constance tirando un poco de la chaqueta desde el dobladillo—. Quizá podríamos pedir una talla más grande.

—¿Otra vez? —exclamó Scarlett, que alzó las cejas mientras se miraba en el espejo ovalado que estaba encima de su cómoda.

Constance hizo una mueca.

—Cierto. La primera vez, la oficial de suministros me miró como si le estuviera robando sus raciones.

El uniforme me apretaba, las costuras quedaban tirantes, no solo sobre el vientre, sino también en la cadera y el pecho.

—Tengo una idea —dijo Jameson desde el umbral, con los brazos cruzados sobre el pecho.

—Escuchémosla —respondió Scarlett al tiempo que acercaba los bordes de la parte inferior de la chaqueta, donde no había botones.

—Podrías decirles que te has quedado embarazada y que estás de cinco meses.

Lo miró en el reflejo del espejo, enarcando una sola ceja. Él no sonrió. Constance contempló a uno y a otro.

—Bien. Estaré... ¡en otro lado! —dijo.

Jameson se movió para dejarla pasar; después cerró la puerta y se apoyó en ella.

—Hablo en serio.

—Lo sé —repuso Scarlett en voz baja, acariciando su vientre hinchado—. Pero sabes lo que harán.

Echó la cabeza hacia atrás y se golpeó contra la puerta.

—Scarlett, querida, sé que tu trabajo es importante, pero, francamente, ¿puedes decirme que estar de pie durante ocho horas seguidas no te está matando? ¿El estrés? ¿Los horarios?

Tenía razón. Ya estaba exhausta cada mañana cuando abría los ojos. No importaba lo agotada que estuviera, no había tiempo para descansar. Pero, si decía la verdad, si renunciaba a su puesto, entonces, ¿qué sería de ella?

—¿Qué haría durante todo el día? —preguntó Scarlett pasando los dedos por las líneas bordadas en el hombro de su chaqueta—. Estos últimos dos años mi vida ha tenido una dirección. Un significado y un propósito. He logrado cosas y me he dedicado a esta guerra. ¿Qué se supone que debo hacer ahora? Nunca he sido ama de casa. —Tragó saliva, esperando que el nudo que sentía en la garganta desapareciera—. Y sin duda nunca he sido madre. No sé cómo ser ninguna de esas dos cosas.

Jameson atravesó la habitación, se sentó en el borde de la cama, cogió a su mujer por las caderas y la acercó hasta situarla entre sus rodillas abiertas.

—Lo averiguaremos juntos.

—Juntos —dijo ella en un murmullo mientras bajaba la cabeza—. Pero nada cambia para ti. Tú sigues yendo al trabajo, sigues volando, sigues luchando en esta guerra.

—Sé que no es lo que querías...

Dejó caer la cabeza.

—No es eso —se apresuró a replicar, entrelazando los dedos en la nuca de su marido—. Es solo que esperaba estar preparada, que la guerra hubiera terminado, que no tuviéramos que traer un niño a un mundo en el que me preocupo todas las noches porque no sé si llegarás a casa, o en el que temo que una bomba pueda caernos encima mientras dormimos. —Le cogió las manos y las puso sobre su vientre—. Quiero a este bebé, Jameson. Quiero a nuestra familia. Solo deseaba estar preparada, pero no lo estoy.

Jameson le acarició el vientre como lo hacía todos los días cuando se despedía de su hijo antes de salir a volar.

—No creo que nadie, nunca, esté preparado. Y no, este mundo no es seguro para ella. Todavía no. Pero tiene a dos padres que pelean como endemoniados para cambiar eso, para hacer de este mundo un lugar seguro para ella. —Esbozó una leve sonrisa y miró a su mujer—. Estoy absolutamente orgulloso de ti, Scarlett. Has hecho todo lo que has podido. No es posible cambiar el reglamento. Ahora ha llegado el momento de que traigas la lucha a casa. Sé que serás una excelente madre. Sé que mis horarios son impredecibles y que nunca tengo la certeza de cuándo volveré a casa.

«Si vuelve a casa», pensó Scarlett.

—Sé que gran parte de todo esto recaerá en ti —continuó—, pero también estoy seguro de que estarás a la altura.

Scarlett alzó una ceja.

—Otra vez has hablado como si nuestro bebé fuera una niña. Tu hijo no estará muy contento cuando nazca.

Jameson rio.

—Y tú, otra vez, pensando que nuestra hija es un niño. —Se inclinó hacia delante y puso la boca justo sobre su vientre—. ¿Me oyes, rayito de sol? Mamá piensa que eres un niño.

—Mamá sabe que eres un niño —lo contradijo Scarlett.

Jameson le besó el vientre y la acercó a él para rozarle los labios con un beso.

—Te quiero, Scarlett Stanton. Me gusta todo de ti. Me muero de ganas de tener en mis brazos algo de nosotros dos, ver esos maravillosos ojos azules en nuestra hija.

Ella pasó las manos por el cabello de Jameson.

—¿Y si tiene tus ojos?

Jameson sonrió.

—Después de veros a ti y a tu hermana, diría que en el departamento de ojos tenéis el gen dominante. —La besó de nuevo, lentamente—. Tienes los ojos más bonitos que jamás haya visto. Sería una lástima no heredarlos. Deberíamos llamarlo «azul Wright».

—Azul Stanton —corrigió ella. Algo en su interior estaba cambiando, preparándose para la transformación que ya no podía evitar con solo negarla—. Sigo sin saber cocinar. Incluso después de todos estos meses, continúas siendo mejor que yo. Todo lo que sé hacer es organizar fiestas inolvidables y trazar rutas de bombardeos. No quiero fracasar.

—No lo harás. No lo haremos. Con lo que nos amamos, ¿imaginas cuánto querremos a esta niña?

Su sonrisa era más radiante que nunca e igual de contagiosa.

—Solo unos meses más —murmuró Scarlett.

—Solo unos meses más —repitió Jameson—. Luego tendremos una nueva aventura.

—Todo cambiará.

—No la forma en que te quiero.

—¿Lo prometes? —preguntó ella pasándole los dedos por el cuello de la camisa—. Te enamoraste de una oficial de la WAAF que, si nos fijamos en su uniforme, ya no cabrá en él la semana que viene. No me parece que te haya tocado la lotería.

¿Cómo iba a amarla si ni siquiera era ella misma?

Él la acercó más para poder sentir las curvas de su cuerpo contra el suyo.

—Te quiero. Independientemente de lo que hagas, del uniforme que lleves, de quien quieras ser, te amaré.

Era una promesa que se recordaría más tarde, a punto de hablar con la líder de sección Robbins en su despacho, jugueteando nerviosa con su gorra después de su guardia.

—Me preguntaba cuándo vendría a verme —dijo Robbins señalando la silla que estaba frente a su escritorio.

Scarlett tomó asiento y se ajustó la falda al hacerlo.

—Francamente, me sorprende que haya tardado tanto —añadió con una sonrisa comprensiva—. Pensé que estaría aquí hace un mes.

—¿Lo sabía?

Las manos de Scarlett volaron a su vientre.

Robbins arqueó una ceja.

—Ha estado vomitando dos meses seguidos. Lo sabía, solo que pensé que era mejor dejar que llegara sola a esa conclusión y, por egoísmo, quería conservarla. Es una de mis mejores chicas. Dicho esto, iba a darle solo dos semanas más antes de intervenir. —Abrió un cajón del escritorio y sacó unos papeles—. Ya tengo listos sus papeles para pedir la baja. Debe llevarlos al cuartel general.

—No quiero que me den de baja —admitió Scarlett en voz queda—. Quiero hacer mi trabajo.

Robbins la examinó con cuidado y suspiró.

—Y a mí me gustaría que pudiera seguir.

—¿No hay nada que pueda hacer?

Su corazón se partió en dos.

—Puede ser una madre maravillosa, Scarlett. Gran Bretaña necesita más bebés. —Deslizó los papeles sobre la mesa—. La echaremos mucho de menos.

—Gracias —dijo Scarlett irguiéndose; luego tomó los papeles de la baja.

Así, sin más, todo había terminado.

Cuando le entregó la baja, un sonido sordo y constante zumbaba en sus oídos. No desapareció hasta que estuvo frente al mismo espejo ovalado de su habitación, mirando un reflejo que ya no era legítimamente el suyo.

Primero se quitó el gorro y lo dejó sobre la cómoda; luego fueron los zapatos y las medias.

En dos ocasiones llevó las manos al cinturón de su chaqueta antes de decidirse a quitárselo. Ese uniforme le había brindado una libertad que nunca hubiera tenido sin él. Jamás se habría enfrentado a sus padres sin la confianza que había adquirido tras largos días y noches de guardia. Nunca habría sido consciente de su propio valor, de que no era solo una hermosa pieza de exhibición. Jamás habría conocido a Jameson.

Sus dedos temblaron en el primer botón. Cuando lo desabrochó, todo terminó. No habría más guardias ni más reuniones informativas; no más sonrisas cuando caminaba por la calle, orgullosa de lo que estaba haciendo. Era solo ropa, la manifestación física de la mujer en la que se había convertido, de la hermandad a la que pertenecía.

Oyó un ruido a su espalda; levantó la cabeza y en el espejo vio el reflejo de Jameson; estaba de pie en el mismo sitio en el que había estado esa mañana, apoyado en el umbral. En lugar de llevar su uniforme planchado, seguía vestido con el traje de vuelo.

Jameson cerró los puños, necesitaba abrazarla; sin embargo, mantuvo los brazos cruzados sobre el pecho. No dijo nada mientras observaba cómo Scarlett se debatía con los botones de la chaqueta. Sufría al ver el dolor y la pérdida en su expresión cuando por fin pudo desabrocharse todos los botones. Sin duda había hablado con su líder de sección. No solo se estaba desvistiendo, se estaba deshaciendo.

Por mucho que quisiera cruzar la habitación para confortarla, era algo que tenía que hacer ella sola, por sí misma. Además, él ya era responsable de haberle arrebatado mucho; no soportaría ser también parte de eso.

Scarlett se quitó la chaqueta con los ojos llenos de lágrimas; la dobló con cuidado y la puso sobre la cómoda. Luego fue el turno de la corbata, la blusa y, por último, la falda. Con manos firmes lo apiló todo, vestida solo con la ropa interior de civil que siempre había insistido en usar.

Tragó saliva y levantó la barbilla.

—Se acabó.

—Lo siento mucho. —Las palabras salieron de Jameson como si se hubieran raspado con fragmentos de botellas rotas.

Scarlett caminó hacia él; toda ella eran curvas abundantes y tristeza en los ojos, pero sus miradas se encontraron. La de ella era firme.

—Yo no.

—¿No? —preguntó él tocando su mejilla porque necesitaba tocarla.

—No lamento nada que me haya llevado hasta ti.

Jameson la alzó en brazos hasta la cama y le mostró con el cuerpo lo afortunado que se sentía de haberla encontrado.

Un mes después, Scarlett se maravillaba con la libertad que le brindaba el sencillo vestido cruzado cuando Jameson y ella fueron de compras a una pequeña tienda londinense especializada en ropa para bebé.

Algunos aspectos de la vida civil, como no morir de calor en su uniforme bajo el sol de agosto, le sentaban bastante bien.

—Ojalá hubiéramos hecho esto hace dos meses —masculló Jameson mientras ambos buscaban en los estantes poco surtidos de ropa infantil.

—Va a estar bien —aseguró Scarlett—. Él no necesitará mucho al principio.

—Ella. —Jameson sonrió y se inclinó para darle un beso en la sien.

Habían racionado la ropa desde junio, lo que significaba que al cabo de unos meses necesitaría ser creativa y lavar más a menudo. Sábanas, ropa, pañales; tenían mucho que conseguir antes de noviembre.

—Él —repuso Scarlett negando con la cabeza—. Para empezar, llevémonos esto —añadió, dándole a Jameson dos trajecitos que podían ser para niña o para niño.

—Vale.

Scarlett hizo una pequeña mueca al ver el escaso surtido de pañales.

—¿Qué pasa? —preguntó Jameson.

—No he puesto un pañal en mi vida. Sé que necesito alfileres de seguridad, pero no tengo a nadie a quien preguntarle.

Seguía sin hablar con sus padres; fuera como fuese, su madre tampoco se había ocupado mucho del cuidado de sus bebés.

—Pueden contratar un servicio de pañales —sugirió una joven empleada en un extremo del pasillo al tiempo que esbozaba una rápida sonrisa—. Se están haciendo muy populares.

Jameson asintió, considerando la idea.

—Tendríamos menos que lavar y quizá calmaría un poco tu estrés por no poder comprar lo suficiente.

Scarlett puso los ojos en blanco.

—Podemos hablarlo después de cenar. Me muero de hambre.

—Sí, señora —respondió con una sonrisa.

Cogió sus compras y se dirigió a la caja.

La verdad era que los pañales no estaban en la lista de todo lo que tenían que hablar durante esas valiosas cuarenta y ocho horas de permiso.

Un momento después estaban en la calle animada, caminando cogidos de la mano. Por el momento habían cesado los bombardeos, aunque por todas partes había pruebas de ellos.

—¿Algún lugar donde quieras comer? —preguntó Jameson ajustándose el sombrero con una mano.

Scarlett podía jurar que había visto al menos a tres mujeres embelesadas con el espectáculo, y no podía culparlas. Su marido era increíble, de la cabeza a los pies.

—No particularmente. Aunque no me importaría regresar al hotel y tenerte a ti como cena —dijo haciendo un esfuerzo por permanecer seria.

Jameson se detuvo de pronto, lo que obligó a la gente a rodearlos para seguir avanzando.

—Ahora mismo consigo un taxi —propuso sin poder reprimir una sonrisa de placer.

—¿Scarlett?

Scarlett se quedó de piedra al oír la voz de su madre. Apretó la mano de Jameson con fuerza y se dio la vuelta hacia ella.

No estaba sola: el padre de Scarlett, a su lado, parecía tan asombrado como su hija; sin embargo, logró controlar su expresión para mostrar la frialdad que ella conocía tan bien.

—Jameson, estos son mis padres, Nigel y Margaret; pero

estoy segura de que preferirían que los llamaras barón y lady Wright.

Al fin podía darles un buen uso a todas esas lecciones de buenos modales que le habían inculcado.

—Señor —saludó Jameson, que dio un paso adelante y ofreció la mano a Nigel, aunque perdiera la de Scarlett para hacerlo.

Era el tristemente célebre padre por el que su mujer y su cuñada tenían tantos sentimientos encontrados. Iba vestido con un traje muy elegante; llevaba el cabello entrecano embadurnado hacia atrás, impecable.

El padre de Scarlett miró la mano extendida de Jameson y volvió a alzar la vista.

—Tú eres el yanqui.

—Soy estadounidense, sí —repuso Jameson, pero sonrió al tiempo que bajaba la mano para volver a tomar la de Scarlett.

No podía imaginar una ruptura de ese tipo con sus propios padres; si en sus manos estaba aliviar la tensión, no dudaría en hacerlo. Era lo menos que su madre esperaría de él.

—Señora, sus hijas hablan muy bien de usted.

Scarlett le apretó la mano al escuchar esa mentira.

Margaret tenía el cabello oscuro y los ojos azules penetrantes de sus hijas. De hecho, el parecido era tal que no pudo deshacerse del sentimiento de que echaba un vistazo al aspecto que tendría Scarlett al cabo de treinta años; aunque ella seguro que no tendría esa expresión fría y esa tensión en la boca. Su mujer era mucho más cálida.

—Vas... vas a tener un hijo —dijo su madre en voz baja, con los ojos muy abiertos y fijos en el vientre de Scarlett.

El impulso irracional de ponerse entre su mujer y la madre de esta fue instantáneo.

—Así es —respondió Scarlett con la voz firme y la frente alta.

A Jameson siempre le maravillaba ese autocontrol, pero en esa ocasión era más de lo que nunca había visto.

—Entiendo que habéis convencido a Constance de que echara a perder su vida —añadió en el mismo tono que había utilizado esa mañana para pedirle a Jameson que le pasara la leche.

Este parpadeó. Era perfectamente consciente de que aquel era un tipo de combate en el que no era experto, al contrario de lo que sucedía con su mujer.

—Constance toma sus propias decisiones —respondió Margaret con la misma amabilidad.

—¿Es un niño? —preguntó Nigel mirando a Scarlett con un brillo particular en los ojos, un brillo que parecía muy cercano a la desesperación, para alivio de Jameson.

—No podría saberlo, sigo embarazada —contestó inclinando la cabeza hacia un lado—. Y, en cualquier caso, no es asunto vuestro.

Aquella era la familia más extraña que Jameson había conocido, y, de alguna manera, formaba parte de ella.

Scarlett volvió a dirigir la atención hacia su madre.

—Las decisiones de Constance son de ella, pero vosotros habéis sacado provecho de su corazón roto. Tanto vosotros como yo sabemos lo que le hará. La habéis enviado al matadero. Haré todo lo que esté en mi mano para convencerla de que no se case.

Entre los disparos que iban y venían, ese fue un golpe directo.

—Hasta donde yo sé, fuiste tú quien tomó la decisión por ella cuando lo rechazaste —respondió su madre, imperturbable.

Aquello era una bomba directa al sistema de flotación.

La forma en que Scarlett inspiró fue suficiente para que Jameson se diera cuenta de que las palabras de la madre habían acertado en el blanco.

—Ha sido un placer conocerlos, pero tenemos que irnos —intervino Jameson inclinando levemente su sombrero.

—Si es un niño, puede ser mi heredero —espetó Nigel.

Jameson sintió que todos los músculos de su cuerpo se tensaban, preparándose para la pelea.

—Si nuestro bebé es un niño, seguirá siendo nuestro hijo —replicó.

—No es nada vuestro —añadió Scarlett entre dientes hacia su padre, y levantó la mano por instinto para proteger a su bebé.

—Si Constance no se casa con Wadsworth, como estás tan determinada a impedir —dijo su padre con un brillo taimado en los ojos—, y tú tienes al único heredero, la línea hereditaria está clara. Pero si se casa con él y tienen hijos, será harina de otro costal.

—Increíble —masculló Scarlett negando con la cabeza—. Renuncio a mi derecho en este momento; aquí, en plena calle. No lo quiero.

Nigel miró a uno y otro; y fijó sus ojos entornados en Scarlett.

—¿Qué vas a hacer cuando maten a tu yanqui?

Scarlett se tensó.

Jameson no podía discutir esa posibilidad. La esperanza de vida de un piloto no era de años, ni siquiera de meses. Las probabilidades no estaban a su favor que digamos, sobre todo al ritmo al que el 71 participaba en más y más misiones. Desde que les dieron los Spitfire unas semanas antes, eran uno de los escuadrones de élite para derribar al enemigo. Estaba a solo una batalla de ser el mejor piloto... o de perecer.

—Tendrás que mantener a un bebé con una pensión de viudedad, pues supongo que ya no llevas el uniforme ni ingresas dinero por ti misma.

—Ella estará bien —intervino Jameson.

Había cambiado su testamento para asegurarse de que Scarlett heredara sus propiedades en caso de que no regresara, pero no se lo iba a decir a sus padres.

—Cuando eso pase, volverás a casa —dijo su padre ignorando a Jameson—. Piénsalo. No tienes ninguna habilidad particular. ¿Puedes decir con franqueza que trabajarás en una fábrica? ¿Qué vas a hacer con tu hijo?

—Nigel —lo reprendió Margaret en voz baja.

—Volverás a casa. Y no por ti. Sé que preferirías morirte de hambre a darnos esa satisfacción, pero ¿y el niño?

Scarlett palideció.

—Nos vamos. Ya.

Jameson dio la espalda a los padres de Scarlett sin soltarle la mano.

—¡Ni siquiera tienes un país! —exclamó Nigel a su espalda.

—¡Muy pronto será estadounidense! —gritó Jameson mientras se alejaba.

Scarlett mantuvo la cabeza en alto cuando Jameson bajaba de la acera para parar un taxi. Un vehículo negro se detuvo frente a ellos; Jameson abrió la puerta y dejó pasar a Scarlett. La rabia bullía en sus venas, caliente y espesa.

—¿Adónde? —preguntó el conductor.

—A la embajada de Estados Unidos —respondió Jameson.

—¿Qué? —preguntó Scarlett; el taxi se abría camino entre el tráfico.

—Necesitas un visado. No puedes quedarte aquí. Nuestro bebé no puede quedarse aquí. —Negó con la cabeza—. Me dijiste que eran fríos, monstruos, pero eso ha sido... —Tensó la mandíbula—. No tengo palabras para describir lo que acaba de suceder.

—Y por eso me llevas a la embajada —dijo Scarlett alzando una ceja.

—¡Sí!

—Amor mío, no tenemos el certificado de matrimonio ni ninguna identificación. No me van a dar un visado así sin más, solo porque tú lo digas —añadió tranquila mientras le acariciaba la mano.

—¡Mierda!

El conductor se volvió un momento para mirarlos, pero ellos continuaron.

—Sé que son... terribles, pero ya no tienen ningún poder sobre mí, sobre nosotros. Jameson, mírame.

—Si algo me sucede, necesito saber que puedes llegar a Colorado. —Solo pensar que ella podría regresar con su familia le hizo sentir otra punzada de rabia—. No somos pobres, al menos no en tierras, y ya he cambiado mi testamento. Si me muero, tienes varias opciones, pero volver con esos dos no es una de ellas.

—Lo sé —admitió asintiendo levemente—. No lo haré. Y no te va a pasar nada.

—Eso no lo sabes.

—Pero, si sucede, nunca regresaré con ellos. Lo prometo.

Jameson buscó su mirada.

—Prométeme que empezaremos la solicitud del visado.

—¡No voy a dejarte!

—Promételo. Al menos, si muero, la tendrás.

No iba a ceder, en eso no sería un marido razonable y sensible. Ella tenía que pertenecer a algún lado si él caía.

—Está bien, empezaremos los trámites, pero hoy no podemos hacer nada al respecto; necesitamos pedir una cita.

La besó con intensidad y rapidez; le importaba un comino que estuvieran en público o escandalizar al conductor.

—Gracias —murmuró Jameson apoyando su frente en la de ella.

—¿Ya podemos regresar al hotel?

Jameson le dio el nuevo destino al conductor con una sonrisa que no se le borró durante todo el camino. Ni siquiera desapareció cuando subieron la ancha escalera hasta su habitación ni cuando ella abrió la puerta.

Aunque él no sobreviviera a esa guerra, ella lo haría, su hijo lo haría.

—¿Qué es eso? —preguntó Scarlett al entrar en el dormitorio, señalando una caja grande que reposaba sobre el escritorio.

Estaba exhausta, no solo por los kilómetros que habían caminado para ir de compras, sino también por el encuentro con sus padres en la calle.

—Esta mañana te he comprado un regalo, mientras dormías, y he pedido que lo trajeran aquí. Vamos. —La animó a abrir la caja.

—¿Un regalo? —dijo ella al tiempo que ponía la bolsa con la ropa del bebé encima de la cama; luego se volvió hacia él con escepticismo—. ¿Qué te traes entre manos?

—Tú ábrelo.

Jameson cerró la puerta y se puso a su lado, apoyado en el escritorio para poder verla.

—No es mi cumpleaños —dijo abriendo una de las tapas.

—No, pero es el inicio de una nueva época para ti.

Scarlett abrió la otra tapa, echó un vistazo al interior y luego ahogó un grito; sintió que algo se removía en su interior.

—Jameson —murmuró.

—¿Te gusta? —preguntó él con una sonrisa.

Rozó con los dedos el frío estuche metálico.

—Es...

«Maravilloso. Impresionante. Atento. Demasiado.»

—Pensé que quizá podías escribir algunas de esas historias que siempre estás rumiando en esa hermosa mente tuya.

Scarlett estalló en una carcajada alegre y se abalanzó a los brazos de Jameson, sujetándolo con fuerza.

—Gracias. Gracias. Gracias.

Le había comprado una máquina de escribir.

21

GEORGIA

Jameson:

Te echo de menos. ¿Cuánto tiempo llevamos escribién-
donos? ¿Meses? Incluso viviendo en la misma casa, entre
tus horarios de vuelo y mis guardias solo hemos podido
vernos unos minutos. Es la forma de tortura más dulce,
dormir junto a tu almohada, impregnada con tu olor, sa-
biendo que vuelas en los cielos por encima de mí. Rezo por
tu seguridad, por que estés leyendo esta nota mientras yo
ya estoy en el trabajo, que sonrías mientras te quedas dor-
mido junto a mi almohada, con mi aroma, deseando
abrazarme. Que duermas bien, amor mío; quizá llegue a
casa esta tarde antes de que tengas que volver a la línea de
vuelo. Te quiero.

Scarlett

—¿Estás segura? —preguntó Helen con su acostumbrada efi-
ciencia.

La agente de Gran siempre dejaba poco espacio para la pala-
brería, por esa razón la había elegido después de que el primer
agente que había tenido falleciera tras veinte años de relación
profesional.

—Del todo —le aseguré, cambiándome el móvil de mano al

tiempo que entraba en casa—. Se lo dije cuando me llamó hace un par de semanas, pero Damian no tendrá más derechos sobre la obra de Scarlett Stanton de los que ya tiene. Y sabes lo que Gran pensaba de las películas. No me importa lo que ofrezca, la respuesta es no.

Helen se rio.

—Lo sé. Vale, entonces, ningún manuscrito para Ellsworth Productions.

Sentí una punzada en el corazón al oírla mencionar la empresa que había ayudado a levantar, pero eso solo hizo que estuviera más decidida a no darle a mi ex ni una cosa más.

—Gracias.

Me dirigí al recipiente gigante de golosinas que estaba en la mesa de la entrada y lo rellené con una nueva provisión de barritas de chocolate Snickers.

—Por supuesto —dijo Helen—. Y, francamente, estoy deseando decirle que se vaya a la mierda. Creo que lo voy a llamar cuando colguemos. Ah, ¿y cómo va el manuscrito?

Me detuve frente al espejo del recibidor y me ajusté el sombrero de bruja, aprovechando la oportunidad para ver a Noah en su reflejo; estaba trabajando en el escritorio de Gran, a mi espalda. Tenía remangada la camisa sobre los antebrazos y fruncía el ceño, concentrado, mientras sus dedos volaban sobre el teclado.

—¿Georgia? —insistió Helen.

—Ahí va.

Era más de lo que podía decir de mí, puesto que, obediente, mantenía las manos fuera del trabajo del escritor. No pasaba un día en que no pensara en el beso que casi nos habíamos dado o contemplara sentarme en sus piernas para intentarlo de nuevo, y así poder concretar al menos una de las fantasías que tenía sobre su boca contra la mía.

Por enésima vez esa noche, sonó el timbre de la puerta.

—Tengo que irme, Helen, esta es una casa de locos.

—¡Feliz Halloween! —se despidió.

Colgamos y abrí la puerta con una gran sonrisa preparada para los niños; Halloween era genial. Durante una noche podíamos ser quien quisiéramos, lo que quisiéramos: brujas, cazafantasmas, princesas, astronautas, el caballero negro de Monty Python; todo estaba permitido.

—¡Truco o trato! —exclamaron dos niños al unísono.

Sus padres estaban justo detrás. En Poplar Grove, las tormentas de nieve en Halloween eran muy habituales.

—¿Qué tenemos aquí? —pregunté agachándome para quedar a su altura—. Un bombero y un...

«Que Dios me ayude.» ¿De qué era ese disfraz?

—¡Raven! —respondió el niño con entusiasmo. Su voz estaba amortiguada por una bufanda que desaparecía dentro del disfraz.

—¡Exacto! —exclamé, y metí una barrita extragrande de Snickers en cada bolsa.

—¡Vaya, excelente disfraz de *Fortnite*! —dijo Noah detrás de mí.

Tan solo su voz era suficiente para hacer que me estremeciera. Por supuesto, él lo sabía.

—¡Gracias! —dijo el niño saludando con la mano.

—¡Gracias! —añadió la niña.

Ambos corrieron para reunirse con sus padres y se alejaron por la entrada del garaje, dejando huellas en los dos centímetros y medio de nieve.

—Nunca hubiera pensado que fueran a venir tantos niños; estás muy lejos del centro —opinó Noah, que se alejó para que yo pudiera cerrar la puerta.

—Gran siempre repartía chocolatinas extragrandes, con lo

que se ganó a muchos críos. —Puse las golosinas sobre la mesa y me volví hacia él—. ¿Cómo vas ahí dentro?

—He terminado por hoy —contestó a la vez que levantaba un poco mi sombrero para mirarme a los ojos—. ¿Y tú? ¿Te sientes increíble porque ya has firmado el contrato para comprar el taller? Porque lo eres.

—Quizá un poquito. —No pude evitar sonreír; estaba sucediendo de verdad—. Además, ya he hecho el pedido de dos hornos normales y del horno del recocido. ¿En qué final estás trabajando? —pregunté, esperando que mi cuerpo no se calentara y mis mejillas no se sonrojaran.

Tampoco importaba mucho; la mirada de esos profundos ojos castaños me decía que Noah Morelli era más que consciente del efecto que producía en mí. Yo reconocía esa misma necesidad en él, desde la mirada ardiente hasta los contactos inocentes que apenas duraban lo suficiente como para abrasarme la piel y avivar más mi deseo.

—En el mío —respondió con una sonrisa descarada.

—Mmm...

—No te preocupes, luego escribiré tu mar de lágrimas.

—Debe ser emotivo —le recordé.

—Como quieras llamarlo. Al final te conquistaré.

Sí, esa era definitivamente una sonrisa socarrona.

—Ya veremos.

Después de todas aquellas semanas, esa seguía siendo mi respuesta, aunque estaba más segura que nunca del final que deseaba. ¿En cuanto a que él me conquistara en la vida real? Bueno, ahí ganaba.

Echó un vistazo por el recibidor y luego entró en el salón.

—¿Qué buscas? —pregunté.

—Se me acaba de ocurrir. No he visto el fonógrafo.

—Y no lo verás —señalé encogiéndome de hombros—.

Gran dijo que se había descompuesto o algo así en los años cincuenta.

—Qué pena.

Toda su expresión era de decepción. El timbre volvió a sonar y tomó el recipiente con las golosinas mientras sonreía.

—Me toca a mí.

Al ver a Noah repartiendo golosinas a otro grupo de niños, el corazón se me derritió. Podían llamarlo «biología» o el resultado de cientos de miles de años de evolución, pero ser amable con los niños era... sexy.

—¿Quieres que te deje sola? —preguntó después de cerrar la puerta.

En su pregunta no había expectativas, y eso lo hacía mucho más seductor. Su coqueteo era audaz, pero nunca presionaba, incluso después de que casi lo hubiera besado.

«Deberías haberlo hecho, masoquista. ¡Míralo!»

—No. —Ese era el problema. No importaba cuánto tiempo pasara con Noah, siempre quería más—. ¿Por qué no te quedas?

—Encantado —dijo en voz baja.

Asentí y aparté la mirada antes de que viera demasiado en ella.

Eran las ocho y media, y ya no había niños pidiendo golosinas.

—No vendrán más —dije cuando sonó la campanada del reloj de pie.

—¿Puedes ver el futuro? —preguntó Noah con una débil sonrisa.

—Ojalá —respondí con una risita.

Si pudiera ver el futuro sabría qué demonios estaba haciendo. En ese instante no tenía ni una sola pista.

Lo deseaba. Eso era muy fácil aceptarlo. Pero esto... Lo que sea que fuera, era mucho más que deseo físico. Me gustaba, disfrutaba estar con él, hablar con él, averiguar qué lo hacía reír. En ese sentido, era mucho más peligroso que la pura química. Le estaba confiando mi vida y la historia de Gran. Estaba peligrosamente cerca de confiar en él como amigo..., quizá como amante.

—Es una regla del pueblo —expliqué quitándome el sombrero de bruja—. Se dejan de pedir golosinas a las ocho y media.

—¿En serio tenéis una regla sobre la noche de Halloween? —preguntó sorprendido.

—Así es. Está ahí, escondida, pero la tenemos. Bienvenido a la vida en un pueblo pequeño.

—Fascinante —comentó.

Le sonó el móvil. Se lo sacó del bolsillo y miró la pantalla.

—Mierda —masculló—. Es mi agente.

—Si quieres, puedes coger la llamada en el despacho —ofrecí. Frunció el ceño.

—¿Estás segura? No quiero retenerte si tienes planes «interesantes» para Halloween.

—Quizá me guste que me retengan —respondí lo más tranquila que pude.

Arqueó una sola ceja y sus pupilas se dilataron.

—Ve a contestar —insistí reprimiendo una sonrisa.

Supongo que él no era el único que sabía flirtear con cierta gracia.

—Un problema, Georgia Stanton, eres todo un problema.

Exhaló profundamente, respondió la llamada y se dirigió al despacho de Gran. Tenía que dejar de pensar que era de ella.

—Hola, Lou. ¿Qué es tan importante para que me llames desde Hawái?

No cerró la puerta, pero yo me alejé para darle privacidad. Una punzada de ansiedad me golpeó en el pecho al saber que probablemente estaba hablando de su futuro.

«No seas ridícula», me dije.

Ese no era el único proyecto de Noah, por supuesto. Los últimos ocho años había publicado un libro cada seis meses. En algún momento terminaría ese. En algún momento empezaría el siguiente. En algún momento se iría.

Cada día que pasaba nos aproximaba un poco más a su inevitable partida. Dos meses antes, ese día me hubiera complacido: la cuenta atrás hasta que Noah saliera de mi vida. Ahora, esa idea me hacía estremecer de pánico. No quería que se fuera.

Me quité el sombrero y salí por la puerta principal, dándole la bienvenida a la ráfaga de aire helado; luego soplé las velas que había dentro de las calabazas que el club de lectura le había regalado a Gran hacía diez años. Con un rápido vistazo a la entrada, cubierta de nieve, me aseguré de que no hubiera más niños rezagados, volví al interior y cerré la puerta.

—¿Ellsworth ha ofrecido qué? ¿Solo por verlo? —Oí que Noah alzaba la voz desde el despacho—. El manuscrito ni siquiera está terminado.

Me quedé helada; tenía el corazón en la garganta. Aunque deseaba desesperadamente moverme, cerrar los oídos a lo que venía, al parecer no podía alejarme. Yo ya le había dicho a Damian que de ninguna manera pondría sus sucias manos en el manuscrito y que nevaría en el infierno antes de que se acercara a los derechos para llevarlo a la pantalla. Helen sin duda le había dado el mismo mensaje esa noche.

Debí de imaginar que su siguiente paso sería recurrir a Noah.

«No lo hagas.» Sentí la súplica firme en mi garganta. Si Noah iba a traicionarme, era mejor saberlo ya.

—¿Eso ha hecho? —preguntó Noah en tono casi jovial—. No, has hecho bien. Gracias.

¿Había hecho lo correcto? ¿Qué quería decir? Sin duda, yo le gustaba a Noah, pero si algo había aprendido sobre la industria era que el dinero superaba siempre cualquier tipo de afecto. Y ahí había una cantidad escandalosa de dinero en juego.

Noah rio con descaro y mi corazón latió con más fuerza.

—Entonces, supongo que fue bueno evitar que su nombre se relacionara con ninguno de mis libros. Me alegro de que nos entendamos, Lou. Me importa un comino lo que diga... Ella no quiere que lo tenga. Ni siquiera que lo lea.

Contuve el aliento. «Quizá...»

—Porque yo estaba ahí cuando le dijo que se fuera a la mierda. No es que usara esas palabras exactas, pero eso implicaban, y no la culpo.

Una sonrisa comenzó a dibujarse en mi rostro. Me elegía a mí. La idea era tan loca que me llevó un momento asimilarla. Me había elegido a mí. Como si esa certeza desbloqueara mis pies, de pronto avancé hacia el despacho, abrí la puerta de par en par y me puse frente a Noah.

Estaba apoyado en la esquina del escritorio, con una palma sobre la superficie y con la otra sostenía el móvil contra la oreja. Me miró a los ojos.

—¿Tiene prioridad de compra? —preguntó.

—No venderé los derechos. No me importa —dije.

Sentía bajo la piel descargas eléctricas como si fueran una corriente viva. Sus palabras habían hecho lo que semanas de coqueteo y tensión sexual no habían logrado: derribar mi última defensa. No lucharía más contra eso.

—¿La has escuchado, Lou? —Noah sonrió ante la respuesta de su agente—. Sí, se lo diré. Disfruta del resto de tus vacaciones. —Colgó y dejó el móvil en el escritorio—. ¿Scarlett le concedió la prioridad de compra sobre acuerdos futuros? —preguntó asombrado.

—Por aquel entonces, ella me dio a mí ese derecho. Yo monté la productora con Damian, ¿recuerdas? ¿Qué ha dicho tu agente?

Nos separaban menos de dos metros. Un poco más cerca y la charla habría terminado.

—Que es un imbécil pretencioso —respondió esbozando una sonrisa.

—Eso es verdad —convine—. ¿Qué te ha ofrecido?

—Un contrato para dos de mis libros que aún no han sido llevados a la pantalla; es gracioso, porque ya lo había rechazado antes —explicó Noah mientras se encogía de hombros—. Y eso solo para echarle un vistazo al manuscrito.

—No has aceptado.

—No puedo aceptar, no me pertenece. —Los músculos de sus antebrazos se tensaron cuando apretó el borde del escritorio—. Y que me parta un rayo si le doy algo, mucho menos algo que es tuyo.

Reduje la distancia que nos separaba, llevé las manos a su rostro y lo besé. Las rígidas líneas de su boca me parecieron increíblemente suaves cuando nuestros labios se encontraron, se ablandaron, permanecieron.

—Georgia. —Murmuró mi nombre contra mi boca en una suerte de súplica y plegaria, a medida que se apartaba un poco en busca de mi mirada.

—Me has conquistado —susurré acariciando su cuello.

Esbocé una sonrisa; de pronto, sus labios se posaron sobre los míos, me sujetó por la cintura y pegó mi cuerpo al suyo.

Contuve el aliento y entreabrí los labios para él.

Pasó los dedos entre mi cabello y me tomó por la nuca al tiempo que me besaba con pasión, reclamando mi boca a conciencia; las fuertes caricias de su lengua me abrasaron. Un suave gemido que apenas reconocí como mío se escapó de mi boca al probar el sabor a chocolate y a Noah.

Ladeó mi cabeza y me besó con aún más pasión; mi cuerpo se arqueó contra el suyo y me puse de puntillas para acercarme más. Deslizó la mano a la parte baja de mi espalda, al tiempo que exploraba las comisuras de mi boca con una sola idea en la cabeza, como si nada existiera más allá de ese beso.

El deseo me abrumó, una necesidad violenta conforme el beso se alargaba. Noah me mantenía al límite, cambiaba el ritmo: fuerte y profundo, luego suave y juguetón; me mordisqueaba el labio inferior, solo para aliviar el ardor con la punta de la lengua.

Nunca me había sentido tan completa y profundamente embriagada por un beso.

«Más.» Necesitaba más.

Deslicé las manos sobre su nuca hasta el cuello de su camisa y tiré de él.

—¿Georgia? —dijo entre besos.

—Te deseo.

La confesión fue un murmullo, pero ya lo había hecho. Le ofrecía la verdad en bandeja de plata, para que la aceptara o la rechazara.

—¿Estás segura?

Sus oscuros ojos me estudiaron con deseo y preocupación, con un toque algo salvaje, como si su autocontrol fuera tan débil como el mío.

—Estoy segura. —Asentí por si mis palabras no eran suficiente, y acaricié con la punta de la lengua mi labio inferior, hinchado por sus besos; sin embargo, un pensamiento desagradable cruzó mi mente—. ¿Tú quieres...?

Ese podría ser uno de los momentos más vergonzosos de mi vida si leía mal las señales.

—¿Tú qué crees?

Me cogió por las caderas y tiró hacia él; sentí su erección entre nosotros.

—Diría que sí.

«Gracias, Dios mío.»

—Para que ya no haya malentendidos —dijo acariciando mi mentón con un dedo—. Te deseé desde el primer momento en que te vi en la librería. No ha habido un segundo en el que no te haya deseado.

Si sus palabras no me hubieran derretido, la intensidad de su mirada lo habría hecho.

—Bien. —Sonreí y tiré de nuevo de su camisa.

Alzó los brazos hacia su espalda y se la quitó de un solo movimiento para quedarse desnudo de cintura para arriba.

Sentí la boca seca. Cada línea de su torso estaba grabada; los músculos definidos cubiertos por una piel suave, tatuada, lista para ser besada. Ese hombre era todas y cada una de mis fantasías hechas realidad. Pasé las yemas de los dedos por su pecho y su abdomen esculpidos; mi respiración se entrecortaba a cada centímetro que recorría, hasta la letra V tatuada que se hundía bajo los pantalones.

Cuando por fin levanté la mirada hasta sus ojos, la avidez que vi en sus pupilas debilitó mis rodillas.

Se apoderó de mi boca con otro beso, robando todo pensamiento lógico con cada acometida, con cada roce de su lengua contra la mía.

Nos separamos solo el tiempo suficiente para que mi blusa cayera al suelo junto a la de él; luego nuestras bocas volvieron a fundirse, como si no fuera solo un beso, sino oxígeno. Mis manos volaron al cierre de sus vaqueros, pero me detuvo.

—Podemos hacerlo despacio.

Incluso su voz ronca me excitaba.

—Claro. Despacio. Después rápido, aquí. Ahora.

La urgencia que me devoraba no podía satisfacerse con nada que no fuera contundente.

El sonido que escapó de sus labios me recordó un gruñido; luego selló mi boca con la suya y me besó con fuerza. Éramos una maraña de manos y bocas; nos liberamos de los zapatos como pudimos; Noah me tomó del trasero y me levantó como si no pesara nada.

Abracé su cintura con las piernas y las entrelacé por los tobillos sobre sus caderas; me llevó cargando fuera del despacho y subió la escalera sin siquiera perder el aliento. La tensión irradiaba de sus músculos mientras avanzaba por el pasillo hasta mi habitación, pero su beso nunca vaciló.

Sentí la cama bajo mi espalda y Noah se puso sobre mí; sus manos se deslizaron por debajo para desabrochar el sujetador, que muy pronto cayó al suelo, seguido de mis vaqueros.

—Dios, eres tan hermosa... —dijo con reverencia.

Se arrodilló y deslizó los dedos por mi garganta, bajando entre mis senos y hasta el vientre y la tela fina de mi ropa interior. Su tacto me erizó la piel.

Pensé que había tomado una excelente decisión al ponerme el tanga de encaje rosa esa misma mañana. El tanga también desapareció y la tela de encaje fue rápidamente remplazada por su boca.

—¡Noah! —exclamé, sujetando su cabello con una mano y las sábanas con la otra, para mantener el equilibrio.

La lengua de ese hombre era mágica. Los movimientos circulares, rápidos, incluso el ligero roce de sus dientes provocaba que mis caderas se mecieran y todo mi cuerpo se retorciera debajo de él. El placer era intenso, incontenible, violento, y no hizo sino aumentar cuando deslizó primero uno y después dos dedos en mi interior. Mi cuerpo se tensó y cerré los ojos; sus arremetidas me hicieron arquear el cuello. Nunca había sentido algo así. Jamás. ¿Cómo había vivido sin ese deseo desesperado que me derretía? No solo lo deseaba, lo necesitaba.

El fuego que avivó se concentró en mi vientre formando una espiral que se tensaba más y más con cada lametazo, con cada gesto de sus dedos, hasta que mis muslos temblaron y mis músculos se inmovilizaron. Después me succionó el clítoris y me estremecí; el orgasmo me recorrió todo el cuerpo en oleadas tan fuertes que hicieron que gritara su nombre.

Presionó los labios en un beso en el interior de mi muslo y se levantó sobre mí con una sonrisa satisfecha, como si hubiera sido él quien había tenido el mejor orgasmo de su vida, no yo.

—Podría pasar días y días contigo bajo mi lengua, si aún quieres más.

Esa llama de necesidad volvió a encenderse, brillante y hambrienta.

—Te necesito —dije pasando los dedos entre su cabello para acercar su boca a la mía en un beso intenso y prolongado.

Nos separamos solo lo suficiente para que él pudiera terminar de desnudarse. Devoré con la mirada las curvas de su trasero mientras él sacaba un condón de su cartera, que lanzó sobre el montón de ropa que había a sus pies.

Me senté, tomé el condón de sus manos, abrí el envoltorio y se lo puse con fuertes caricias hasta que gimió y me detuvo la mano.

—Dime que estás segura —pidió con voz entrecortada y ronca, mirándome a los ojos.

—Estoy segura.

Lo acerqué a mí, urgiéndolo a que continuara. Entendió mi intención y hundió el rostro entre mis muslos. Sus besos eran intensos; exploraba mis curvas con las manos en largas caricias. Se detuvo en mis pechos, rozándome los pezones con los pulgares para luego juguetear en la curva de mi cintura y sujetarme por las caderas.

—*Increíble*: no hay otra palabra para describirte.

Me robó cualquier posible respuesta con un beso y solo pude mecer las caderas. Sentí que estaba listo y erecto, y entonces me abrí del todo.

—Noah —supliqué apretándole los hombros.

Alzó un poco la cabeza y me miró a los ojos sin dejar de mover las caderas, llenándome centímetro a centímetro, despacio, hasta que lo tuve todo en mi interior. Estiré el cuerpo al sentir un ligero ardor, más placentero que doloroso.

—¿Bien? —preguntó.

Una fina capa de sudor hacía brillar su piel bajo la luz suave de la lámpara del escritorio. Cada uno de sus tensos músculos evidenciaba que se contenía; aguantaba su peso sobre los codos y me miraba para saber si algo me incomodaba.

—Estoy perfectamente —le aseguré acariciándole los hombros y moviendo la pelvis en círculos. El ardor se convirtió en felicidad.

—*Perfecta*: es justo como te veo. —Se retiró un poco para volver a hundirse en mí con un gemido—. Dios mío, Georgia, nunca podría cansarme de ti.

—Más.

Y eso hizo. Enrosqué los dedos de los pies con un gemido y levanté las rodillas para que me penetrara más.

Después nuestras palabras perdieron su poder y nuestros cuerpos tomaron el control, hablando por nosotros en todas las lenguas que necesitábamos. Me poseyó despacio, con firmeza, hasta llevarme a un ritmo incesante, anhelante, que hacía que me tensara y me arqueara bajo su cuerpo; clavé las uñas en su piel y me dejé llevar por las increíbles sensaciones que me provocaba.

El placer volvió a acumularse; su intensidad me sorprendió. Él cambió de ángulo y su penetración fue más profunda; rozaba mis partes más sensibles con cada embestida para llevarme cada vez más alto, hasta que mi cuerpo se puso rígido bajo el suyo al caer en ese precipicio.

—Noah —murmuré; todo mi cuerpo estaba tenso.

—Sí —insistió moviendo más rápido las caderas.

Me rendí y pronuncié su nombre al tiempo que me dejaba invadir de nuevo por otro orgasmo; lo sujeté con fuerza contra mi cuerpo para que me alcanzara, mientras las sensaciones que me recorrían se intensificaban hasta consumirme y convertirme en algo nuevo por completo. Era totalmente suya.

—Georgia —gimió contra mi cuello.

Decidí que era justo así como quería que dijera mi nombre en adelante.

Eso... eso era la vida. Era justo como debía ser hacer el amor, y me lo había perdido durante demasiado tiempo. Me había conformado con mucho menos, sin saber que existía ese tipo de deseo, que Noah existía.

Giró sobre el costado, llevándome con él mientras nos recuperábamos; nuestra respiración era entrecortada, igual que los latidos de nuestros corazones, y sin embargo él mantenía la mirada fija en la mía, iluminada con la misma alegría que recorría mis venas.

—Guau —dije entre jadeos, acariciando con suavidad su mejilla, cubierta por una barba incipiente.

¿Acaso era posible que ese hombre fuera aún más guapo?

—Guau —repitió él con una sonrisa.

El corazón me latía con fuerza; sin embargo, nunca me había sentido tan bien. Feliz. Estaba feliz. No era tan ingenua como para pensar que eso sería eterno; él ni siquiera vivía allí. Ese tonto brillo que iluminaba mi corazón era el resultado de dos orgasmos maravillosos, no de... «Ni siquiera pienses la palabra.» Que Noah me gustara era una cosa; enamorarme de él, otra muy distinta.

Pero entonces recordé sus gemidos al pronunciar mi nombre en mi cuello y perdí. Caí en picado hacia una emoción para la que no estaba preparada y que mucho menos podía nombrar.

—Como yo lo veo, tenemos dos opciones —dijo apartándome la melena hacia atrás con tanta ternura que sentí un nudo en la garganta—. Puedo regresar a mi casa.

—¿O...? —pregunté, y le acaricié el pecho con el índice. Quería que se quedara donde estaba.

—O podemos pasar la tormenta de nieve juntos, aquí, en esta cama.

—Prefiero la segunda opción —respondí con una sonrisa.

No me importaba adónde me llevara, por el momento lo tenía allí y no desperdiciaría ni un segundo.

22

Diciembre de 1941
North Weald, Inglaterra

—Ahora sería perfecto —dijo Jameson, arrodillado frente al vientre de Scarlett; iba vestido de uniforme—. Porque ahora estoy aquí. Y sé que quieres que yo esté aquí cuando nazcas, ¿verdad?

Scarlett puso los ojos en blanco, pero pasó los dedos por el cabello de Jameson. Todos los días tenía la misma conversación unilateral con el bebé, quien, según los cálculos de la comadrona, debería haber nacido hacía ya una semana.

—Pero una vez que me vaya, es muy difícil que regrese rápido —explicó; tenía las manos a ambos lados de su vientre—. Entonces, ¿qué dices? ¿Quieres conocer hoy el mundo?

Scarlett vio cómo la esperanza en el rostro de Jameson se convertía en frustración con una sonrisa reprimida.

—Definitivamente, es una niña —añadió mirándola—. Obstinada como su madre.

Le dio un beso en el vientre y se puso de pie.

—Es un niño al que le gusta dormir hasta tarde, igual que a su padre —repuso ella abrazándolo por el cuello.

—No quiero irme —admitió él en voz baja—. ¿Qué pasa si nace y no estoy aquí?

Le rodeó la cintura con los brazos, una tarea que no era fácil dado el estado de Scarlett.

—Llevas un mes diciendo lo mismo. Nada garantiza que sea hoy y, si lo es, entonces volverás a casa para conocer a tu hijo. No es que lo vayan a robar porque no estés aquí cuando nazca.

Jameson incluso le había pedido estar en la habitación con ella, pero por supuesto que tal cosa no sucedería, aunque debía admitir que tenerlo a su lado habría sido mucho más que tranquilizador.

—No me hace ninguna gracia —dijo sin humor.

—Ve a trabajar. Aquí estaremos cuando vuelvas —lo animó, ocultando el miedo que sentía de que tuviera razón. Jameson necesitaba estar completamente concentrado cuando volaba; de lo contrario, podría morir—. Hablo en serio. Vete.

Él suspiró.

—Vale. Te quiero.

—Y yo a ti —respondió ella mientras escrutaba su rostro, como hacía todos los días, para memorizarlo..., solo por si acaso.

La besó despacio y con cuidado, como si no tuviera prisa, como si no estuviera a punto de salir a otra batalla desconocida o quizá a escoltar a bombarderos en un ataque. La besó como si fuera a hacerlo miles de veces más, como si ese no pudiera ser el último beso.

Así la besaba todas las mañanas y todas las noches antes de irse al hangar.

Ella se abandonó, lo sujetó del cuello con fuerza para acercarlo y besarlo solo un momento más. Para ellos siempre era un momento más. Un beso más. Una caricia más. Una mirada anhelante más.

Ya llevaban un año de casados y ella seguía perdidamente enamorada de su marido.

—Ojalá me dejaras poner un teléfono —dijo Jameson contra su boca al apartarse del beso.

—Te van a reubicar en Martlesham-Heath dentro de dos semanas. ¿Vas a tener ese tipo de extravagancias en todas nuestras casas? —preguntó rozando la boca de él con la suya.

—Quizá. —Suspiró y se irguió para enredar los dedos en el cabello de ella, mechón por mechón, hasta terminar en su clavícula—. Solo recuerda el plan. Ve a casa de la señora Tuttle, aquí al lado, y ella...

Scarlett rio y lo empujó por el pecho.

—¿Qué te parece si yo me preocupo por tener al bebé y tú por pilotar un avión?

Jameson entornó los ojos.

—Muy bien.

Tomó su gorra de la mesa de la cocina y Scarlett lo siguió hasta la puerta, donde él cogió su abrigo del perchero y se lo puso.

—Ve con cuidado —dijo Scarlett.

Él la besó de nuevo, rápido y fuerte, mordiendo su labio inferior al final.

—Y tú sigue embarazada cuando regrese a casa, si es algo en lo que puedas tener voz y voto.

—Haré todo lo que pueda. Ahora, vete —respondió empujándolo hacia la puerta.

—¡Te quiero! —gritó él al irse.

—¡Te quiero! —contestó ella, y solo entonces él cerró la puerta.

Scarlett colocó la mano en su vientre hinchado.

—Parece que ahora solo estamos tú y yo, mi amor.

Arqueó la espalda tratando de aliviar un poco el continuo dolor en la parte baja de la columna. Estaba tan gorda que los vestidos de premamá apenas le entraban, y no recordaba cuándo había sido la última vez que se había visto los pies.

—¿Escribimos una historia hoy? —le preguntó a su hijo.

Se sentó frente a la máquina de escribir, que siempre estaba en la mesa de la cocina, y subió los pies a la silla más cercana. Luego miró los papeles que había comenzado a almacenar en una vieja caja de sombreros. En los últimos tres meses había empezado a escribir docenas de historias, pero al parecer nunca podía pasar de los primeros capítulos; luego se le ocurría otra idea y cambiaba de rumbo, por miedo a olvidarla si no la anotaba de inmediato.

El resultado era una caja de sombreros llena de posibilidades, pero ningún producto acabado.

Toc, toc, toc.

Scarlett resopló. Justo cuando acababa de lograr una postura un poco cómoda...

—¿Scarlett? —llamó Constance desde la puerta de la casa.

—¡En la cocina! —gritó ella, aliviada de no tener que levantarse.

—¡Hola, pequeña! —la saludó Constance, que rodeó la mesa y abrazó a su hermana.

—Pequeña... pequeña, no sé yo —dijo Scarlett.

Su hermana se sentó en la silla a su lado.

—¿Qué te hace pensar que te hablaba a ti? —Sonrió y se inclinó sobre el vientre de Scarlett—. ¿No has pensado todavía en venir con nosotros?

—Eres igual que Jameson —masculló Scarlett, y volvió a arquear la espalda, porque el dolor estaba yendo a peor—. ¿Hoy no has tenido guardia?

—Por suerte no. —Frunció el ceño y miró hacia la puerta de la cocina—. No puedo acordarme de cuándo fue la última vez que tuve un domingo libre. Supongo que Jameson sí que se ha tenido que ir...

—Sí. Acaba de salir.

—¿Qué hacemos? —preguntó Constance tamborileando con los dedos sobre la mesa de la cocina.

Scarlett hizo un gran esfuerzo para no mirar el anillo que brillaba en el dedo de su hermana. Qué ironía que algo tan deslumbrantemente hermoso fuera presagio de tanta destrucción.

—Siempre y cuando no implique que yo tenga que moverme, lo que tú quieras.

Constance sonrió y extendió la mano hacia la caja de sombreros.

—Cuéntame una historia.

—¡Esos no están terminados! —exclamó tratando de coger la caja, pero Constance fue más rápida..., o ella era muy lenta.

—¿Cuándo me has contado una historia que termina? —preguntó su hermana entre risas mientras hurgaba en los papeles—. ¡Aquí debe de haber por lo menos veinte!

—Por lo menos —admitió Scarlett removiéndose de nuevo en su asiento.

—¿Estás bien? —quiso saber Constance, preocupada al advertir la tensión en el rostro de su hermana.

—Estoy bien, solo algo incómoda.

—Te prepararé un té. —Se apartó de la mesa y prendió el fuego para la tetera—. ¿Piensas acabar alguna de esas historias?

—Algún día.

Scarlett se inclinó lo suficiente para recuperar la caja de sombreros mientras Constance esperaba frente a la estufa.

—¿Por qué no escribes una hasta el final y luego empiezas otra? —preguntó mientras sacaba el té de un armario.

A menudo Scarlett se había preguntado lo mismo.

—Siempre tengo miedo de olvidar la idea, pero no puedo evitar sentir que estoy cazando mariposas; pienso que una es más hermosa que las otras y al final no me decido por ninguna —respondió, y miró la caja.

—No hay prisa —dijo Constance en voz baja—. Puedes resumir tus ideas para no olvidarlas y luego volver a la mariposa que elegiste perseguir.

—Es una idea excelente —exclamó Scarlett alzando las cejas—. A veces me pregunto si solo disfruto de los inicios y por eso nunca puedo seguir. Los inicios son la parte más romántica.

—¿Y no cuando se enamoran? —bromeó Constance, que tomó asiento de nuevo.

—Bueno, eso también. —Levantó un hombro—. Pero quizá lo más interesante son las posibilidades. Contemplar cualquier situación, cualquier relación, cualquier historia, y tener la habilidad de imaginar adónde nos llevará resulta un poco abrumador, la verdad. Cada vez que pongo en la máquina una hoja en blanco, me emociono; es como el primer beso de un primer amor.

Constance echó un vistazo a su anillo de compromiso y luego lo escondió sobre su regazo debajo de la mesa.

—Entonces, ¿prefieres poner el papel en lugar de sacarlo?

—Tal vez. —Scarlett se frotó debajo de las costillas, donde a menudo el bebé ponía a prueba los límites de su cuerpo—. No sé si este bebé es niño o niña. Creo que es un niño, aunque no puedo explicar por qué. Pero en este momento puedo imaginarme a un niño con los ojos de Jameson y la misma mirada traviesa, o a una niña con nuestros ojos azules. Estoy enamorada de los dos, disfrutando de las posibilidades. Será dentro de unos días, espero que sean unos días; si no, juro que voy a explotar.

—¿Y no quieres saberlo? —preguntó Constance asombrada.

—Claro que quiero saberlo. Amaré a mi hijo o a mi hija con todo mi corazón. Ya lo amo. No obstante, mientras pienso en ambas posibilidades, las dos son verdad. Cuando haya nacido este bebé, esa parte de la historia habrá terminado. Uno de los posibles escenarios que llevo imaginando los últimos seis meses no se hará realidad. Pero no por eso el resultado será menos dulce; la verdad es que cuando se termina una historia, sin importar cómo sea, las posibilidades desaparecen. Es lo que es, o fue lo que fue.

—Entonces, sé amable con tus personajes y ofréceles un final feliz —sugirió Constance—. Eso es mejor que cualquier cosa que pudieran tener en el mundo real.

Scarlett miró la caja de sombreros.

—Quizá lo más amable que puedo hacer por los personajes sería no terminar sus historias, dejarlos con sus posibilidades, su potencial, incluso si solo existen en mi mente.

—Dejas la carta sin abrir —dijo Constance en voz baja.

—Tal vez lo haga, sí.

Una sonrisa triste cruzó el rostro de Constance.

—Y tal vez en ese mundo Edward está de permiso, escabulléndose a Kirton-in-Lindsey para verme.

Scarlett asintió; todo su cuerpo se tensó con una emoción casi dolorosa.

La tetera empezó a pitar y Constance se puso de pie.

—Así quizá sea un poco difícil que te publiquen —opinó con una sonrisa forzada—. Creo que la mayoría de la gente prefiere libros con finales.

—La verdad es que no he pensado en publicar nada.

Sintió otra punzada de dolor en la espalda que llegó hasta su abdomen con violencia, robándole el aliento.

—Tendrías que hacerlo. Siempre me ha gustado escuchar tus historias. Todos deberían tener esa oportunidad.

Scarlett volvió a moverse para cambiar el peso mientras Constance preparaba el té.

—Creo que deberíamos tomarlo en el salón. Esta silla me está matando.

—Vamos.

El tintineo de la porcelana llenó la cocina cuando Scarlett

se levantó como pudo. Poco a poco, el dolor se disipó y fue capaz de respirar hondo.

—¿Scarlett? —dijo Constance con la bandeja en las manos.

—Estoy bien, solo un poco dolorida.

Constance dejó la bandeja sobre la mesa.

—¿Prefieres que caminemos? ¿Eso te ayudaría?

—No. Estoy segura de que solo necesito estirar las piernas un minuto.

Constance miró el reloj.

—¿Por qué no hablamos con la comadrona? Solo para estar tranquilas.

Scarlett negó con la cabeza.

—El teléfono más cercano está a tres manzanas, me encuentro bien.

Lo estaba hasta que el dolor la invadió de nuevo, tensando los músculos de su abdomen.

—Es obvio que no estás bien.

Scarlett sintió una explosión y un chorro caliente bajó por sus muslos. Había roto aguas. Un miedo desconocido se apoderó de ella, más fuerte que la contracción.

—¡Llamaré a la comadrona! —exclamó Constance tomándola por el brazo para ayudarla a sentarse—. Siéntate. No trates de caminar hasta que pueda subirte a la cama.

—Quiero a Jameson.

—Claro —respondió Constance en ese tono tranquilizador tan suyo, mientras se aseguraba de que Scarlett permanecía sentada.

—Constance —dijo Scarlett, y luego hizo una pausa hasta que su hermana la miró a los ojos—. Quiero a Jameson —repitió, haciendo hincapié en cada palabra.

—Llamaré a la comadrona y luego al escuadrón, te lo prometo. A la comadrona primero, a menos que tu marido haya adquirido la habilidad de asistir un parto.

Scarlett la fulminó con la mirada.

—Bien. Sentada. No te muevas. Por una vez en tu vida, déjame llevar las riendas de la situación.

Corrió hacia la puerta antes de que Scarlett pudiera replicar.

Cinco minutos. Diez minutos. Miraba cómo avanzaba el reloj esperando a Constance.

La puerta se abrió doce minutos después.

—¡Aquí estoy! —gritó Constance desde el salón, antes de que Scarlett oyera como se cerraba la puerta. Su hermana tenía una sonrisa falsa cuando entró en la cocina—. Buenas noticias. La comadrona llegará pronto. Me ha dicho que te ayudara a subir y te acostara en una cama limpia.

—¿Y Jameson? —preguntó Scarlett entre dientes por el dolor de otra contracción.

—¿Cuántas contracciones has tenido mientras he estado fuera? —preguntó Constance, cogiendo unas cuantas toallas de un cajón de la cocina para limpiar el desorden.

—Dos. Esta es la... tercera.

Scarlett trató de calmarse con respiraciones profundas; ese dolor era solo el comienzo.

—¿Dónde está Jameson? —volvió a preguntar.

Constance puso las toallas en el fregadero.

—¡Constance!

—En algún lugar sobre el mar del Norte.

—Por supuesto —dijo entre dientes.

Le hubiera pedido que se quedara, pero no había ninguna razón aceptable para el comandante.

—No me apartaré de tu lado —prometió Constance, ayudándola a ponerse de pie.

Y no lo hizo.

Nueve horas después, Scarlett yacía sobre unas sábanas limpias, exhausta y más feliz que nunca viéndose reflejada en aquel par de ojos azules.

—No me importa lo que digan esas comadronas —aseguró Constance contemplándolo desde detrás de ella—. Estos ojos se van a quedar así, completa y perfectamente azules.

—En cualquier caso, seguirían siendo perfectos —afirmó Scarlett, pasando un dedo sobre la punta de la nariz más pequeña que jamás había visto.

—De acuerdo.

—¿Quieres cogerlo? —preguntó Scarlett.

—¿Puedo? —dijo su hermana con una gran sonrisa.

—Me parece justo, puesto que hoy has sido tanto enfermera como dama de compañía. Gracias.

Levantó a su hijo, que estaba envuelto en una de las mantas que la madre de Jameson había tejido y les había enviado, y lo puso en brazos de Constance.

—No me lo hubiera perdido por nada del mundo —dijo esta acomodando al recién nacido en sus brazos—. Es perfecto.

—Queremos que seas su madrina.

Constance la miró asombrada.

—¿En serio?

Scarlett asintió.

—No puedo imaginar a nadie más. Si algo pasara, tú lo protegerás, ¿verdad?

Corría el mismo peligro de caer en mitad de un ataque aéreo durmiendo en su cama que trabajando en la WAAF. Nada era seguro.

—Con mi vida —respondió; sus ojos se nublaron y miró al bebé en sus brazos—. Hola, pequeño. Esperemos que tu padre llegue pronto a casa para ponerte un nombre.

Miró a Scarlett, inquisitiva, y esta sonrió; se había negado a darle un nombre hasta que Jameson lo tuviera en sus brazos.

—Soy tu tía Constance. Ya sé, ya sé, me parezco mucho a tu mami, pero ella es poco más de un centímetro más alta que yo y calza un número más grande. No te preocupes, podrás distinguirnos mejor dentro de unos meses. —Se inclinó un poco sobre él—. ¿Te cuento un secreto? Voy a ser tu madrina. Eso significa que te querré, te mimaré y siempre siempre te protegeré. Incluso de la terrible forma de cocinar de tu mamá.

Scarlett soltó una carcajada.

—Ahora voy a preparar algo de comer —añadió; le sonrió al bebé una vez más y se lo devolvió a Scarlett—. ¿Necesitas algo más antes de que baje?

Empezaba a arreglar la cama cuando la puerta de la habitación se abrió de par en par.

—¿Estás bien?

Jameson llegó a la cama con un par de zancadas; Constance se hizo a un lado para salir de la habitación. El corazón de Jameson no había dejado de latir con fuerza desde que había aterrizado, o, más concretamente, desde que el oficial le dijo que Constance había llamado esa mañana.

¡Esa mañana! Nadie se lo había dicho por la radio. No hubiera podido abandonar la misión y regresar... Aun así, lo habría hecho, de alguna manera.

—Estoy bien —prometió Scarlett sonriéndole con una mezcla de fulgor y lo que él suponía que era agotamiento extremo. Parecía ilesa, pero había mucho que no podía ver porque se ocultaba bajo las sábanas—. Conoce a tu hijo.

Su sonrisa se ensanchó al levantar el pequeño bulto envuelto en mantas. Se sentó al borde de la cama y tomó en los brazos al pequeño y frágil bebé, con cuidado para sostener bien su cabeza. Tenía la tez rosada, el mechón de pelo que quedaba a la vista era negro, y sus ojos, azules. Era maravilloso. Jameson lo miró embobado.

—Nuestro hijo. —Jameson contempló a su mujer y se dio cuenta de que ella lo observaba, con los ojos cargados de lágrimas contenidas—. Es maravilloso.

—Lo es —afirmó Scarlett con una sonrisa; dos lágrimas le rodaron por las mejillas—. Soy tan feliz de que estés aquí...

—Yo también. —Se inclinó hacia ella y secó sus lágrimas, con cuidado de que su hijo estuviera seguro en su brazo—. Lamento habérmelo perdido.

—Solo las partes desagradables —repuso—. Ha pasado como una hora.

—¿En serio estás bien? ¿Cómo te encuentras?

—Cansada. Feliz. Como si estuviera partida en dos. Locamente enamorada.

Se inclinó para mirar a su hijo.

—Vuelve a la parte donde sientes como si estuvieras partida en dos —le pidió.

Scarlett rio.

—Estoy bien, en serio. Nada fuera de lo normal.

—¿Me lo dirías si algo estuviera mal? ¿Si algo no hubiese ido bien?

Jameson la examinó con cuidado, comparando sus palabras con su mirada, con su rostro y su postura.

—Lo haría —prometió—. Aunque él merecería la pena.

Jameson observó a su hijo, quien a su vez lo contempló con un silencio expectante. «Un alma vieja.»

—¿Cómo quieres llamarlo?

Llevaban meses pensando nombres.

—William me gusta.

Jameson sonrió, miró a su mujer y asintió.

—Hola, William. Bienvenido a la vida. Lo primero que debes saber es que tu madre siempre tiene razón, algo que quizá ya sabes, puesto que lleva los últimos seis meses diciendo que eras un niño.

Scarlett rio con menos fuerza. Sus párpados se cerraban.

—Lo segundo que debes saber es que yo soy tu padre, así que es bueno que te parezcas mucho a tu madre. —Bajó la cabeza y besó a William en la frente—. Te quiero.

Luego se inclinó sobre Scarlett y rozó sus labios con un beso.

—Te quiero. Gracias por mi hijo.

—Yo también te quiero, y podría decirte lo mismo.

Su respiración se hizo más profunda; Jameson puso a su hijo en la cuna junto a la cama y arropó a su mujer.

—¿Puedo hacer algo?

—Quédate —murmuró ella, y se quedó dormida.

La primera noche apenas pudieron pegar ojo. William despertaba cada pocas horas y Jameson hacía lo que estaba en su mano para ayudar, pero no podía alimentarlo.

A las siete de la mañana ya estaban despiertos, justo cuando alguien llamó a la puerta de la habitación.

—Será Constance —susurró Scarlett; tenía a William contra su hombro.

Jameson la miró para asegurarse de que estaba tapada y abrió la puerta. Constance estaba en el pasillo, frente a Howard.

—Puedes esperar abajo —dijo Constance.

—Esto no puede esperar.

—¿Qué sucede? —preguntó Jameson desde el umbral.

Howard se pasó la mano por el cabello y miró a Jameson por encima de Constance.

—Supongo que no has escuchado las noticias.

—No. —Sintió un nudo en el estómago.

—Los japoneses han atacado Pearl Harbor. Han muerto miles de personas. Los estadounidenses han perdido toda su flota —dijo con la voz quebrada.

—Joder.

«Han muerto miles de personas.» Jameson se apoyó en el marco de la puerta para no perder el equilibrio. Había dedicado los últimos dos años de su vida a mantener esa guerra alejada de suelo estadounidense, y al final otra panda de imbéciles había terminado atacándolos.

—¿Sabes lo que significa?

Howard tensó la mandíbula. Jameson asintió y se volvió hacia la expresión aterrada de Scarlett antes de mirar de nuevo a su amigo.

—Estamos en el lado equivocado del mundo.

23

NOAH

Scarlett:

¿Cómo estás, mi amor? ¿Te sientes tan miserable como yo? He encontrado una casa para nosotros fuera de la base. Ahora solo queda esperar a que lleguen tus órdenes y volveremos a estar juntos. Te esperaré siempre, Scarlett. Siempre...

Sentado frente al escritorio, estiré los hombros y el cuello; me dolían los brazos y la espalda. La tormenta había dejado un metro de nieve en los últimos dos días y me había llevado unas buenas dos horas despejar la entrada de la casa de Georgia. Hubiera podido llamar a unos operarios para que lo hicieran, sin duda, pero el invierno en Colorado hacía que mi ejercicio favorito, escalar, fuera imposible, así que lo aproveché como una oportunidad; sin embargo, había subestimado mucho el tamaño de la entrada al garaje.

—¿Ocupado? —preguntó Georgia, que asomó la cabeza por la puerta abierta del despacho; en ese momento me olvidé de todo el dolor que sentía en los músculos—. No quiero interrumpir tu inspiración, pero no te he oído escribir, así que he pensado que sería un buen momento para comer.

Su sonrisa me hubiera tumbado de no haber estado sentado.

—Tú puedes tener tantos momentos como quieras.

Hablaba en serio. Lo que ella quisiera podía tenerlo, incluido yo mismo.

—Bueno, no es mucho, pero he preparado unos sándwiches de queso a la plancha.

Terminó de abrir la puerta con la cadera y entró sosteniendo una bandeja con dos sándwiches y un vaso que yo sabía que era té helado sin azúcar.

—Tiene una pinta maravillosa, gracias.

Saqué un posavasos del primer cajón y lo dejé sobre el escritorio antes de que ella llegara. Era curioso cómo nos habíamos adaptado tan fácilmente a nuestras necesidades esas últimas semanas.

—De nada. Gracias por quitar la nieve.

Puso un plato junto a mi portátil y el té sobre el posavasos; yo me eché un poco hacia atrás en la silla.

—Ha sido un placer.

La atrapé por las caderas y la senté en mi regazo. Dios, estaba tan bien poder hacer eso, tocarla cada vez que lo deseaba. Los últimos dos días habíamos estado aislados de gran parte de la civilización, cosa que nos permitió no hacer más que complacernos el uno al otro. Esa era mi idea de paraíso.

—Esto no va a ayudar a que acabes el libro.

Sonrió y me rodeó con los brazos.

—No, pero me va a ayudar a ponerte las manos encima.

Alcé una mano y la posé en su nuca, entre su cabello, y la besé hasta que ambos nos quedamos sin aliento. Mi necesidad de ella no había sido saciada, solo había aumentado. Estaba completa y absolutamente obnubilado con ella, con todo lo que quería que pasara entre nosotros.

Lo supe la primera vez que la vi y cada vez que la besaba se hacía más evidente. Ella era la elegida, el final del juego. No importaba que viviéramos a miles de kilómetros de distancia o que ella aún estuviera superando su divorcio, esperaría. Tenía que probarle quién era. Haría justo lo que me había prometido y la conquistaría, no solo su cuerpo, sino también su corazón.

Su lengua bailaba en la mía; lanzó un gemido suave cuando la succioné dentro de mi boca. No solo éramos el uno para el otro en la cama; éramos puro fuego: nos encendíamos mutuamente. Por primera vez en mi vida supe que nunca me cansaría de ella. Eso no tendría fin.

—Noah —gimió.

Mi cuerpo estaba ahí, listo, era suyo para que hiciera conmigo lo que quisiera; tenía la certeza de que a mí también me gustaría.

—Me estás matando —añadió.

—Es una manera muy dulce de morir.

Bajé los labios sobre su cuello y acaricié con la lengua partes que la hicieron estremecerse, inhalando el aroma a bergamota y cítricos. Siempre olía tan bien...

Ella suspiró, echó la cabeza hacia atrás y la besé en la garganta.

—¿Qué estamos haciendo? —preguntó mientras me abrazaba por el cuello.

—Cualquier cosa que queramos —respondí contra su piel.

—Hablo en serio —murmuró.

Eso llamó mi atención. Alcé la cabeza y me alejé un poco para estudiar su expresión. La mitad de lo que Georgia decía no salía de su boca, estaba en sus ojos, en el rictus de sus labios, en la tensión de sus hombros. Quizá me había llevado unos meses aprender esas señales, pero ahora lo entendía: estaba preocupada.

—Estamos haciendo lo que queremos —repetí, y deslicé las

362

manos hacia su cintura, ignorando las pulsaciones casi doloro-sas justo debajo de mi cinturón.

—Tú vives en Nueva York.

—Así es. —Era algo que no podía negar—. Antes, tú tam-bién.

Suavicé el tono; la esperanza que acostumbraba guardar para mí mismo asomó en esa última frase.

—Nunca más. —Bajó la mirada—. Me mudé por Damian. Nunca fui feliz en ese lugar. Pero tú adoras Nueva York.

—Sí. Es mi hogar.

¿O lo era? ¿Podría ser mi hogar si Georgia no estaba allí? ¿Si tenía que dejarla en esas montañas que tanto amaba?

—Tu familia está allí. —Acarició mi mejilla con los nudillos.

Hacía más de una semana que no me afeitaba y la barba in-cipiente se había convertido en algo más espeso.

—Ahí están.

Ella tragó saliva y frunció el ceño.

—Dime en qué estás pensando, Georgia. No me obligues a adivinarlo.

La sujeté con un poco de fuerza como para evitar que se me escapara de las manos. Pero siguió callada. La turbulencia de sus pensamientos se hacía manifiesta en la leve tensión de su mentón.

«Quizá necesita que tú hables primero.» Por supuesto, era hora de decirle lo comprometido que estaba con nosotros, lo dispuesto que estaba a hacer que funcionara y lo reticente que era a dejarla ir.

—Georgia, escucha, quizá sea una locura...

—Creo que deberíamos llamarlo por lo que realmente es —espetó.

Hablamos al mismo tiempo, sus palabras interrumpieron las mías.

—¿Y qué es? —pregunté despacio.

—Una aventura.

Asintió.

Cerré la boca y apreté los dientes con fuerza.

«¿Una aventura?» ¿Qué cojones...? Sabía lo que era una aventura, y aquello era una cosa muy distinta.

—Nos atraemos mutuamente, trabajamos en el mismo lugar. Tenía que pasar. No me malinterpretes, me alegra que haya pasado. —Alzó las cejas y se sonrojó—. Me alegro mucho.

—Yo también.

—Qué bien. No me habría gustado que esto fuera algo unilateral —murmuró.

—Créeme, no lo es.

De ser así, era yo quien había invertido más, toda una novedad.

—Muy bien. Entonces, que sea simple. No estoy lista para nada importante. No puedo saltar de una relación seria a otra así, sin más. No es lo que quiero ser. —Arrugó la nariz—. Aunque haya pasado de la cama de Damian a la tuya, que para ser sincera es mucho mejor. Todo en ti es mejor. —Me examinó con la mirada—. Tanto que me da miedo.

—No debes tener miedo.

No me molesté en señalar que hacía más de un año que no estaba en la cama de Ellsworth, porque no se trataba de eso, no en realidad. «Su madre.» No quería ser su madre.

—Podemos hacerlo tan sencillo como necesites —añadí.

En ese segundo en que contemplé sus ojos azul cristalino me di cuenta de que estaba locamente enamorado de Georgia Stanton. Su mente, su compasión, su fuerza, su sentido del humor, su valor, lo amaba todo de ella. Pero también sabía que ella no estaba lista para mi amor.

—Sencillo —repitió removiéndose sobre mi regazo sin soltar mis hombros mientras trataba de sonreír—. Sencillo está bien.

—Sencillo, entonces.

«Por ahora.» Solo necesitaba tiempo.

—Bien. Entonces estamos de acuerdo. —Me dio un beso rápido en los labios y se levantó—. Ah, me preguntaste sobre el manuscrito original de *La hija del diplomático*, ¿verdad?

—Sí. —Asentí un poco confundido.

¿Habíamos acordado que esto sería sencillo o había algo más que deducir?

—Lo he sacado del armario de arriba —dijo; tomó un archivador de uno de los estantes y lo puso en un espacio libre del escritorio—. Todos sus originales están ahí arriba.

—Gracias.

Sabía lo que me estaba confiando; cualquier otro día me hubiera sentido eufórico por poder ahondar en el rompecabezas literario más extraño con el que me había topado, pero tenía la cabeza en otras cosas.

—Dentro de nada tengo una llamada con los abogados en relación con la fundación de Gran, así que te dejo.

Rodeó el escritorio y me besó, intensa y rápidamente, antes de dirigirse a la puerta.

—¿Georgia? —La llamé justo antes de que llegara al recibidor.

—¿Mmm?

Se volvió y alzó las cejas; era tan hermosa que me dolía el corazón.

—¿Qué acabamos de acordar exactamente? —pregunté—. ¿Entre nosotros?

—Una aventura que dure lo que se tarde en escribir un libro —respondió con una sonrisa, como si fuera obvio—. Sencillo, sin compromisos: algo que terminará cuando acabes el libro. —Se encogió de hombros—. ¿De acuerdo?

«Terminará cuando acabes el libro.»

Cerré los puños sobre los reposabrazos de la silla.

—Sí, claro.

Le sonó el móvil y se lo sacó del bolsillo trasero.

—Nos vemos cuando hayas escrito lo que tienes previsto para hoy.

Me lanzó una sonrisa, respondió a la llamada y cerró la puerta, todo en un solo movimiento fluido.

Ahora nuestra relación tenía fecha de caducidad; por supuesto que había pensado en irme cuando lo terminara, pero estar con Georgia había cambiado las cosas..., al menos para mí.

Mierda. Lo único que necesitaba para conquistar su corazón era tiempo, y estaba más cerca de terminar el libro de lo que ella podía imaginar. Más cerca de lo que estaba dispuesto a admitir.

Acabé el libro, ambas versiones, cuatro semanas después. Luego me senté en el despacho y miré fijamente ambos archivos en el escritorio de mi ordenador.

El tiempo se me había terminado. Mi fecha de entrega llegaría al cabo de un par de días.

Lo había logrado. De alguna manera había cumplido con las exigencias de Georgia y las mías, al mismo tiempo que con las fechas del contrato; sin embargo, no sentía ni orgullo ni tenía la sensación de misión cumplida, solo el intenso terror de no poder conservar a la mujer de la que me había enamorado.

No había tenido más que cuatro semanas, y no había sido suficiente. Georgia empezaba a abrirse, pero algunas partes de ella seguían cerradas a cal y canto. Para ella teníamos una aventura. Justo cuando pensé que cambiaría de opinión, mencionó lo bien que nos lo habíamos pasado y que el tiempo se nos había acabado.

Me sonó el móvil y respondí con el altavoz puesto.

—Hola, Adrienne.

—Entonces, ¿no vienes a casa para Navidad? —preguntó mi hermana con voz sentenciosa.

—Esa es una pregunta complicada.

Cerré mi portátil y lo empujé a un extremo del escritorio. Tendría que lidiar más tarde con mi crisis existencial.

—No lo es. Estarás en Nueva York el 25 de diciembre, ¿sí o no?

—Todavía no lo sé.

Me levanté y acomodé los cuatro archivadores que había tomado prestados sobre el escritorio que tenía frente a mí; luego guardé el manuscrito correspondiente en cada uno. Me faltaba algo. Algo que tenía justo delante me estaba volviendo loco. Los manuscritos pertenecían a diferentes momentos de la carrera de Scarlett. Sus trabajos editados y publicados estaban, por supuesto, más trabajados, pero no podía evitar sentirme fascinado por las diferencias de estilo entre sus primeras obras y las posteriores; no podía evitar pensar que perder a Jameson no solo le rompió el corazón, sino que además la transformó en esencia. No podía evitar preguntarme si lo mismo me sucedería a mí si perdía a Georgia.

—Solo faltan tres semanas.

—Tres semanas y... —calculé— cuatro días.

—Exacto. ¿No crees que habrás terminado el libro para entonces?

Tensé la mandíbula al pensar en mentirle a mi hermana. En realidad, a cualquiera.

—No se trata del libro.

—¿No? Espera, ¿me tienes en altavoz? ¿Dónde está Georgia? Lancé una risita.

—¿Qué pregunta quieres que responda primero?

—La última.

—En el pueblo, trabajando en su estudio.

Había sido una maravilla observarla ese último mes. Su trabajo era incansable; supervisaba la construcción de la parte delantera del estudio, y en el taller fabricaba piezas que no me dejaba ver, ni a mí ni a nadie. Celebraría la inauguración el día de su cumpleaños, el 20 de enero, y yo ni siquiera estaba seguro de si estaría allí para verla; era una verdadera patada en el estómago.

—Muy bien. Apuesto a que adora la vida lejos de la prensa sensacionalista.

—Así es.

Otra razón por la que no quería volver a Nueva York.

—¿Todavía no te congela? —bromeó mi hermana.

Era perfectamente consciente del difícil comienzo que habíamos tenido Georgia y yo.

—Deberías venir y conocerla. Inaugura su sala de exposiciones el próximo mes con una fiesta. No es nada de lo que lees en las revistas de chismes, Adrienne. —Suspiré y me pasé las manos por el cabello; luego me llevé el móvil cuando empecé a caminar frente a las estanterías llenas de libros—. Es amable, inteligente, muy divertida, siempre está dispuesta a ayudar. No puede estar sin hacer nada, es maravillosa con los hijos de su mejor amiga y no tiene reparos en ponerme en mi lugar; sé que es algo que apreciarías. —Miré una fotografía, luego otra; entre ellas, las que estaban alineadas en los estantes de Scarlett, deteniéndome en el álbum de fotos que Georgia había dejado fuera—. Es...

Ni siquiera podía ponerlo en palabras.

—Mierda, Noah, estás enamorado de ella, ¿verdad?

—No está lista para nada de eso —respondí en voz baja mientras hojeaba el álbum.

—¡Estás enamorado! —gritó emocionada.

—Déjame en paz.

Lo último que necesitaba era que le llenara la cabeza a mi madre con esas cosas.

Adrienne rio.

—Sí, claro. ¿Me conoces?

—Tienes razón. —Me froté el entrecejo—. En el momento en que me vaya de aquí, se acabó, y no quiero que se termine, pero Ellsworth la dejó muerta de miedo.

—Pues no te vayas.

Adrienne habló como si fuera la respuesta más simple.

—Como si fuese tan fácil. Ella misma decidió que esto era una aventura que duraría lo que se prolongara la redacción del libro; una vez que lo termine, lo nuestro también lo hará.

Y yo había terminado, solo faltaba adjuntar el archivo a un correo electrónico dirigido a Adam.

—Bueno, entonces no termines el libro —sugirió agudizando la voz.

—Muy útil.

Miré las fotografías de la boda y tapé a Ellsworth con la mano para que solo Georgia me sonriera; luego observé con más cuidado. Se veía feliz, pero esa sonrisa no era tan radiante como las que me había regalado a mí.

—Hablo en serio. Quédate. Por una vez en tu vida, amplía el plazo de entrega. Traeré a mamá aquí para Navidad, puedes llamar. Confía en mí, si esto hace que te cases y sientes la cabeza...

—Adrienne —le advertí.

—Algún día —se corrigió—. Mamá estará completamente de acuerdo. Lo único que queremos es que seas feliz, Noah. Si Georgia Stanton te hace feliz, lucha por eso, lucha por ella. Finge ser uno de tus personajes y ayúdala a aliviar lo que sea que Ellsworth haya dañado.

—¿Ya has acabado con tu sermón motivacional? —pregunté bromeando.

—¿Quieres que empiece a hablar de lo difícil que es encontrar a alguien a quien realmente ames?

—Dios, no. —Volví a mirar el portátil—. No contéis conmigo en Navidad. Te quiero.

—Te quiero, ¡y te perdono por no venir si me das una cuñada!

—Adiós, Adrienne.

Colgué y negué con la cabeza mientras reía. Si fuera tan fácil curar a Georgia, ya lo habría hecho.

Levanté la mano de la fotografía de bodas de Georgia y recordé sus palabras de ese día como si fuera la canción de una película: «Hay una advertencia, un sonido que hace el corazón la primera vez que te das cuenta de que ya no estás segura con la persona en la que confiabas».

Con Georgia, todo era cuestión de confianza. Ellsworth había destrozado la suya de forma tan brutal que ya no le quedaba nada. Pero me confió la historia de Scarlett, escaló el muro, me abrió las puertas de su casa, me ofreció su cuerpo sin vergüenza y sin reservas; me lo había confiado todo menos su corazón, porque la habían abandonado.

«La primera vez...»

—¡Mierda! —murmuré al empezar a entender.

«Nunca dije que él lo hiciera.»

Regresé a toda prisa a las primeras páginas del álbum cuando sus palabras adquirieron un nuevo significado para mí. Pasé el día de su graduación del instituto, el cumpleaños en el que Ava había vuelto a aparecer, y pasé las páginas más despacio conforme regresaba hasta su primer día en el jardín de infancia.

Las imágenes anteriores mostraban a Georgia cuando vivía con Ava. Tenía unos ojos brillantes; su sonrisa era igual de deslumbrante que la que yo había visto esos días. «El verdadero amor hay que ahogarlo, mantenerlo bajo el agua hasta que deje de patalear.» Y eso era exactamente lo que mostraban las fotos un año tras otro: el amor que se ahogaba poco a poco.

No fue Ellsworth quien destrozó a Georgia, fue Ava quien desapareció y quien solo volvía a aparecer cuando le convenía, siempre que necesitaba algo.

—Si esto fuera un libro, ¿qué harías? —me pregunté en voz alta hojeando el álbum hasta llegar a la foto del cumpleaños número doce—. Usarías el pasado para sanar el presente.

La inauguración del estudio; podía llevar allí a Ava. «Eso si todavía sigues aquí dentro de siete semanas.» Georgia le había dado todo lo que quiso, y sin segundas intenciones. Podría funcionar. Si empezaba por las grietas, poco a poco podría comenzar a reparar los enormes huecos que Ava había dejado en Georgia; solo tenía que asegurarme de que su madre quisiera estar allí para hacer feliz a su hija.

Cerré el álbum de golpe y me senté frente al escritorio. Moví las cajas de los manuscritos, puse el portátil delante de mí y lo abrí. ¿Cómo iba a convencerla de que me dejara quedarme otras siete semanas? Miré de reojo la fotografía de Jameson y Scarlett que estaba en el escritorio, al lado izquierdo.

—¿Algún consejo? —le pregunté a Jameson—. Yo no puedo llevarla por los aires hacia el crepúsculo. Y, sinceramente, tú tuviste muchísima ayuda de Constance.

También ayudó que ambos vivieran en una época en la que ser temerario era una manera sabia de aprovechar el tiempo que les quedaba.

Mis dedos tamborilearon sobre el escritorio mientras tenía la mirada fija en la pantalla observando los dos documentos terminados. Si Jameson se había ganado a Scarlett ignorando las reglas, quizá lo mismo funcionaría para conquistar a su bisnieta.

Saqué el móvil y llamé a Adam.

—Por favor, dime que estás a punto de enviarme el manuscrito final.

—Oye, hola a ti también —saludé arrastrando las palabras—. Todavía faltan dos días.

—Sabes que la fecha límite de impresión para este libro es más apretada que la faja de mi suegra.

Oí crujir su silla.

—Sí, sobre eso... —añadí un poco avergonzado.

—No me digas que por primera vez en tu carrera vas a incumplir una fecha de entrega. No con este libro. ¿Sabes lo difícil que será editarlo? ¿Sabes que no paro de cuestionarme si estoy metiendo la pata con la gran Scarlett Stanton? —exclamó con voz aguda.

—Pareces estresado. ¿Has salido a correr desde que me fui?

—Para empezar, tú eres la razón de que mi presión arterial esté por las nubes.

Y estaba a punto de pedirle algo que la elevaría aún más solo para poder tener una oportunidad de ganarme a Georgia. ¿Qué clase de cabrón egoísta le hacía eso a su mejor amigo? Al parecer, yo.

—Noah, ¿qué está pasando? —preguntó Adam suavizando el tono.

—En una escala del uno al diez, ¿cómo de buen amigo te consideras? Porque, probablemente, yo...

—Fuiste mi padrino de boda. Eres mi mejor amigo. ¿Me estás hablando como uno de mis autores o como el padrino de mi hijo?

—Como ambas cosas.

—Joder. —Podía imaginarlo frotándose las sienes—. ¿Qué necesitas?

—Tiempo.

—No lo tienes.

—No el mío, el tuyo. ¿Qué dirías de hacer doble trabajo con el doble de paga?

Contuve el aliento mientras esperaba su respuesta.

—Explícate.

Lo hice. Se lo expliqué todo a la única persona que había sido mi eje, tanto en mi vida personal como en la profesional. Terminé justo cuando oí que se abría la puerta del garaje: Georgia había regresado a casa.

—Ya ha llegado Georgia. ¿Lo harás?

—Maldita sea —masculló—. Sí, sabes que lo haré.

—Gracias.

Todos los músculos del cuerpo se me destensaron por el alivio.

—¡No me lo agradezcas! —gritó por el auricular—. Empezaré por lo que ya está, pero me debes un final, Noah.

La puerta del despacho se abrió y Georgia asomó la cabeza.

—¿Te pillo en mal momento? —murmuró.

Negué con la cabeza y con una seña le indiqué que entrara.

—Sé que es demasiado, pero lo prometí.

—Vale, pero vamos a ir muy justos con los impresores. Tienes el tiempo que necesitas, pero más te vale que te prepares para unas correcciones que se harán a toda prisa.

Georgia frunció el ceño, preocupada, al tiempo que se desabrochaba el abrigo.

—Puedo con eso.

Podía con cualquier cosa que me diera el tiempo que necesitaba con Georgia.

—Más te vale. Ah, Carmen me encargó que te dijera que ya han llegado los regalos de Janucá que les enviaste a los niños. Sabes que no tenías por qué hacerlo, pero gracias. Te echaremos de menos en las fiestas, Noah.

—Limítate a seguir saliendo a correr, Adam. No me gustaría dejarte atrás cuando vuelva.

«Si es que vuelvo.»

Colgamos y tiré de Georgia para que se sentara en mi regazo, pasando las manos bajo su abrigo y el suéter para tocar su cálida piel.

—¿Qué ha sido eso? —preguntó mientras me quitaba un mechón de pelo de los ojos.

Dios, amaba a esa mujer.

—Tiempo —respondí besándola con ternura.

Ahora, todo lo que podía hacer era rezar para tener el suficiente, aunque comprometiera mi carrera.

Abrió los ojos con sorpresa.

—¡Dios mío, tu fecha de entrega! ¿Verdad? ¿Has terminado el libro?

¿A qué se debía ese tono de pánico en su voz? ¿O solo era yo quien quería notarlo?

—Todavía no. —No lo estaba, al menos eso era lo que me decía a mí mismo para robar un poco más de tiempo con ella. Estaba redactado, pero no estaría terminado hasta que pasara por las revisiones—. No te preocupes, es solo la entrega. Adam va a jugar con algunas fechas y empezará con lo que tenemos para no incumplir con la entrega a imprenta mientras pulo algunas cosas. ¿Crees que puedes soportarme un tiempo más?

«Semántica», pero no dejaba de sentirlo como una mentira, porque lo era. Sin embargo, la sonrisa que me devolvió valía más que la pena.

24

Enero de 1942
North Weald, Inglaterra

Scarlett miró la cajita de regalo sobre la mesa, luego su máquina de escribir y por último los platos apilados en el fregadero. Desde el desayuno no había tenido un solo momento libre. William había estado inquieto toda la mañana; al final se quedó dormido a media tarde. Con suerte, eso le daría al menos cuarenta y cinco minutos para hacer algo, aunque todo lo que quería era dormir a su lado.

Los días se confundían con las noches. ¿Cuál de las otras mujeres casadas le había dicho que ocuparse de un recién nacido era fácil? Estaba tan cansada que la noche anterior se había quedado dormida sentada durante la cena.

«Y hablando de la cena...»

Suspiró y en su mente se disculpó con la caja de sombreros que contenía las historias; luego fue hasta el fregadero, ignorando voluntariamente el regalo cuya tarjeta tenía la caligrafía de su madre. Era su tercera cocina en un año; aunque apreciaba el gran jardín congelado que se veía por la ventana, hubiera querido que ese paisaje incluyera a Constance.

Llevaban más de un mes en Martlesham-Heath y solo había

visto dos veces a su hermana. Nunca habían estado alejadas tanto tiempo desde el nacimiento de Constance. La echaba muchísimo de menos, y aunque estuvieran a solo una hora de distancia, parecían años cuando se trataba de esa nueva etapa de su vida.

Constance seguía con las otras mujeres, haciendo guardias, comía en el comedor de los oficiales... y planeaba una boda. El confidente más cercano de Scarlett era un bebé de seis semanas que no era que tuviese una gran conversación. Necesitaba salir y hacer amigos.

Fue una alegre sorpresa que la casa siguiera en silencio cuando acabó de lavar los platos. Escuchó un segundo para asegurarse de que William no se hubiera despertado; quizá eso le diera algunos minutos.

Le parecía un lujo, pero se sentó frente a la máquina de escribir. Le llevó unos segundos poner la primera página en blanco. La miró un momento, imaginando en qué se convertiría, qué historia contendría. Quizá debía hacer lo que Constance le había sugerido y acabar algo. Incluso publicarlo.

Esa caja de sombreros ya estaba medio llena de tramas semiestructuradas, fragmentos de diálogos e ideas que requerían ejecución. Contenía historias que debía escribir para otras personas, desenlaces que podía cambiar y hacer más atractivos para que fueran felices; finales como el que debería haber tenido Constance. Desenlaces como el que ella quería para sí misma, para Jameson y William, pero que no podía garantizar. Ni siquiera tenía la certeza de que no habría un bombardeo esa misma noche y aparecería en la lista de bajas.

Pero sí podía dejar escrito todo lo que pudiera de su historia juntos, para William..., por si acaso.

Empezó por ese día caluroso en Middle Wallop, cuando Mary olvidó recogerlas en la estación de tren. Recordó todo lo que pudo; escribió incluso los más mínimos detalles del momento en el que había conocido a Jameson. Una sonrisa se dibujó en su rostro. Si tan solo pudiera volver a ese momento para decirse a sí misma cómo acabarían, no lo hubiera creído. No estaba segura de creerlo aún. Su romance había sido un torbellino que acabó asentándose en un matrimonio apasionado, y en ocasiones también complicado.

Jameson no había cambiado mucho en los últimos dieciocho meses, pero ella sí. La mujer que tomaba decisiones rápidas en el tablero de planificación, que había sido una valiosa oficial de la WAAF, ya no era nada de eso. Ya no era responsable de la vida de cientos de pilotos, solo de la de William, aunque en esa tarea no estaba sola.

Cuando Jameson estaba en casa era un padre comprometido. Acunaba a William, lo arrullaba, le cambiaba los pañales; no había momento en que se desentendiera del bebé, y eso la hacía amarlo más. Cuando se convirtieron en padres perdieron su personalidad; habían adquirido facetas nuevas y profundas.

Scarlett escribió hasta el momento en el que Jameson le había pedido la primera cita; entonces, William se despertó llorando. Al escuchar ese primer llanto, sacó el papel de la máquina de escribir y lo metió en la caja de sombreros; lo puso con cuidado encima del montón para que no se mezclara con el resto. Luego lo guardó todo y fue a buscar a su pequeño.

Horas más tarde ya le había dado de comer, lo había cambiado, limpiado y cambiado de nuevo, y alimentado una vez más; limpió su vómito, volvió a alimentarlo e hizo que eructara antes de llevarlo a dormir de nuevo.

Fue a la cocina para preparar la cena; sacó pescado para freír. Justo en ese momento, Jameson entró por la puerta principal.

—¿Scarlett?

—¡En la cocina!

El alivio fue una descarga de energía en su cuerpo, como sucedía siempre que su marido volvía a casa, a su lado.

—Hola.

Sus pasos eran suaves, pero su estado de ánimo llenó la habitación como un nubarrón oscuro y amenazante.

—¿Qué pasa? —preguntó ella olvidando el pescado que iba a freír.

Jameson cruzó la cocina a zancadas, tomó el rostro de Scarlett entre las manos y la besó con ternura, algo que, teniendo en cuenta su estado de ánimo, hizo el beso mucho más dulce. Él siempre era delicado con ella. Sus labios se unieron en una danza suave que muy pronto se volvió más intensa y profunda. Habían pasado seis semanas desde el nacimiento de William. Seis semanas en las que solo habían compartido la cama para dormir. Según la comadrona, seis semanas era tiempo suficiente, y Scarlett estaba de acuerdo.

Jameson levantó la cabeza despacio, haciendo un gran esfuerzo para dominarse. Era tan bella y había sido casi imposible no tocarla; su cuerpo era suntuoso; sus caderas, atractivas, y sus senos, llenos y voluminosos. Era todas sus fantasías, cada una de las modelos de revista, y era suya.

Sabía que ella necesitaba tiempo para recuperarse y jamás la presionaría para que sanara más rápido. No era tan insensible. Pero echaba de menos su cuerpo, la sensación cuando la penetraba, la manera en la que el resto del mundo desaparecía hasta que solo eran ellos dos, meciéndose juntos. Anhelaba el sabor de su lengua; la forma en que sus caderas se movían contra su boca; su cabello sedoso, que caía por su rostro cuando lo besaba, sentada a horcajadas sobre él y al mando de la situación. Deseaba escuchar el suave gemido que emitía su garganta antes del orgasmo; echaba de menos ver cómo sus ojos se ponían en blanco, sus jadeos, sus músculos tensos, el sonido de su nombre en labios de ella cuando al final se entregaba por completo. Anhelaba el dulce olvido que encontraba en su cuerpo, pero sobre todo se moría por tener su atención.

No sentía celos de su hijo, pero debía admitir que estaba teniendo dificultades con todos los cambios que se estaban produciendo en sus vidas.

—Te he echado de menos hoy —dijo Jameson al tiempo que le tomaba el rostro entre las manos y le acariciaba la suave piel con los pulgares.

—Yo te echo de menos todos los días —respondió ella con una sonrisa—. Pero he visto tu expresión cuando has entrado. Dime qué ha sucedido.

Tensó la mandíbula.

—¿Dónde está William?

Evitó la pregunta al ver que su hombrecito no estaba en el moisés.

—Está durmiendo arriba —contestó ella ladeando la cabeza—. Cuéntamelo, Jameson.

—Nos han denegado el permiso para ir al frente del Pacífico —admitió en voz baja.

Scarlett se puso tensa contra la encimera; al instante, él se arrepintió de sus palabras.

—¿Pediste permiso para ir al frente del Pacífico? —preguntó Scarlett.

Afligida, se apartó de él.

—Fue cosa del escuadrón, pero yo estaba a favor. —De inmediato sintió sus brazos vacíos—. Han atacado nuestro país, y nosotros estamos todos aquí. Era lo que había que hacer. Si nos necesitan, lo correcto es que vayamos.

Había sido un debate muy acalorado en el interior del escuadrón, pero la mayoría había estado de acuerdo en pedir el traslado.

Scarlett levantó la barbilla; eso significaba que estaba dispuesta a pelear.

—¿Y en qué momento pensabas hablar conmigo sobre ello? —preguntó cruzándose de brazos.

—Cuando fuera una posibilidad real —respondió él—, o ahora que ya no lo es.

—Respuesta incorrecta.

—No puedo quedarme aquí sentado mientras mi país va a la guerra —dijo alejándose de ella; se apoyó en la mesa de la cocina y asió los bordes con fuerza.

—No estás ahí sentado sin hacer nada —espetó—. ¿En cuántas misiones has volado? ¿Cuántas patrullas? ¿Cuántas intercepciones de bombarderos? Eres un líder. ¿Cómo puedes llamarle a eso «quedarme sentado»? Y, hasta donde sé, tu país también estaba en guerra con Alemania. Ya estás donde tienes que estar.

Jameson negó con la cabeza.

—Quién sabe cuánto tiempo tardarán los soldados estadounidenses en llegar o si Estados Unidos hará algo contra la amenaza alemana. Me uní a la RAF para alejar la guerra de mi puerta, para mantener a salvo a mi familia, para detener aquí los combates antes de que mi país fuera el bombardeado o que mi madre pudiera formar parte de una lista de bajas. Vine a proteger mi hogar de los lobos, y mientras estaba ocupado cuidando la puerta principal, los lobos entraron a hurtadillas por la parte de atrás.

—¡No es culpa tuya! —exclamó Scarlett.

—Lo sé. Nadie vio venir lo de Pearl Harbor, pero sucedió, y eso no cambia el hecho de que quizá me necesiten allí. Si tienen planes, quiero ser parte de ellos. No puedo arriesgar mi vida defendiendo tu país y no hacer lo mismo por el mío. No me pidas eso.

Todos los músculos de su cuerpo se tensaron esperando, deseando que entendiera.

—Al parecer no puedo pedir nada, pues sabías que el 71 envió la solicitud y ni siquiera me lo dijiste. —Su voz se agudizó y se quebró—. Creí que estábamos juntos en esto.

—William acababa de nacer y tú tenías mucho de lo que preocuparte.

—¿Y no quisiste molestarme? —Entornó los ojos—. ¿Porque tengo una pésima reputación a la hora de manejar el estrés?

Jameson se frotó la cara con la palma de la mano; deseaba poder retirar cada palabra que había dicho desde que había cruzado la puerta, o volver a unas semanas atrás y hablar de todo ese asunto con ella.

—Debería habértelo dicho.

—Sí, tendrías que haberlo hecho. ¿Te paraste a pensar qué sería de nosotros si te enviaban al Pacífico? —preguntó señalando hacia la habitación que estaba encima de ellos, donde dormía William.

—¡Bombardearon a estadounidenses!

—¿Y crees que no sé lo que es que tu país sea destrozado por las bombas? —exclamó ella al tiempo que se golpeaba el pecho—. ¿Ver morir a tus amigos de la infancia?

—Por eso pensé que lo entenderías. Cuando Inglaterra entró en guerra, te pusiste un uniforme y peleaste porque amas a tu país, igual que yo amo al mío.

—¡Yo no tengo país! —gritó, y se dio la vuelta hacia la ventana.

Jameson vio su mueca de dolor en el reflejo del cristal y sintió un nudo en el estómago. «Joder.»

—Scarlett...

—No tengo país —repitió en voz baja mirándolo a los ojos— porque renuncié a él por ti. Te amaba más a ti. No soy británica, no soy estadounidense, solo soy ciudadana de este matrimonio que pensé que era una democracia. Así que perdona mi sorpresa al descubrir que es una dictadura. Benevolente, sí, pero una dictadura. No me liberé del control de mi padre para que tú tomaras su lugar.

Lanzó una risita y le ofreció una sonrisa amarga y sarcástica.

—Querida... —dijo él al tiempo que negaba con la cabeza en busca de algo que añadir para mejorar la situación.

—Ya no solo se trata de ti, Jameson. Ni siquiera de nosotros. Puedes ser lo temerario que quieras cuando estás dentro de la cabina de mando, sé con quién me casé. Pero hay un bebé allá arriba que no sabe que estamos en una guerra que se extiende por todo el mundo. Somos responsables de él. Y entiendo que quieras luchar por tu país, yo también renuncié a eso por nosotros. Por favor, no me trates como a alguien inferior porque elegí a esta familia dos veces. Si querías a una mujer que no hiciera más que cocinarte, calentar tu cama y tener a tus hijos, entonces te equivocaste de persona. No confundas mis sacrificios con una docilidad complaciente. ¡Ah!, por cierto, como yo no guardo secretos, William ha recibido hoy un regalo.

Fue hasta la mesa donde estaba la pequeña caja y luego salió de la cocina, pasando frente a él sin mirarlo de nuevo. Unos segundos después, Jameson oyó los pasos de Scarlett, que subía por la escalera.

Jameson se frotó el puente de la nariz y levantó su ego del suelo, donde Scarlett lo había pisoteado. Había tratado de protegerla, de aliviarla, de quitarle otra preocupación de encima y, al hacerlo, la había dejado fuera por completo. Desde el momento en que la conoció la había despojado poco a poco de todo lo que era importante para ella; no importaba que esa nunca hubiera sido su intención, el resultado era el mismo.

Hizo que la trasladaran por él; dejó su primera base, donde tenía amigas. Arrastró a su hermana consigo para poder cumplir la promesa que le había hecho a Constance. Se casó con él, perdió la ciudadanía británica por ello y luego tuvo que recurrir a la influencia de su familia para que volvieran a reubicarla y así poder estar con él. Cuando se quedó embarazada, renunció al empleo que amaba, el trabajo que la hacía ser quien era, y después del parto volvieron a reubicarlos y perdió el contacto diario con Constance, con cualquiera que viviera más allá de las paredes de su casa. Lo había dado todo y él nunca protestó porque la amaba demasiado como para dejarla ir.

Miró la cajita que estaba cerca de su mano derecha, la recogió y leyó la nota.

Mi querida Scarlett:

Felicidades por el nacimiento de tu hijo. Estamos muy contentos con la noticia.

Por favor, dale esta muestra de nuestro afecto. Quiero que sepas que tenemos muchas ganas de conocer a nuestro nuevo Wright.

Con amor,

Tu madre

Jameson negó con la cabeza, indignado, y abrió la caja. Un pequeño sonajero de plata descansaba sobre un lecho de terciopelo. Levantó aquel ridículo juguete y vio el grabado en el mango: una enorme W flanqueada a ambos lados de otra W y una V.

Dejó caer el sonajero en la caja antes de hacer algo «insensato» como destrozarlo allí mismo. El nombre de su hijo era

William Vernon Stanton. No era un Wright. No tenían derecho a reclamar nada de él.

Empujó la mesa y colgó su chaqueta en una de las sillas; luego se aflojó la corbata al tiempo que subía la escalera. Por el umbral de la puerta de su habitación vio que una luz brillaba, pero no era la de William. Jameson presionó la oreja contra la puerta; cuando escuchó el suave susurro y una protesta de disgusto, entró y se inclinó sobre la cuna.

William lo miró, bien envuelto en la mantita que su abuela le había enviado desde Colorado, y dejó escapar un bostezo enorme que le hizo fruncir el ceño.

—Sí, sé lo que quieres decir —murmuró Jameson con voz suave; levantó a su hijo y lo arrulló contra su pecho. Qué ironía que alguien tan pequeño hubiera alterado la gravedad de su mundo. Le dio un beso en la cabeza y respiró su aroma—. ¿Has tenido un buen día?

William refunfuñó, abrió la boca y la presionó contra la camisa de Jameson.

—Me lo tomaré como un sí. —Acarició en pequeños círculos la espalda de William; sabía que no tenía lo que su hijo buscaba—. Quizá sea mejor que le des un minuto, chico. He herido sus sentimientos, mucho.

Lo meció, de un lado a otro, para darle un minuto a Scarlett, pero también para poder ganar un valioso tiempo y pensar qué hacer o decir. ¿Quería dejarlos allí, en un lugar al que ya no parecían pertenecer legalmente, sabiendo que no podían viajar a su nuevo país, mientras él volaba al otro lado del mundo para enfrentarse a otro enemigo?

No.

Pensar en dejarlos atrás era como una puñalada en el vientre. William solo tenía seis semanas, y ya había cambiado tanto... No podía imaginar no verlo crecer, dejarlo durante un año o más y no reconocer a su propio hijo cuando regresara. ¿Y pensar en no ver a Scarlett? No, eso sería insoportable.

—Yo lo cojo —dijo ella desde el umbral.

Jameson se dio la vuelta y la vio a contraluz en el pasillo iluminado; tenía los brazos extendidos.

—Me gusta cogerlo —confesó en voz baja.

La frialdad de sus ojos menguó un poco.

—Eso espero, aunque a menos que puedas alimentarlo, no te va a gustar tenerlo en los brazos mucho más tiempo.

Cruzó la habitación y, a su pesar, Jameson le dio a su hijo. Scarlett se sentó en la mecedora que estaba en un rincón poco iluminado y miró a su marido, como si esperara.

—No tienes que quedarte.

Jameson se apoyó contra la pared y cruzó los tobillos.

—Tampoco tengo que irme. Ya te he visto los pechos antes. No estoy seguro de haberte dicho últimamente lo magníficos que son.

Scarlett puso los ojos en blanco, pero él hubiera jurado que la vio sonrojarse un poco. Acomodó a su hijo para amamantarlo con una facilidad ganada por la práctica y acarició su suave cabello negro con la yema de los dedos.

—Lo siento —dijo Jameson en voz baja. Los dedos de Scarlett se paralizaron—. Debería haberlo hablado contigo en su momento. Puedo ponerte todas las excusas del mundo, pero la verdad es que no quería preocuparte. No importan. Fue un error no decirte nada.

Despacio, alzó la vista para mirarlo a los ojos.

—Si nos hubiéramos ido al Pacífico, habría movido cielo y tierra para enviarte a Colorado hasta que yo pudiera volver a casa. Nunca te hubiera dejado sin cerciorarme antes de que estaríais seguros, no solo físicamente. No volveré a cometer el error de dejarte fuera otra vez.

—Gracias.

—Me gustaría... —Tragó saliva; un nudo de rabia subió por su garganta—. En realidad, me gustaría tirar ese sonajero a la basura.

—Vale.

—¿No te importa? —preguntó asombrado.

—Para nada. Yo lo hubiera tirado ya a la basura, pero quería que supieras qué estaba pasando.

Su afirmación no era un golpe bajo, solo un hecho.

—Gracias. —La miró un momento en silencio para elegir con cuidado sus siguientes palabras—. La cita para tu visado es dentro de unos meses, ¿verdad?

Ella asintió.

—En mayo.

Casi un año después de que hubieran empezado con los trámites.

—Quiero que me prometas algo —dijo él con voz suave.

—¿Qué?

—Prométeme que, si me pasa algo, te lo llevarás a Estados Unidos.

Scarlett parpadeó.

—No digas esas cosas.

Jameson cruzó la habitación y se arrodilló junto a ella para quedar al mismo nivel; puso las manos sobre el brazo de la mecedora.

—No hay nada más importante para mí que vuestras vidas, la tuya y la de William. Nada. Tienes razón, ya no solo se trata de nosotros. En Colorado estaréis seguros. Lejos de la guerra, de la pobreza, de tus odiosos padres. Por favor, prométeme que te lo llevarás.

Scarlett frunció el ceño.

—Si te pasa algo —aclaró.

Él asintió.

—De acuerdo. Prometo que si te pasa algo, me llevaré a William a Colorado.

Despacio, se inclinó para darle un beso casto en los labios.

—Gracias.

—Eso no quiere decir que te dé permiso para morir —dijo con expresión adusta.

—Entendido. —Besó la cabeza de William y se levantó—. Mientras lo alimentas, trabajaré para alimentarte a ti. Te quiero, Scarlett.

—Yo también te quiero.

Dejó a su mujer y a su hijo en la habitación del bebé y fue directo a la cocina. Tiró el sonajero a la basura, que era el lugar donde debía estar.

Scarlett y William pertenecían a la familia Stanton. Eran su familia.

25

GEORGIA

Querido Jameson:

Apenas hace unos días que te fuiste y ya te echo de menos como si fueran años. Esto es mucho más difícil que cuando vivíamos en Middle Wallop. Ahora sé qué se siente al ser tu mujer; yacer a tu lado por la noche y despertar con tu sonrisa cada mañana. Hoy he vuelto a pedir el traslado, pero hasta ahora no he tenido noticias. Esperemos que mañana. No soporto estar tan lejos de ti, saber que vuelas hacia el peligro y que yo no puedo hacer nada más que quedarme sentada y esperar. Ni siquiera puedo esperarte en casa. Te quiero, Jameson. Cuídate. Nuestros destinos están entrelazados, no puedo existir en un mundo en el que tú no estás.

Con amor,

Scarlett

—¿Estás lista para esto? —preguntó Noah con una sonrisa emocionada, ajustándose la corbata mientras estábamos sentados en el coche frente al estudio. La nieve de enero caía a ráfagas.

—¿Y si no lo estoy? —pregunté a mi vez arqueando las cejas.

—Aunque será muy incómodo dentro de una hora, cuando lleguen todos, podemos cerrar la puerta con llave, apagar las luces y fingir que no hay nadie. —Me levantó la mano y besó el interior de mi muñeca; sentí una punzada de deseo por todo el cuerpo. Lo había tenido en mi cama casi todas las noches los últimos dos meses y medio, y la pasión no había disminuido. Todo lo que tenía que hacer era mirarme, y yo estaba lista para él—. Pero estoy dispuesto a sobornarte solo para ver lo que has creado ahí dentro.

—Estoy bastante orgullosa de mi pequeña colección.

Casi me había destrozado los dedos organizando esa noche. Había varias docenas de piezas menores listas para la venta y otras más grandes que había preparado para la exposición. Había enviado las invitaciones y había recibido las respuestas. Todo lo que había que hacer era abrir las puertas y rezar por que no hubiera tirado a la basura lo que me quedaba en la cuenta del banco.

—Estoy orgulloso de ti.

Esa vez me besó en la boca, succionando un poco mi labio inferior antes de soltarlo. Dependía completa y profundamente de ese hombre. Se suponía que solo iba a ser una aventura, ese era el trato. Se iría en cuanto terminara el libro. Con el paso de los días, solo podía pensar que teníamos los días contados. Cada mañana esperaba que me dijera que había acabado, pero no era así. Si no tenía cuidado, muy pronto sobrepasaría la fecha de entrega.

—Sé que esta noche será tan maravillosa como tú —añadió.

—Me alegra que uno de los dos esté seguro.

Respiré hondo y recordé que estábamos en Poplar Grove, Colorado, no en Nueva York. No había periodistas ni estrellas de cine ni empresarios, ningún periodista de la prensa sensacionalista y nadie que fingiera interesarse en mí solo para poder pasar cinco minutos con Damian. Aquello era mío, solo mío, y Noah sería la primera persona con quien lo compartiría.

Me tomó de la mano de camino a la entrada y bloqueó el viento cuando busqué a tientas la llave para abrir la puerta de vidrio pesado. Luego lo invité al interior del espacio oscuro.

—Espera aquí. Cierra los ojos.

Quería ver su expresión cuando encendiera las luces.

—Diría que es mi cumpleaños y no el tuyo —bromeó.

Reí. Cuando me aseguré de que tenía los ojos bien cerrados, me dirigí al interruptor. El espacio ya me era tan familiar como mi dormitorio; si fuera necesario, podría encontrar el camino aunque tuviera los ojos vendados.

Encendí el interruptor y la galería se iluminó en una docena de espacios. Había jarrones y esculturas pequeñas en vitrinas pegadas a la pared, dos obras más grandes se exhibían en cada una de las ventanas en mirador y, en el centro, sobre un pedestal iluminado, mi pieza favorita.

—Puedes abrir los ojos —dije en voz baja.

Contuve el aliento mientras la oscura mirada de Noah recorría la galería, apreciándola; su sonrisa se iba ensanchando a medida que asimilaba el lugar, hasta fijarse en el pedestal.

—Georgia —murmuró negando con la cabeza—. Dios mío.

—¿Te gusta?

Me puse a su lado, me rodeó la cintura con el brazo y me acercó a él.

—Es magnífico.

Mi pieza favorita de la colección era una corona compuesta por carámbanos que iban de quince a veinticinco centímetros de largo.

—¿Lo entiendes? —pregunté con una sonrisa socarrona.

—Apropiada para una reina de hielo —respondió con una risita—. Aunque tú eres cualquier cosa menos fría. Es increíble.

—Gracias. Nunca he hecho comentarios sobre sus pequeñas

provocaciones porque hay poder en el silencio y elegancia en llevar la cabeza bien alta, pero pensé «¿por qué no utilizarlo para hacer arte?»; solo yo me defino de ahora en adelante, quizá la próxima vez haga una corona de fuego.

En mi mente ya tomaba forma.

—Eres increíble, Georgia Stanton. —Se volvió, tomó mi rostro entre las manos y me besó con pasión—. Gracias por compartir esto conmigo; y en caso de que no tenga la oportunidad antes de que volvamos a casa, feliz cumpleaños.

—Gracias —respondí contra su boca, saboreando nuestros últimos minutos de privacidad antes de que llegara el servicio de *catering*.

Una hora después, las puertas estaban abiertas y la galería se llenaba de los invitados de mi pequeño pueblo. Di la bienvenida a la primera docena de personas y les enseñé el lugar, con Noah a mi lado. Lydia, nuestra ama de llaves, llegó con su hija; luego Hazel y Owen; Cecilia Cochran, de la librería; mi madre...

Contuve el aliento y me tapé la boca con la mano que tenía libre. El brazo de Noah me rodeó la cintura para darme su apoyo mientras mi madre avanzaba entre la pequeña multitud. Iba vestida de rosa pálido y su sonrisa era vacilante.

—Feliz cumpleaños, Georgia —dijo en voz baja.

Me abrazó con cariño y luego me soltó con sus dos palmaditas de costumbre.

—¿Mamá?

Asombro no era la palabra adecuada.

Tragó saliva, nerviosa, y nos miró.

—Noah me invitó, espero que no te moleste. Solo quería estar aquí para desearte feliz cumpleaños y felicitarte. Esto es todo un logro.

¿De verdad que era la única razón por la que había venido?

—¿E Ian y tú? —pregunté vacilante.

¿Se habían separado? ¿Estaba allí solo para recobrar fuerzas con el pretexto de verme?

—Ah, está bien. Estamos bien —aseguró—. Te manda saludos. Estoy segura de que entiendes por qué no está aquí conmigo.

Porque yo no lo soportaba y él lo sabía; pensándolo bien, era bastante considerado por su parte.

—¿Qué tal el vuelo? —preguntó Noah como acostumbraba hacer para aligerar la tensión.

—Bien. Muchas gracias. —Mi madre respiró hondo—. Para ser lo más transparentes posible, Noah compró mi billete.

¿Lo más transparentes posible? ¿Ian y ella estaban bien?

—Ah, muy amable por tu parte —le dije a Noah apoyándome en él.

—Un placer. —Me acarició la cintura—. Pero mi verdadero regalo de cumpleaños está esperándote en casa.

—¡Te dije que no te gastaras dinero en mí! —lo regañé; sin embargo, en el pecho sentí una punzada de emoción por la curiosidad.

—No lo he hecho, te lo prometo.

Otra vez esa sonrisa. Se traía algo entre manos.

—No puedo acaparar a la chica del cumpleaños toda la noche. Atiende a tus invitados —indicó mi madre con una leve sonrisa—. Gracias por dejarme estar aquí. Tus cumpleaños siempre han sido... —Vaciló—. Solo estoy contenta, eso es todo. —Recorrió la galería con la mirada—. Esto es magnífico. Estoy muy orgullosa de ti, Georgia.

—Gracias por venir —le dije con sinceridad—. Significa mucho para mí.

Habían pagado el anticipo, y los *royalties* del libro irían directamente a la cuenta de mi madre. Estaba feliz con Ian. Parecía que atravesaba un buen momento vital, cosa que significaba que no estaba allí porque necesitara algo de mí, sino porque quería. Claro que solo era una noche, en toda una vida, pero me pareció suficiente.

Me paseé por la galería con una gran sonrisa y observé como las piezas pequeñas desaparecían conforme las iban comprando.

—¡Esto es increíble! —Hazel me abrazó con fuerza—. ¿Es la hija de Lydia la que está detrás de la caja?

Asentí.

—Creo que todo está saliendo bien.

—Así es, créeme. —Entornó los ojos y se acercó a mí—. Guau, ¿con quién está Noah...? —Su asombro era total.

Giré y parpadeé confundida al ver que Noah abrazaba a una mujer impresionantemente bella junto a la entrada. Alzó la mirada buscando a su alrededor y sonrió al verme. Le dijo algo a la mujer y avanzó con ella frente a la corona de hielo, hasta donde yo estaba con Hazel.

La mujer tenía el cabello y los ojos oscuros como los de Noah; su misma tez bronceada. Un hombre de cabello rubio arena, ojos verdes y traje impecable llegó a su lado.

—Espero que no te moleste que haya invitado a una de mis mejores amigas también —dijo Noah con una sonrisa—. Georgia, ella es mi hermana menor, Adrienne, y su rehén, Mason.

«¿Su hermana?» Los hombres no invitaban a sus hermanas para presentárselas a las chicas con las que estaban teniendo una aventura, ¿no? Sentí calor en el pecho; mi corazón sufría con la posibilidad de que aquello fuera algo más para él, que pudiéramos ser más, incluso después de terminado el libro. Quizá no necesitábamos esa fecha de caducidad que nos habíamos autoimpuesto.

Adrienne alzó una sola ceja, perfectamente delineada, hacia

su hermano, pero la sonrisa que me ofreció fue instantánea y radiante cuando me abrazó con fuerza.

—Encantada de conocerte, Georgia. Habla de ti todo el tiempo. Lo que ha querido decir sobre él es que es mi marido, Mason —dijo soltándome.

—¿Eso he querido decir? —bromeó Noah—. Qué alegría verte, amigo —lo saludó, y le dio un abrazo antes de darle otro a su hermana, con tanta fuerza que la levantó—. A ti también, tonta. ¿Qué tal el vuelo?

—Ya lo sabes. Deja de pagar primera clase. Es un despilfarro.

—Me gastaré mi dinero en lo que yo quiera —respondió él encogiéndose de hombros.

—Espero que te gusten las peleas, porque siempre están igual —dijo Mason al tiempo que extendía la mano con una sonrisa cálida.

—Si te soy sincera, ahora mismo estoy un poquito abrumada —contesté, y le estreché la mano.

Su sonrisa se ensanchó y en su rostro surgió un pequeño hoyuelo.

—No te culpo en lo más mínimo. ¡Tu galería es increíble! —apuntó Adrienne—. Ah, ¡y feliz cumpleaños! No hay prisa, ahora estás ocupada, pero más tarde tengo que escuchar la historia de cómo le pateaste el trasero a mi hermano en la librería.

Me reí y prometí darle los detalles. Luego Mason y ella se fueron a recorrer la galería, llevándose a Hazel y a Owen.

—¿Ya te he dicho lo guapa que estás esta noche? —murmuró Noah a mi oído; el roce de su boca en mi oreja hizo que me estremeciera.

—Unas veinte veces —le aseguré—. ¿Y yo ya te he dicho que te voy a torturar esta noche con esa corbata que llevas puesta?

Lo miré con coquetería.

—Ah, ¿sí? —Su mirada se hizo profunda—. Y yo que estaba haciendo mis propios planes.

Me robó un beso antes de que me llamaran para atender a otra persona.

La noche pasó volando. Antes de que me diera cuenta, todas las obras que pretendía vender ya habían encontrado comprador. Las de exhibición, la corona y las obras de las torres permanecieron justo donde las quería: conmigo. Poco a poco se vació la galería hasta que solo quedaron mis amigos más íntimos y el personal de limpieza.

—Con esto gana muchos más puntos —dijo Hazel mientras se preparaba para irse.

—¡Oye! —bromeé, abrazándola para despedirme—. El equipo de Georgia, ¿recuerdas?

—Soy del equipo de Georgia —prometió—. Ese hombre le pagó el avión a su familia para que vinieran a conocerte. A tu madre también —añadió en voz baja mientras Noah se despedía de su hermana.

Adrienne había prometido pasar por casa al día siguiente para almorzar. No quiso dormir en la habitación de invitados, pero mi madre había aceptado quedarse con nosotros esa noche. Ya se había ido en su coche de alquiler al hostal para recoger sus cosas.

—Lo sé. Está... —Suspiré y miré a Noah.

—Está tan enamorado de ti como tú de él —murmuró Hazel.

—No empieces —dije negando con la cabeza; no quería ponerme en una situación que pudiera acabar haciéndome daño.

—Nunca te había visto tan feliz como esta noche; de hecho, como lo has estado los últimos meses. —Me tomó de la mano—. Ya has sufrido mucho, G. Tienes que darte permiso para que te sucedan también cosas buenas.

Me abrazó otra vez antes de que pudiera responderle; luego Owen la empujó hacia la puerta, mascullando algo así como que todavía tenían a la niñera una hora más.

La casa estaba oscura y en silencio cuando Noah y yo entramos, pero mi madre llegó justo después de que colgáramos los abrigos. Los ojos de Noah volaron hacia mis piernas desnudas debajo del vestido negro corto que había elegido.

—Voy a subir y llamar a Ian antes de que se duerma —explicó mi madre con una sonrisa pícara, llevándose su pequeña maleta, aunque Noah se había ofrecido a subirla—. Vosotros dos no os divirtáis mucho. Feliz cumpleaños, Gigi.

—Buenas noches, mamá.

Ni siquiera me molestó que empleara ese apodo; observaba las veintinueve rosas que Gran había enviado con una primera edición firmada de *El sol también se levanta*.

—Hora del regalo —dijo Noah acercándose por mi espalda y rodeándome la cintura con los brazos—. Quizá no sea Hemingway, pero me pillaste con presupuesto limitado.

Lancé un quejido.

—Ya me has dado suficiente.

—Créeme, esto te va a gustar.

Giré entre sus brazos.

—Me gustas tú.

Si en realidad supiera cuánto lo deseaba, probablemente hubiera salido gritando de la casa.

Me besó la frente y me tomó de la mano para guiarme hasta la sala grande, donde apenas unos meses antes se regodeaba de sus habilidades como escritor. Había apartado los muebles a un lado para hacer espacio y llevó la mesa alta del recibidor, donde había una caja mediana adornada con listones, a un lado de la chimenea, que encendió con un interruptor.

—Gran añadió eso en la remodelación —expliqué señalando la chimenea de gas—. Decía que era una tontería, un gasto superfluo, pero no le importaba.

—Pues gracias, Gran —dijo Noah. Se quitó la chaqueta y la colgó en el sillón orejero que había frente a la caja—. Ahora abre tu regalo, Georgia.

Apoyó el hombro contra la repisa de la chimenea y cruzó un tobillo sobre el otro.

—El regalo que no te costó nada —dije arqueando una ceja.

—Ni un centavo. —Entornó un poco los ojos—. Bueno, pagué la caja y la cinta. Francamente, fue algo con lo que me topé mientras buscaba unos zapatos.

Puse los ojos en blanco, me acerqué a la caja y busqué por dónde abrirla.

—¿Incluso la has cerrado con cinta adhesiva?

—No, solo levanta la tapa.

Había tanta emoción en su mirada que no pude evitar sentirme contagiada. Cogí ambos lados de la caja y levanté la tapa. Mi corazón dio un vuelco en mi garganta y los ojos se me llenaron de lágrimas.

—Oh, Noah.

Se acercó a mí y tomó la caja de mis temblorosas manos, pero yo estaba demasiado ocupada mirando mi regalo para ver dónde ponía la envoltura. Después volvió a mi lado.

—¿Es...?

Temía decir las palabras; me contentaba con dejar que fuera real, aunque solo fuese en mi mente.

—Lo es. —Asintió con una sonrisa.

—Pero ¿cómo?

Extendí la mano hacia el tocadiscos antiguo y pasé los dedos por el borde gastado del estuche que se abría encima de la mesa, frente a mí.

—Hace un par de semanas encontré un tablón suelto en el

fondo de mi armario en Grantham Cottage —explicó al tiempo que movía el brazo del fonógrafo para dejarlo sobre el disco, que estaba en perfectas condiciones—. El mismo armario que tenía marcas de la estatura de una persona grabadas en el marco de la puerta; le habían dado una mano de pintura, como al resto de la casa.

Lo miré; de alguna manera supe cuáles serían sus siguientes palabras.

—Eran del abuelo William, ¿verdad? —pregunté.

Él asintió.

—Quiero pensar que esa fue la razón por la que nunca vendió la casita. Me acerqué al ayuntamiento y busqué los registros de propiedad. Originalmente perteneció a Grantham Stanton, el padre de Jameson, tu tatarabuelo.

—Allí vivieron los primeros años —murmuré, empezando a comprender—. Pero Gran dijo que el fonógrafo se había roto.

Noah esbozó una media sonrisa.

—Lo que se rompió no fue esto. Scarlett debió de esconderlo en la pared.

—¿Y nunca volvió para recuperarlo? —Fruncí el ceño—. Ahora que lo pienso, no recuerdo que hubiera regresado nunca a la casa; siempre se organizó para que alguien se encargara de ella.

—El dolor es una emoción poderosa e ilógica, y algunos recuerdos están más seguros si permanecen sellados y nadie los puede alterar.

Encendió el interruptor del tocadiscos y, para mi absoluta sorpresa, funcionaba.

—Encontraste el fonógrafo de Jameson —musité.

—Encontré el fonógrafo de Jameson.

Dejó caer el brazo del aparato y la aguja hizo contacto, llenando la habitación con la voz de Billie Holiday.

Cerré los párpados y los imaginé en ese campo, empezando la historia de amor que me dio la vida, el amor que siempre obsesionó a Gran, aunque al final volviera a casarse.

—Eh —dijo Noah con ternura desde el centro de la habitación. Extendió la mano en mi dirección—, venga, baila conmigo, Georgia.

Caminé directa a sus brazos; mis últimas barreras desaparecían.

—Gracias —dije, y descansé la mejilla contra su pecho. Empezamos a bailar con suavidad al ritmo de la música—. No puedo creer que hayas hecho todo esto por mí. La cena, tu hermana, mi madre, el fonógrafo. Es demasiado.

—No es suficiente —susurró, y levantó mi cabeza por la barbilla para mirarme a los ojos—. Estoy completa y absolutamente enamorado de ti, Georgia Constance Stanton.

Su mirada reflejaba la intensidad de sus palabras.

—Noah.

Mi corazón se hinchió; el dulce dolor que tanto me había esforzado en suprimir se liberó e invadió cada una de las células secas y despojadas de amor de mi cuerpo; me permití creer, me permití amarlo.

—Para mí, esto no es solo una aventura. Nunca lo ha sido. Te deseé desde que te vi en esa librería; supe que eras tú desde que abriste la boca para decir que odiabas mis libros —añadió asintiendo poco a poco, con una sonrisa satisfecha—. Es cierto. Y no necesito que me digas lo mismo. Todavía no. De hecho, por favor, no lo hagas. Solo quiero que me lo digas cuando estés lista. Y si aún no me amas, no te preocupes: te conquistaré.

Pegó su frente a la mía sin dejar de bailar.

«Dios mío.» Lo amaba. Quizá fuera imprudente y estúpido, y demasiado apresurado, pero no podía evitarlo. Mi corazón le pertenecía. Me había conquistado; no podía imaginar un solo día sin él.

—Noah, te a...

Me besó para acallarme. Luego me tomó entre sus brazos, subió la escalera y me hizo el amor con tal pasión que ni un solo centímetro de mi piel escapó a sus manos, a su boca, a su lengua.

Cuando salió el sol, estábamos hambrientos; ebrios de ese cóctel de orgasmos y falta de sueño. Bajamos la escalera sin dejar de besarnos, como un par de adolescentes, tratando de no hacer mucho ruido para no despertar a mi madre.

Éramos un cliché: Noah llevaba los mismos pantalones de la noche anterior y yo me abrochaba con rapidez los botones de la camisa sobre nada más que unos bóxeres que le había cogido prestados. No me importaba; amaba a Noah Morelli, iba a prepararle unas tortitas o unos huevos, lo que fuera más rápido, para volver lo más pronto posible a la cama.

En el recibidor me besó con pasión, empujándome hacia la cocina.

—¿Qué es eso? —pregunté alejándome de él cuando oí un crujido de papel que provenía del despacho.

Noah levantó la cabeza y entornó los ojos al ver que las puertas estaban entreabiertas.

—Anoche cerré las puertas antes de salir. Espera aquí.

Me movió para ponerse frente a mí y avanzó en silencio hacia las puertas francesas; las abrió con cuidado y miró hacia el interior.

—¡¿Qué cojones haces?! —gritó al tiempo que desaparecía en el despacho.

Fui corriendo tras él.

Me llevó un segundo averiguarlo: mi madre estaba sentada

en la silla de Gran, con el móvil sobre el escritorio, una de las cajas abierta a su izquierda y un montón de papeles frente a ella.

Estaba escaneando el manuscrito.

26

Mayo de 1942
Ipswich, Inglaterra

William lloraba y Scarlett lo arrullaba cariñosamente, meciéndolo de un lado a otro mientras las sirenas aullaban sobre ellos. El refugio estaba lleno y mal iluminado; suponía que su expresión era semejante a la de quienes estaban a su alrededor. Algunos niños se acurrucaban en un rincón, jugando a algo con los más pequeños; se había vuelto una rutina, solo una cosa más en la vida.

Los adultos caminaban con sonrisas que pretendían ser tranquilizadoras, aunque no lograban su propósito. La semana anterior los ataques aéreos se habían intensificado; los alemanes bombardeaban una ciudad tras otra en represalia por los bombardeos en Colonia. Si bien los ataques nunca cesaron, esos últimos meses Scarlett se había vuelto más confiada; aunque no era la primera vez que se encontraba en un refugio con la esperanza de sobrevivir, sí era la primera ocasión para William.

Ya había conocido el miedo. Lo había sentido cuando el hangar había explotado en Middle Wallop o cuando Jameson regresaba tarde a casa, o no lo hacía durante días. Pero ese miedo, ese terror que le atenazaba la garganta en un puño helado, era mucho peor, una nueva tortura en aquella guerra. Ya no solo era su vida la que pendía de un hilo, o incluso la de Jameson, sino también la de su hijo.

William cumpliría seis meses al cabo de un par de días. Seis meses y todo lo que conocía era la guerra.

—Estoy segura de que podremos salir dentro de nada —le dijo una mujer mayor con una sonrisa amable.

—Seguro —respondió Scarlett, que acomodó a William en su otra cadera al tiempo que le besaba la cabeza por encima del gorro.

Ipswich era un blanco natural, Scarlett lo sabía. Hasta entonces habían tenido suerte.

Las sirenas callaron y se oyó un zumbido de alivio colectivo a lo largo del túnel que servía como refugio subterráneo.

El suelo no había temblado, aunque eso no siempre era garantía de que no hubieran dado en el blanco, solo que no lo habían hecho cerca.

—No hay tantos niños como hubiera pensado —le dijo Scarlett a la mujer mayor, más que nada para distraerse.

—Construyeron refugios en la escuela —explicó orgullosa—. No caben todos los niños, por supuesto, pero ahora van por turnos; solo asisten los que caben. Trastornó muchos de los horarios, pero... —Su voz se apagó.

—Pero los niños están más seguros —dijo Scarlett.

La mujer asintió y miró la mejilla de William.

—Y así pueden seguir con sus padres —añadió sosteniendo a William un poco más fuerte.

Seis meses antes, evacuar a los niños de Londres y de otros objetivos principales le había parecido muy lógico. Si estaban en peligro, por supuesto que debían ser enviados a lugares más seguros. Pero ahora que tenía a William en brazos, no podía imaginar la fuerza de esas otras madres para meter a sus hijos en un tren sin saber con exactitud adónde se dirigían. No podía deshacerse de la reacción instintiva que le decía que William estaba más seguro con ella. Por la egoísta necesidad de estar cerca de Jameson, ¿ponía a su hijo en peligro?

Sin duda, la respuesta era afirmativa, no podía negarlo ni cerrar los ojos: en ese instante lo tenía en sus brazos, en un refugio subterráneo, esperando, rezando.

Oyeron la señal de que ya no había peligro y la gente empezó a salir. El sol seguía brillando cuando dejó el refugio. Lo que le habían parecido días tan solo habían sido horas.

—Han pasado de largo —oyó que decía un anciano.

—Nuestros chicos han debido de asustarlos —añadió otro con orgullo.

Scarlett sabía que no era así, pero no lo dijo. El tiempo que pasó trazando los ataques de bombarderos le había enseñado que con frecuencia los aviones de combate no eran disuasorios; sencillamente, no eran el blanco que buscaban, tan simple como eso.

Caminó el poco menos de un kilómetro de vuelta a casa sin dejar de hablarle a William durante todo el camino, siempre sin perder de vista el cielo: que se hubieran ido no significaba que no fueran a regresar.

—Quizá solo seamos nosotros dos esta noche, pequeño —le dijo a su hijo cuando abrió la puerta de la casa.

Con el incremento de los ataques, a Jameson no le habían permitido dormir fuera de la base desde hacía más de una semana. Su casa estaba a solo quince minutos de Martlesham-Heath, pero quince minutos eran toda una vida cuando se acercaban los bombarderos.

No pensó en comer hasta que alimentó a William, lo bañó, volvió a darle de comer y lo acostó.

Ella apenas probaba bocado cuando no sabía dónde estaba

Jameson. Había sido terrible mover sus marcadores por el tablero, saber cuándo se enfrentaba al enemigo o cuándo habían caído algunos miembros de su escuadrón, pero aquella ignorancia era peor.

Scarlett se sentó frente a la máquina de escribir, abrió la caja más pequeña que había añadido a su colección en los últimos meses, sacó la página más reciente y siguió escribiendo. Esa caja era para su historia; no podía limitarse a arrojarla junto con otros borradores, con capítulos parciales y pensamientos inconclusos. Si debía seguir trabajando en una de sus historias era en esa, solo por si era todo lo que podía dejarle a William.

Quizá había idealizado uno o dos detalles, pero ¿no era eso al fin y al cabo lo que hacía el amor? Suavizó los momentos de la vida más conflictivos y desagradables. Ya iba por el capítulo 10: estaba a punto de narrar el nacimiento de William. Cuando lo acabó, puso con cuidado la última hoja de papel en la caja pequeña y sacó una página en blanco. Por fin había llegado a la mitad, o al menos a lo que ella consideraba que era la mitad del manuscrito. Se perdió en ese mundo; el sonido del teclado de la máquina de escribir llenó la casa.

Se sobresaltó cuando llamaron a la puerta; sus dedos se paralizaron sobre el teclado y se volvió hacia ese sonido tan inoportuno.

«No está muerto. No está muerto. No está muerto.» Repetía la frase en un murmullo ahogado mientras se ponía de pie y cruzaba penosamente el comedor hasta la puerta principal.

—No está muerto —susurró una última vez cuando agarró el pomo de la puerta.

Había muchas razones por las que alguien podía llamar a esa hora, pero era incapaz de pensar en ellas en ese momento.

Alzó la barbilla y abrió de golpe, preparada para afrontar lo que el destino le reservaba al otro lado.

—¡Constance!

Scarlett se llevó las manos al pecho con la esperanza de contener unos latidos que le parecían incontrolables.

—¡Perdón por llegar tan tarde! —exclamó al tiempo que abrazaba a Scarlett—. Acababa de regresar a los cobertizos y una de las chicas ha mencionado que ha habido una alerta de ataque en Ipswich. Tenía que asegurarme de que estabais bien.

Su hermana la abrazó con fuerza.

—Estamos bien —le aseguró Scarlett devolviéndole el abrazo—. No puedo decir lo mismo de Jameson, porque no lo he visto desde hace días.

Constance se apartó.

—¿Han cancelado su permiso para dormir fuera?

Scarlett asintió.

—Desde que empezaron los ataques, ha vuelto a casa un par de veces, pero solo para recoger un uniforme limpio y darnos un beso a William y a mí.

—Lo siento mucho. —Constance negó con la cabeza y la inclinó para que el sombrero ocultara su rostro—. Debería haber pasado mi permiso aquí contigo, en lugar de ir a Londres para seguir con los preparativos de la boda.

Scarlett tomó la mano de su hermana entre las suyas.

—Basta. Tienes que vivir tu propia vida. ¿Por qué no entras y...?

—No, he de volver —la interrumpió Constance negando rápidamente con la cabeza.

—Tonterías —repuso Scarlett, que miró más allá de Constance para ver el coche nuevo aparcado al borde de la acera—. Ya es muy tarde. Si no puedes quedarte a pasar la noche conmigo, al menos déjame prepararte un té antes de que regreses. —Entornó los ojos un poco al ver que el automóvil no tenía ninguna insignia en el parachoques—. El coche es bonito.

—Gracias —respondió Constance sin alegría—. Henry me exigió que lo trajera. Dijo que ninguna prometida suya podía viajar en transporte público.

Se encogió de hombros antes de volver a su coche.

Scarlett sintió náuseas cuando se dio cuenta de que Constance no se había atrevido a mirarla a los ojos.

—Vamos, querida, solo una taza.

Extendió la mano y levantó la cabeza de Constance por la barbilla. Su corazón se llenó de rabia. Maldita sea, lo iba a matar.

Cuando la luz del salón iluminó el rostro de su hermana menor, Scarlett pudo ver el moratón en el ojo de Constance. La piel de alrededor estaba hinchada, enrojecida en ciertos puntos y algo azulada en otros: aquella marca no era reciente.

—No es nada —dijo Constance alejando el rostro de la mano de Scarlett.

—Ven aquí —sugirió Scarlett, que condujo a su hermana hacia una puerta cerrada que estaba detrás de ellas y que llevaba a la cocina.

Encendió el fuego de la tetera.

—En serio, no...

—Si vuelves a decirme que no es nada, gritaré —amenazó Scarlett al tiempo que se apoyaba en la encimera de la cocina.

Constance suspiró, se quitó el sombrero y lo puso sobre la mesa, junto a la máquina de escribir de Scarlett.

—¿Qué quieres que te diga?

—La verdad.

—Hay grados de verdad —contestó Constance cruzando las manos sobre su regazo.

—No, no entre nosotras —replicó su hermana, que cruzó los brazos sobre el pecho.

—Lo hice enfadar —explicó Constance, y bajó la mirada—.

Resulta que no le gusta que lo hagan esperar... ni que le digan que no.

Scarlett sintió una punzada en el pecho.

—No puedes casarte con él. Si se comporta así antes de la boda, imagina lo que sucederá después.

—¿Crees que no lo sé?

—Si lo sabes, ¿por qué te empeñas en seguir con esto? Sé que amas esa tierra y que piensas que es lo último que te queda de Edward, pero a él no le gustaría que te golpearan y amorataran para conservarla. —Scarlett recorrió la distancia que las separaba, se arrodilló frente a su hermana y tomó sus manos entre las de ella—. Por favor, Constance, por favor, no lo hagas.

—No puedo hacer nada —murmuró esta; el labio inferior le temblaba—. Ya se ha anunciado el compromiso, ya se han enviado las invitaciones. El próximo mes estaremos casados.

A Scarlett se le llenaron los ojos de lágrimas, pero no permitió que se derramaran. No era culpa de su hermana que Henry fuera un imbécil maltratador, pero no podía evitar sentir que ella había ocupado su lugar en la guillotina.

—Todavía hay tiempo —presionó Scarlett.

La expresión de Constance se endureció.

—Te quiero, pero esta discusión ha terminado. Con mucho gusto me quedaré una o dos horas más, pero solo si no hablamos del tema.

Scarlett sintió que se le tensaban todos los músculos del cuerpo, pero asintió.

—Te preguntaría si necesitas hablar con tu sección, pero acabo de darme cuenta de tu nuevo rango —dijo forzando una sonrisa, con un gesto hacia la insignia en el hombro de Constance.

—Ah. —Su hermana esbozó una sonrisa—. Fue la semana pasada. No había tenido tiempo de venir a contártelo.

Scarlett se puso de pie y se sentó junto a su hermana.

—Lo merecías mucho antes que la semana pasada.

—La verdad, es divertido —contestó Constance frunciendo un poco el ceño—. Robbins se acercó a mí después de una guardia y me lo dio. Solo dijo que mis nuevas responsabilidades empezarían al día siguiente. En realidad, resultó bastante decepcionante.

Esa vez, la sonrisa de Scarlett fue sincera.

—¿Te dejará quedarte? —preguntó sin poder evitarlo.

La sonrisa de Constance desapareció.

—Eso creo. Resulta que no puede decir mucho porque es un civil, ya que sus problemas físicos le impiden servir en el ejército. Pero ambas sabemos que si me quedo embarazada, bueno...

—Sí, bueno, eso lo sabemos. —Apretó la mano de su hermana—. Como no podemos hablar de tu futuro inmediato, ¿qué te gustaría hacer?

La mirada de Constance se desvió hacia la máquina de escribir.

—¿Te he interrumpido?

Scarlett se sonrojó.

—No es nada.

Se miraron a los ojos; ambas sabían que lo que habían descartado como poco importante en realidad lo significaba todo.

—No me gustaría interrumpirte mientras estás escribiendo una gran obra maestra —declaró Constance arqueando las cejas.

—Está muy lejos de ser una obra maestra —replicó Scarlett cuando la tetera silbó.

—¿Qué tal si preparas el té? Yo seré tu secretaria personal, puedes dictarme lo que sea.

Scarlett sonrió ante la expresión traviesa en el rostro de su hermana.

—Lo único que quieres es husmear en lo que estoy haciendo.

Sin embargo, se puso de pie y fue hacia la cocina.

—Culpable —admitió Constance. Luego se quitó la chaqueta, que colgó en el respaldo de la silla, y se sentó frente a la máquina de escribir—. Bien —dijo mirando a su hermana, emocionada—, adelante.

Scarlett la observó un instante y luego se ocupó del té. No podía impedir esa boda, no podía quitarle a Constance los moratones de la cara, jamás podría hacerlo. Pero podía ayudarla a escapar, aunque fuera durante un par de horas.

—Muy bien —aceptó—. Léeme la última frase.

Jameson hizo descender el Spitfire y aterrizó de una forma casi perfecta, aunque él sintiera todo lo contrario. Los alemanes habían sido rápidos en sus represalias y los bombardeos se habían multiplicado como mínimo por diez.

Ahora eran tres los escuadrones Águila formados por estadounidenses dispuestos a arriesgar sus vidas. Había rumores de que en otoño todos estarían de vuelta y vestirían el uniforme de Estados Unidos, pero hacía mucho tiempo que Jameson había dejado de escuchar ciertas habladurías.

Avanzó por la pista y entregó su caza al personal de tierra. Podría jurar que sus músculos se quejaron en señal de protesta cuando bajó de la cabina. Sentía que la cantidad de horas que últimamente pasaba volando superaban a las que pasaba en tierra, y su cuerpo lo notaba: hacía semanas del último permiso que había obtenido para dormir al lado de Scarlett.

Las horas que había logrado pasar con ella estaban lejos de ser suficientes. Echaba de menos a su familia con una añoranza tan profunda que amenazaba con partirlo en dos, pero cada día se hacía más evidente que, por su seguridad, debían estar lo más lejos posible.

—Esta noche libramos —dijo Howard, que alzó los brazos en señal de victoria—. ¿Qué dices, Stanton?

—¿Sobre qué? —preguntó Jameson quitándose el casco.

—Vámonos de aquí y liberemos un poco la tensión —sugirió Howard mientras se dirigían al hangar.

—Si acabamos por la noche —dijo Jameson—, el único lugar al que voy a ir es a mi casa.

La sola idea hizo que se le dibujara una sonrisa en el rostro.

—Anda, vamos —intervino Boston, que caminaba al lado de Howard con un cigarro encendido en la boca—. Obtén uno de esos..., ¿cómo llaman los ingleses al permiso que te da la esposa? ¿Licencia?

Howard se rio y Jameson negó con la cabeza.

—Lo que no entiendes, Boston —dijo Howard con una sonrisa—, es que aquí Stanton prefiere irse a casa con su bellísima mujer que pasar una noche con los chicos.

—Las últimas dos semanas ya las he pasado con los chicos —repuso Jameson—. Y si cualquiera de vosotros tuviera a una mujer que fuera la mitad de buena que Scarlett, estoy seguro de que no pensaría en estar ni un minuto fuera de casa.

Además, no solo iba a casa por Scarlett: William había empezado a gatear; los cambios en su cuerpecito eran tan rápidos que Jameson apenas podía mantenerse al día.

—He oído que tiene una hermana —bromeó Boston.

—Una hermana muy comprometida —replicó Howard.

Jameson tensó la expresión. Que Constance fuera a casarse con un ogro le resultaba horrible; también sabía que la culpa estaba carcomiendo a Scarlett por dentro y que cada vez se sentía peor.

—Oficial de vuelo Stanton —lo llamó un piloto, que agitó los brazos por si no lo había oído.

—Que Dios me ayude. Si no me dejan ir a casa esta noche, voy a estrellar un avión.

—Lo creeré cuando lo vea —dijo Howard dándole una palmada en la espalda.

Cierto, no iba a estrellar un avión a propósito, pero si eso servía para pasar un par de días con su familia no dudaría en hacerlo. Devolvió la seña al piloto. El chico no debía de tener más de diecinueve años, o quizá fuera que Jameson se sentía mucho mayor de los veinticuatro que tenía en realidad.

—Oficial de vuelo Stanton —repitió el chico entre jadeos.

—¿Qué puedo hacer por ti? —preguntó Jameson, preparándose para la posibilidad de pasar otra noche sin Scarlett.

—Alguien ha venido a verlo —anunció.

—¿Y ese alguien tiene nombre? —volvió a preguntar Jameson.

—No lo recuerdo —admitió el chico—. Pero lo está esperando en la sala de descanso de los pilotos. Ha insistido mucho.

Jameson suspiró y se pasó la mano por el cabello, lleno de sudor. No solo había pasado las últimas horas en un avión, también olía a él.

—Vale, voy a darme una ducha.

—¡No! —exclamó el chico—. Necesitaba reunirse con usted tan pronto como aterrizara.

—Magnífico. —Jameson se olvidó de la posibilidad de ducharse—. Ahora voy.

Decir que estaba de pésimo humor cuando entró en la sala de descanso habría sido quedarse corto. Quería ducharse y ver a Scarlett y a William, y comer caliente, no necesitaba otra reunión secreta en la...

—¡Mierda! ¿Tío Vernon?

Jameson se quedó boquiabierto frente al hombre que estaba

sentado en uno de los sillones de piel alineados contra la pared de la sala de descanso.

—¡Por fin! —Su tío se puso de pie con una gran sonrisa y le dio un largo abrazo—. Casi me he dado por vencido. Tengo que irme dentro de media hora.

—¿Qué haces aquí? —preguntó Jameson, y retrocedió un poco para admirar el uniforme estadounidense que llevaba su tío.

—¿Tu madre no te lo dijo? —preguntó el tío Vernon con una sonrisa pícara.

Jameson arqueó las cejas al reconocer la insignia.

—¿Te alistaste en el comando de transporte?

—Bueno, no podía quedarme en casa sentado mientras tú estabas aquí arriesgando el cuello, ¿no?

Su tío lo examinó de los pies a la cabeza con esa manera de evaluar tan suya.

—Siéntate, Jameson. Tienes un aspecto horrible.

—Desde hace dos años tengo un aspecto horrible —repuso Jameson, pero tomó asiento y se hundió en la desgastada piel del sillón—. ¿Desde cuándo vuelas para el Comando de Transporte Aéreo?

—Llevo volando para el ATC casi un año —respondió el tío Vernon—. Empecé como civil, pero al final me convencieron —admitió señalando el rango en el cuello de su uniforme de piloto.

—Por lo menos te nombraron teniente coronel —dijo Jameson.

Su tío hizo una mueca.

—Cuento con algunos privilegios, como retrasar un vuelo tres horas cuando mi sobrino, del que he oído decir que es un piloto experto, está en medio de un combate aéreo.

—Me pregunto de dónde habré sacado mi habilidad para volar.

—Has superado cualquier cosa que yo te haya enseñado. Qué alegría verte, muchacho. Bueno, aunque debo admitir que ya eres todo un hombre.

Jameson se frotó la nuca.

—Te diría que habría llegado antes si hubiera sabido que me estabas esperando, pero jamás me lo habría imaginado.

En realidad, jamás abandonaría a su escuadrón en pleno vuelo.

—Solo me alegro de poder verte. Me hubiera gustado conocer a tu Scarlett y a mi sobrino nieto, pero quizá podamos convencer a los alemanes de que no nos ataquen cuando regrese dentro de un mes —dijo con una sonrisa que se parecía mucho a la de Jameson.

—Yo me encargo —contestó este lo más serio que pudo, hasta que esbozó una sonrisa—. Entonces, ¿adónde vas ahora?

Su tío arqueó una ceja.

—¿No lo sabes? Es información clasificada.

—¿No lo sabes? Llamé a mi hijo William Vernon.

Jameson hizo el mismo gesto en respuesta. Qué fácil era estar otra vez con él, como si no hubieran pasado dos años y medio desde la última vez, como si estuvieran en el porche de casa mirando cómo las estrellas salían en el cielo de Colorado.

—Escuché algo sobre el tema —repuso su tío con una sonrisa—. Me voy a reunir con el resto de los pilotos del ATC en el norte; regresaremos esta noche. Es difícil creer que dieciséis horas marcan la diferencia entre estar en Inglaterra y en la Costa Este.

«Dieciséis horas —pensó Jameson—. El mundo entero podría cambiar en solo dieciséis horas.»

—Debemos estar agradecidos —dijo mirando a su tío a los ojos—. Necesitamos cada bombardero que nos envían desde Estados Unidos.

—Lo sé —respondió el otro con una expresión sombría—. Estoy orgulloso de ti, Jameson, pero desearía que no tuvieras que estar aquí. Y sin duda me gustaría que no criaras a mi sobrino nieto en un lugar en el que las bombas caen sobre los bebés mientras duermen.

Jameson echó la cabeza hacia atrás, la recostó sobre la piel del sillón y cerró los ojos.

—Estoy haciendo todo lo posible para llevármelos lejos de aquí. Scarlett se hizo las pruebas médicas; todos los papeles están en regla y tendrán derecho a la nacionalidad siempre y cuando el gobierno no haya revocado la mía.

La cita de Scarlett para solicitar el visado era la semana siguiente. Ya era mayo y él sabía que probablemente el cupo estaría lleno, aunque no podía perder la esperanza.

—No han revocado tu ciudadanía —le explicó su tío—. Estados Unidos ya está en guerra, para bien o para mal. No van a castigar a quienes fueron lo bastante valientes para pelear antes de que nos atacaran.

—Reservamos su billete. Debe tener el viaje listo antes de que le den el visado, pero eso no significa que vaya a subirse al barco.

Scarlett había hablado muy claro en cuanto al tema de irse sin él, pero eso fue antes de los últimos bombardeos.

—Conozco a algunas personas en el Departamento de Estado —dijo su tío en voz baja—. Veré qué puedo hacer para ayudar, pero subir a tu familia a un barco con todos esos submarinos acechando en el Atlántico quizá sea más peligroso que si duermen en su propia cama.

—Lo sé —contestó Jameson en un murmullo, pasándose las palmas de las manos por el rostro—. La quiero más de lo que me quiero a mí mismo. Ella lo es todo para mí, y William es lo mejor de nosotros dos. Si ni siquiera puedo salvar a mi propio hijo, ¿de qué habrá servido haber venido aquí? ¿Para qué habrá servido todo esto?

Se quedaron sentados en silencio durante un momento; sabían que ninguna de las dos opciones era segura. De pronto, Jameson se dio cuenta de que sí había una.

—Necesito un favor —pidió haciendo girar su silla para quedar frente a su tío.

—Lo que necesites. Sabes que te quiero como si fueras mi hijo.

Jameson asintió.

—Lo sé.

Los ojos de su tío, del mismo color verde musgo que los suyos, se entornaron un poco.

—¿Qué se te está pasando por la cabeza, Jameson?

—Quiero que me ayudes a sacar a mi familia de aquí.

—¡Gracias a Dios! —exclamó Scarlett al tiempo que se aferraba a los brazos de su marido.

Él le dio un beso antes de hablar y la llevó en volandas hasta el salón, donde la besó una y otra vez como si de ese modo pretendiera comunicarle su alivio, su amor y la fe que tenía en ellos, hasta que Scarlett se abandonó contra su cuerpo.

—He lavado la ropa y tienes un uniforme limpio en la habitación —dijo tomando el rostro de Jameson entre sus manos.

—Me lo pondré por la mañana —aseguró él con una sonrisa.

—¿Puedes quedarte esta noche con nosotros? —preguntó ella con un brillo en los ojos.

—Puedo quedarme esta noche contigo.

Se quedaría todas las noches que fuera humanamente posible entre ese día y la fecha de la que había hablado con su tío.

Nunca le había visto una sonrisa tan radiante; en respuesta, Scarlett lo besó con pasión.

—Te he echado tanto de menos...

—Y yo a ti —respondió él entre susurros antes de volver a besarla.

—No hay nada que desee más que llevarte arriba y hacerte el amor hasta que ya no podamos más —murmuró ella contra sus labios.

—Es un plan genial —contestó él con una sonrisa—. Salvo por una cosa.

En ese momento, la cosa gateaba hacia ellos mientras se le caía la baba de la comisura de los labios.

—Le están saliendo los dientes —le explicó Scarlett con una mueca.

Jameson soltó a su mujer para levantar a su hijo y abrazarlo.

—¿Vas a tener dientes nuevos? —le preguntó, y luego le hizo una pedorreta en el cuello.

—Por supuesto que contigo es todo sonrisas —dijo Scarlett poniendo los ojos en blanco.

La manera en la que Jameson miraba a su hijo la conmovía. Era amor y asombro, en la misma medida, cosa que hacía que su marido le pareciera aún más atractivo.

El rostro de Jameson se ensombreció y Scarlett sintió un hueco en el estómago.

—Llegará un momento en que ya no será así —dijo en voz baja.

—¿Qué quieres decir? —preguntó ella.

—Tenemos que hablar de algo —añadió en el mismo tono, mirándola a los ojos.

—Dime —exigió su mujer, y cruzó los brazos sobre el pecho.

—Tu cita es la próxima semana, ¿verdad?

Scarlett notó una opresión en el pecho y asintió.

—Sé que accediste a ir a Estados Unidos si algo me sucedía —añadió—, pero ¿qué pensarías si te dijera que quizá puedas irte antes?

Abrazó a William como para protegerlo; un gesto contradictorio con sus palabras.

—¿Antes? ¿Por qué? —murmuró.

Su corazón latía con fuerza. Una cosa era saber que William no estaba a salvo allí; otra muy distinta que Jameson los enviara lejos.

—Es demasiado peligroso —explicó este—. Las incursiones, los bombardeos, las muertes. Nunca me perdonaría tener que enterraros a uno de los dos.

Parecía que su voz hubiera raspado fragmentos de metralla.

—No hay garantía de que consiga el visado —respondió ella mientras su corazón trataba de combatir lo que su mente había asumido como la mejor alternativa—. Ya hablamos del viaje.

Casi todos los barcos comerciales habían sido incautados con fines militares y, si bien había podido reservar billetes para cruzar el Atlántico, el peligro persistía. Para entonces habían perdido la cuenta de los civiles muertos cuando los submarinos hundían los barcos.

—Te quiero, Scarlett. No hay nada que no haría por mantenerte a salvo. —Miró a su hijo con amor—. Para manteneros a ambos a salvo. Por eso te pido que te vayas a Estados Unidos. He encontrado lo que a mi parecer es la manera más segura.

—¿Quieres que me vaya?

Miles de emociones invadieron a Scarlett al mismo tiempo: rabia, frustración, tristeza; parecía que todo se mezclaba en una bola que se alojaba en su garganta.

—No, pero ¿puedes garantizar que este es un lugar seguro para William?

Su voz se apagó cuando pronunció el nombre de su hijo.

—No quiero dejarte —murmuró ella.

Se controló por miedo a estallar en pedazos a los pies de su marido: tenía razón, no era seguro. Ella había llegado a la misma conclusión el día anterior, en el refugio antiaéreo, pero pensar en dejar a su marido era como si le clavaran una daga en el corazón.

Jameson la abrazó con fuerza, al tiempo que sostenía a su hijo con el otro brazo.

—No quiero que te vayas —admitió con voz gutural—, pero, si puedo salvaros, lo haré. Exeter, Bath, Norwich, York, y la lista sigue; más de mil civiles murieron tan solo la semana pasada.

—Lo sé.

Sus manos se cerraron en un puño en la tela del uniforme de su marido, como si pudiera quedarse si se aferraba con mayor fuerza; pero ya no se trataba de ellos, sino de su hijo, de la vida que habían creado juntos. Miles de madres británicas habían confiado sus hijos a desconocidos para alejarlos del peligro, y ahora tenía la oportunidad de alejarlo ella misma de esa amenaza sin tener que separarse de él.

—¿Quieres que tomemos el barco a Estados Unidos? —añadió despacio, saboreando las palabras agridulces en su boca.

—No exactamente.

Levantó la mirada hacia Jameson y arqueó una ceja.

—Hoy he visto a mi tío.

Scarlett abrió los ojos sorprendida.

—¿Cómo?

—Al tío Vernon. Ha llegado con el ATC. Volverá dentro de poco menos de un mes.

Scarlett tragó saliva.

—¿Cuándo vendrá a cenar para que pueda conocerlo? —preguntó esperanzada, aunque sabía que no era eso lo que él quería decirle.

Jameson negó con la cabeza.

—En cuanto pueda sacaros de aquí.

¿Qué? ¿Cómo podía estar seguro de que obtendría un visado? ¿Cómo podía estar seguro de que su tío podía sacarlos? ¿Cómo? Las preguntas se sucedieron a toda velocidad, pero le pasaron rozando, porque todo en su alma, en el centro de su ser, se había concentrado en la otra pieza del rompecabezas.

—¿Menos de un mes? —Su voz era apenas un murmullo.

—Menos de un mes.

La agonía que reflejaba Jameson era algo que nunca olvidaría; sin embargo, asintió una vez.

—Si estás de acuerdo —añadió.

—Sí, lo estoy. —Ella asintió. Era su voz y no lo era al mismo tiempo, en realidad no. Los ojos se le llenaron de lágrimas—. Pero solo por William.

Arriesgaría su vida para seguir al lado de su marido, pero no podía arriesgar la de su hijo si había otra opción.

Jameson forzó una sonrisa y besó su frente con fuerza.

—Por William.

27

GEORGIA

Querido Jameson:

Te echo de menos. Te quiero. Ya no soporto estar lejos de ti. Sé que te veré antes de que recibas esta carta; estoy de camino, mi amor. No puedo esperar para sentir tus brazos rodeándome de nuevo.

Boquiabierta, observé cómo mi madre se metía despacio el móvil en el bolsillo y se sonrojaba.

—Te lo preguntaré otra vez: ¿qué cojones haces? —repitió Noah al tiempo que se acercaba al escritorio.

—Está escaneando el manuscrito —murmuré, sujetándome al respaldo de una silla para no perder el equilibrio.

—Joder —exclamó Noah. Se inclinó sobre el escritorio; con una mano cogió el montón de papeles para alejarlos de mi madre y con la otra, el archivador. Hojeó con rapidez los folios sin mirar a mi madre ni una sola vez—. Es el primer tercio —añadió.

Reunió el manuscrito y cerró la caja.

—¿Por qué estabas haciendo eso? —pregunté, pero mi voz se quebró como la de una niña.

—Solo quería leerlo. Gran nunca me dejaba, y tú y yo no estábamos bien la última vez que vine —respondió.

Mi madre tragó saliva y se metió las manos en los bolsillos de los vaqueros. Ladeé la cabeza, tratando de encontrarle un sentido.

—Estábamos bien hasta que te fuiste de aquí cuando conseguiste aquello para lo que habías venido —dije negando con la cabeza—. Te hubiera dejado leerlo, no tenías que hacerlo a escondidas. No tenías que... —Se me ensombreció el rostro y sentí que toda la sangre me bajaba a los pies—. No lo escaneabas para ti.

—Tiene todo el derecho de leerlo, Georgia —espetó Ava levantando la barbilla—. Sabes que ese contrato le da prioridad y tú se la has estado negando. Si hubieras escuchado por teléfono... Está destrozado porque uses el que ha sido vuestro negocio en común para vengarte de él.

«Damian.» Mi madre estaba escaneando el texto para él. Sentí un vacío en el estómago y fue como si el alma se me cayera a los pies.

—¡No va a vender los derechos! —gritó Noah; en cada línea de su torso se marcaba la tensión—. Es difícil tener derechos sobre algo que no existe.

—¿No vas a vender los derechos para rodar una película? —preguntó mirándome sin dar crédito.

—No, mamá —respondí al tiempo que negaba con la cabeza—. Te engañó.

Damian siempre había sido muy perverso, pero nunca había visto que alguien fuera capaz de engañar a mi madre.

—¿Por qué demonios no ibas a hacerlo? —preguntó en un tono que me dejó muda.

—¿Perdón? —soltó Noah, que retrocedió para pararse a mi lado, con el archivador a buen recaudo bajo su brazo.

—¡¿Por qué demonios no ibas a vender los derechos cinematográficos?! —me gritó—. ¿Sabes lo que valen? ¡Yo te lo diré:

millones, Georgia! Valen millones, y él... —señaló a Noah—, él no tiene ninguno de los derechos; solo nosotras, Gigi. Tú y yo.

—Todo esto es por dinero —murmuré.

Mamá parpadeó con rapidez; luego se recompuso y su expresión se suavizó.

—Tu fiesta no fue por dinero, cariño, y sin embargo ahí estuve. En realidad, pienso que esta podría ser la clave para que recuperes a Damian. Prometió adaptarla palabra por palabra. ¿No le crees?

—¡No quiero recuperarlo, y que me parta un rayo si me creo una sola palabra que sale de su boca! —exclamé; sentía que por mis venas corría fuego conforme la rabia destrozaba mi armadura de incredulidad—. ¿De verdad creíste que podrías forzarme, obligarme a venderle los derechos?

Mamá nos miró a Noah y a mí de manera alternativa.

—Bueno, ahora no puedo porque ese no es el manuscrito terminado. —Entornó los ojos hacia Noah—. ¿Dónde está la versión final?

Noah tensó la mandíbula.

—No está terminado —espeté—. Y, aunque lo estuviera, no puedes obligarme a nada.

—Millones, querida, solo piensa en lo que significaría para nosotras —suplicó rodeando el escritorio.

—Lo que significaría para ti, quieres decir —repliqué, y me puse entre Noah y ella—. Siempre se ha tratado de ti.

—¡¿Y a ti qué te importa?! —gritó.

—Gran odiaba las películas. ¿De dónde sacas que, de todos sus libros, voy a venderle los derechos de este a un productor? Y al hombre que se acostó con todo lo que vestía falda...

—Me importa un comino lo que Gran quería —dijo mi madre entre dientes—. A ella nunca le importé.

—Eso no es verdad —repuse negando con la cabeza—. Te

423

quería más que a su vida. Te sacó del testamento cuando decidiste casarte con un apostador consumado que estaba de deudas hasta las cejas. Quería que dejaras de ser el cheque salvavidas de cualquier tipo que se cruzaba en tu camino. ¡Te sacó para darte una oportunidad de encontrar a alguien que te amara de verdad!

—¡Me sacó para castigarme por obligarla a que te criara! —gritó blandiendo el dedo índice en mi dirección—. ¡Porque por mi culpa mis padres estaban en la carretera esa noche, para ver mi recital!

—Nunca te culpó, mamá.

Mi corazón volvió un poco a la vida, se lamentaba por todo lo que había entendido mal.

—La mujer a la que amas ciegamente no existe para mí, Georgia. —Se volvió hacia Noah—. Dame los finales, los dos.

—Ya te lo he dicho, ¡no están terminados!

¿Cómo sabía que eran dos?

Su mirada se encontró poco a poco con la mía, sus rasgos se transformaron hasta que expresaron tal compasión que retrocedí hasta toparme con Noah.

—Ay, niña dulce e ingenua. ¿No aprendiste nada del último hombre que te mintió?

—Se acabó. Tienes que irte —dije irguiéndome.

Ya no era la niña a la que había abandonado mientras dormía, ni siquiera la preadolescente que, llorando, miraba por la ventana durante horas cuando volvió a desaparecer.

—En serio no lo sabes, ¿verdad?

Su tono destilaba compasión.

—Georgia te ha pedido que te vayas.

La voz de Noah retumbó detrás de mí.

—Claro que tú quieres que me vaya. ¿Por qué no le dijiste que lo habías terminado? ¿Qué ibas a sacar con ocultárselo?

Mi madre ladeó la cabeza con un gesto idéntico al mío, lo odiaba. Odiaba parecerme tanto a ella. Odiaba tener algo en común con esa mujer. Necesitaba que se fuera. En ese momento. De una vez por todas.

—¡Noah no ha terminado el maldito libro! ¡Pasa todo el día, todos los días trabajando en él! Nunca voy a vender los derechos cinematográficos y puedes decirle a Damian que se vaya a la mierda, porque nunca pondrá las manos en esta historia. Jamás. Ahora puedes irte por voluntad propia o puedo echarte a la calle, pero tienes que marcharte de aquí.

—Me vas a necesitar cuando te des cuenta de lo ingenua que has sido. ¿Por qué le mentiste? —preguntó mirando a Noah como si hubiera encontrado a un contrincante a su altura.

Eso me desconcertó más que cualquier otra cosa.

—Hace mucho tiempo que aprendí a no necesitarte, cuando me di cuenta de que otras madres no se iban, que otras madres asistían a los partidos de fútbol y ayudaban a sus hijas a prepararse para los bailes. Otras madres elegían los disfraces para Halloween y compraban botes de helado para reparar el corazón roto de sus hijas adolescentes. Puede que alguna vez te necesitara, pero eso es cosa del pasado.

Se sobresaltó como si la hubiera abofeteado.

—¿Qué sabes tú de ser madre? Por lo que pude averiguar, perdiste a tu marido por eso.

—Basta —intervino Noah.

Me apoyé en él y negué con la cabeza, lanzando una risa nerviosa. No tenía ni idea.

—Todo lo que sé sobre maternidad lo aprendí de mi madre. No lo entendí hasta hace poco, pero ahora lo sé. Está bien que no hayas sabido cómo criarme, en serio. No te culpo por ser una niña con una hija. Me diste a una madre verdaderamente maravillosa, una que sí iba a mis partidos, que me ayudaba a escoger vestidos para los bailes, que me escuchaba cuando parloteaba durante horas sin parpadear y que ni una sola vez me hizo sentir como una carga, que nunca quiso nada de mí a cambio. Tú me enseñaste que no a todas las madres se las llama «mamá». A la mía la llamaba «Gran». —Contuve el aliento—. Y eso estuvo bien.

Mi madre me miró de un modo desconocido para mí; luego cruzó los brazos sobre el pecho.

—Perfecto. Si no quieres vender los derechos cinematográficos, si no tienes el suficiente sentido común para querer el dinero o la suficiente compasión por mí para hacerlo, nada de lo que diga cambiará las cosas.

—Me alegra que estemos de acuerdo.

Me tensé; sabía que ahora me asestaría el golpe letal.

—Pero sería negligente si no te dijera que ese hombre ya ha terminado el libro. Los dos finales. Si no me crees, llama a Helen, como hice yo misma. Llama a su editor. Dios, llama al cartero. Todos saben que está terminado, esperando solo a que tú escojas el final. —Miró a Noah—. Eres increíble, Noah Harrison. Al menos yo solo quería dinero. Damian solo deseaba obtener los derechos de Scarlett. Pero tú ¿qué querías? —Avanzó y se detuvo únicamente para recoger su maleta; no había reparado en que ya estaba junto a la puerta del despacho—. Por cierto, deberías enviarle a tu editor una muy buena botella de whisky, ese hombre es un perro guardián. Es el único que lo ha leído.

Recogió su maleta y salió del despacho. Unos segundos después, la puerta de la entrada se cerró.

—Georgia.

La voz de Noah tenía una inflexión que no le había notado antes: desesperación.

Mi madre había llamado a Helen, y ella no mentiría, no tenía por qué hacerlo, no ganaba nada con eso. Bajo mis pies desapareció la gravedad, pero pude caminar hasta la ventana antes de mirar a Noah con la suficiente distancia.

—¿Es verdad? —le pregunté cruzando los brazos alrededor de mi cintura mientras observaba al hombre del que estúpidamente me había enamorado.

—Puedo explicártelo.

Puso el archivador sobre el escritorio y dio un paso adelante, pero algo en mi expresión debió de disuadirlo, pues se quedó donde estaba.

—¿Has terminado de escribir el libro? —pregunté con voz débil.

El músculo de mi mandíbula tembló una vez. Dos.

—Sí.

Su respuesta resonó en mi mente; el anhelo, el burbujeo y el amor que me habían consumido menos de una hora antes giraban y se contorsionaban en algo horrible y venenoso.

—Georgia —continuó—, no es lo que piensas.

Sus ojos me suplicaban que lo escuchara, pero no había terminado mis preguntas.

—¿Cuándo?

Masculló una maldición y entrelazó los dedos sobre su cabeza.

—¿Cuándo acabaste el libro, Noah? —solté, aferrándome a la rabia para evitar hundirme en la marea de agonía que inundaba mi alma.

—A principios de diciembre.

Lo fulminé con la mirada. «Seis semanas.» Llevaba seis semanas mintiéndome. ¿En qué más me había engañado? ¿Tenía novia en Nueva York? ¿Alguna vez me amó o todo fue una mentira?

—Sé lo que parece...

—Vete.

No había emoción en mis palabras; en mi cuerpo no quedaba ningún sentimiento.

—Acababas de decirme que querías que lo nuestro solo fuera una aventura y yo ya estaba enamorado de ti. No podía irme. Hice mal, lo siento. Solo necesitaba más tiempo.

—¿Para qué? ¿Para jugar con mis emociones? ¿Eso es lo que te excita?

Negué con la cabeza.

—¡No! ¡Te quiero! Sabía que si teníamos tiempo suficiente tú también te enamorarías de mí.

Dejó caer los brazos.

—Me quieres.

—Sabes que sí.

—No mientes ni manipulas a alguien para que te ame, Noah. ¡El amor no funciona así!

—Todo lo que hice fue darnos el tiempo que necesitábamos.

—¿Qué pasó con «siempre cumplo mi palabra»? —repuse.

—¡Lo he hecho! ¿El borrador está terminado? Sí, pero no he acabado el libro. He estado aquí todos los días, editando ambas versiones, dándonos el mayor tiempo posible antes de que tengas que decidirte por uno de los finales, antes de que termines con lo nuestro porque tienes miedo.

—Mentiste. Al parecer, hice bien en tener mis reservas. Recoge tu portátil, tus mentiras y vete. Te enviaré por correo lo que no puedas llevarte, pero aléjate de mí.

Cometí el error de aferrarme a Damian después de su primera mentira, y echó a perder ocho años de mi vida en agradecimiento. Nunca más.

—Georgia...

Se acercó a mí con la mano extendida.

—¡Vete!

Mi orden era una súplica gutural que me raspó la garganta.

Dejó caer el brazo y cerró los ojos. Pasó un segundo, luego dos. Cuando volvió a abrirlos habían transcurrido una docena, lo suficiente para saber que ese momento no me mataría, que seguiría respirando a pesar del dolor.

Él también lo advirtió; asintió despacio y nos miramos a los ojos.

—Me voy, aunque no puedes impedir que te quiera. Sí, metí la pata, pero todo lo que te dije es cierto.

—Semántica —murmuré, buscando en lo más íntimo el hielo que había crecido en mis venas durante mi matrimonio. Sin embargo, Noah se lo había llevado todo, había derretido hasta el último carámbano y me había dejado indefensa.

Esbozó una mueca de dolor. Un momento después retrocedió despacio. Rodeó el otro extremo del escritorio y abrió uno de los cajones. Sus movimientos eran erráticos cuando puso una pila de hojas con un sujetapapeles al lado izquierdo del manuscrito, y otra al lado derecho. Los finales habían estado en el escritorio todo ese tiempo. Nunca se me ocurrió mirar o cuestionarlo.

Recogió su portátil y rodeó el escritorio, deteniéndose en cada silla para mirarme. No tenía derecho a mostrarme esa expresión agónica, no cuando había mentido para llegar a mi corazón.

—Ahí están los dos, solo dime cuál escoges. Respetaré tu decisión.

Me abracé un poco más fuerte, suplicando que las grietas de mi alma resistieran un momento más. Podía darme el lujo de quebrarme una vez que se hubiera ido, pero no le daría el gusto de ver cómo me desplomaba.

—Hay cosas por las que se debe luchar, Georgia. No puedes limitarte a alejarte y dejarlas sin terminar cuando se complican. Si supiera pilotar y pelear contra los nazis para ganar tu corazón, lo haría. Pero todo contra lo que tengo que luchar son tus demonios, y me están dando una paliza. No lo olvides cuando leas esos finales, lo bueno y lo... conmovedor. La historia de amor épica, única, que existe aquí no es la de Scarlett y Jameson. Somos tú y yo.

Después de lanzarme una mirada profunda y nostálgica, se había ido.

Me estremecí.

28

Mayo de 1942
Ipswich, Inglaterra

Scarlett se aferró a Jameson, sus uñas labraron su espalda mientras él se movía dentro de ella de manera segura, profunda. En esos momentos, nada en el mundo podía compararse con la sensación del peso de él sobre su cuerpo, cuando no había guerra ni peligro, ningún plazo inminente para su separación. En esa cama solo eran ellos dos quienes se comunicaban con sus cuerpos cuando no había palabras.

Gimió por el placer indescriptible que atenazaba su vientre y él la besó con pasión para tragarse el gemido. Esos últimos meses habían perfeccionado el arte de hacer el amor sin ruido.

—Nunca me cansaré de ti —musitó Jameson contra la boca de Scarlett.

En respuesta, ella gimió de nuevo y arqueó las caderas contra las de él, pasando una pierna alrededor de su espalda baja para incitarlo a seguir: cerca, estaba muy cerca.

Jameson tomó la cadera de Scarlett con fuerza y levantó su rodilla hacia el pecho de ella para penetrarla mejor; se hundió en círculos que la enloquecían con cada arremetida, manteniéndola al borde del orgasmo sin dejarla caer.

—Jameson —le suplicó hundiendo las manos en el cabello de su marido.

—Dilo —le pidió él con una sonrisa y otra caricia.

—Te quiero. —Ella alzó la cabeza y lo besó—. Mi corazón, mi alma, mi cuerpo, todo es tuyo.

Siempre eran las palabras *te quiero* las que lo hacían perder el control, y esa vez no fue la excepción.

—Te quiero —murmuró él.

Deslizó la mano entre ambos y usó los dedos para llevarla al límite. Los muslos de Scarlett se tensaron, sus músculos se estremecieron y ella lo oyó susurrar «Scarlett, mi Scarlett» en el momento en que el orgasmo se apoderó de ella en oleadas.

Cuando gritó, él le cubrió la boca con la suya. Unos movimientos más tarde se reunió con ella, tensándose sobre su cuerpo en el orgasmo.

Cuando él giró hacia un costado, eran una maraña de extremidades sudorosas y de sonrisas.

—No quiero dejar esta cama nunca —dijo Jameson mientras le quitaba un mechón de la mejilla para pasárselo detrás de la oreja.

—Es un plan excelente —afirmó ella recorriendo con la yema de los dedos su vigoroso pecho—. ¿Crees que siempre será así?

Le dio un cachete en una nalga.

—¿La insaciable necesidad de desnudarnos el uno al otro?

—Algo así —respondió con una sonrisa.

—Dios, espero que sí. No puedo pensar en nada mejor que el honor de deshacerme de tu ropa durante el resto de mi vida —dijo él moviendo las cejas con un gesto de complicidad.

Ella se rio.

—¿Hasta que seamos viejos? —preguntó al tiempo que pasaba el dorso de la mano por su rasposo mentón, en el que sobresalía una incipiente barba.

—En particular cuando seamos viejos. Ya no tendremos que ser silenciosos para que los niños no nos oigan desde el fondo del pasillo.

Ambos permanecieron en silencio, en espera de la llamada inminente de William para el desayuno, pero seguía dormido, o al menos felizmente tranquilo.

Scarlett sintió una opresión en el pecho. Tres días. Era todo lo que les quedaba antes de que ella tuviera que marcharse. Jameson había recibido un mensaje de su tío la tarde anterior. ¿Cuánto tiempo estarían separados? ¿Cuánto tiempo duraría la guerra? ¿Y si aquellos fueran los últimos tres días que pasara con él? Cualquier pregunta daba una vuelta de tuerca a la llave que apretaba su pecho hasta que todo aliento se volvió doloroso.

—No pienses en eso —murmuró, mirándola con atención como si necesitara memorizar cada uno de sus rasgos.

—¿Cómo sabes lo que estoy pensando?

Trató de sonreír, pero no pudo.

—Porque es lo único en lo que piensas —afirmó él—. Querría que hubiera otra manera de mantenerte conmigo, de que William estuviera a salvo.

Scarlett asintió y se mordió el labio para evitar que temblara.

—Lo sé.

—Colorado te va a encantar —prometió Jameson con un destello de alegría en la mirada—. El aire es más ligero; quizá te lleve algún tiempo acostumbrarte, pero las montañas son muy altas, como si se alzaran hacia el cielo. Es precioso y, francamente, lo único que he visto más azul que el cielo de Colorado son tus ojos. Mi madre sabe que vais a llegar y ha preparado la casa para ti y para William; el tío Vernon os ayudará con los servicios de inmigración y, quién sabe, quizá hasta hayas terminado ese libro tuyo para cuando yo vuelva.

No importaba lo bien que pintara ese cuadro, porque él

no formaba parte de él, al menos no en el futuro inmediato, pero no se lo diría. Aún faltaban días para la despedida y sabía lo fuerte que debía ser, no solo por Jameson, también por William. No valía de nada lamentarse o quejarse; dos semanas antes habían aprobado su visado, su camino estaba trazado y había cosas que hacer: tenían que empaquetar dos vidas.

—No voy a llevarme el fonógrafo.

Ese era el único punto de discordia entre ambos.

—Tocadiscos. Y mi madre dijo que tenía que devolvérselo.

Scarlett arqueó una ceja.

—Pensé que tu madre te pidió que lo devolvieras, sí, pero contigo vivo —repuso pasándole los dedos por el cabello para memorizar el tacto de sus mechones.

—Dile que lo mando a casa con mi vida, porque eso sois William y tú para mí: mi vida. —Puso la mano sobre la mejilla de ella y la miró con tal intensidad que ella sintió como si esa mirada la tocara—. Cuando recordemos todo esto, no será nada más que un breve incidente en nuestra historia.

Scarlett sintió un hueco en el estómago. Los únicos incidentes con los que estaba familiarizada eran los que implicaban bombardeos.

—Te quiero, Jameson —murmuró con pasión—, solo acepto irme por el bien de William.

—Yo también te quiero. Y el hecho de que estés dispuesta a irte para mantener a William a salvo solo hace que te ame más.

—Tres días —susurró ella rompiendo su resolución de permanecer fuerte.

—Tres días —repitió él con una sonrisa forzada—. Viene la caballería, querida. Las fuerzas estadounidenses están en camino y, quién sabe, quizá para estas fechas del año próximo ya todo habrá acabado.

—¿Y si no?

—Scarlett Stanton, ¿estás diciendo que no me esperarás? —bromeó con una leve sonrisa que a ella casi le pareció de suficiencia.

—Te esperaré siempre —le prometió—. ¿Estarás bien aquí, sin mí?

—No —respondió él entre dientes—. No estaré bien hasta que esté contigo otra vez. Te llevas mi corazón contigo. Pero viviré —prometió descansando la frente contra la de ella—. Volaré, lucharé, te escribiré todos los días y soñaré contigo todas las noches.

Scarlett hizo un gran esfuerzo por no dejar que el dolor se apoderara de ella, apartándolo con la promesa de que aún les quedaban tres días.

—Eso no te deja mucho tiempo para dedicarte a otras chicas —bromeó.

—Para mí nunca habrá otras chicas, solo tú, Scarlett, solo esto. —La acercó más a él—. Me hubiera gustado haber tenido permiso hoy.

Ella lanzó una risita.

—Te dieron permiso la semana pasada para la boda de Constance y otro para el día de nuestra partida. No puedes quejarte.

—¿A eso lo llamas «boda»? A mí me pareció más un funeral —dijo él con una mueca.

—Fue ambas cosas.

Constance había seguido con sus planes, como si nunca hubiera tenido dudas, y se había casado con Henry Wadsworth el fin de semana anterior. Lord Trepador Social había puesto un pie oficialmente en la alta sociedad británica, Constance había protegido los terrenos que tanto amaba y el futuro económico de sus padres estaba asegurado.

—Fue una celebración demasiado cara para una simple transacción comercial —opinó Scarlett en voz baja.

Permanecieron acostados un tiempo más mientras el sol salía por el horizonte y la luz en su habitación cambiaba de rosa desteñido a un tono más brillante. No podían retrasar más tiempo el momento de comenzar el día, aunque Jameson la convenció de que se ducharan juntos.

Veinte minutos y otro orgasmo después, él la envolvió en una toalla y se enredó otra en su cintura. Luego empezó a afeitarse. Scarlett se apoyó contra el marco de la puerta y lo observó. Era una rutina de la que nunca se cansaba, sobre todo porque solía hacerla sin camisa. Al terminar, ella fue a su habitación para vestirse justo cuando William empezaba a llorar.

—Voy yo —dijo Jameson, que ya se dirigía hacia la habitación de William.

Scarlett se vistió mientras escuchaba el dulce sonido de la canción que Jameson le cantaba a su hijo para darle la bienvenida al nuevo día.

Después de la boda de Constance el fin de semana anterior y en vista de su inminente viaje, le pareció sensato acostumbrar a William al biberón; eso tenía también la ventaja de que podía observar cómo Jameson alimentaba a su hijo, algo que hizo diez minutos después. El vínculo entre ambos era innegable. Era a Jameson a quien le dedicaba las sonrisas más radiantes cuando llegaba a casa y a quien buscaba cuando estaba inquieto. Incluso en ese momento, William sostenía el biberón con una mano y con la otra jugueteaba con los botones del uniforme de su padre. A ella no le importaba ese descarado favoritismo, sobre todo porque sabía que quizá pasaría un año o más antes de que volvieran a estar juntos.

¿William se acordaría de Jameson? ¿Tendrían que empezar de nuevo otra vez? Resultaba difícil creer que un vínculo tan profundo pudiera debilitarse por algo tan indefinido como el tiempo.

—¿Quieres que te prepare un café? —le preguntó Scarlett mientras Jameson sentaba a su hijo en una de las sillas de la cocina.

—Me tomaré uno en la base, gracias —respondió él sonriendo, y la miró antes de desviar la vista de nuevo hacia su hijo—. En realidad, tiene lo mejor de nosotros dos, ¿no crees?

Scarlett se pasó el cabello sobre un hombro y observó a William.

—Yo te diría que tus ojos son mucho más bonitos que los míos, pero sí, creo que tienes razón.

Su hijo tenía el pelo negro, como Scarlett, pero la tez bronceada de Jameson; los pómulos altos de ella, pero el mentón fuerte y la nariz de su padre.

—Azul Stanton —dijo Jameson con una sonrisa—. Espero que todos nuestros hijos tengan ese color de ojos.

—¡Ah! ¿Es que planeas tener más hijos? —bromeó ella.

Jameson tiró de ella para sentarla en sus piernas.

—Hacemos bebés tan bonitos que sería una lástima no considerar esa opción —respondió con un beso rápido y tierno.

—Supongo que tendremos que decidirlo cuando estemos juntos en Colorado.

Ella quería una niña con los ojos y el carácter imprudente de Jameson; también quería que William conociera la alegría de tener una hermana.

—Voy a llevarte a pescar —le prometió Jameson a William—. Y te enseñaré a acampar bajo estrellas tan brillantes que iluminan el cielo de medianoche. Te enseñaré cuáles son los lugares más seguros para cruzar el arroyo y, cuando tengas edad suficiente, también te enseñaré a pilotar un avión. Solo debes tener cuidado con los osos hasta que yo llegue.

—¡Osos!

Scarlett se quedó boquiabierta.

—No te preocupes. —Jameson se rio mientras la abrazaba por la cintura—. La mayoría de los osos le tienen miedo a la abuela. Los leones de montaña también, pero a ti te va a adorar. —Miró a Scarlett—. Os querrá tanto como yo.

A regañadientes, Jameson le pasó al niño y todos se pusieron de pie.

—Volveré tan pronto como pueda —dijo, y abrazó de nuevo a su mujer, y también a su hijo.

—Bien. —Ella levantó el rostro para besarlo—. Pero no hemos terminado la conversación sobre el fonógrafo.

Jameson le dio un beso ruidoso y rio.

—El tocadiscos se va.

—Como decía —continuó Scarlett al tiempo que arqueaba una ceja—, no hemos acabado la conversación.

Scarlett no era supersticiosa, pero la mayoría de los pilotos sí que lo eran, y llevarse el tocadiscos a casa, para devolvérselo a la madre de Jameson, era como conjurar la mala suerte.

—Hablaremos cuando vuelva a casa él —prometió.

La besó de nuevo, fuerte y rápido; luego besó a William y salió.

—«Hablaremos de eso» significa que mami va a ganar —le dijo a William haciéndole cosquillas.

El niño lanzó una carcajada y ella no pudo evitar reír con las mismas ganas.

Jameson dibujó un círculo con los hombros para tratar de aliviar lo que, al parecer, se había convertido en un dolor permanente de los músculos. Habían logrado destruir su objetivo, un blanco en la frontera alemana, y aunque los nazis habían abierto fuego contra los tres bombarderos que escoltaban, ahora sobrevolaban a salvo los Países Bajos. A eso lo llamaba «un buen día».

Miró la fotografía que había pegado sobre el tablero, debajo del manómetro, y sonrió. Era la imagen de Scarlett que Constance le había dado hacía casi dos años. Sabía que ella pensaba que era un mal augurio llevarse el tocadiscos de vuelta a casa, pero con esa foto a su lado él creía tener toda la suerte que necesitaba. No había nadie más con quien quisiera bailar que no fuera su Scarlett; tendrían años para hacerlo cuando aquella guerra terminara.

—Vamos bien de tiempo —dijo Howard por la radio, en el canal asignado para el escuadrón.

—No cantes victoria —respondió Jameson mirando a la derecha, donde Howard volaba como líder azul a unos doscientos metros de distancia. Lo único que le gustaba de la formación en cuña era volar como líder al lado de Howard. Ese día, él era líder rojo.

Pero tenía razón, iban bien de tiempo. A ese ritmo no llegaría a casa antes de la cena, pero quizá sí para acostar a William. Luego llevaría a su mujer a la cama y aprovecharía cada segundo que les quedara juntos.

—Líder azul, aquí azul cuatro, cambio —dijo una voz por la radio.

—Aquí líder azul, adelante —contestó Howard.

Lo que Jameson odiaba de la formación en cuña era que los pilotos nuevos, quienes tenían menos experiencia en combate, volaban en la retaguardia.

—Creo que he visto algo sobre nosotros —señaló la voz, vacilando en las últimas palabras.

Debía de ser el chico que había llegado la semana anterior.

—¿Crees o lo sabes? —preguntó Howard.

Jameson alzó la vista por el vidrio de la cabina de mando,

pero lo único que captó en la capa de nubes que estaba por encima de ellos fueron sus propias sombras contra el sol del ocaso.

—Creo.

—Líder rojo, aquí rojo tres, cambio —dijo Boston en la radio.

—Aquí líder rojo, adelante —respondió Jameson sin dejar de examinar el cielo sobre ellos.

—Yo también he visto algo.

Jameson se tensó, alerta.

—¡Arriba, a las dos! —gritó Boston.

Las palabras no habían terminado de salir de su boca cuando una formación de cazas alemanes cruzó las nubes abriendo fuego sobre ellos.

—¡Rompan formación! —gritó Jameson por la radio.

En su visión periférica, advirtió que Howard giraba a la derecha, y Cooper, quien volaba como líder blanco, torcía hacia la izquierda.

Jameson tiró del timón de dirección y ascendió bruscamente, guiando a sus hombres a una zona más elevada. Una vez por encima de las nubes, Jameson giró para enfrentar al enemigo; centró en la mira al primer caza y dejó que el mundo desapareciera a su alrededor.

Disparó al mismo tiempo que el caza alemán y el vidrio detrás de él se hacían añicos cuando casi chocan al pasar por encima del otro.

—¡Me han dado! —gritó Jameson revisando los indicadores del tablero.

El viento azotaba en la cabina de mando, pero el avión se mantenía firme. La presión del aceite estaba bien; la altitud, estable; el nivel de combustible, fijo.

—¡Stanton! —A Howard se le quebró la voz.

—Creo que estoy bien —respondió Jameson.

El combate ahora se libraba debajo de ellos; giró bruscamente a la izquierda para ir directo a la batalla.

La caída hizo que entrara una nueva ráfaga de aire a la cabina de mando que arrancó la fotografía de Scarlett del borde del manómetro. Salió volando antes de que Jameson pudiera atraparla.

La radio era una cacofonía de llamadas mientras los cazas alemanes se dirigían hacia los bombarderos. Las gafas protegían sus ojos, pero sintió un hilillo tibio que bajaba por el lado izquierdo de su rostro. Levantó rápido la mano enguantada y al mirarla estaba roja.

—No es tan malo —se dijo a sí mismo.

Debía de haber sido el cristal. Si el golpe hubiera sido directo, estaría muerto.

Atravesó las nubes con el dedo en el gatillo y aceleró hacia el caza más cercano, que tenía en la mira un Spitfire.

La adrenalina inundó su cuerpo y agudizó sus sentidos al caer más rápido, en picado.

El primer disparo alemán no dio en el blanco. El de Jameson sí. El caza alemán cayó en una cortina de humo negro para desaparecer entre las espesas nubes.

—¡Le he dado a uno! —gritó Jameson.

Sin embargo, la alegría no duró mucho: otro caza, no, otros dos, aparecieron detrás de él.

Tiró con fuerza del timón de mando para ascender, dando un giro hacia la derecha para evitar los disparos que pasaron silbando a su lado con el objetivo de enviarlo a su cita con la muerte.

—Hemos estado cerca, querida —murmuró, como si Scarlett pudiera oírlo al otro lado del mar del Norte.

Morir no era una opción y no iba a hacerlo ese día.

—¡Tengo a uno en la cola! —gritó el chico nuevo por la radio, pasando justo debajo de Jameson con un caza alemán en los talones.

—Voy contigo —respondió Jameson.

Acusó el disparo como si hubieran golpeado bajo su asiento con un mazo, incluso antes de ver al otro caza.

El avión aún respondía, pero el indicador del combustible empezó a bajar de manera continua: eso solo significaba una cosa.

—Aquí líder rojo —dijo por la radio, haciendo un esfuerzo por conservar la calma—. Me han dado, estoy perdiendo combustible.

Ya antes había aterrizado sin el motor. No era lo deseable, claro, pero podía hacerlo de nuevo. La cuestión era saber si sobrevolaba tierra o mar. Tierra sería mejor. En tierra podría lograrlo.

Era posible que lo tomaran como prisionero de guerra, pero había crecido en las montañas y su habilidad para ocultarse era excelente.

—Líder rojo, ¿dónde estás? —preguntó Howard por la radio.

El indicador de combustible marcaba que estaba vacío y el motor chisporroteó hasta apagarse.

El silencio del mundo era espeluznante; Jameson se alejó de la batalla para desplomarse en las nubes bajas; el sonido del viento remplazó al rugido del motor.

«Tranquilo. Estate tranquilo», se dijo a sí mismo cuando su Spitfire se convirtió en un planeador. Caía, caía, caía... Solo podía dirigirlo mientras se dejaba llevar.

—Líder azul, estoy en las nubes. —Notó un vacío en el estómago cuando ya no tuvo visibilidad—. Estoy descendiendo.

—¡Jameson! —gritó Howard.

Jameson miró el espacio vacío donde antes estaba la fotografía. «Scarlett.» El amor de su vida, su razón de ser. Por Scarlett sobreviviría, sin importar lo que le esperara debajo de las nubes. Lo lograría por ellos, por Scarlett y William.

Se preparó.

—Howard, dile a Scarlett que la quiero.

29

NOAH

Scarlett, mi Scarlett:

Cásate conmigo. Por favor, ten piedad de mí y sé mi mujer. Aquí los días son largos, pero las noches lo son más. En esos momentos es cuando no puedo dejar de pensar en ti. Es extraño estar ahora rodeado de estadounidenses, escuchar frases y acentos familiares cuando todo lo que anhelo es el sonido de tu voz. Dime que tendrás un permiso pronto. Necesito verte. Por favor, reunámonos en Londres el mes que viene. Reservaremos habitaciones separadas. No me importa dónde duerma siempre y cuando pueda verte. Me estoy muriendo, Scarlett. Te necesito.

¿Fue coincidencia? ¿Una prueba? ¿Siquiera importaba? Con un clic abrí los cuatro documentos que mis abogados me habían enviado hacía una hora. Tres actas de defunción. Un certificado de matrimonio.

Mi móvil vibró sobre el escritorio y miré la pantalla. «Adrienne.» Presioné el botón de «Rechazar» y maldije mi estúpida esperanza al abalanzarme sobre cada llamada. Por supuesto que no era Georgia, pero no dejaba de esperar que me telefoneara.

Me dolía el pecho al pensar en ella. Me froté como si de ese modo pudiera aliviar el dolor. No lo conseguí. Lo echaba de menos todo de ella, no solo físicamente, como abrazarla o verla sonreír, sino también hablar con ella, escuchar sus puntos de vista, que siempre eran distintos a los míos. Añoraba la emoción en su voz cuando hablaba de su trabajo con la fundación, la manera en la que sus ojos se iluminaban cuando se sentaba en la postura de la flor de loto y empezaba a reconstruir su vida.

Deseaba ser parte de esa vida, más de lo que quería mis siguientes dos contratos.

Adrienne volvió a llamar y volví a rechazar la llamada.

Mi hermana menor permaneció a mi lado cuando hice las maletas en la pequeña habitación en Grantham Cottage. Tomamos el mismo vuelo de regreso a Nueva York, aunque no recuerdo mucho debido a la confusión que salía de mi dolor y el odio a mí mismo que gritaba en mis oídos. A pesar de que quería acompañarme a casa, nos despedimos en el aeropuerto; desde entonces he ignorado al resto del mundo.

Por desgracia, el mundo no me ha ignorado a mí.

El nombre de Adrienne volvió a aparecer en la pantalla y sentí una punzada de preocupación. «¿Y si ha pasado algo?» Deslicé el dedo sobre la pantalla para responder; de manera automática, la llamada se transfirió a mis auriculares.

—¿Le ha ocurrido algo a mamá? —pregunté con voz ronca por la falta de uso.

—No —respondió.

—¿A los niños?

—No. Mira, si tú...

—¿A Mason?

—Todos estamos bien. Pero tú no, Noah —dijo con un suspiro.

Colgué y miré de nuevo la pantalla del ordenador. Las imágenes adjuntas al correo electrónico tenían una textura granulosa; era evidente que se trataba de copias escaneadas de los originales; había necesitado seis días y una llamada a mis abogados para recibirlas.

Adrienne volvió a llamar. ¿Por qué no me dejaban en paz? Para lamerme las heridas no necesitaba espectadores.

—¿Qué? —le dije; en realidad habría querido lanzar el maldito móvil por la ventana.

—Abre la puerta, idiota —ordenó, y colgó.

Tamborileé en el escritorio con los dedos; habría deseado que fuera de cerezo pulido y no de vidrio, pero estaba a dos mil setecientos metros de altura y a dos mil quinientos kilómetros de distancia. Respiré hondo, empujé la silla hacia atrás y caminé a la puerta de mi apartamento.

Adrienne estaba en el umbral con el abrigo abotonado hasta la barbilla; en una mano llevaba una bandeja con dos vasos desechables de café, y el móvil en la otra; su boca se movía con rapidez al tiempo que entraba en el apartamento.

Me quité de un tirón los auriculares, que quedaron colgando alrededor de mi cuello cuando cerré la puerta.

—¡Por lo menos podrías decirme que estás vivo!

Escuché las últimas palabras de su sermón.

—Estoy vivo.

—Eso parece. ¡Llevo diez minutos llamando a la puerta, Noah! —exclamó arqueando una ceja.

—Perdón, los auriculares tienen cancelación de ruido —expliqué señalando los Bose que colgaban alrededor de mi cuello; regresé al despacho—. Estaba trabajando, buscando información sobre algo.

—Tú lo que estás es deprimido —respondió siguiéndome—. Guau —murmuró cuando me hundí en la silla—. Pensé que habías acabado la novela de Stanton. —Señaló el montón de libros de Scarlett que llenaban una mesita frente al sofá.

—Lo hice. Como bien sabes.

446

Esa era la razón por la que estaba en Manhattan y no en Poplar Grove.

—Tienes un aspecto terrible. —Hizo a un lado dos carpetas manila y puso la bandeja en el lugar que había dejado libre—. Métete un poco de cafeína.

—El café no va a solucionar nada —lancé los auriculares sobre un montón de papeles y me recosté en el respaldo de la silla—, pero gracias.

—Ya han pasado ocho días, Noah.

Se desabrochó el abrigo y lo puso sobre la silla en la que se sentó.

—¿Y...?

Ocho días atroces y ocho noches de insomnio. No podía pensar, no podía comer, no podía dejar de preguntarme qué pasaba por la cabeza de Georgia.

—¡Ya está bien de depresión! —Tomó uno de los vasos de la bandeja y se apoyó en el respaldo. Su postura era tan parecida a la mía que casi era ridículo—. Este no eres tú.

—No estoy precisamente en mi mejor momento. —Entorné los ojos—. ¿Y no se supone que tú eres la compasiva de la familia?

—Solo porque el papel de imbécil y necio ya estaba cogido —contestó, y luego le dio un sorbo al café.

Esbocé una leve sonrisa.

—Vaya, estás vivo —dijo brindando con su vaso.

—No sin ella —repuse en voz baja mientras miraba el horizonte de Manhattan.

Cualquier cosa que fuera eso no era vivir. Existir quizá, pero no vivir.

—¿Sabes? —continué—, antes pensaba que lo de «enamorarse perdidamente» era un oxímoron. Deberías encontrarte, no perderte, ¿no? Se supone que el amor te hace sentir que estás en la cima del mundo. Pero quizá esa frase es tan popular porque es muy difícil hacer que funcione. A fin de cuentas, todos nos topamos con una pared.

—No ha terminado, Noah —dijo Adrienne con voz dulce—. Os he visto juntos, la manera en la que te mira... No puedo creer que termine así.

—Si hubieras visto cómo me miró en el despacho, no dirías tal cosa. Le hice daño —expliqué en voz baja—. Y había prometido que no lo haría.

—Todos cometemos errores. Hasta tú. Pero esconderte en tu apartamento y enterrarte en lo que esto sea —señaló el desastre que era mi escritorio— no te ayudará a recuperarla.

Crucé los brazos sobre el pecho.

—Por favor, háblame más de lo que se supone que debería hacer para recuperar a la mujer a la que le mentí durante semanas, de manera deliberada y descarada.

—Bueno, si lo planteas así... —Arrugó la nariz—. Al menos no la engañaste como lo hizo su ex.

—No estoy seguro de que afirmar que un mentiroso es mejor que un infiel sea la forma más adecuada de tratar el tema. —Me froté el puente de la nariz—. Utilicé mi mejor arma, las palabras, y jugué con la semántica para obtener lo que deseaba; sencillamente, me salió el tiro por la culata. Con ella no hay vuelta atrás.

—¿Me estás diciendo que es una Darcy? —preguntó ladeando un poco la cabeza.

—¿Cómo?

—Ya sabes..., su «buena opinión, una vez perdida se pierde para siempre». —Se encogió de hombros—. ¿*Orgullo y prejuicio*? ¿Jane Austen?

—Sé quién escribió *Orgullo y prejuicio*, y yo diría que Georgia es una de las personas más indulgentes que conozco. A su madre le ha dado una oportunidad tras otra.

—Pues entonces arréglalo —dijo asintiendo—. Tienes razón: el amor, el verdadero, el real, el que cambia tu vida, es raro. Debes luchar por él, Noah. Sé que jamás lo has hecho, que las mujeres llegan a ti con facilidad, pero eso es porque nunca te importó demasiado intentar que algo durara.

—Es verdad.

Todo eso era nuevo para mí.

—Vives en un mundo en el que puedes escribir todo lo que alguien dice y en el que un gran gesto hace que todo sea mejor al instante, pero la verdad es que las relaciones implican trabajo en el mundo real. Todos cometemos errores. Todos decimos algo de lo que nos arrepentimos o hacemos algo incorrecto por una buena razón. No eres el primero que necesita que lo pongan en su sitio.

—Dime la verdad: ¿tenías preparado este discurso? —pregunté, y me incliné sobre el escritorio para tomar el vaso de café.

—Desde hace años —admitió con una sonrisa—. ¿Cómo me ha salido?

—De fábula —respondí levantando el pulgar; luego le di un trago a mi cafeína.

—Excelente. Ya es hora de volver al mundo, Noah. Ve a cortarte el pelo, aféitate y, por favor, por el amor de Dios, báñate para quitarte el hedor de comida para llevar.

Me olí por encima del hombro; no podía discutirle eso. En su lugar, observé la invitación que Adam me había enviado un par de días antes. Por más que no me gustara, él era la única otra persona que podía responder a la pregunta que me carcomía desde hacía unos meses: la pregunta que Georgia nunca le había hecho a Scarlett.

—Mi trabajo aquí ya ha acabado —dijo Adrienne, que se levantó y se puso el abrigo.

—Volver al mundo, ¿eh?

—Sí. —Asintió mientras se lo abotonaba.

—¿Me acompañas? —pregunté pasándole la invitación.

—Esas cosas son muy aburridas —se quejó, aunque la leyó.

—Esta no lo será. Paige Parker es una de las mayores donantes. —Alcé las cejas—. Te apuesto lo que quieras a que Damian Ellsworth estará ahí.

La mirada de Adrienne brilló sorprendida. Luego entornó los ojos.

—Alguien tiene que evitar que te metas en un lío. Estoy libre esa noche. Recógeme a las seis.

—Siempre te ha gustado un buen espectáculo. —Reí.

Ella rio también y salió del despacho. Justo cuando oí que la puerta de la entrada se cerraba, un mensaje de texto se iluminó en mi móvil. Georgia.

He leído los dos finales.

Mi corazón se detuvo mientras observaba cómo bailaban los tres puntitos: estaba escribiendo el resto del mensaje.

Adelante con el final verdadero. Hiciste
muy buen trabajo al retratar su dolor,
su lucha para llegar aquí y la felicidad
que encontró cuando se casó con Brian.

Cerré los ojos al sentir una enorme oleada de dolor. «Joder.» No solo perdía mi final preferido, el que Scarlett y Jameson se merecían, sino que encima no había logrado convencer a Georgia de que ella podía tener la misma felicidad en su vida. Respiré para tratar de aliviar el malestar y escribí un mensaje que no tenía nada que ver con pedirle miles de disculpas y suplicarle que me dejara volver a su lado.

¿Estás segura? El final feliz está mejor escrito
porque puse mi corazón y mi alma en él.
Era el correcto.

Estoy segura. Este es muy tuyo.
No dudes de tu capacidad para
destrozarle el corazón a alguien.

«Ay.» Volvía la frialdad, aunque no la culpaba. Yo lo había provocado.

Te quiero, Georgia.

No respondió. No esperaba que lo hiciera.
«Te lo demostraré», me dije a mí mismo, a ella, al mundo.

30

Mayo de 1942
Ipswich, Inglaterra

Clic, clic, clic. El sonido de las teclas llenaba la cocina conforme Scarlett le rompía el corazón a la hija del diplomático.

Sintió que su corazón también explotaba, como si pudiera experimentar el mismo dolor que le hacía sentir a su personaje. Se recordó que volvería a reunirlos cuando ambos hubieran crecido lo suficiente como para merecerse el uno al otro. No era un desamor permanente; era una lección.

Los golpes en la puerta casi se mezclaron con el sonido de las teclas de la máquina de escribir. Casi.

Miró el reloj. Ya eran más de las once pasadas, pero también era la noche que Constance volvía de su luna de miel. Scarlett se levantó y caminó descalza hasta la puerta, blindando su corazón para lo que pudiera encontrar al otro lado. ¿Quién sabía lo que el monstruo le había podido hacer a su hermanita la semana anterior?

Forzó una sonrisa y abrió la puerta.

Parpadeó confundida.

Howard estaba en el umbral, vestido con su uniforme, pálido y demacrado. No era el único. Detrás de él había otros rostros que reconoció, todos de uniforme con la insignia del águila en los hombros.

El corazón le dio un vuelco y se aferró al marco de la puerta hasta que sus nudillos se pusieron blancos. «¿Cuántos?» ¿Cuántos de ellos estaban allí?

—Scarlett —dijo Howie; se aclaró la garganta cuando su voz se quebró.

¿Cuántos? Los ojos de Scarlett saltaron de uno a otro mientras los contaba. Once. Había once pilotos frente a su puerta.

—Scarlett —repitió Howie.

No podía entender sus palabras. En general, en tres de cada cuatro vuelos Jameson volaba en una formación de doce. Once de ellos estaban allí.

«No. No. No.» Aquello no estaba sucediendo. No era posible.

—No lo digas —murmuró.

Sintió que el suelo desaparecía bajo sus pies. Solo había una razón por la que podían estar allí. Howie se quitó el gorro y sus compañeros lo imitaron.

Oh, Dios. Estaba sucediendo de verdad.

Tuvo la necesidad urgente, instantánea, de cerrarles la puerta en las narices, de no abrir la carta, pero esas palabras ya estaban escritas, ¿verdad? No había nada que pudiera hacer para evitarlo.

Apretó los párpados y se apoyó en la madera robusta del marco; su corazón empezaba a aceptar lo que su cerebro ya sabía. Jameson no había vuelto a casa.

—Scarlett, lo siento mucho —dijo Howie en un murmullo.

Respiró hondo, se enderezó, levantó la barbilla y abrió los ojos.

—¿Está muerto?

Era la pregunta que se había hecho cientos de veces en los

últimos dos años. Las palabras que la acosaban y alimentaban su peor miedo cada vez que Jameson llegaba tarde. Las palabras que la atormentaban en el trabajo. Palabras que nunca había pronunciado en voz alta.

—No lo sabemos. —Howard negó con la cabeza.

—¿No lo sabéis?

Le temblaron las rodillas, pero permaneció de pie. Quizá no estuviera muerto. Quizá hubiera esperanza.

—Ha caído en algún lugar en la costa de los Países Bajos. Por lo que ha dicho por la radio y por lo que algunos de nosotros hemos visto, le han dado en el tanque de combustible.

Los otros asintieron, pero casi todos evitaban mirarla a los ojos.

—Entonces es posible que esté vivo.

Lo dijo como si fuera a ser así; su autocontrol, ya frágil, cedió ante esa posibilidad con una violencia de la que no se creía capaz.

—Las nubes eran muy densas —dijo Howard.

Los demás pilotos mascullaron su asentimiento.

—¿Ninguno lo ha visto estrellarse? —preguntó. Un zumbido sordo le llenaba los oídos.

Todos negaron con la cabeza.

—Ha dicho que estaba cayendo —explicó Howard con una mueca, pero luego respiró hondo y se recompuso—. Me ha pedido que te diga que te quiere. Esas han sido sus últimas palabras antes de desaparecer —añadió en un murmullo.

Scarlett empezó a jadear, era todo lo que podía hacer para mantener el pánico a raya. No estaba muerto. No podía estarlo.

Sencillamente no era posible vivir en un mundo en el que él no existiera; por lo tanto, no podía estar muerto.

—Entonces lo que estás diciendo es que mi marido está desaparecido.

Le pareció que su voz provenía del exterior de su cuerpo, como si no fuera ella quien pronunciara aquellas palabras. En ese momento se sentía dividida en dos: una era la Scarlett que hablaba, quieta en el umbral en busca de una razón lógica para creer que Jameson podía seguir vivo; la otra era la Scarlett que ganaba terreno, que gritaba en silencio desde las profundidades de su alma.

—¿Scarlett? —dijo una voz que le era familiar. El grupo de pilotos se apartó para dejar pasar a Constance, que subía por la acera—. ¿Qué está pasando? —le preguntó primero a su hermana, pero cuando no recibió respuesta subió al umbral hasta llegar a su lado y miró a Howard—. ¿Qué está pasando?

—Jameson ha desaparecido.

Su voz no se quebró, como si fuera más fácil decirlo. Como si lo estuviera aceptando.

—¿Dónde? —quiso saber Constance, que abrazó a su hermana por la cintura para darle apoyo.

Eso no estaba bien. Scarlett era quien tenía que consolar a Constance, no al revés.

—No estamos del todo seguros —admitió Howard—. Fue a lo largo de la costa de los Países Bajos, así que no estamos seguros de si pudo aterrizar o...

«O si cayó al mar.» Scarlett terminó la frase en silencio.

Las probabilidades de sobrevivir a una caída o incluso de que lo hubieran hecho prisionero eran mejores que las de sobrevivir al frío del océano.

—Van a buscarlo, ¿verdad? —preguntó Scarlett recuperando el aliento—. Dime que lo van a buscar.

No era una petición.

Howard asintió una vez, pero en su mirada no había esperanza.

—A primera hora —confirmó—. Tenemos las coordenadas generales de cuando nos atacaron.

Otra hebra a la cual sujetarse, otro rayo de esperanza. No estaba muerto, no podía estarlo.

—Y me dirás qué encuentran. —Otra exigencia—. Sea lo que sea, Howie, escombros o nada. Me lo dirás.

—Te doy mi palabra. —Howie hizo girar la gorra en las manos—. Scarlett, lo siento. No quería...

—Aún no está muerto —lo interrumpió—. Está desaparecido. Encuéntralo.

Los pilotos asintieron y se despidieron; luego regresaron en fila a los automóviles en los que habían acudido desde el aeródromo. Howie fue el último en irse; parecía incómodo, como si buscara las palabras correctas, pero, como no llegaban, él también se marchó.

Scarlett permaneció en la puerta; Constance seguía rodeando su cintura con un brazo. Los coches se perdieron de vista. Necesitaba volver al interior, cerrar la puerta, aunque los apagones obligatorios continuaban produciéndose, pero no podía mover los pies; era como una estatua, en ese momento estaba paralizada. Solo la sostenían la negación y una fachada de voluntad resquebrajada.

—Ven, querida —la invitó Constance con ternura guiándola al interior.

—No está muerto. No está muerto. No está muerto —repetía Scarlett como si de un mantra se tratara; su corazón estaba haciendo un esfuerzo inhumano para convencer a su mente de que no se viniera abajo.

Ella lo hubiera sabido, ¿o no? Que su corazón siguiera latiendo significaba que el de Jameson también lo hacía. Y William... «No. No abras esa puerta.»

Constance sostuvo a Scarlett camino del sofá.

—Todo irá bien —le prometió, como ella había hecho en el suelo del almacén de suministros.

Scarlett miró a su hermana a los ojos, tenía la fortuna de no sentir nada.

—No debería haber leído la carta.

Constance se hundió a su lado en el sofá y tomó la mano de Scarlett.

No podían hacer nada más que esperar.

31

NOAH

Jameson:

Te juro que sentí que mi corazón se quebraba en mil pedazos en el momento en que te vi partir; aun así, cada fragmento diminuto de ese corazón roto te quiere. No puedo imaginar que estés tan lejos, no cuando te veo por todas partes. Estás debajo del árbol, invitándome a volar. Estás en el reservado de la esquina del pub, cogiendo mi mano bajo la mesa. Estás de pie en la acera, esperando a que termine mi guardia. Te siento en todas partes. Sé que estás entrenando a los nuevos pilotos del escuadrón Águila y no volando en misiones de combate, pero, por favor, ten cuidado. Cuídate por mí, amor mío. Resolveremos esto. Tenemos que hacerlo.

Con todo mi amor,

Scarlett

—Pensé que no vendrías —dijo Adam, demasiado abrumado por toda la gente que había en la gala benéfica.

—Casi no vengo —admití, al tiempo que asentía a modo de saludo hacia un conocido que estaba en el otro extremo de la sala. Fruncí un poco el ceño al pensar en lo pequeña e íntima que había sido la fiesta de Georgia comparada con ese espectáculo pensado para ver y ser visto—. No respondiste mi correo electrónico.

Adam suspiró.

—Tú pasaste un mes evitando todos los míos. Considéralo una respuesta.

Giró el cuello y se ajustó la pajarita.

—No va a cambiar su forma de pensar —dije sin dejar de mirar a la multitud en busca de la única persona a la que deseaba ver.

—Haz que cambie —repuso Adam alzando las cejas.

—No. —Entorné los ojos cuando advertí al grupo de una película *indie* a la izquierda—. Además, no responde mis llamadas. Ya han pasado dos semanas, así que existe la posibilidad de que lo esté haciendo a propósito —añadí con una sonrisa de autodesprecio.

—¿En serio quieres pasar a la historia como el tipo que permitió que su propio ego se interpusiera en el final feliz de Scarlett Stanton?

—No fue eso lo que pasó.

No, tampoco había llegado a eso. Me volví hacia Adam, pero intenté mirar más allá de él para encontrarla.

—Pues es lo que parece, y eso es lo que todas las críticas dirán —explicó con un suspiro.

—¿Está mal escrito? —lo reté.

—Por supuesto que no, es tuyo —respondió negando con la cabeza, frustrado.

—Entonces, ya está. Las pruebas finales tienen que estar listas dentro de unos días, ¿verdad? —Crucé los brazos sobre el pecho.

—Sí. Y déjame decirte lo contenta que estaba la correctora por tener que trabajar en ambas versiones porque no te habías decidido por una de las dos. *Spoiler*: estaba que trinaba.

—Gracias por ayudarme.

Lo dije sinceramente.

—Añadió que el final feliz era mejor —comentó.

—En eso estoy de acuerdo.

Un destello rojo llamó mi atención y sonreí. Paige Parker. Eso significaba que Damian estaba por algún lado.

—Entonces, ¿por qué demonios...?

—¡Noah Harrison! —exclamó alguien a mi espalda.

Volví la vista. «Qué suerte la mía.»

—Damian Ellsworth —respondí a modo de saludo.

«Sé amable. Necesitas información.» No era exactamente algo que pudiera preguntarle a Georgia, ya no.

—No imaginé que te encontraría aquí —dijo él dándome una palmada en el hombro.

Se unió a nosotros. El ex de Georgia medía algo más de un metro ochenta, lo que me daba una ventaja de unos diez centímetros; alzó el rostro para sonreírme con unos dientes tan blancos que casi eran azules.

—Podría decirte lo mismo, teniendo en cuenta que acabas de ser padre.

Forcé una sonrisa; la bilis me subió por la garganta. Ese era el hombre que había destruido a la mujer que amaba, que le dijo una y otra vez que ella no era suficiente para satisfacerlo. ¡Menuda joya!

—Para eso están las niñeras —contestó encogiéndose de hombros—. ¿Cómo está mi mujer? —Levantó la copa y dio un buen trago.

Hice un gran esfuerzo por no contestarle. Me costó mucho trabajo.

—No sabía que estuvieras casado —señalé con cierta confusión.

Adam escupió su bebida.

—¡Ja! *Touché.* —Me miró; era evidente que me evaluaba—. Dime, ¿ese viejo reloj de pie sigue marcando el tiempo? ¿El que está en la salita?

—Por supuesto. —Me asombró recordar el papel que había jugado en la vida de Georgia—. ¿Sabes?, eso me recuerda que conociste muy bien a Scarlett, ¿verdad?

Los ojos de Adam bailaban entre nosotros como una pelota de pimpón, pero no dijo nada.

—Por supuesto. Por eso cuento con los derechos de diez de sus libros —respondió con una sonrisa de satisfacción.

—Cierto —afirmé como si lo hubiera olvidado. ¿Qué cojones le había visto Georgia a ese Nick Nolte de pacotilla?—. Entonces, has llegado justo a tiempo, porque mi editor y yo estábamos hablando del final del nuevo libro.

—¿El libro del que supuestamente nadie sabe nada?

Me guiñó el ojo, cosa que me pareció muy extraña.

—Ese mismo.

—Vamos, bajad la voz. Nuestra idea es que sea una sorpresa, ¿os acordáis? —advirtió Adam.

—Claro, por supuesto. —Hubiera podido besarlo por llevarme la corriente—. En fin, Adam y yo hablábamos del final de... la historia de Scarlett... Hay una pieza del rompecabezas que nunca obtuve de Georgia mientras estuve en Colorado. —Hice una mueca exagerada—. Bueno, tú mejor que nadie sabes que no es muy abierta.

Damian se rio y apreté los puños, pero seguí con los brazos cruzados.

—Sí, mi Georgia no tiene muy buen carácter —opinó con una sonrisa melancólica.

«MI Georgia, pedazo de imbécil.»

Adam alzó las cejas y tomó un largo sorbo de su bebida.

—En fin, en cuanto a la historia, me preguntaba... ¿Scarlett alguna vez te dijo por qué había esperado tanto tiempo para declarar a Jameson...?

La palabra murió en mi lengua. En mi mente, ambos habían seguido con su vida, inmensamente felices.

—¿Muerto? —sugirió Damian dando otro sorbo.

—Sí.

—¿No es obvio? —Me miró como si yo fuera estúpido—. Nunca perdió la esperanza. Jamás. Esa mujer era dura como la piedra, pero, Dios mío, era muy romántica. Revisaba el correo a la misma hora todos los días, por si habían descubierto algo, y eso hasta mucho tiempo después de que Brian muriera.

—Brian. Claro. —Asentí—. Supongo que, cuando lo conoció, por fin pudo continuar con su vida. Tiene sentido. Debería habérseme ocurrido.

Sonreí esperando que mi sonrisa mostrara agradecimiento.

Adam casi se ahogó con su bebida; se aclaró la garganta para disimular el ruido. Así era justo como había escrito el final, uniendo las piezas a partir de lo poco que sabía Georgia sabía sobre esa parte de la vida de Scarlett.

—Yo no diría «conocerlo», precisamente; la verdad es que hacía años que Scarlett conocía a Brian. —Damian entornó sus pequeños y brillantes ojos como si estuviera pensando—. Nunca hablaban de eso, pero él se mudó a la cabaña a mediados de los cincuenta. Ahora que lo mencionas, una vez me contó que no pudo casarse con Brian durante esa primera década porque sentía que su primer matrimonio no había terminado. —Se encogió de hombros—. Supongo que al final se dio cuenta de que sí. Quiero decir, creo que esperar cuarenta años es suficiente, ¿no te parece?

Se me cayó el alma a los pies.

—Hola, cariño —dijo Paige Parker al tiempo que entrelazaba el brazo de Damian con el suyo—. ¿Nos vamos a sentar?

—Estoy hablando de negocios —respondió él.

Se inclinó para murmurarle algo al oído y ella hizo pucheros.

Esa chica rubia era guapa, sin duda, pero no se podía comparar con Georgia. Tampoco tenía sus ojos, ni su inteligencia, ni su fortaleza. De hecho, Paige no le llegaba ni a la suela de los zapatos.

—¿Estás pensando lo mismo que yo? —preguntó Adam en voz baja.

—Depende de lo que estés pensando —contesté al tiempo que veía que Carmen y mi hermana regresaban del baño. Era el momento perfecto, pues ya había obtenido aquello por lo que había ido allí.

—De alguna manera, Scarlett supo con certeza, en 1973, que Jameson no volvería a casa —murmuró Adam—. Lo sabía y no se lo dijo a nadie.

—Guardemos esa información entre nosotros.

Incluso una simple insinuación destrozaría a Georgia. Adam asintió y Paige se marchó sin que su marido nos la hubiera presentado siquiera. «Cuánta clase, Ellsworth.»

—Hablando de la vida de Scarlett... —continuó Damian—, ¿cuándo podré leer el manuscrito?

Dio un sorbo a su bebida con la tranquilidad de quien acaba de hacer una pregunta anodina.

—Se publica en marzo.

Ya me había hartado de ser agradable.

—¿En serio me vas a hacer esperar hasta la publicación? —preguntó con una carcajada—. Imagina que anunciamos la película al mismo tiempo que el libro. Las ventas serían astronómicas.

—Georgia nunca te dejará rodar la película —espeté con una sonrisa.

—Claro que lo hará. Solo está enfadada por lo de Paige, pero cambiará de opinión. Confía en mí.

—Confiar en ti, qué gracioso. —Hice una seña a Adrienne, que aceleró el paso cuando vio con quién estaba—. Tú sí puedes confiar en mí, Ellsworth —añadí—. Eso no va a pasar.

Su expresión cambió y dejó a un lado el buen humor que estaba fingiendo.

—¿Qué quieres a cambio del manuscrito? Quizá podrías convencer a Georgia para que lo haga. Por lo que me cuenta Ava, os habéis vuelto... íntimos.

—Estoy enamorado de ella —lo corregí.

—¿Y...? —Ladeó la cabeza; en sus ojos no había emoción alguna—. Mi oferta sigue en pie. Sería generoso contigo.

—Preferiría morir. —Extendí la mano hacia Adrienne—. ¿Lista para irnos?

—Si quieres... —respondió.

—Sí quiero. Damian Ellsworth, te presento a mi hermana, Adrienne. Adrienne, este pedazo de mierda es el exmarido de Georgia. —Desvié la atención de su rostro, que parecía a punto de entrar en combustión—. Adam, Carmen, un placer.

Di media vuelta y me marché con Adrienne a mi lado.

—Las emociones no tienen lugar en los negocios, Harrison —dijo Damian visiblemente molesto—. Ava acabará por cansarse, siempre lo hace. ¿Cómo crees que es posible que posea ya los derechos de diez libros?

Me detuve. Había filmado cinco películas y todavía quedaban otra cinco. Había sido testigo de cómo Georgia defendía los deseos de Scarlett a capa y espada; entonces, ¿por qué había cedido? «A veces la única manera de conservar lo que necesitas es abandonar lo que quieres.» Eso había deseado el día que habíamos pasado por el arroyo.

—Ah, ¿sí?

Mi sonrisa se ensanchó. ¿Y si se hubiera referido a algo completamente distinto? «Qué mujer tan inteligente.»

—¿Qué cojones significa eso? —soltó.

—Significa que conozco a Georgia mejor que tú. —No me molesté en esperar su respuesta y me dirigí a Adrienne—. Disculpa que no nos quedemos a la cena.

Ambos nos dirigimos a la puerta.

—Solo he venido por el espectáculo —respondió mi hermana encogiéndose de hombros—. ¿Has obtenido lo que querías?

Asentí mientras nos abríamos paso entre la multitud.

—No pareces muy contento —repuso.

—Georgia tiene problemas de confianza —contesté saludando con un movimiento de cabeza a otro conocido mientras nos acercábamos al guardarropa.

—Eso es obvio —dijo Adrienne con expresión confundida.

—¿Qué harías si supieras que la única persona en el mundo en la que Georgia confiaba le hubiera mentido toda su vida?

—¿Estás seguro? —preguntó al tiempo que palidecía y abría los ojos con sorpresa.

—En un noventa por ciento.

Más o menos.

—Debes ser completamente sincero con ella, al cien por cien. Tienes que decírselo.

Maldije.

—Sí, eso es lo que he pensado.

Cada vez parecía más complicado recuperar a Georgia.

32

Junio de 1942
Ipswich, Inglaterra

—¿Qué haces? —preguntó Scarlett cuando entró en el salón.

—¿Qué te parece que hago? —respondió Constance sin alzar la vista—. Recoger tus cosas.

Todos los músculos del cuerpo de Scarlett se tensaron. Su hermana tenía un baúl y dos maletas abiertos entre el sofá y la ventana.

—Basta —le ordenó; su tono fue tan estridente que William, que estaba sentado en el suelo, se sorprendió.

Constance se detuvo un momento, pero terminó de doblar una de las prendas de William y la metió en una maleta.

—Tienes que irte —indicó Constance en voz baja mirando a su hermana.

A Scarlett le picaban los ojos; parpadeó para contener las lágrimas, como llevaba haciendo dos días.

—No lo voy a dejar.

—Claro que no. Te lo llevas contigo —dijo Constance mirando a William.

—Sabes muy bien que hablo de Jameson.

Constance levantó la barbilla; en ese momento se parecía mucho más a Scarlett que la propia Scarlett.

—Ya han hecho dos búsquedas...

—¡Eso no es nada! —exclamó Scarlett cruzando los brazos sobre el pecho mientras hacía un gran esfuerzo para mantener la compostura—. Que buscaran en esa zona de la costa no significa que no hubiera aterrizado en otro lugar. Si lo han hecho prisionero, pasarán semanas antes de que tengamos noticias de él. Quizá mucho más si se está escondiendo.

Mañana. Una búsqueda más. Dos semanas más. Su corazón aplazaba la fecha todos los días, avivando las brasas de una esperanza que la lógica le negaba.

Constance se frotó las sienes y su anillo de bodas brilló bajo la luz del sol que entraba por la ventana del salón.

—Tú no tienes que quedarte —le recordó Scarlett—. Tienes una vida.

—Como si pudiera irme.

—Tienes un marido. Un marido que, estoy segura, se enfada al saber que pasas aquí todos tus días de permiso.

—Es un permiso por motivos familiares, no cuenta. Y sobrevivirá. Además, él es solo mi marido, tú eres mi hermana. —Constance le sostuvo la mirada para asegurarse de que Scarlett veía su determinación—. Me quedo. Recojo tus cosas. Mañana os llevaré a ti y a William al aeródromo para que te reúnas con el tío de Jameson.

—No me voy a ir.

¿Cómo podía abandonar a Jameson ahora que la necesitaba más que nunca?

Constance tomó la mano de Scarlett.

—Tienes que hacerlo.

—No, no tengo que hacerlo —exclamó apartando la mano.

—Vi tu visado. Sé lo limitados que son los cupos de los estadounidenses y también vi la fecha de vencimiento. Si no aprovechas esta oportunidad, quizá no vuelvas a tener otra igual.

Scarlett negó con la cabeza.

—Me va a necesitar.

El rostro de Constance fue pura compasión.

—No me mires así —murmuró Scarlett dando un paso atrás—. Aún puede estar en algún lado. Sigue ahí.

Constance desvió la vista hacia William, que masticaba el borde de la manta que le había tejido la madre de Jameson.

—Él quería que te marcharas. Organizó todo esto para que William y tú estuvierais a salvo.

Scarlett sintió una opresión en el pecho.

—Eso era antes.

—¿Puedes decirme con total sinceridad que no querría que os marcharais?

Scarlett miró en todas las direcciones para evitar los ojos de su hermana; estaba intentando, sin éxito, precisar una emoción, una certeza. Por supuesto que Jameson hubiera querido que se fuera, pero eso no significaba que fuese lo correcto.

—No me la quites —susurró Scarlett.

La garganta le dolía por todas las palabras que no se permitía pronunciar.

—¿Qué?

—La esperanza. —Su voz se quebró y se le nubló vista—. Es todo lo que me queda. Si hago esas maletas, si me subo al avión, lo abandonaré. No puedes pedirme que haga algo así. No lo haré.

Una cosa era llevar a William a Estados Unidos sabiendo que Jameson se reuniría con ellos cuando la guerra acabara, pero pensar en no estar cerca cuando lo encontraran, dejar que se tuviera que curar solo, sin importar en qué condiciones estuviera, era mucho más de lo que podía soportar. Y si cedía, aunque fuera una fracción de segundo, a la posibilidad de que no volvería a casa..., eso la destrozaría.

—Puedes esperar a Jameson en Estados Unidos igual que lo esperarías aquí. El lugar donde estés no cambia su situación —explicó Constance.

—Si hubiera habido una sola esperanza de que Edward sobreviviera, ¿te habrías ido? —la retó Scarlett.

—No es justo. —Constance hizo un gesto de pena; una lágrima rodó por el rostro de Scarlett.

—¿Lo habrías hecho?

—Si hubiera tenido que preocuparme por William, sí, me habría ido. —Constance desvió la mirada y tragó saliva—. Jameson sabe lo mucho que lo quieres. ¿Qué le gustaría a él que hicieras?

Otra lágrima rodó, luego otra, como si la presa se hubiera roto, como si su corazón aullara en una agonía silenciosa ante la verdad que se veía obligada a reconocer. Scarlett tomó a su hijo entre los brazos y besó la piel suave de su mejilla. Por William.

—Me hizo prometerle que, si le pasaba algo, me llevaría a William a Colorado.

Las lágrimas eran un flujo continuo; William acurrucó la cabeza en su cuello, como si entendiera lo que estaba pasando. Dios, ¿recordaría siquiera a Jameson cuando fuera mayor?

—Entonces, debes llevártelo. —Constance dio un paso al frente y acarició la mejilla de William con el dorso de la mano—. No sé qué pasará con tu visado si Jameson está muerto.

Scarlett se encorvó como si luchara contra el sollozo que le subía por la garganta.

—Yo tampoco.

Solo era necesaria una visita al consultado para responder esa pregunta, pero ¿y si se lo cancelaban? ¿Y si William podía irse, pero ella no?

—Si te quedas... —Constance se aclaró la garganta y lo intentó de nuevo—. Si te quedas, nuestro padre puede hacer que te declaren mentalmente incapaz. Sabes que lo haría si eso le permitiera poner sus manos en William.

Scarlett dejó de llorar.

—No sería...

Las chicas se miraron; ambas sabían que sí sería capaz. Scarlett abrazó a William con más fuerza y lo arrulló cuando empezó a inquietarse.

—Jameson querría que os marcharais —repitió Constance—. Dondequiera que esté ahora, eso es lo que quiere. Que os quedéis aquí no lo mantendrá con vida.

Las palabras de Constance desaparecieron en un murmullo.

—No puedes ayudar a Jameson, pero puedes salvar a tu hijo..., a su hijo. —Constance tocó con suavidad el antebrazo de su hermana—. Eso no significa que renuncies a la esperanza.

Scarlett cerró los ojos. Si se esforzaba lo suficiente, podía sentir los brazos de Jameson a su alrededor. Tenía que creer que los volvería a sentir. Era la única manera en la que podía seguir respirando, moviéndose.

—Si... —Era incapaz de formularlo—. Todo lo que tendría en este mundo seríais William y tú; ¿cómo podría dejarte?

—Muy fácil. —Constance le apretó el antebrazo—. Deja que termine de recoger tus cosas. Por una vez, vas a permitir que cuide de ti, y mañana, si no hay noticias, dejarás que te ayude a marcharte. Lleva a mi ahijado a algún lugar donde pueda dormir sin temer que el mundo a su alrededor se derrumbe. No puedes salvarlo de lo que le haya pasado a Jameson, pero sí puedes salvarlo de esta guerra.

El corazón de Scarlett dio un vuelco al ver la súplica en la mirada de su hermana. Constance estaba pálida y las ojeras oscuras dejaban claro lo agotada que se sentía. No notaba ese halo de felicidad de la recién casada. Por otro lado, aunque no tenía ningún moratón aparente, Scarlett había advertido que su hermana solía hacer muecas de dolor y cambiar de postura.

—Vente conmigo —murmuró.

Constance rio.

—Aunque pudiera..., bueno, no voy a hacerlo. Ahora estoy casada, en lo bueno —bajó la vista— y en lo malo. —Su sonrisa era descaradamente fingida—. Además, ¿qué harías? ¿Llevarme de polizón?

—Cabrías en el baúl —trató de bromear Scarlett, pero fue en vano.

No quedaba nada sobre qué reír. Estaba vacía, pero el vacío era mejor que sentir. Sabía que tan pronto como dejara entrar el sentimiento, no habría vuelta atrás para lo que fuera que estuviera pasando.

—Ja. —Constance arqueó una ceja—. Una vez que termine de recoger tus cosas no habrá mucho espacio. ¿Estás segura de que esto es todo lo que puedes llevar?

Scarlett asintió. El tío de Jameson dijo que un baúl y dos maletas; le había contado el plan a Constance un día antes de su boda.

—Pues bien —dijo esta con una sonrisa tranquilizadora—, entonces será mejor que terminemos de prepararlo todo.

William tiró de un mechón de cabello de su madre y esta se lo cambió por un juguete. El niño era peor que Jameson cuando se trataba de renunciar a algo que quería: dos gotas de agua, igual de testarudos.

—Podrían encontrarlo hoy —murmuró Scarlett mirando el reloj. Aún faltaban unas horas para que les dieran más información, para que les dijeran si en los últimos dos días se había sabido algo—. Podrían encontrarlo mañana por la mañana.

Sus últimas palabras fueron un murmullo: «Dios, por favor, que lo encuentren».

Quizá lo único peor que saber que Jameson estaba muerto era no saberlo. La esperanza era un arma de doble filo: la mantenía respirando, pero quizá solo retrasaba lo inevitable.

—Si lo hacen, Jameson podrá llevarte al campo de vuelo mañana. —Constance se volvió hacia el montón de ropa de William que estaba doblando y tomó la siguiente prenda—. ¿Hay algo específico que necesites llevarte y que yo no sepa?

Scarlett respiró hondo y aspiró el olor dulce de su hijo. «Tú y William sois mi vida ahora.» Escuchó las palabras en su recuerdo, tan claras como si Jameson estuviera junto a ella.

—El tocadiscos.

Scarlett tenía los ojos hinchados, le dolían mientras se peinaba. Había hecho un gran esfuerzo para evitar las lágrimas, pero resultó inútil.

Rozó con los dedos el mango de la cuchilla de Jameson. No le parecía correcto dejarlo todo allí, pero lo necesitaría cuando regresara. Avanzó por el pasillo y miró por última vez la habitación de William; sintió una punzada en el corazón al imaginar a Jameson sentado en la mecedora con su hijo. Cerró la puerta con cuidado y se dirigió a su dormitorio.

Su bolso estaba en la cama; contenía todos los papeles que necesitaría al día siguiente. Era irreal pensar que al cabo de menos de veinticuatro horas estaría en Estados Unidos, si todo salía según el plan. Estarían a un mundo de distancia, dejaría atrás a Jameson y a Constance. El vacío era mucho mayor de lo que podía soportar, pero cumpliría su promesa, lo haría por William.

Se sentó en el borde de la cama; extendió la mano hacia la

almohada de Jameson y la apretó contra su pecho. Seguía oliendo a él. Aspiró profundamente e innumerables recuerdos la invadieron, ahogándola por su intensidad.

Su risa. Su mirada cuando le decía que la amaba. Sus brazos al rodearla cuando ella dormía. Sus manos sobre su cuerpo cuando hacían el amor. Su sonrisa. El sonido de su nombre en los labios cuando le pidió que bailaran.

Él le había dado la vida de todas las formas que importaban, le había brindado lo más valioso: a William.

Era una tontería y un desperdicio, pero aun así le quitó la funda a la almohada y la dobló en un cuadrado perfecto. Ya llevaba dos de sus camisas; sabía que a él no le importaría.

—Le dejo la mía —se dijo en voz baja.

No había palabras para describir la agonía que atenazaba su corazón; unas manos fuertes, inflexibles, lo estrujaban hasta secarlo. Se suponía que no debía ser así.

—Ahí estás —dijo Constance desde el umbral; llevaba a William sobre una cadera—. Ya es hora.

—¿No podemos darles unos minutos más?

«¿No pueden darme unos minutos más?», quería decir en realidad.

Ese era el último día en el que el 71 buscaba activamente a Jameson. A partir del día siguiente las misiones continuarían y sin duda estarían atentos cuando sobrevolaran el área en cuestión, pero el escuadrón volvería a su rutina.

Jameson sería otro desaparecido en combate.

—No, si queremos llegar al aeródromo a tiempo —respondió Constance en voz baja.

Scarlett miró hacia la cómoda y el armario donde aún estaban los uniformes de Jameson.

—Una vez me preguntaste qué daría por recorrer la primera casa en la que vivimos en Kirton-in-Lindsey.

—No sabía... Nunca te lo hubiera preguntado de haber sabido que pasaría esto —murmuró Constance; su expresión estaba cargada de disculpas—. Jamás quise que te sintieras así.

—Lo sé. —Scarlett pasó la yema de los dedos sobre la funda doblada de la almohada—. Esta es la tercera casa en la que hemos vivido desde que nos casamos. —Esbozó una leve sonrisa—. Se supone que Jameson debe dejarla la próxima semana, ahora que el escuadrón se muda a Debden. Quizá el momento sea oportuno. La siguiente casa donde tendríamos que vivir juntos está en Colorado.

William balbuceó y Constance se lo cambió a la otra cadera.

—Y tú lo esperarás en Colorado. No te preocupes por nada aquí. Pediré a Howie y a los chicos que recojan el resto para cuando regrese Jameson.

Scarlett sintió una irritación en la nariz que ya le era familiar, pero reprimió otro torrente de inútiles lágrimas.

—Gracias.

—Recoger no es nada —dijo su hermana quitándole importancia.

—No —respondió Scarlett; reunió fuerzas para ponerse de pie y metió la funda en su bolso—. Gracias por decir «cuando», en lugar de «si».

—Un amor como el que vosotros compartís no muere tan fácilmente —dijo Constance al tiempo que le pasaba a William—. Me niego a creer que así es como termina.

Scarlett miró el dulce rostro de William.

—No terminará así —murmuró, y se volvió hacia su hermana—. Siempre tan romántica, ¿o no?

—Hablando de cosas románticas: he guardado las dos cajas de sombreros con tu máquina de escribir. El baúl pesa una tonelada, pero está en el coche.

Antes de ir al aeródromo, Howie entró y la ayudó con el equipaje.

—Gracias.

Había pasado la noche anterior frente a la máquina de escribir, antes de que Constance insistiera en guardarla, pero no había actualizado su historia. Llegó hasta el último día que pasaron juntos, pero no tuvo la fuerza de escribir lo que había sucedido después, en parte porque no había aceptado lo ocurrido en los últimos tres días y en parte porque no sabía cómo acabaría. Pero durante esas pocas horas dejó que su pena se alejara y entró en un mundo en el que Jameson aún estaba en sus brazos. Ahí era donde quería vivir, en su propia y pequeña eternidad.

Sostuvo a William en un brazo y se las arregló para abrir el bolso y sacar la carta que había escrito cuando despertó esa mañana.

—No sé dónde dejar esto —admitió en voz baja mostrando el sobre a su hermana, donde se podía leer claramente el nombre de Jameson.

Constance extendió la mano y tomó con cuidado el sobre.

—Yo se lo daré cuando vuelva —prometió.

Se lo metió en el bolsillo de su vestido. Ahora que ninguna estaba de servicio, Scarlett por obligación y Constance porque estaba de permiso, era fácil creer que nunca habían usado el uniforme, que esa guerra aún no había sucedido. Sin embargo, la realidad era bien distinta. Aunque los vestidos eran más delicados que los uniformes de la WAAF que ambas habían lucido durante tanto tiempo, el interior de aquellas dos mujeres se había endurecido.

Scarlett le ajustó el gorro a William y estiró las mangas de su suéter. Era junio, pero seguía haciendo un poco de frío para el pequeño; además, adonde iban haría mucho más. Tras dedicarle un último vistazo de nostalgia a su habitación, Scarlett lanzó otra oración para que Jameson regresara junto a ella. Luego salió.

Contuvo las lágrimas camino del coche, andando con la cabeza alta, como Jameson hubiera querido.

Scarlett se sentó en el asiento del copiloto y mantuvo cerca a William mientras Constance tomaba el volante. El motor cobró vida y, antes de que el corazón de Scarlett se apoderara de su mente, se alejaron de la casa en dirección a Martlesham-Heath.

Apenas llevaban unos minutos de camino cuando sonaron las sirenas antiaéreas. Scarlett miró al cielo, donde pudo distinguir unos bombarderos en lo alto. Sintió que el estómago se le caía a los pies.

—¿Dónde está el refugio más cercano? —preguntó Constance con voz firme.

Scarlett echó un vistazo a su alrededor.

—Gira a la derecha.

William lloró; su rostro se puso rojo escarlata mientras las sirenas seguían sonando.

La calle se llenó de civiles que corrían hacia el refugio.

—Aparca —ordenó Scarlett—. En coche nunca llegaremos, las calles están abarrotadas. Tenemos que ir a pie.

Constance asintió; de inmediato detuvo el coche en el lado izquierdo de la carretera. Salieron del vehículo y se apresuraron por la calle hacia el refugio cuando sonaron las primeras explosiones.

No iban a llegar a tiempo. Su corazón latía con fuerza; apretó a William contra su pecho y corrió con Constance a su lado. Estaban a una manzana de distancia.

—¡Más rápido! —gritó Scarlett mientras otro estallido tronaba detrás de ellas.

Las palabras apenas habían escapado de su boca cuando un silbido agudo inundó sus oídos y su mundo voló en pedazos.

Solo el llanto de William interrumpió aquel incesante zumbido en sus oídos.

Scarlett se esforzó por abrir los ojos, haciendo a un lado el dolor que sentía en las costillas.

Aturdida, le llevó unos cuantos segundos orientarse y recordar lo que había sucedido: habían bombardeado la zona. ¿Minutos? ¿Horas? ¿Cuánto tiempo había transcurrido? «¡William!»

El niño volvió a estallar en llanto y Scarlett giró sobre un costado; casi lloró de alivio al ver el compungido rostro de su hijo, que se lamentaba a su lado. Limpió la suciedad y el polvo de las mejillas de William, pero las lágrimas solo lo mancharon más.

—Está bien, mi amor. Mami está aquí —dijo cubriéndolo con los brazos al tiempo que observaba la destrucción a su alrededor.

La explosión los había lanzado al interior de un jardín que de milagro había protegido a William. Le dolían las costillas y el tobillo, pero, salvo eso, se encontraba bien. Hizo un esfuerzo por sentarse sin dejar de presionar a William contra su pecho; le asombró sentir un picor en la espinilla y ver que sangraba, pero solo la miró un instante mientras el pavor le inundaba el pecho y dejaba a un lado el dolor de sus costillas.

¿Dónde estaba Constance?

El edificio frente al que habían corrido ya no era más que un montón de escombros; Scarlett tosió en el momento en que en sus pulmones entró más polvo que aire.

—¡Constance! —gritó muerta de pánico.

La reja de hierro del jardín en el que habían caído estaba rota y entre los barrotes Scarlett vio algo rojo.

Constance.

Se levantó; sus pulmones y sus costillas protestaron con vehemencia cuando avanzó a trompicones hacia el pedazo de tela que reconoció como el vestido de su hermana. Su brazo se atascó con algo; bajó la mirada, confundida. Su bolso seguía colgando de su brazo y se había enganchado en uno de los barrotes de hierro. Tiró de él para liberarlo y tropezó unos metros más antes de caer de rodillas al lado de Constance, intentando mantener a William lejos de los bloques de piedra que yacían sobre su tía.

No. No. No.

Dios no podía ser tan cruel, ¿o sí? Su garganta retuvo un grito que se liberó cuando usó un brazo y toda su fuerza para quitar un fragmento del muro de piedra del pecho de su hermana.

Sintió que el cuerpo y el alma se le congelaban cuando vio el rostro de Constance cubierto de polvo y sangre.

—¡No! —gritó.

No podía terminar así. Aquel no podía ser el destino de su hermana.

William empezó a llorar más fuerte, como si él también sintiera que la luz del mundo se apagaba.

Tomó la mano de su hermana, pero no hubo respuesta. Constance había muerto.

33

GEORGIA

Querida Scarlett:

Cásate conmigo. Sí, hablo en serio. Sí, te lo voy a preguntar una y otra vez hasta que seas mi mujer. Solo han pasado dos días desde que me fui de Middle Wallop y apenas puedo respirar, hasta ese punto te echo de menos. Te quiero, Scarlett, y no es un amor que desaparezca con la distancia o el tiempo. Soy tuyo y lo he sido desde la primera vez que te miré a los ojos. Seré tuyo sin importar cuánto tiempo pase hasta que vuelva a ver tus ojos. Siempre.

Jameson

—¿Crees que cincuenta mil será suficiente para el distrito? —pregunté sosteniendo el móvil entre mi oreja y mi dolorido hombro para tomar notas.

Esa mañana me había machacado en el gimnasio, pero al menos no me había caído.

—¡Es más que suficiente! ¡Gracias! —exclamó el señor Bell, el bibliotecario.

—De nada. —Sonreí. Esa era la parte más agradable de mi trabajo—. Enviaré hoy mismo el cheque.

—¡Gracias! —repitió el señor Bell.

Colgamos y cogí un cheque en blanco de la Fundación Scarlett Stanton para la Alfabetización. Pasé un dedo sobre sus letras y lo rellené, esa vez a nombre de una escuela de Idaho.

Las reglas eran simples: las escuelas que necesitaban libros obtenían dinero para libros.

A Gran le hubiera encantado.

Escribí la fecha, 1 de marzo; lo metí en un sobre y ordené que fueran a recogerlo al día siguiente. «Listo. Hecho.» Ya podía irme al taller.

Una pluma con el logotipo de los Mets de Nueva York rodó cuando abrí el primer cajón y mi corazón volvió a estremecerse, como me sucedía todos los días: la pluma de Noah. Porque durante casi tres meses ese no solo había sido el escritorio de Gran, mi escritorio, sino también el de Noah. Como tirar la pluma no cambiaría nada, metí el talonario en el cajón y volví a cerrarlo. Fuera como fuese, la pluma era lo de menos.

Allá donde mirara me encontraba con su recuerdo. Bailábamos en el salón cada vez que veía el fonógrafo; escuchaba el grave timbre de su voz en cuanto entraba en el invernadero. Estaba en mi cocina preparándome un té; en mi entrada, besándome hasta dejarme sin aliento. En mi habitación, haciéndome el amor. Estaba en ese mismo despacho, admitiendo que había mentido.

Respiré hondo, pero eso no alejó el dolor; sentirlo era la única manera de superarlo; de lo contrario, seguiría siendo el mismo cascarón en que me había convertido después de lo de Damian.

Sonó el timbre de la entrada, tomé el sobre y abrí, pero al otro lado de la puerta no me encontré al repartidor.

Parpadeé sin dar crédito. Abrí la boca unos centímetros y luego la cerré con un clac sonoro.

—¿No me vas a invitar a pasar? —preguntó Damian ofreciéndome un ramo de flores—. Feliz séptimo aniversario, querida.

Me debatí entre la agradable idea de cerrarle la puerta en las narices y la satisfacción de saber exactamente por qué estaba allí. Opté por lo segundo, me aparté y lo dejé entrar. Cerré la puerta; una brisa helada recorrió mi piel.

—Gracias. Había olvidado el frío que hace aquí —dijo sosteniendo las flores, rosas color rosa pálido; tenía una mirada expectante.

—¿Qué quieres, Damian? —pregunté al tiempo que dejaba el sobre en la mesita de la entrada.

¿Cómo pensaba que obtendría aquello que quería? ¿Gracias a la culpa? ¿Al soborno? ¿A la extorsión emocional?

—Quiero hablar de negocios.

Frunció el ceño cuando se dio cuenta de que no iba a coger sus flores y las dejó junto al sobre.

—Así que, como es lógico, te subiste a un avión para venir a Colorado en lugar de llamar —deduje cruzando los brazos sobre el pecho.

—Me puse un poco sentimental —dijo en ese tono suave que reservaba para las disculpas, y me miró de arriba abajo—. Tienes buen aspecto, Georgia. Muy bien, más tranquila, si eso tiene sentido.

El reloj de pie sonó.

—No te molestes en quitarte el abrigo. Te habrás ido antes de que el reloj vuelva a sonar.

—¿Quince minutos? ¿En serio es todo lo que valgo después de lo que vivimos juntos? —Ladeó la cabeza y lanzó una sonrisa que hizo que se le marcara un hoyuelo en la mejilla.

«Chantaje emocional.»

—Si contamos el tiempo que fuimos novios, ya te he dado ocho años de mi vida. Créeme, quince minutos es generoso.

Todo el tiempo que estuve con Noah traté de evitar compararlos, pero, ahora que Damian estaba frente a mí, era imposible no notar las diferencias. Noah era más alto, de músculos bien definidos, y su postura siempre reflejaba la conciencia que tenía de su cuerpo, desarrollada por los años que llevaba escalando. Damian no era nada de eso.

Se le veía agotado, y lo que tiempo atrás había considerado maravilloso, de pronto me parecía... mediocre. El azul de sus ojos no tenía ninguno de los atributos de los ojos castaño oscuro de Noah. ¿De verdad me había sentido atraída por Damian alguna vez? ¿O sería su interés en mí lo que me había seducido?

—Me gusta lo que has hecho aquí —dijo Damian mirando a su alrededor en el recibidor.

—Gracias.

Había pintado las paredes de blanco y gris; poco a poco transformaba la casa de Gran en la mía. Lo siguiente y último en la lista sería la habitación principal.

—Se te está acabando el tiempo —añadí.

Sus ojos brillaron cuando me miró y los entornó un poco. «Ahí viene.»

—Esperaba hablar contigo de *El amor que dejamos atrás*.

—¿Por qué?

—Quiero hacerte una oferta. Antes de que me digas que no, escúchame. —Alzó las manos y sacó un sobre del bolsillo interior de su abrigo—. Por los viejos tiempos.

—Viejos tiempos —repetí—. ¿Como cuando te acostaste con tu asistente? ¿O con la maquilladora? ¿O quizá cuando dejaste embarazada a Paige y no tuviste los huevos para decírmelo? ¿O cuando tuve que leerlo todo sobre la hija de mi marido en los dieciséis mil millones de mensajes de texto que me llegaron durante el velatorio de Gran? —Incliné la cabeza hacia un lado—. ¿A cuál de todos esos viejos tiempos te refieres?

Las venas de su cuello se hincharon sobre su abrigo y tuvo el buen gusto de sonrojarse.

—Todos esos son recuerdos lamentables. Pero también tenemos otros que son buenos. Estoy aquí para ayudar, no para hacerte daño, y tengo el contrato listo para que lo firmes. Sé que el dinero de Scarlett está bloqueado para obras de beneficencia, así que, si necesitas un poco, incluso puedo considerar algunas otras novelas. No quiero verte sufrir.

—Qué magnánimo por tu parte —dije arrastrando las palabras—. Pero no tienes que preocuparte por mí. Mi galería va muy bien desde que volví a dedicarme a aquello que me apasiona; ya sabes, cuando no estoy haciendo todas esas obras de beneficencia.

Lanzó una carcajada.

—No hablas en serio.

—Muy en serio —respondí impávida—. Nunca quise el dinero, tú sí. Y déjame adivinar, ese contrato que tan generosamente me ofreces no solo te da los derechos cinematográficos de *El amor que dejamos atrás*, sino que también te los da respecto a las otras cinco opciones que aún no has podido reclamar, pues yo ya no formo parte de Ellsworth Productions —dije con voz suave.

—Lo sabes.

Su expresión mostraba decepción.

—Siempre lo he sabido. —Bajé la voz—. ¿Por qué crees que me marché sin pelear? No había nada de ti que valiera la pena conservar.

—Eso no podrá defenderse en un juicio —fanfarroneó.

—Sí podrá. Mis abogados siempre han sido mejores que los tuyos. Gran se aseguró de eso cuando hizo que esos mismos abogados redactaran el contrato para que incluyera la frase «siempre y cuando Georgia Constance Stanton siga siendo copropietaria de Ellsworth Productions». No confiaba en ti para sus libros, Damian. Confiaba en mí. Tú estabas muy ocupado contando el dinero como para leer ese maldito documento.

Oí el sonido claro de un motor que llegaba a la entrada del garaje. Los ojos de Damian brillaron de pánico.

—Gigi, hablemos de esto. Sabes lo mucho que me importaba Scarlett. ¿De verdad crees que es lo que ella querría? La hubiera matado saber que nos divorciamos, que renunciaste a nosotros.

Su expresión volvió a cambiar. «Ah, sí, la culpa.»

—¿Renunciar a ti? Nunca le caíste bien. Y esa conversación terminó en el momento en que firmamos el divorcio, aunque quiero hacerte una pregunta.

Cambié el peso de una pierna a otra; odiaba ponerme en una posición en la que necesitara algo de él.

—Lo que sea —respondió, y tragó saliva—. Sabes que todavía no estoy casado, ¿verdad? —Avanzó con un paso y el olor familiar de su colonia penetrante me golpeó como la leche que se deja mucho tiempo en la nevera y hace que todo huela rancio—. Podemos solucionar esto. Anda, pregúntame lo que quieras.

«No, gracias.»

—¿Sabías quién era el día que te acercaste a mí en el campus?

Se asombró.

—¿Lo sabías? —insistí.

En ese momento me vi a través de sus ojos. Una chica de diecinueve años, de primer año, desesperada por encontrar amor y validación. Un blanco fácil.

—Sí —admitió al tiempo que se pasaba una mano por el cabello—. Y sé quién eres ahora, Gigi. Es cierto que tomé malas decisiones, pero siempre te he amado.

—Claro, porque acostarte con otras mujeres, con muchas otras mujeres, definitivamente es la manera de demostrarle tu amor a tu esposa. —Hice una pausa y me di tiempo para sentir el dolor, pero no llegó—. Lo raro es que mi madre me lo advirtió.

La puerta principal se abrió de par en par y Hazel entró en una ráfaga, despeinada y con los ojos desorbitados.

—Dios mío, ¡tienes que venir a ver...! —Se detuvo al ver a Damian, como si no pudiera creerse que estuviera ahí—. ¿Qué coño hace este aquí?

—Hazel —saludó con una sonrisa irónica, asintiendo con la cabeza.

—Imbécil.

Entornó los ojos y se colocó a mi lado.

—Damian ya se iba —dije con una sonrisa rápida cuando sonó el reloj—. Se le ha acabado el tiempo.

—Gigi —me rogó él.

—Adiós. —Avancé hasta la puerta y la sostuve abierta—. Saluda a Paige y a... ¿Cómo llamaste a tu hijo?

—Damian júnior.

—Por supuesto. —Señalé la puerta abierta—. Conduce con cuidado. La carretera se pone muy resbaladiza en esta época del año.

El sonido de la puerta al cerrarse fue más satisfactorio en ese momento que el día que salí de nuestro apartamento de Nueva York.

—¿Se lo has dicho? —preguntó Hazel quitándose el abrigo para colgarlo en el armario del pasillo.

—¿Si le he hablado sobre las opciones de compra? Sí. Ha sido divertido —dije con una sonrisa, y me eché un mechón detrás de la oreja—. ¿Por qué has entrado tan agitada?

—¡Ah! —Abrió los ojos con sorpresa—. Tienes que entrar en internet ahora mismo.

Me cogió de la mano y me llevó hasta el despacho; luego me

empujó a un sillón y abrió YouTube, en pantalla completa, y escribió el nombre de Noah.

—Hazel —le advertí en voz baja.

Lo último que necesitaba era ver a Noah en vídeo, paseando por Nueva York como si no me hubiera roto el corazón en mil pedazos.

—No es lo que piensas. —Hizo clic en el vídeo de un popular programa matutino; empecé a golpear el suelo con los pies, impaciente, durante los cinco segundos de publicidad previos—. Espera, empieza como a la mitad; cuando lo he visto, casi escupo el café.

Se saltó los primeros diez minutos para hacer avanzar el vídeo.

«¿... piensa que es? —preguntó la presentadora a su compañero, quien negó con la cabeza—. Eso no se le hace a Scarlett Stanton. Sencillamente, no.» «Tendría que decir que la editorial debía de saber qué hacía cuando contrataban a Noah Harrison para que lo terminara», respondió.

—Oh, Dios —dije entre dientes.

Sentí que se me caía el alma a los pies, y luego salía de mi cuerpo y de la faz de la Tierra. Una cosa era saber que quizá Noah tuviera críticas negativas por mi elección; verlo era algo muy muy diferente.

—Se pone peor —masculló Hazel.

—¿Cuánto?

No estaba segura de poder soportarlo.

—Mira.

«No soy la única en quejarme —dijo la presentadora alzando las manos—. Han sacado unos ejemplares para promocionar la novela y, alerta, *spoiler*: no dicen cosas bonitas. *Publication Quarterly* lo llama, y cito: "Un intentoególatra de opacar a la novelista romántica más brillante de su época".»

La audiencia abucheó y me cubrí la boca con las manos.

—¡No es justo! —exclamé entre los huecos de mis dedos.

—Se pone peor —repitió Hazel.

—¿Cómo? ¿Van a quemar una fotografía de Noah?

—¿Te molestaría si lo hicieran? —preguntó con fingida inocencia.

La fulminé con la mirada.

«El *New York Daily* fue más allá y dijo que "Scarlett Stanton se estará removiendo en su tumba. Aunque está increíblemente bien escrito y es conmovedor, la falta de consideración de Harrison a la marca Stanton, que se basa siempre en finales agradables, es una bofetada a los amantes de la novela romántica en todo el mundo". No puedo estar más de acuerdo.»

—Páralo.

Pasé las manos de mi boca a los ojos cuando mostraron una fotografía de Noah.

—Un minuto más —dijo Hazel, y apartó el ratón de mi alcance.

«El *Chicago Tribune* también opinó: "Desde Jane Austen no habíamos conocido a una autora de novela romántica tan amada internacionalmente y tan despreciada por los hombres. El doloroso y sádico final que Noah Harrison da a la historia de amor de la propia Scarlett Stanton es imperdonable".»

—Oh, Noah —gemí, dejando caer la frente en las palmas de las manos.

«Pero quizá la mejor crítica, como siempre, proviene de la misma Scarlett Stanton, quien dijo que "nadie es capaz de escribir una ficción dolorosa y depresiva, disfrazada de historia de amor, como Noah Harrison". —La presentadora suspiró—. Francamente, ¿qué estaba pensando el editor? No dejas entrar a un hombre en una industria en la que las mujeres tuvieron que abrirse paso con uñas y dientes, soportando que dijeran que escribían pornografía para madres y que las tildaran de prostitutas, y lo dejas pisotear justo lo que define el género. Eso no se hace. Qué vergüenza, Noah Harrison. Qué vergüenza.» La presentadora señaló directa a la cámara antes de que el programa terminara.

—Por lo menos no han quemado una fotografía suya —murmuré, observando horrorizada la pantalla del ordenador.

—Sí, eso se lo han dejado a tu bisabuela —replicó Hazel.

—No son justos con él. Es un final bonito y conmovedor. —Me recosté en el respaldo de la silla y me crucé de brazos—. Es un gran homenaje a lo que ella tuvo que vivir en la vida real. Y él no ha sido quien ha pretendido destruir el género. ¡Esa he sido yo!

—Noticia de última hora, Georgia; nadie confunde las novelas románticas con la vida real. —Hazel suspiró—. Además, ese hombre está tan enamorado de ti que ni siquiera puedo..., nada. No puedo.

Se sentó en el borde del escritorio y me miró de frente.

—No lo hagas —musité.

Mi corazón se estaba quebrando; la protección que había creado tan apresuradamente iba a romperse.

—Lo haré. —Se acercó para que no pudiera desviar la mirada—. Ese hombre acaba de tirar su carrera por la borda por ti.

—Ha tirado su carrera por la borda porque firmó un contrato —repuse.

Pero el daño estaba hecho. Todo el cuerpo me dolía porque lo echaba de menos, todos los días. Si a eso le añadía el odio del que era blanco por mi decisión, estaba lista para enterrarme en unos cuantos litros de Ben & Jerry's.

—Insisto —dijo negando con la cabeza—: es Noah Harrison; si hubiera querido anular el contrato, lo habría hecho. Esto lo hizo por ti, para probarte que podía cumplir su palabra.

—Mintió y sin una razón válida. —La frustración me invadió para superar el dolor—. No lo habría echado en diciembre si hubiera sabido que había acabado el libro. ¡Ya estaba enamorada de él!

Me llevé las manos a la boca de inmediato.

—¡Ajá! —exclamó Hazel agitando el índice hacia mí—. ¡Te lo dije!

—¡No importa! —Dejé caer los brazos a los costados—. La tinta de los papeles de mi divorcio ni siquiera se ha secado. ¡No ha pasado ni un año! —Me erguí—. ¿No hay una regla por algún lado que diga que debes dedicarte tiempo a ti antes de lanzarle todo lo que llevas a cuestas al siguiente hombre?

—A ver, primero, no existe esa regla. Segundo, he visto los brazos de Noah, puede cargar con todo lo que llevas a cuestas y más. —Hizo una mueca.

—Cállate.

No se equivocaba.

—Tres, tú no eres tu madre, G. Nunca serás tu madre. Y, sinceramente, estuviste bastante sola durante los seis años de ese matrimonio de mierda. Tuviste tiempo suficiente para ti misma; pero si crees que necesitas más, tómatelo. Solo hazle un favor al mundo y díselo.

Me hundí en el sillón.

—No es práctico. Cada uno vive en una punta distinta del país. Además, hace tres semanas que ni siquiera ha intentado llamarme. Probablemente ya ha pasado página. Tiene una capacidad de recuperación más que sorprendente.

—Si por recuperarse te refieres a que solo lo han visto en público con su hermana, estoy de acuerdo. —Arqueó una ceja—. Te quiero, pero tienes que dejar de ser tan obstinada. Él te adora. Cometió un error. Son cosas que pasan. Owen mete la pata cada tres días, pide disculpas, lo compensa y luego vuelve a equivocarse en otra cosa tres días después. Son asuntos que se solucionan sobre la marcha.

Miró su anillo de bodas y sonrió.

—¿Tú en qué te equivocas? —pregunté.

—Yo soy perfecta. Además, no estamos hablando de mí.

Le sonó el móvil y se puso de pie para sacárselo del bolsillo trasero.

—Hola, amor. Espera. Repite eso. ¡¿Colin ha hecho qué con las tijeras mientras estabas en el baño? ¿Cuán corto es «corto»?! —gritó con voz aguda.

«Oh, mierda.» Me levanté de un salto y corrí hasta el armario del pasillo. Saqué su abrigo y se lo pasé cuando salió a zancadas por la puerta.

—¡No, no intentes igualárselo! —exclamó despidiéndose de mí con un gesto de la mano; luego abrió la puerta del coche—. No, no estoy cabreada, podría haberme pasado a mí. Le crecerá...

Su voz se cortó cuando entró en el coche.

—¡Buena suerte! —grité al tiempo que ella giraba en la glorieta para tomar la calle principal. En ese instante, un repartidor aparcó en ese mismo lugar—. ¡Un momento! —Entré rápido en la casa para coger el sobre; también cogí las rosas—. Ten, Tom. Llévale esto a tu mujer.

—¿Está segura? —preguntó mirando el ramo.

—Completamente segura.

—Espere, tengo una entrega para usted —dijo cambiándome el sobre y las rosas por un paquete mediano.

Firmé el recibo y vi que el remitente era el abogado de Gran.

Claro, hubiera sido mi séptimo aniversario de bodas. Por lo menos no estaba ahí para ver el caos en el que se había convertido mi vida. Acepté el paquete, cerré la puerta y me senté en el último escalón de la escalera con la caja frente a mí.

«El doloroso y sádico final que Noah Harrison da a la historia de amor de la propia Scarlett Stanton es imperdonable.» Suspiré y miré la caja, deseando tener alguna respuesta fácil para todo eso. Quizá la hubiera y Hazel tuviese razón: yo era mi propio obstáculo.

Me incliné, me saqué móvil del bolsillo del chaleco, abrí los mensajes de texto y escribí.

Lamento las críticas.

Lo sentía de verdad, aunque mi corazón no dejaba de gritar de alegría por que hubiera cumplido su promesa.

Había recibido el mensaje, pero no lo había leído. En fin, quién sabía cuándo lo leería o si siquiera lo abriría.

—De Reina de Hielo a Completo Caos, no estoy segura de que sea una mejora —mascullé levantando el paquete de Gran.

Fue fácil quitar la cinta adhesiva, algo muy conveniente, ya que ni Noah ni su navaja suiza estaban por ahí.

Dentro había tres sobres manila. El que tenía escrito «Léeme en segundo lugar» era el más grueso. Ese y el tercero los dejé de lado; abrí el que iba primero y saqué una carta. Mi corazón se encogió con la sensación agridulce de su caligrafía.

Mi queridísima Georgia:

Hoy es tu aniversario de bodas. Si mi enfermedad no me engaña, es el séptimo. El séptimo fue muy importante para tu bisabuelo Brian y para mí. Acababan de diagnosticarle su enfermedad y todo salió mal, y era lo único que podíamos hacer para aferrarnos el uno al otro.

Espero que tu séptimo aniversario sea más fácil. Pero, en caso contrario, pensé que era el momento de que comprendieras la intensidad del amor que te creó. Tú, la per-

sona a la que más quiero, eres el resultado de generaciones de amor, no solo del deseo que algunos sienten, sino de amores verdaderos, profundos, sanadores, amores que ni siquiera el tiempo puede separar.

Espero que ya hayas despejado mi armario; no, no ese. El otro. Sí, ese donde todas las camisas han sido remplazadas por páginas, cortesía de esa pequeña máquina de escribir que ha sido mi compañera constante en la alegría y la tristeza. Confío en que hayas encontrado esa pequeña alcoba al fondo del segundo estante. Si no lo has hecho, ve a buscarla, aquí te espero.

¿Lo encontraste? Bien. Este fue el trabajo que nunca pude decidirme a terminar de verdad. El trabajo que empecé para mi querido William. Discúlpame por no habértelo dejado leer nunca mientras estuvimos juntas. Mis disculpas son infinitas, pero lo cierto es que tenía miedo de delatarme.

Verás que termina en lo que había sucedido hasta entonces..., el día más difícil de mi vida. El día en que perdí a mi hermana, mi mejor amiga, cuando todavía me lamentaba de la pérdida del amor de mi vida. Ese día solo ha sido eclipsado por la noche nevada que se llevó a William y a Hannah. Nuestra familia ha tenido su buena dosis de tragedia, ¿no crees?

La historia es para que la leas ahora, Georgia. Tómate tu tiempo. He trabajado en ella durante años, añadiendo partes y fragmentos de mis recuerdos y luego dejándola a un lado. Cuando llegues al final, cuando estés ahí conmigo, en esa calle de Ipswich destrozada por la guerra, cubierta de polvo, quiero que busques entre las cartas que están sobre el manuscrito.

Ellas son el verdadero testamento de amor que te creó,

lo que hay de cierto detrás de los momentos de ficción em-
bellecida. Una vez que sientas ese amor, saborea el humo
acre del último bombardeo en tu lengua y prepárate para
lo que pasó después, abre el siguiente sobre de este paquete.
Te darás cuenta de que siempre conociste el final...; es la
parte de en medio lo que era tan confuso.

Cuando termines, espero que leas el tercer y último so-
bre de este paquete.

Por favor, perdóname por la mentira.

Con todo mi amor,

Gran

Gran nunca mentía. ¿De qué estaba hablando? Mis dedos temblaron al abrir el segundo sobre. Ya había leído el manuscrito y las cartas, había llorado con sollozos desgarradores cuando Scarlett se enteró de que Jameson había desaparecido y, de nuevo, cuando supo que Constance estaba muerta.

Saqué el fajo de papeles y pasé los dedos sobre las letras de la máquina de escribir de Gran cuya tipografía me era tan familiar.

Empecé a leer.

34

Junio de 1942
Ipswich, Inglaterra

Scarlett ya no tenía frío. Este había desaparecido poco a poco para convertirse en una insensibilidad que era bienvenida mientras miraba el cadáver de su hermana.

¿Era el precio que debía pagar por la vida de William? ¿Por la suya? ¿Dios se había llevado a Jameson y a Constance como una suerte de retribución divina?

—Shhh... —murmuró al oído de William para tranquilizarlo.

Los suyos seguían zumbando. Ya no había nadie en el mundo que pudiera calmarla. Todas las personas a las que amaba, aparte de William, se habían ido.

El niño tocó su rostro con una mano pegajosa y Scarlett se sorprendió al ver que la tenía llena de sangre. Su corazón dejó de latir.

Con la parte baja de su vestido limpió la piel de su hijo y gimió de alivio: la sangre no era del niño.

Aquello no estaba pasando. No de verdad. No podía ser. Se negaba a aceptarlo.

Sujetó con fuerza el hombro de Constance y la sacudió con violencia, deseando que su hermana volviera a la vida.

—¡Despierta! —ordenó gritando como loca—. ¡Constance! —gimió—. ¡No puedes estar muerta! ¡No lo voy a permitir!

Para su sorpresa, Constance despertó y tosió con fuerza intentando respirar. No estaba muerta, solo inconsciente.

—¡Constance! —gritó con el pecho agitado por un sollozo de puro alivio; se inclinó sobre su hermana, sujetando a William con cuidado—. ¿Te puedes mover?

Constance la miró con ojos confusos y nublados.

—Eso creo —respondió con voz rasposa.

—Despacio —dijo Scarlett mientras ayudaba a su hermana a incorporarse. Constance tenía el rostro magullado, la nariz visiblemente rota, y emanaba sangre de una herida sobre el ojo izquierdo—. Pensaba que habías muerto —añadió llorando y tirando de su hermana para darle el abrazo más fuerte de su vida.

Constance alzó la mano sobre la espalda de Scarlett y rodeó a William para abrazarlos a ambos.

—Estoy bien —le aseguró—. ¿Y William?

—Parece que está bien —contestó Scarlett; sus ojos pasaban de William a Constance.

El frío había vuelto y su cabeza se movía como si estuviera bajo el agua.

—¿Se ha acabado? —preguntó Constance observando la destrucción a su alrededor.

—Eso creo —dedujo Scarlett al notar que las sirenas ya no sonaban.

—Gracias a Dios.

Constance abrazó a su hermana una vez más y luego se apartó, asombrada. Su mirada le puso a Scarlett los pelos de punta.

—¿Qué pasa? —preguntó cuando Constance contempló boquiabierta su mano bañada de sangre.

Movió a William a la otra cadera y limpió la sangre con un trozo limpio de su vestido. Suspiró de alivio. Suerte, ese día habían tenido mucha suerte.

—Está bien —añadió para tranquilizar a su hermana con una sonrisa temblorosa—. No es tuya.

Constance abrió los ojos, sorprendida, y recorrió el torso de Scarlett de arriba abajo.

—Es tuya —murmuró.

Como si las palabras de Constance despertaran algo en el cuerpo de Scarlett e hicieran añicos unas defensas que se habían erigido debido al shock, una terrible agonía le desgarró la espalda y un dolor agudo explotó en sus costillas. Scarlett contuvo el aliento y bajó la mirada hacia la mancha de sangre que se hacía más grande sobre su vestido azul de cuadros, el mismo que había usado en su primera cita con Jameson.

Todo tenía sentido: el frío, el dolor, el mareo. Estaba perdiendo sangre. Se mareó y cayó sobre un costado; apenas pudo proteger la cabeza de William para que no golpeara el pavimento.

—¡Scarlett! —gritó Constance, pero el sonido casi no logró atravesar la neblina en su mente.

En su lugar, se concentró en su hijo.

—Te quiero más que a todas las estrellas en el cielo —le susurró a William, que había dejado de llorar y descansaba en el brazo de su madre, mirándola con aquellos ojos del mismo tono que el de ella—. Mi William.

En ese momento de caos y sirenas estridentes, todo se le hizo muy claro, como si pudiera ver los hilos del destino que habían tejido ese tapiz. Salir de su casa, servir junto a su hermana, conocer a Jameson en aquel polvoriento camino, enamorarse perdidamente de él... Nada había sido aleatorio, todo estaba escrito, salvo el camino de William.

—Fue todo por ti, William —continuó, pero sintió un nudo

en la garganta que la obligó a tragar—. Te queremos tanto... Nunca lo olvides.

Constance se inclinó sobre ellos, boquiabierta, mientras examinaba la espalda de Scarlett. Su labio inferior tembló cuando se arrodilló un poco más cerca.

—Tienes que levantarte. ¡Debemos ir al hospital!

—Estoy bien. —Scarlett sonrió cuando volvió a sentir una oleada de dolor—. Tienes que irte —consiguió decir entre jadeos.

—¡No voy a ir a ningún lado!

El pánico en el rostro de Constance le rompió el corazón a Scarlett más que cualquier otra cosa. Era algo de lo que no podía salvarla, ni siquiera podía salvarse a ella misma.

—Sí, lo harás. —Giró la cabeza hacia William—. Necesita aprender a acampar —añadió sin dejar de mirar su rostro, el rostro de Jameson—. Y a pescar y a volar. Eso es lo que Jameson hubiera querido, que su hijo creciera a salvo de las bombas que nos han traído hasta aquí.

—Y tú puedes enseñarle todo eso —exclamó Constance llorando—, pero tenemos que llevarte al hospital. ¿Oyes las sirenas? Ya casi están aquí.

—Quería tener más tiempo contigo —le dijo a William; cada palabra era más difícil de pronunciar que la anterior—. Ambos queríamos.

—¡Scarlett, escúchame! —gritó Constance.

—No. Escúchame tú —interrumpió Scarlett, antes de que la tos doblara su cuerpo en dos y sus labios se mancharan de sangre. Hizo un esfuerzo por respirar con los pulmones anegados y miró a su hermana a los ojos—. Juraste protegerlo.

—Con mi vida. —Repitió su promesa.

—Sácalo de aquí —ordenó Scarlett reuniendo todas sus fuerzas—. Llévalo con Vernon.

Los ojos de Constance brillaron al tiempo que las lágrimas formaban surcos de polvo en sus mejillas.

—No sin ti.

—Prométeme que lo cuidarás —insistió.

Usando lo que le quedaba de energía, miró a su hijo, tan guapo y perfecto.

—Lo prometo —exclamó Constance con la voz quebrada por el llanto.

—Gracias —murmuró Scarlett, y miró a William—. Te queremos.

—Scarlett. —Constance sollozó, sosteniendo a su hermana por la nuca mientras a esta se le nublaban los ojos.

—Jameson —dijo Scarlett en un murmullo y con una leve sonrisa.

Un momento después, había muerto.

—¡No! —gritó Constance; su voz superó el sonido estridente de las sirenas.

William hizo un puchero y lanzó un sollozo que reflejaba los sentimientos de su tía. ¿Dónde estaba la ambulancia? Seguro que podían hacer algo. No era así como terminaba, no podía ser.

Algunos fragmentos de escombros se le clavaron en las rodillas cuando se inclinó sobre Scarlett y tomó a William en sus brazos, acercando la cabeza del pequeño contra su pecho; no parpadeaba, no sentía nada mientras el mundo giraba a su alrededor.

—¿Señora? —preguntó alguien que se acuclilló a su lado—. ¿El bebé y usted están bien?

Constance frunció el ceño tratando de comprender las palabras del hombre.

—Mi hermana —respondió a modo de explicación.

El hombre la miró con compasión después de ver el cuerpo tendido de Scarlett.

—Se ha ido —dijo con la mayor amabilidad posible.

—Lo sé —murmuró ella con labios temblorosos.

—¡Aquí, necesito ayuda! —gritó el hombre volviendo la vista.

Otros dos tipos aparecieron y se acuclillaron para quedar al mismo nivel que ella.

—Nosotros nos encargaremos. Usted tiene que ir al hospital, está sangrando.

—Tengo un coche —dijo Constance con los ojos desorbitados y nublados.

Cuando los hombres le pidieron una identificación, les dio su bolso. Su mente estaba apagada, como si hubiera llegado al límite del trauma, del dolor.

Edward. Jameson. Scarlett.

Era demasiado. ¿Cómo era posible que una persona sintiera tanta pena y no muriera? ¿Por qué estaba allí arrodillada, casi ilesa, entre los escombros que se habían llevado a su hermana?

Constance se puso de pie, tambaleándose. Sujetaba a William contra su pecho cuando los hombres subieron a Scarlett a una ambulancia.

«Prométeme que lo protegerás.» Las palabras que Scarlett había murmurado en la cacofonía de la calle consumían todo su ser. Sujetó a William con fuerza, sosteniendo la cabeza del niño bajo su barbilla.

Ahí acababa todo. No más dolor, no más bombardeos, no más pérdidas. William viviría.

Constance ignoró las llamadas de los hombres a su alrededor; tomó el bolso que estaba a sus pies y empezó a caminar por la calle, tropezando dos veces sobre los escombros. La gente empezaba a salir de los refugios.

Tenía que llevar a William con Vernon. Tenía que subirlo a ese avión.

Estaba aturdida pero decidida. Volvió al coche; el llanto de William se mezclaba con el zumbido en sus oídos y el grito de su propio corazón.

Se sentó frente al volante y advirtió que había dejado las llaves puestas. Aseguró a William en el asiento de al lado y se dirigió al aeródromo, parpadeando constantemente para aclarar un poco la vista.

No supo bien cómo, pero llegó al aeródromo. Enseñó el pase que siempre llevaba en el salpicadero y el guardia la dejó entrar. Siguió hasta el hangar, aturdida, trastornada por la conmoción y el dolor. Aparcó el coche sin ningún cuidado, envolvió a William en su manta y bajó. El pie se le enganchó en la correa de su bolso... No, era el bolso de Scarlett.

Eso significaba que tenía los papeles de William, pero ¿y los de ella?

«Los había dejado con Scarlett.» Ya lo resolvería más tarde. Envolvió a William entre sus brazos y tropezó frente al automóvil, donde un hombre alto y vestido de uniforme se apresuró a ayudarla. Era muy parecido a Jameson, debía de ser su tío.

—¿Vernon? —preguntó, y sujetó con más fuerza a William, como en un acto reflejo.

—Dios mío, ¿estás bien?

Los ojos de ese hombre eran tan verdes como los de Jameson; se abrieron sorprendidos y alterados al verla.

—Tú eres Vernon, ¿verdad? —Nada más importaba—. ¿El tío de Jameson?

El hombre asintió y examinó su rostro con cuidado.

—¿Scarlett?

Su corazón se quebró; un dolor cegador partió la neblina.

—Mi hermana ha muerto —murmuró—. Justo ahí, en mis brazos, ha muerto.

—¿En el ataque aéreo? —preguntó él frunciendo el ceño. Ella asintió.

—Mi hermana ha muerto —repitió—. He traído a William.

—Lo siento mucho. Tienes una herida bastante profunda en la frente.

Con una mano la sostuvo por un hombro y con la otra presionó un pañuelo sobre su frente.

—Señor, no tenemos mucho tiempo. No podemos retrasar el vuelo otra vez —dijo alguien.

Vernon maldijo entre dientes.

—¿Tienes todo lo que necesitas? —le preguntó a Constance.

—El equipaje está en el maletero. Un baúl y dos maletas, como dijo Jameson... —Su voz se quebró—. Yo misma lo he preparado.

El rostro de Vernon se ensombreció.

—Lo encontrarán —prometió—. Tienen que encontrarlo. Hasta entonces, esto era lo que él quería.

El dolor en su mirada se reflejó en la de ella. Constance asintió. «No lo encontrarán, al menos, no vivo.» Era una certeza profunda. Su corazón le decía que Jameson estaba con Scarlett. William estaba solo. ¿Qué sería de él?

—Id a por el equipaje —ordenó Vernon a los hombres que estaban detrás de él. Luego acarició con el pulgar la mejilla de William y la mantita que lo envolvía—. Reconocería la obra de mi hermana en cualquier parte —murmuró con una leve sonrisa.

Mientras descargaban las maletas y las llevaban a la pista, estudió el rostro de Constance y su mirada se suavizó.

—Tus ojos son tan azules como él los describió —dijo en voz baja; luego miró a William—. Y veo que tú también los tienes.

—Es de familia —masculló Constance.

Familia. ¿De verdad iba a entregar a su sobrino, el hijo de Scarlett, a un completo desconocido solo porque tenían una relación de parentesco?

«Protégelo.» La voz de Scarlett resonó en sus oídos. Podía hacerlo, por ella.

—Creo que la herida en tu frente es más llamativa que grave —dijo Vernon, examinando su rostro conforme dejaba de presionar y alejaba el pañuelo—, aunque estoy seguro de que tienes la nariz rota.

—No importa —respondió ella, porque nada importaba.

Vernon frunció el ceño.

—Vamos al avión. Los médicos pueden echarte una ojeada antes de que partamos hacia Estados Unidos. Siento mucho lo de tu hermana —añadió en voz baja al tiempo que ponía la mano en su espalda para dirigirla hacia la pista—. Jameson me contó lo unidas que estabais.

El cuerpo de Constance se tensó al escuchar ese verbo en pasado, pero siguió avanzando, caminando; pronto llegaron a la pista, donde giraban las hélices de un bombardero Liberty reconvertido. Sabía que el ATC transportaba en esos aviones a los pilotos de regreso a Estados Unidos.

Algunos oficiales uniformados esperaban junto a la puerta; seguramente terminaban de redactar el papeleo.

—¡Mierda! —exclamó uno de los oficiales entre dientes al ver el rostro de Constance.

—¿Qué pasa, O'Connor? —espetó Vernon—. ¿Nunca has visto a una mujer que ha quedado atrapada en un bombardeo?

—Perdón —masculló el hombre desviando la mirada.

—No me digas que ese bebé va a llorar todo el camino hasta Maine —bromeó uno de los yanquis para intentar relajar el ambiente.

—Ese bebé —dijo Vernon a la vez que señalaba a William— es William Vernon Stanton, mi sobrino nieto. Y puede llorar todo el maldito camino si eso es lo que desea.

—Sí, señor —contestó el oficial, y dirigió un saludo militar a Constance.

Luego subió a bordo.

—¿Tienes todos tus papeles? —preguntó Vernon, y miró su bolso..., no, el bolso de Scarlett.

—Sí —respondió ella en un murmullo.

El corazón le dio un vuelco y sintió que perdía el equilibrio. «Tus ojos son tan azules como él los describió.» Vernon pensaba que era Scarlett. Todos lo pensaban. Abrió la boca para corregirlo, pero no salió ni una palabra.

—Excelente.

El último oficial que quedaba levantó su portapapeles y miró a Vernon y a Constance.

—Teniente coronel Stanton —dijo asintiendo al tiempo que garabateaba el nombre en su lista—. No esperaba que William Stanton fuera tan joven, pero aquí está. —Revisó su lista de nuevo—. Solo queda...

«Protégelo.»

«Con mi vida.» Se lo había prometido a Scarlett, y eso era exactamente lo que haría: daría su vida por William. Solo Scarlett podía acompañarlo, protegerlo.

Levantó el rostro, acomodó a William sobre su cadera y abrió el bolso con dedos temblorosos para sacar el visado que había guardado ahí esa mañana. En cierto sentido, las heridas de su cara eran una bendición. Le entregó los papeles al oficial, mostrándole la cicatriz en la palma de la mano que correspondía a la descripción. Luego besó a William en la frente y le pidió perdón en silencio.

—Soy Scarlett Stanton.

35

GEORGIA

—Dios mío —murmuré al tiempo que la última página caía al suelo, a mis pies.

Tenía la respiración entrecortada y un par de lágrimas cayeron sobre el papel. Gran no era Scarlett, era Constance.

Los oídos me zumbaban como si los engranajes de mi mente giraran cuatro veces más rápido, tratando de procesarlo todo, de darle sentido a lo que había escrito. Todos esos años y nunca dijo una sola palabra. Ni una sola. Se había llevado el secreto a la tumba, lo había llevado sola a cuestas. ¿O el bisabuelo Brian lo supo?

Recogí la hoja que se había caído y la acomodé al final del capítulo. Luego metí el fajo en el sobre. ¿Por qué no me lo había dicho? ¿Por qué ahora, cuando ya no podía preguntar nada?

Rompí con facilidad el sello del tercer sobre; casi destrocé los papeles por la prisa que tenía por leerlos.

Mi queridísima Georgia:

¿Me odias? No podría culparte. Sin duda hubo días en los que me odiaba a mí misma cuando firmaba con su nombre y sentía el gran fraude que era. Pero esta carta no es para mí, es para ti. Así que permíteme responder a las preguntas obvias.

Cuando sobrevolábamos el Atlántico Norte, William se quedó dormido, acurrucado y protegido en los brazos de Vernon. En ese momento me golpeó la realidad de lo que había hecho. Era tan fácil que saliera mal; sin embargo, no podía decir la verdad cuando la vida de William estaba en juego. Era solo cuestión de tiempo que lo ocurrido saliera a la luz y me viera obligada a regresar a Inglaterra. Todo lo que necesitaba era tiempo para conocer a la familia de Jameson; para asegurarme de que William estaría en buenas manos. Tenía que hacerlo.

Saqué papel y pluma del bolso, y le dije adiós a Constance; sabía que al poner aquella carta en el correo ayudaría a convencer a mi familia de que William estaba fuera de su alcance.

Dos días después de llegar a Estados Unidos, mandé esa carta y me topé con un periódico británico en el vestíbulo de nuestro hotel. Tenía una lista de los decesos recientes por los bombardeos de junio. Mi corazón dejó de latir cuando leí «Constance Wadsworth» en la lista de fallecidos. En ese momento recordé que los conductores de la ambulancia se habían llevado mi bolso tras encontrarlo junto al cuerpo de mi hermana.

Que Dios me ayude; en ese momento entendí que podía quedarme con William, no solo hasta que supiera que estaría bien, sino para siempre. Para mi madre, mi padre y Henry, Constance estaba muerta. Nadie diría lo contrario. Era libre si continuaba siendo Scarlett. Mi mentira temporal se convirtió en mi vida.

Vernon me llevó a los servicios de inmigración, donde me dieron una nueva identificación con mi rostro plasmado en ella. Cuando el fotógrafo me sacó la foto, aún tenía la cara hinchada por el bombardeo y la nariz vendada.

Los otros rasgos distintivos, la cicatriz y los lunares, correspondían a la perfección con los de mi hermana, como siempre.

La familia de Jameson fue muy cálida, muy acogedora, incluso a pesar de su insoportable dolor. Fui testigo de cómo la luz se apagaba poco a poco en la mirada de su madre conforme pasaban los meses y los años sin que llegaran noticias del frente sobre la desaparición de Jameson. Yo no tenía que fingir mi dolor: mi pena por la pérdida de Jameson y Edward, pero sobre todo de mi hermana, era demasiado real.

Ella había estado a mi lado desde que nací. Nos criaron juntas, juramos enfrentarnos juntas a la guerra; sin embargo, yo estaba allí, criando a su hijo en un país extranjero que en ese momento era el mío, practicando su firma una y otra vez para luego quemar las páginas y que nadie sospechara.

El primer reto llegó el día en que Beatrice me preguntó cuándo tenía pensado empezar a escribir otra vez. Ah, me parecía a mi hermana e incluso hablaba como ella. Conocía los detalles más íntimos de su vida, pero ¿escribir? Eso nunca había sido lo mío. Quizá debería haber confesado la verdad en ese momento, pero el miedo a que me separaran de William era más de lo que podía soportar. Así que fingía escribir cuando nadie me veía, aunque en realidad lo que hice fue mecanografiar La hija del diplomático, página por página, corrigiendo errores gramaticales y cambiando algunos pasajes para poder decir con franqueza que había escrito algo de aquello. Me di cuenta de que las mentiras eran más fáciles cuando se basaban en la verdad, así que intentaba ser auténtica cada vez que me era posible.

No presenté La hija del diplomático *para que la publicaran. Beatrice lo hizo el año que acabó la guerra, el mismo en que terminamos el kiosco donde el arroyo forma una curva y donde Jameson le había pedido a Scarlett que lo esperara. Ese fue el año en que Beatrice aceptó lo que yo ya sabía: Jameson no volvería a casa. Ayudé a construir el kiosco para un futuro que solo existía en mi imaginación, un futuro en el que el amor y la tragedia no caminaran de la mano.*

El problema al firmar el contrato del primer libro fue que me solicitaron que escribiera un segundo, un tercero, un cuarto. Revisé los papeles de la caja de sombreros y utilicé los capítulos parciales, sus notas de distintas tramas, y cuando mi propio corazón fallaba, sencillamente imaginaba que ella estaba a mi lado; como cuando nos escondíamos en casa de nuestros padres, cuando caminábamos por esos largos caminos, cuando nos sentábamos frente a la mesa de la cocina y me decía qué pasaba después. De esa manera vivía en cada uno de los libros que yo mecanografiaba, y después en los que yo misma escribí, cuando la caja quedó vacía.

Hice construir la casa con el espacio suficiente para que la familia de Jameson pudiera vivir con nosotros, y nos mudamos.

Luego llegó Brian. Oh, Georgia, me enamoré de su mirada cálida y su suave sonrisa el primer año que alquilamos la cabaña. No era lo mismo que había sentido por Edward, él fue el amor de mi vida, pero era firme, cálido y tan agradable como el deshielo de la primavera. Después de Henry..., en fin, necesitaba que alguien me tratara bien.

Beatrice lo vio. Lo sabía.

William también se dio cuenta. Nunca me mostró su

desacuerdo. Jamás me hizo sentir culpable, pero el año que cumplió dieciséis nos sorprendió a Brian y a mí bailando en el kiosco. El fonógrafo desapareció al día siguiente. Tenía la sonrisa y la pasión por la vida de su padre, y los ojos y la voluntad férrea de su madre. Era lo mejor que había hecho en mi vida; el día que se casó con Hannah, su gran amor, me dijo que ya era hora de que yo me casara con el mío.

Le respondí que al amor de mi vida se lo había llevado la guerra, y era cierto. Él dijo que Jameson querría que fuera feliz, y eso también era cierto: cada año Brian me proponía matrimonio y cada año le respondía que no.

Georgia, en mi interior hay un lugar gris, sombrío, en el que soy la chica que fui y la mujer en la que me convertí ese día; tanto Constance como Scarlett. Y en ese lugar gris yo seguía casada con Henry Wadsworth, aunque él volvió a contraer matrimonio y trasladó a su nueva familia a la propiedad por la que había arruinado mi vida, la tierra en la que enterró a mi hermana en su único gesto romántico. Y quizá la chica de la que habían abusado de forma tan atroz adquirió un placer perverso al pensar que podía destrozarle la vida si tan solo admitía que estaba viva.

La mujer que yo era se negaba a permitir que la sombra menguara la luz de Brian; se negaba a llevarlo a un matrimonio que, a fin de cuentas, era tan fraudulento como yo. Pero no podía decirle la verdad, eso lo hubiera hecho cómplice de mis delitos. Dejó de proponerme matrimonio en 1968.

El día que leí que Henry Wadsworth había muerto de un fulminante infarto, corrí a la clínica veterinaria donde trabajaba Brian y le rogué que me propusiera matrimonio otra vez. Cuando William me dio su bendición, les dije a los abogados que empezaran el papeleo con Jameson.

Me casé con Brian diecisiete años después de que nos conociéramos, y la década que vivimos como marido y mujer fue la mejor de mi vida: encontré mi final feliz. Nunca dudes de eso. William y Hannah llevaban mucho tiempo deseando tener un hijo, y Ava era la niña de sus ojos, y de los míos. Ojalá la hubieras conocido antes del accidente, Georgia. La tragedia destroza las cosas frágiles y suelda los fragmentos de formas que no podemos controlar. A algunos los hace más fuertes, más resilientes; para otros, los fragmentos se funden antes de sanar y solo dejan bordes afilados. No puedo darte otra explicación o excusa por el modo en el que te apartó de ella todos esos años.

Tú, mi dulce niña, fuiste la luz de mi larga vida. Tú fuiste la razón por la que disminuí el ritmo para vivir con más plenitud, con menos miedo. Tú, Georgia, que me recordabas tanto a mi hermana. Tienes su indomable voluntad, su fuerte corazón, su intenso espíritu y sus ojos..., mis ojos.

Ruego para que este paquete te encuentre feliz y absolutamente enamorada del hombre al que consideras digno de tu corazón. También espero que ya te hayas dado cuenta de que ese hombre no es Damian, a menos que hayas tenido una revelación entre este momento y vuestro séptimo aniversario, cuando abras esta carta. Y sí, puedo decirlo porque estoy muerta. Cuando estaba viva, tú eras una persona decidida, y que Dios socorriera a quien tratara de hacerte cambiar de opinión, tan testaruda como eras.

Algunas lecciones debemos aprenderlas por nosotros mismos. ¿Por qué decírtelo ahora que ya no estoy? ¿Por qué enfrentarte a esta verdad cuando nunca se la confié a *nadie más? Porque tú, más que cualquier otro Stanton, necesitas saber que fue el amor lo que te trajo aquí. Nunca he visto un amor como el de Scarlett y Jameson. Fue uno de esos relámpagos predestinados; era un milagro verlo de cerca, sentir la energía entre ellos cuando estaban en la misma habitación. Ese es el amor que corre por tus venas.*

Nunca he visto otro amor como el que sentí por Edward; éramos almas gemelas. Pero tampoco he visto otro amor como el que sentí por Brian: profundo, tranquilo, verdadero. O uno como el de William por Hannah: dolorosamente dulce.

Sin embargo, sí he visto el mismo amor que sentí por William el día que subimos a ese avión. Vive en ti. Tú eres la culminación de cada relámpago y giro del destino.

No te conformes con el amor que adormece tus sentidos y te hace frágil y fría, Georgia. No cuando hay tantos otros tipos de amor aguardándote. Y no esperes tanto como yo; desperdicié diecisiete años porque aún tenía un pie en mi pasado.

Todos tenemos derecho a cometer errores. Una vez que los reconozcas por lo que son, no vivas en ellos. La vida es muy corta para perderse ese relámpago y demasiado larga como para pasarla sola.

Aquí termina mi historia. Te estaré cuidando para saber adónde te lleva la tuya.

Con todo mi amor,

Gran

Las lágrimas bañaban mi rostro al terminar de leer la última página, y no eran de esas que se derraman en silencio, no; era un ataque de llanto de los grandes.

Había vivido setenta y ocho años de su vida como Scarlett,

sin que la llamaran jamás por su propio nombre. Nunca permitió que nadie más cargara con el peso de lo que había hecho y de lo que había sufrido por la muerte de Edward, Jameson, Scarlett, Brian..., y luego la de William y Hannah; sin embargo, la pena no la había convertido en una persona insensible.

Dejé la carta sobre el escalón, cogí el móvil y caminé tambaleándome hacia el despacho. Tomé la fotografía enmarcada de Scarlett y Jameson que había en el escritorio; me golpeé las rodillas contra los armarios de la librería mientras buscaba los mismos álbumes que le había enseñado a Noah meses antes.

«William. William. William.» La primera fotografía de Gran la tomaron en 1950, demasiado tiempo después del bombardeo de Ipswich como para que alguien cuestionara las diferencias físicas. No solo rehuía el objetivo de la cámara; lo evitaba deliberadamente.

Examiné ambas fotos, tenía que verlo por mí misma.

La barbilla de Scarlett era un poco más afilada, y el labio inferior de Constance, un poco más grueso. La misma nariz. Los mismos ojos. El mismo lunar. Pero no era la misma mujer.

«La gente ve lo que quiere ver.» ¿Cuántas veces me lo había dicho a lo largo de los años? Todo el mundo había aceptado que Constance era Scarlett porque nunca tuvieron razones para cuestionarlo. ¿Por qué, si había llegado a Estados Unidos con William?

La jardinería. Las pequeñas diferencias de estilo en la prosa que Noah había advertido. La manera de cocinar. Todo tenía sentido.

Hojeé el álbum hasta que encontré la foto de su boda con el bisabuelo Brian. En sus ojos brillaba un amor verdadero, real. El final de Noah era mucho más apegado a la vida de lo que él suponía, aunque no era el final de Scarlett, sino el de Constance.

Scarlett murió en una calle en ruinas hacía casi ochenta años. Jameson debió de morir aproximadamente en esos días. Su separación no duró mucho. Desde entonces han estado juntos.

Respiré entre sollozos, me enjugué las lágrimas con la manga de la camisa y busqué mi móvil.

Si Gran había vivido una mentira para brindarme esta vida, yo le debía vivirla.

Noah aún no había leído el mensaje que le había enviado, pero de todas formas lo llamé. Sonó cuatro veces. Buzón de voz. Ni siquiera lo tenía personalizado, y no iba a verter mi corazón en un mensaje de voz. Ahora que habían salido todas esas reseñas, no me sorprendía que no contestara.

Contuve el aliento. Me puse de pie y me senté en la silla frente al escritorio. Busqué en mi correo electrónico hasta que encontré el teléfono de Adam.

—Adam Feinhold —respondió.

—Adam, soy Georgia —espeté—. Stanton, quiero decir.

—Imaginaba que no era el estado quien me llamaba —dijo arrastrando las palabras—. ¿En qué puedo ayudarla, señorita Stanton? Estamos un poco ocupados hoy.

—Sí, me lo merezco —admití, e hice una mueca como si pudiera verme—. He tratado de llamar a Noah primero...

—No tengo ni idea de dónde está. Me dejó un mensaje diciendo que saldría de viaje para investigar y que volvería a tiempo para la promoción.

Abrí los ojos con sorpresa.

—¿Noah ha desaparecido?

—No ha desaparecido, está investigando para otro proyecto. No se preocupe, lo hace con todos los libros menos con el suyo, pues la investigación ya estaba hecha.

—Ah.

Se me cayó el alma a los pies. Había intentado agarrarme a un clavo ardiendo.

—Sí sabe que se muere por usted, ¿verdad? —dijo Adam con voz suave—. Y lo digo como su mejor amigo, no como su editor. Está destrozado. O al menos estaba destrozado. Esta mañana solo parecía enfadado, pero ha sido después de las críticas. Christopher está mucho más cabreado, aunque teniendo en cuenta que es el director editorial no me extraña.

Llegaba con veinticuatro horas de retraso para decirle que me había equivocado. Y mucho. Pero quizá podría mostrárselo. Al menos podía intentarlo.

—¿Noah editó ambas versiones?

—Sí. Revisiones finales incluidas. Se lo he dicho, está loco por usted.

—Bien. —Sonreí, demasiado feliz para añadir nada más.

—¿Bien?

—Sí. Bien. Ahora, vaya a por Christopher.

36

NOAH

La única institución más lenta que la industria editorial era el Gobierno de Estados Unidos. Sobre todo cuando tenía que coordinarse con otro país y nadie se ponía de acuerdo acerca de quién era responsable de qué. Pero seis semanas y un par de miles de dólares más tarde obtuve la respuesta a una de mis preguntas.

Estaba empezando a creer que lo mejor era que la otra quedara sin respuesta.

Lancé una maldición cuando me quemé la lengua con el café recién hecho y entorné los ojos hacia el rayo de sol que entraba por las ventanas del apartamento. El cambio de horario era un dolor de muelas y, fuera como fuese, yo tampoco había mantenido rutinas regulares en casa.

Llevé mi taza de cerámica al sofá, encendí el portátil y revisé mis millones de correos electrónicos. Ignorar el mundo real durante seis semanas me estaba provocando serias complicaciones con la bandeja de entrada, pero aún no tenía ganas de lidiar con ese tipo de problemas.

Primero miraría el móvil. Como siempre, revisé los mensajes y encontré el último de Georgia.

Lamento las críticas.

Era el que me había llegado cuando aterricé el día después de que toda la industria editorial concluyera por unanimidad que era un imbécil; algo que, en su defensa, era cierto, solo que no por las razones que creían. Leí el resto de la conversación; se había vuelto mi rutina, tanto como el café.

> Cumplí mi palabra.

Lo sé. Voy a tomarme un tiempo,
pero llámame cuando regreses.

> Lo haré.

Eso era todo. Hasta ahí. Ella se tomaría «un tiempo», lo que más o menos quería decir que la dejara en paz, así que eso hice. Durante seis malditas semanas.

¿Cuánto tiempo más necesitaba? ¿Ese tiempo incluía aquel día? Ahora que había regresado a casa, ¿se suponía que debía llamarla? ¿O darle más tiempo?

Habían pasado tres meses desde que ella alzó su barbilla terca y estoica y me echó de su casa por la ridícula mentira que le había contado. Tres meses desde que esos ojos se llenaron de unas lágrimas de las que yo tenía la culpa. Tres meses y yo seguía amándola tanto que me dolía. No podría haber creado un personaje más enfermo de amor; mis ojeras me delataban.

Mi madre llamó y respondí el teléfono.

—Hola, mamá. Llegué anoche. ¿Has recibido el ejemplar?

Solía llevarle personalmente el libro cuando se publicaba, pero no estaba seguro de soportar ver su cara cuando se diera cuenta de lo que había hecho con la última obra de Scarlett Stanton.

—¡Me llegó anoche! ¡Estoy muy orgullosa de ti!

Mierda, sonaba feliz; claro, todavía no había leído el final.

—Gracias, mamá.

El portátil a mi lado empezó a emitir pitidos de las alertas de Google que llegaban con más críticas. En serio, tenía que apagar esa porquería.

—Me encanta, Noah. Te has superado a ti mismo. ¡Ni siquiera puedo decir dónde termina la prosa de Scarlett y dónde comienza la tuya!

—Bueno, estoy seguro de que lo averiguarás cuando llegues al final. Es bastante obvio —dije en un quejido al tiempo que me hundía un poco más en el sofá. El infierno tenía un lugar especial para las personas que decepcionaban a su madre—. Y quiero que sepas que lo siento.

—¿Lo sientes? ¿Por qué?

—Espera y lo verás.

Debería haberme quedado en el extranjero, pero ni siquiera esa distancia habría sido suficiente para salvarme de la ira de mi madre.

—Noah Antonio Morelli, ¿vas a dejar de decir cosas sin sentido? —repuso—. Me he quedado despierta toda la noche para llegar al final.

El corazón me dio un vuelco.

—¿Sigue en pie tu invitación para el Día de los Caídos?

—¿Por qué no iba a seguir en pie? —preguntó.

Sospechaba algo.

—¿Porque masacré el final?

Me froté las sienes, esperando que cayera el hacha.

—Ah, deja de hacerte el humilde. Noah, ¡es precioso! Ese momento en la alameda, cuando Jameson ve...

—¿Qué? —Me erguí de inmediato y el portátil se estrelló contra el suelo—. Jameson... —No era eso lo que había pasado. Al menos no en la versión que publicaron. «Adam»—. Mamá, ¿tienes el libro ahí contigo?

—Sí. Noah, ¿qué está pasando?

—Francamente, no estoy seguro. Hazme un favor y ábrelo por la página de créditos.

Adam debía de haber imprimido una edición especial para ella. Joder, le debía una.

—Ya.

—¿Es una edición especial?

—Bueno, a no ser que las primeras ediciones sean especiales...

¿Qué cojones...? Recogí el portátil del suelo y abrí una de las alertas de Google. Era el *Times* y la primera línea fue como un puñetazo en el hígado.

«Harrison incorpora de manera impecable la visión de Stanton...»

—Mamá, te quiero, tengo que irme —dije haciendo clic en la columna de alertas.

Todas las críticas venían a decir lo mismo.

—Vale. Te quiero, Noah. Deberías dormir más —respondió con su habitual autoritarismo afectuoso.

—Lo haré. Yo también te quiero.

Colgué y marqué el número de Adam. Contestó a la primera.

—¡Bienvenido a casa! ¿Cómo ha ido el viaje? ¿Listo para empezar el libro del año que viene?

¿Por qué estaban todos tan contentos esa mañana?

—«Harrison incorpora de manera impecable la visión de Stanton con su propia concepción de romance clásico. Una obra que nadie se puede perder», *The Times* —leí.

—¡Muy bien!

—¿Hablas en serio? ¿Y qué tal esto? —espeté—. «Nos han engañado. Cómo la provocación y el cambio de la década sorprenden y alivian a los aficionados», *The Tribune*.

Apreté los puños.

—No está nada mal. Parece incluso que lo hicimos a propósito, ¿no?

—Adam —dije en tono amenazador.

—Noah.

—¡¿Qué cojones le has hecho a mi libro?! —grité.

Todo se había ido al traste. Todo lo que había arriesgado por ella se había ido al garete. Georgia nunca me lo perdonaría, jamás volvería a confiar en mí por más tiempo que le diera.

—Hice lo que la única persona que tiene los derechos me dijo que hiciera —respondió despacio.

Solo había una persona que podía aprobar los cambios sin mí, y el tiempo que me había pedido se había acabado oficialmente.

37

GEORGIA

—Hablando de extasiarse —dijo Hazel en un suspiro.

—Sí, esa parte es buena.

Me cambié el móvil a la otra oreja y terminé de quitarme la tierra de las manos. Los primeros brotes habían crecido y unas semanas después estarían lo suficientemente fuertes para trasplantarlos al jardín. Justo a tiempo para cuando el clima fuera más amable y lo permitiera.

—Y esa noche de bodas, Batman. Tengo que saberlo: ¿eso es de tu bisabuela o hay un poco de Noah en la narración? Porque es tan sexy que tuve que ir de inmediato a la consulta de Owen.

—No sigas, no necesito tener esa imagen en la cabeza la próxima vez que vaya al dentista.

Me sequé las manos y traté de no pensar en cuánto había aportado Noah. Supongo que había decidido demostrarme que me equivocaba sobre el comentario acerca del sexo «insatisfactorio» que hice aquel día en la librería.

—Está bien. Pero, en serio, es muy sexy.

—Sí, sí —respondí, y sonó el timbre de la puerta.

—¿Estás segura de que no quieres venir a cenar? —preguntó mientras avanzaba por el pasillo hasta el recibidor—. Odio la idea de que comas pizza una noche como esta. Deberías estar de celebración. Gran hubiera adorado este libro.

—Estoy bien. Y sí, seguramente le hubiera encantado. Espera, ya ha llegado mi pizza.

Abrí la puerta de par en par y mi corazón se paralizó antes de ponerse a mil.

—Georgia.

Noah estaba de pie en el umbral; su mirada ardiente hizo que se me secara la boca al instante.

—Hazel, tengo que colgar.

—¿En serio? ¿No quieres reconsiderarlo? Porque nos encantaría que vinieras.

—Sí, estoy segura. Noah está aquí.

Se lo dije de la forma más despreocupada que pude, pues lo cierto era que me costaba respirar. Tres meses de nostalgia me golpearon con la fuerza de una bola de demolición.

—Ah, vale. Oye, pregúntale por la escena de sexo, por favor —bromeó.

Noah arqueó una ceja; era obvio que lo había oído.

—Mmm, creo que esa conversación tendrá que esperar. Parece un poco perturbado.

Sujeté con más fuerza el picaporte solo para conservar el equilibrio. Mi instinto de supervivencia me decía que debía apartar la vista de esos ojos castaños, pero las leyes de la magnética me lo impedían.

—Espera, no estarás bromeando, ¿no? —Su voz perdió todo el humor.

—No.

—¡Chao!

Colgó y me dejó sola frente a Noah, que parecía más que enfadado.

—¿Me vas a dejar pasar? —preguntó metiendo los pulgares en los bolsillos.

Debería estar prohibido ser tan guapo.

—¿Me vas a gritar? —repuse.

—Sí.

—Muy bien, pues...

Me hice a un lado y él entró. Cerré la puerta y me apoyé en ella.

En el recibidor, dio media vuelta; nos separaban unos cuantos pasos. La distancia era al mismo tiempo demasiada e insuficiente.

—Creí que me ibas a llamar en cuanto volvieras —dije con voz débil.

Ese día me había preparado para muchas cosas, pero verlo no era una de ellas, aunque no iba a quejarme.

Entornó los ojos, se sacó el móvil del bolsillo trasero del pantalón y marcó dos números. Me sonó el móvil.

—¿Estás de broma? —solté al ver su nombre en mi pantalla.

Se llevó el aparato a la oreja, como desafiándome descaradamente. Puse los ojos en blanco y contesté.

—Hola, Georgia —dijo con una voz grave que me hizo papilla el estómago—. Ya he vuelto.

—¿Cuándo? —pregunté.

Me ruboricé al darme cuenta de que estaba hablando con él por teléfono en mi recibidor. Él esbozó una sonrisa sarcástica.

—Uf —me quejé. Ambos nos guardamos el móvil en el bolsillo trasero—. Responde a la pregunta.

—Hace dieciocho horas —contestó remangándose el suéter—. Me he pasado seis de ellas durmiendo; otra, averiguando qué habías hecho; las once que restan las he ocupado reservando un vuelo, yendo al aeropuerto, volando, alquilando un coche y conduciendo hasta aquí desde Denver.

—Muy bien.

—¿Tú ya has tenido suficiente tiempo? —Volvió a meterse

los pulgares en los bolsillos—. ¿O todavía quieres que te deje en paz?

—¿Yo? —exclamé con voz aguda—. Fuiste tú quien desapareció. Pensé que regresarías una semana después, quizá dos, pero no que tardarías seis. Podrías haber llamado para avisarme, enviar noticias..., una paloma mensajera. Algo.

—Me dijiste que querías tiempo y que te llamara cuando volviera. Esas instrucciones eran bastante específicas, Georgia, y me mató tener que seguirlas.

—Ah.

—¿Por qué cambiaste el final del libro? —preguntó de repente. «Allá vamos.»

—Ah, sí, eso. —Crucé los brazos bajo mis pechos, deseando haber elegido algo mejor que esos vaqueros y una camiseta de manga larga. Aquella conversación requería una armadura... o lencería.

—Sí, eso. —Alzó las cejas—. ¿Por qué lo cambiaste?

—¡Porque te quiero!

Abrió los ojos sorprendido.

—Porque te quiero —repetí, esa vez sin gritar—. Y tenías razón sobre el final. Yo estaba equivocada. No deseaba echar a perder tu carrera porque yo fuera una persona amargada, fría y sarcástica.

Antes de que terminara de decir aquello ya estaba sobre mí, su cuerpo presionaba el mío contra la puerta, con las manos en mi cabello, y su boca me besaba en un feliz abandono.

Dios, cuánto había echado de menos eso, cuánto lo había echado de menos a él. Le devolví el beso con fervor; le pasé los brazos alrededor del cuello y él me levantó del suelo, colocando las manos debajo de mis muslos. Entrelacé los tobillos en la parte baja de su espalda: más cerca. Lo necesitaba más cerca.

Tomó mi boca una y otra vez; su lengua se movía con caricias profundas que me encendieron como si hubieran tirado una cerilla a un charco de gasolina, como un rayo en la yesca.

—Espera —dijo contra mi boca; de pronto se apartó como si lo hubiera mordido—. Todavía no podemos hacer esto —añadió con el pecho agitado.

—¿Qué? —Toqué el suelo con los pies y un segundo después él estaba en el centro del recibidor con las manos entrelazadas sobre la cabeza—. ¿Qué estás haciendo?

—Todo esto se fue a la mierda porque te escondí algo.

—Es un momento extraño para mencionarlo, pero vale. —Me apoyé en la puerta, tratando de recuperar el aliento. Él no había sido el único que había guardado secretos—. Supongo que para que no haya secretos entre nosotros debería decirte que sí puedo tener hijos.

—Pensaba... —Frunció el ceño y dos pequeñas arrugas aparecieron en su frente—. No es que eso importe, nunca fue un problema para mí. La biológica no es la única forma de ser padres.

—Pues gracias, pero sí puedo. Es solo que no quería tenerlos con Damian, así que nunca dejé los anticonceptivos. No quería saber qué tipo de madre hubiera sido en esa situación. Eso tampoco se lo dije.

—Bueno, he pasado las últimas semanas entre Inglaterra y los Países Bajos.

Sacó un pequeño sobre blanco de su bolsillo delantero.

—Investigando para un libro. Adam me lo dijo.

¿Por eso nos había interrumpido? Ya podríamos estar desnudos, ¿y él quería hablar de la investigación?

—No exactamente. Contraté a una empresa que se dedica a hacer exploraciones en aguas profundas para tratar de localizar el avión de Jameson a partir de las últimas coordenadas que envió por radio el día que desapareció.

524

—¿Que hiciste qué?

—Creo que lo encontramos la semana pasada. Y cuando digo «creo» quiero decir que estoy bastante seguro, pero la burocracia es lentísima. Las Águilas pasaron a formar parte de las fuerzas estadounidenses en septiembre y él cayó en junio, por lo que seguía sirviendo a la RAF, aunque era ciudadano estadounidense. Nadie se pone de acuerdo acerca de quién tiene jurisdicción al respecto.

Giró el sobre entre los dedos.

—Pero ¿crees que lo has encontrado? —pregunté en voz baja.

—Sí... y no. —Hizo una mueca—. Es un Spitfire, pero las insignias características de la cola están desgastadas y los restos se encuentran diseminados.

—¿Dónde?

—A lo largo de la costa de Países Bajos. Está... —suspiró— demasiado hondo para recuperarlo todo, pero enviamos un ROV al fondo. —Se acercó despacio a mi lado—. Encontramos un panel de aluminio del fuselaje y lo que creemos que era la cabina, pero ningún... resto.

—Entiendo. —No sabía si sentirme aliviada o desolada. Llegar tan cerca y seguir sin saber—. Entonces, ¿por qué crees que...?

Noah tomó mi mano con la palma hacia arriba y puso en ella el sobre. Una alianza de oro salió del papel y cayó hasta mi mano. Seguía tibio tras haber estado en su bolsillo.

—Lee la inscripción.

—J. Con amor, S. —Noté un nudo en la garganta—. Es suyo —murmuré.

—Eso creo —dijo Noah. Su voz se hizo más grave—. Y si tú quieres, lo devolveré adonde pertenece. Buscábamos cualquier cosa que pudiera identificarlo, y estaba justo ahí, como si quisiera que lo encontráramos, con inscripción y todo. El equipo que contraté dijo que nunca habían visto algo así.

Cerré el puño sobre el anillo.

—Gracias.

—De nada. Estoy seguro de que te llamarán esta semana. Los estadounidenses. Los británicos. A estas alturas, ya no estoy seguro. —Tragó saliva—. Esa no fue la única razón por la que fui a Inglaterra. Sé que quizá esto hará que te enfades, y no tengo ninguna prueba, pero no creo que... —Negó con la cabeza, respiró hondo y volvió a comenzar—. Creo que el libro, nuestro libro, lo escribieron dos personas diferentes.

—Así es.

Sonreí despacio; sentía el metal de la alianza contra la palma de la mano. Noah entornó los ojos y entreabrió los labios, sorprendido.

—Las páginas más viejas, las originales que no están editadas, las escribió Scarlett durante la guerra. —Tragué saliva—. Y las nuevas, las correcciones y adiciones..., todo eso lo hizo...

—Constance —añadió terminando mi frase.

Asentí.

—¿Cómo lo supiste? Yo no lo supe hasta hace seis semanas. ¿Qué vio él que yo no vi?

—El propio libro me puso sobre la pista. No me habría dado cuenta si hubiera sido el último que escribió y no el primero. Después estuvo lo del certificado de matrimonio. Ella le dijo a Damian que le había llevado años casarse otra vez porque sentía que su primer matrimonio no había terminado, algo que fácilmente se puede interpretar como que seguía enamorada de Jameson, hasta que encontré el certificado de defunción de Henry Wadsworth y los años coincidían. No era suficiente, solo una corazonada, y no quería destrozar tu confianza en ella sin tener una buena razón, pero decidí dejar de indagar antes de que alguien se diera cuenta.

—Gran... Constance me lo dijo. Lo escribió todo un año antes de morir y ordenó que pasado ese tiempo me lo enviaran. Cuando lo leí, te llamé, pero ya te habías ido. Así que llamé a Adam.

—Y cambiaste el final del libro.

Asentí.

—Porque me quieres.

Me buscó con la mirada.

—Porque te quiero, Noah. Y porque, en la vida real, Gran tuvo su final feliz. Luchó por él. No necesitaba que se lo confeccionaran, ya se lo había ganado, ya lo había vivido. Tú diste a Scarlett y a Jameson la historia que merecían. El accidente, la evasión, la resistencia neerlandesa..., todo. Tú terminaste una historia que el destino había interrumpido de manera injusta. Gran no pudo hacerlo. Si no la acabó fue porque no podía dejarlos ir, no podía dejar a Scarlett. Tú los liberaste.

Cogió mi rostro entre las manos.

—Lo hubiera hecho por ti. Te hubiera dado cualquier cosa que desearas sin importar lo que pensaran los demás.

—Lo sé —murmuré—. Porque me quieres.

—Porque te quiero, Georgia, y ya me he cansado de vivir sin ti. Por favor, no me obligues a hacerlo.

Rodeé su cuello con los brazos y arqueé la espalda para rozar sus labios con los míos.

—¿Colorado o Nueva York?

—Otoño en Nueva York. Agosto y septiembre, por lo menos. —Sonrió contra mi boca—. Colorado en invierno, primavera y verano.

—¿Por las hojas de los árboles? —pregunté mordiendo suavemente su labio inferior.

—Por los Mets.

—Trato hecho.

38

Agosto de 1944
Poplar Grove, Colorado

—Ten cuidado con los escalones, querido —le dijo Scarlett a William mientras el crío avanzaba vacilante por el borde del kiosco recién terminado; se aferraba a los barrotes individuales de la baranda en su recorrido.

El niño sonrió y continuó. Ella abandonó el disco que había elegido y se apresuró a cogerlo entre sus brazos, justo antes de que llegara a la escalera.

—Me vas a matar, William Stanton.

Él lanzó una risita y ella le besó el cuello; luego se lo cargó sobre la cadera y volvió junto al fonógrafo. La brisa de otoño hizo ondear su vestido y se pasó el cabello a un lado para mantenerlo alejado de las manos de William. Sus mechones ahora eran más largos y le caían a media espalda; era su forma de medir el tiempo que había pasado desde que le dio a Jameson el beso de despedida en Ipswich.

Dos años y ni una palabra, pero tampoco restos, por lo que se aferró a la esperanza y a la chispa de certeza que cobraba vida en su pecho cuando pensaba en él. Estaba vivo. Lo sabía. Dónde o cómo era un misterio, pero lo sabía. Tenía que estarlo.

—¿Cuál escuchamos, cariño? —le preguntó a su hijo al tiempo que lo sentaba frente a la pequeña colección de discos que había encima de la mesa.

Él escogió uno al azar y ella lo puso.

—Glenn Miller. Excelente elección.

—¡Manzanas!

—Tienes razón.

El sonido de la orquesta de Glenn Miller inundó el espacio; llevó a William hasta la mantita que había tendido en el otro extremo. Comieron manzanas y queso; no sabía si algún día se acostumbraría a la cantidad de comida que siempre estaba disponible en Estados Unidos, pero no se quejaba. Tenían suerte: no había sirenas antiaéreas ni bombas ni tableros donde se monitorizara el vuelo de los aviones. No había apagones. Estaban a salvo. William estaba a salvo.

Todas las noches rezaba para que Jameson y Constance también lo estuvieran. Sus dedos rozaron la pequeña cicatriz de la palma de su mano y pensó en su hermana, que tenía una cicatriz igual. ¿La herida sobre el ojo de Constance también habría cicatrizado? Sangraba cuando los obligó a subir al avión el día en que las bombas estallaron sobre ellos en la calle de Ipswich, de las cuales los tres se salvaron por los pelos.

El día anterior había escogido dos vestidos nuevos para su hermana y se los había enviado. Había pasado casi un año desde que Henry había resbalado por la escalera y se había roto el cuello, y, según su última carta, había conocido a un apuesto soldado estadounidense que servía en el Cuerpo Veterinario del Ejército.

William se acostó sobre la mantita para su siesta de la tarde y Scarlett pasó las manos por su grueso y oscuro cabello. El niño entreabrió los labios en su sueño, igual que lo hacía Jameson. Cuando se aseguró de que estaba profundamente dormido, se apartó con cuidado y volvió al tocadiscos.

Sabía que más tarde pagaría por esa indulgencia, que lo echaría mucho más de menos, pero cambió el disco por uno de Ella Fitzgerald. Su corazón dio un vuelco cuando aquella melodía tan conocida empezó a sonar; durante un momento ya no se encontraba en medio de las Rocosas de Colorado, a su alrededor no giraban ya las hojas doradas de los álamos bajo la brisa de la montaña, no, sino que eran las puntas de la larga hierba de verano en un campo justo en las afueras de Middle Wallop.

Cerró los ojos y se meció, permitiéndose por un segundo imaginar que él estaba ahí, con la mano tendida, invitándola a bailar.

—¿Necesitas un compañero?

Contuvo la respiración y abrió los ojos al oír esa voz que reconocería por encima de todas las cosas. Esa voz que en los últimos dos años solo había oído en sueños. Sin embargo, frente a ella solo estaba el fonógrafo, William dormía en el suelo a su lado; el caudal del arroyo formaba una curva a unos metros.

—Scarlett —dijo de nuevo.

Detrás de ella.

Dio media vuelta y el vestido giró y le golpeó las piernas en la brisa; deprisa, se apartó los mechones de cabello de los ojos para tener una visión clara.

Jameson se encontraba a la entrada del kiosco, apoyado en una de las vigas. Llevaba el gorro bajo el brazo, su uniforme era nuevo, pero estaba arrugado por el viaje, y ya no era de la RAF, sino de la Fuerza Aérea de Estados Unidos. Su sonrisa se ensanchó cuando se miraron a los ojos.

—Jameson —murmuró Scarlett llevándose las manos a la boca.

¿Estaba soñando? ¿Despertaría antes de poder tocarlo? Sus

ojos se llenaron de lágrimas mientras su corazón luchaba contra la lógica.

—No, mi amor, no —dijo Jameson al tiempo que avanzaba a zancadas hacia ella; su gorra cayó al suelo—. No llores.

Tomó el rostro de Scarlett entre las manos y le enjugó las lágrimas con los pulgares. Sus manos eran cálidas, sólidas, reales.

—¡De verdad estás aquí! —exclamó ella acariciando su pecho, su cuello, su mentón con los dedos temblorosos—. Te quiero. Pensé que nunca podría decírtelo otra vez.

—Dios mío, te quiero, Scarlett. Aquí estoy.

La miró con avidez, hambriento de ella, de sentirla contra su cuerpo. Los años y los kilómetros, los combates y los aterrizajes forzosos no habían cambiado absolutamente nada, no habían debilitado el amor que sentía por ella.

—Aquí estoy —repitió, porque él también necesitaba escucharlo; necesitaba saber que habían logrado superar todos los obstáculos a los que se habían enfrentado.

Acercó su frente a la de Scarlett y la besó durante un buen rato, despacio; respiró su aroma, saboreó su boca, con gusto a manzanas, a hogar y a Scarlett. Su Scarlett.

—¿Cómo? —preguntó ella mientras entrelazaba los dedos en la nuca de Jameson.

—Mucha suerte —respondió él; descansó su frente contra la de ella y le pasó un brazo por la cintura para acercarla más—. Y una historia muy larga que tiene que ver con una pierna rota, un grupo de la resistencia que se apiadó de mí y algunas vacas muy amables que me dieron hospedaje para ocultarme durante tres meses mientras mi pierna sanaba.

Scarlett reprimió una carcajada y negó con la cabeza.

—Pero ¿estás bien?

—Ahora sí. —La besó en la frente y puso la palma de la mano sobre su espalda baja—. Te echaba de menos cada día. Todo lo que hice fue para poder volver a casa contigo.

Los hombros de Scarlett se estremecieron y un gemido se escapó de sus labios; Jameson sintió un nudo en la garganta que se había empezado a formar cuando la había visto mecerse con la brisa, esperándolo donde el arroyo formaba una curva alrededor de los álamos.

—Está bien. Lo logramos.

—¿Tienes que regresar? —preguntó ella, y su voz se quebró.

—No.

Le levantó la barbilla y se perdió en sus ojos azules. No importaba lo detallados que fueran sus recuerdos, lo perfectos que fueran sus sueños, nada podía compararse con la belleza de su mujer.

—No pude salir hasta que Maastricht fue liberada —explicó—. Pasé un año luchando en secreto con la resistencia neerlandesa y sé demasiado como para que se arriesguen a que me capturen; eso significa que los únicos aviones que pilotaré a partir de este momento son los de mi tío, y esos están aquí.

—Entonces, ¿ya se ha terminado? —preguntó con un tono cargado de la misma desesperación que él experimentaba.

—Sí, ya se ha terminado. Estoy en casa.

Volvió a besarla, con pasión; Scarlett lo sujetó por las solapas del uniforme y lo acercó a ella.

—Estás en casa —dijo con una sonrisa enorme y radiante.

Jameson la tomó por la parte trasera de los muslos y la levantó para que quedaran al mismo nivel. Luego la besó hasta redescubrir cada línea y cada curva de su boca.

Un crujido llamó su atención y contuvo el aliento al ver a William dormido sobre la mantita, con una mano bajo la cabeza.

Despacio, bajó a Scarlett.

—Está tan grande...

Ella asintió.

—Es perfecto. ¿Quieres despertarlo?

Sus ojos brillaban alegres. Jameson tragó saliva; sintió una presión en la garganta y en el pecho al mirar a su hijo, dormido, y al amor de su vida. Perfecto, todo era perfecto y mejor que cualquier cosa que hubiera podido imaginar en las noches largas y vacías, en los días desgarrados por la guerra. Hundió las manos en el sedoso cabello de su mujer y le sonrió.

—Dentro de un momento.

Scarlett esbozó una sonrisa y alzó el rostro para que la besara de nuevo.

—Sí, dentro de un momento —repitió ella.

Estaba en casa.

39

GEORGIA

Tres años después

Sonreí y volví a leer la última página antes de murmurar un adiós en silencio a Jameson y a Scarlett. Cerré el libro y regresé al mundo real, donde mi marido real se preparaba, cuatro pasillos más allá, para el lanzamiento de su nuevo libro.

Pasé el pulgar sobre la portada, por encima del nombre de los autores. A una la conocía desde que nací, pero nunca la había visto, y al otro lo conocí en ese mismo lugar y lo conocería durante el resto de mi vida.

—Puedo decirte cómo termina —me susurró Noah al oído cuando se me acercó por la espalda; su voz era grave, y sus brazos, cálidos.

—¿Puedes? —pregunté, y me eché hacia atrás para darle un beso rápido en el mentón—. He oído que el final es sorpresa, incluso para el autor el día del lanzamiento. —Sonreí con descaro.

—Ah. No me lo imaginaba.

—Además, las escenas sexuales son mucho más satisfactorias que en sus libros anteriores —añadí encogiéndome de hombros.

Soltó una risita.

—¿Has leído su último libro? Estoy seguro de que contó con una excelente inspiración.

—Mmm, tendré que verificarlo.

—Será un placer hacerte una lectura privada.

Lancé una sonora carcajada.

—Vaya, eso no ha sonado muy bien.

—Cierto —admitió—. Definitivamente, no ha sido mi mejor frase. ¿Qué tal esto? Bésame, Georgia; tengo que firmar algunos ejemplares.

—Eso sí puedo hacerlo.

Incliné la cabeza y lo besé tratando de que fuera un beso apto para todos los públicos, aunque era complicado; ese hombre despertaba en mí pasiones difíciles de contener.

Me sostuvo con fuerza y me mordió el labio inferior.

—Te quiero.

—Te quiero. Ahora, ve a hacer tu trabajo. Yo estaré aquí al lado, haciendo el mío.

Le sonreí y él me robó otro beso antes de desaparecer por el pasillo, dejándome aturdida un instante. Lo vi marcharse y una mujer se acercó a la sección de novela romántica junto a mí.

—Es un libro fantástico —dijo asintiendo con entusiasmo mientras señalaba el ejemplar de tapa dura que tenía en la mano, el último libro de Noah—. Si no lo ha leído, tiene que hacerlo. Créame, no se arrepentirá. Es genial.

—Gracias, siempre aprecio una buena recomendación. ¿Ha venido a la firma?

Me acomodé para compensar mi peso; el embarazo hacía cosas extrañas con mi equilibrio y todavía estaba cansada por el cambio horario.

—Vengo de Cheyenne, Wyoming —respondió con una sonrisa—. Mi hermana me está guardando sitio en la fila. ¿Lo ha visto? Es maravilloso. —Alzó las cejas—. En serio.

—No lo sacaría de mi cama, sin duda —contesté.

Nunca lo hacía. De hecho, pasaba el mayor tiempo posible dejando que entrara en ella. No se me escapaba que Noah era cada día más atractivo.

—¿Verdad? Yo tampoco. ¡Ah, ya empieza!

Se despidió con un gesto de la mano y desapareció por el pasillo.

Sonreí y puse el volumen en el estante junto a los libros de Scarlett Stanton, el lugar adonde pertenecía. Seguía siendo mi favorito de todos los de Gran y también de los de Noah. En esas páginas, Scarlett y Jameson amaron, pelearon y, sobre todo, vivieron.

Aquí, en el mundo real, la semana pasada enterramos el anillo de Jameson bajo la sombra de un gran árbol junto a un estanque tranquilo de Inglaterra, al lado de una lápida de mármol cuya inscripción rezaba CONSTANCE WADSWORTH. No pude evitar sentir que al fin estaban en paz.

Me dirigí a la puerta. Al pasar junto a la mesa, la mirada de Noah y la mía se encontraron; la suya rebosaba amor. Nos sonreímos como los dos tontos enamorados que éramos. Ahora nos tocaba a nosotros vivir nuestra propia épica historia de amor, y yo atesoraba cada minuto.

Ambos lo hacíamos.

AGRADECIMIENTOS

En primer lugar, quiero agradecer al Padre Celestial por bendecirme más allá de mis sueños más descabellados.

Gracias a mi marido, Jason, por ayudarme a superar este año, por tomarme de la mano en los momentos más oscuros y hacerme reír cuando estaba segura de que nunca nada más me parecería divertido. Gracias a mis hijos, que han manejado con gracia y amor las cuarentenas y que permanecieron alejados de su hermano cuando su vida corrió peligro. Nunca dudéis que sois una parte esencial de mi vida. A mi hermana, Kate, por responder siempre al teléfono. A mis padres, que me traen crema para café desde kilómetros de distancia. A mi mejor amiga, Emily Byer, porque nunca duda de mí cuando me retraso durante meses en la fecha de entrega.

Gracias a mi equipo de la editorial Entangled. Gracias a mi editora, Stacy Abrams, por aceptar este libro e involucrarse en él. Sencillamente, eres increíble. A Liz Pelletier, Heather y Jessica, por responder a las interminables cadenas de correos electrónicos. A mi maravillosa agente, Louise Fury, que hace mi vida más fácil con solo estar a mi lado.

Gracias a esas esposas que constituyen nuestra profana trinidad, Gina Maxwell y Cindi Madsen: sin vosotras estaría perdida. A Jay Crownover por ser quizá la mejor vecina del mundo.

A Shelby y Mel por ayudarme a tenerlo todo en orden. Gracias a Linda Russell por traerme siempre horquillas para el pelo. A Cassie Schlenk, por ser la chica exagerada por excelencia. A los blogueros y lectores que han apostado por mí todos estos años. A mi grupo de lectura, las Flygirls, por brindarme alegría todos los días.

Por último, como eres mi principio y mi final, gracias de nuevo a mi querido Jason. Si estás leyendo esto, ya no es 2020. Eso lo dice todo.

DESCUBRE LA FACETA
MÁS ROMÁNTICA
DE LA AUTORA DE LA
SERIE EMPÍREO

Planeta